W0397965

# REAPER – DER SENSENMANN

## EIN ROMAN AUS BOSTONS UNTERWELT

A. ZAVARELLI

Übersetzt von

GRIT SCHELLENBERG

GREY EAGLE PUBLICATIONS

Originaler Titel : Reaper *(Boston Underworld, #2)*
© 2016 A. Zavarelli

Für diese Ausgabe :
© 2019, Grey Eagle Publications LLC
greyeaglepublications.com
Alle Rechte vorbehalten.

Covergestaltung : Najla Qamber
najlaqamberdesigns.com

Aus dem Amerikanischen von Grit Schellenberg
Lektorat: Fehler-Haft.de

ISBN: 978-1-64366-027-1
Print ISBN: 978-1-64366-028-8

# PROLOG

## *Sasha*

»Ich mag es nicht, wenn du mit diesem Kerl ausgehst«, sagt Ma.

Ich beuge mich hinunter, um den Reißverschluss meiner Stiefel hochzuziehen, damit sie den Ausdruck auf meinem Gesicht nicht sehen kann.

»Es ist in Ordnung, Ma. Ich kann mit ihm umgehen.«

»Ich verstehe es einfach nicht, Sasha.« Sie beginnt mit einer weiteren ihrer Tiraden. »Ich habe dich dazu erzogen, ein gutes Mädchen zu sein. Du warst immer so ein gutes Mädchen. Du hattest die brillanteste, leuchtendste Zukunft vor dir. Eine echte Chance, aus dieser Nachbarschaft herauszukommen und etwas mit deinem Leben anzufangen. Und jetzt gibst du dich mit diesen Typen ab …«

Sie blickt durch den Raum auf meine Schwester

Emily, als ob die bloße Erwähnung des Wortes Mafia auch sie beeinflussen könnte. Die Enttäuschung ist jedes Mal, wenn sie mich mit Blaine sehen, auf beide Gesichter geheftet. Sie wissen nicht, warum ich das tue, was ich tue. Sie haben keine Ahnung, aber das ist auch besser so.

Sicherer.

Ich presse meine Augen zusammen und versuche, den Druck hinter ihnen wegzublinzeln. *Fünf Dinge,* hallt die Stimme meines Vaters in meinem Kopf wider. Fünf Dinge, die du riechen, hören, sehen und berühren kannst. *Erde dich, Sasha.*

Das tue ich auch.

Niemand weiß das über mich. Dass ich das fast zehnmal am Tag tue. Ich war schon immer zu nervös. Meine Mutter wusste nicht, wie sie damit umgehen sollte, wie mit vielen anderen Dingen, also überließ sie es Papa. Seine Stimme beruhigte mich. Die demütige Stimme eines fleißigen Mannes, der seine Familie liebte und für sie sorgte. Wenn er jetzt hier wäre, würde er genau wissen, was ich tun soll. Genauso, wie er mich davon abhalten könnte, unterzugehen.

Aber er ist nicht hier. Er war es nicht mehr, seit ich zwölf bin, als er an Emilys Geburtstag an einem Herzinfarkt starb. Jetzt sind wir nur noch zu dritt und wie ein Haus ohne Fundament.

Ma bekommt einen weiteren Hustenanfall, und mein Stress kommt mit voller Kraft zurück.

»Du musst zurück zum Arzt«, schimpfe ich mit ihr.

»Du hustest schon seit Wochen so. Das gefällt mir nicht. Du rauchst zu viel.«

Sie wirft die Hände in die Luft und flucht auf Portugiesisch. Obwohl sie schon in jungen Jahren aus Brasilien weggezogen ist, benutzt sie immer noch häufig ihre Muttersprache, wenn sie sich aufregt, was so ziemlich die ganze Zeit der Fall ist.

»Ich rauche zu viel, weil ich mir immer Sorgen um euch beide mache.« Sie greift nach oben und zerrt an ihren Haaren. »Von euch bekomme ich all diese grauen Haare. Ihr lasst mich wie eine alte Frau aussehen.«

Ich lache und schüttele den Kopf, auch wenn es wirklich nicht lustig ist. Ich mache mir Sorgen um sie. Aber sie liebt es, uns die Schuld für ihre grauen Haare zu geben.

»Das könnte etwas mit all den Zigaretten zu tun haben«, meldet sich Emily zu Wort.

Ma zuckt mit den Achseln und tätschelt mir mit der Hand die Wange.

»Meine schöne Tochter«, sagt sie, und ihre Augen leuchten vor Liebe, »ich will nur das Beste für dich.«

»Ich weiß.« Ich greife nach oben und umfasse ihre Hand mit meiner.

Der Moment ist ruiniert, als es an der Tür klopft. Mein Magen zieht sich zusammen, und Ma schlurft hinüber, um sie zu öffnen. Blaines tiefschwarzer Blick richtet sich auf sie, während sich seine Lippen zu einem Lächeln formen. Für alle anderen würde es höflich und sogar charmant erscheinen, aber mir zeigt dieses Lächeln genau das, von dem er will, dass nur ich es sehe. Das Böse wirbelt knapp unter der Oberfläche und sucht nach einer Möglichkeit, herauszusickern und seine große Illusion auszulöschen.

»Mrs. Varela.« Er neigt den Kopf und küsst Mas Hand. »Sie sehen jedes Mal, wenn ich Sie sehe, schöner aus.«

Ma schenkt ihm ein steifes, aber respektvolles Lächeln, aber ich weiß, dass Blaine die Angst in ihren Augen sehen kann. Ich sehe sie auch. Er macht sich über diese Angst lustig. Zu wissen, dass es nichts gibt, was ich oder Emily oder sogar meine Mutter tun können. Männer wie er bekommen immer, was sie wollen. Das Problem ist, dass es nie genug ist. Ich habe seine Aufmerksamkeit auf mich gezogen, aber je häufiger er vorbeikommt, desto mehr schweift sein Blick ab.

Jetzt schaut er Emily gerade wieder an. Die allgegenwärtige Panik in meiner Brust entflammt, als seine Augen über sie herfallen. Ich muss meine ganze Willenskraft aufwenden, um mir nicht ansehen zu lassen, dass es mich stört. Sie geht nächste Woche aufs College. Nur noch eine Woche, und dann ist sie in Sicherheit. Noch eine Woche, und er kann sie nicht mehr gegen mich benutzen.

»Komm nicht zu spät, Sasha.« Ma küsst mich auf die Wange, und ich zwinge mich für sie zu einem Lächeln.

»Hör auf, dir Sorgen zu machen«, sage ich ihr. »Und ruf den Arzt.«

Sie nickt, und Blaine begleitet mich zu seinem Auto.

Er pfeift, während er geht, und es erfüllt mich mit Angst.

Sobald er auf dem Fahrersitz sitzt, dreht er sich um, um mich anzusehen. Seine Finger nähern sich mir und umfassen mein Kinn mit einem schmerzhaften Griff. Ich ziehe mich nicht zurück, aber es ist harte Arbeit, zu verbergen, wie sehr er mich abstößt.

»Deine Schwester wird schnell erwachsen. Hat sie schon jemand aufs Kreuz gelegt?«

»Sie hat einen Freund«, lüge ich.

Seine rauen Finger fahren über meine Wange und meinen Hals hinunter und verweilen auf dem blauen Fleck, den er hinterlassen hat, als wir uns das letzte Mal getroffen haben. Seine dunklen Augen bewundern für einen Moment sein Kunstwerk, bevor sie zurückkommen, um in meine zu schauen.

»Du solltest besser ein braves Mädchen sein, Sasha«, sagt er. »Ich habe deine Einstellung langsam satt.«

Er lässt den Rest der Worte unausgesprochen, als er das Auto startet und die Musik einschaltet. Ich muss seine Drohungen nicht ausgesprochen hören. Ich bin mir sehr wohl bewusst, was er tun wird.

Ich drehe meinen Blick zurück zum Fenster und wünschte, er hätte mich nie gesehen.

---

ER IST WIEDER HIER.

Er starrt mich an. Er starrt immer. Betrachtet,

überlegt … wartet. Warum, das weiß ich nicht. Er sagt nie etwas. Nicht ein einziges Wort.

Zu allen anderen, ja. Nur zu mir nicht.

Ich denke oft, dass er mich aus Gründen hasst, die ich nicht verstehen kann. Aber dann richtet er diese traurigen, whiskeyfarbenen Augen auf mich, und ich möchte glauben, dass in ihren Schatten etwas anderes verborgen ist. Er ist der Einzige, der hinter das falsche Lächeln auf meinem Gesicht sieht. So, wie er versteht, dass das Lachen, das aus meiner Brust hallt, wenn Blaine einen Witz macht, so unecht ist wie seine ganze Persönlichkeit.

Falsche Hoffnung.

Das ist es, was ich sehe, wenn ich ihn ansehe.

Ich habe noch nie an Märchen geglaubt. Es gibt keinen edlen Ritter in meiner Geschichte. Nur mich. Und ich bin nicht das Mädchen, das den Prinzen bekommt. Ich bin das Mädchen, das er bumst, weil er es kann.

Blaine ist nicht der erste Typ. Sie alle sagen mir, wie hübsch und süß ich bin. Wenn ich in den Spiegel schaue, sehe ich nichts Schönes. Ich sehe nichts Süßes. Ich sehe etwas Gebrochenes und Schmutziges. Scham und Selbsthass. Die Hure, die Blaine als seinen eigenen, persönlichen Sandsack benutzt. Die Dinge, die ich in diesem Leben tun musste, sind weder schön noch süß, und ich auch nicht.

Damit habe ich Frieden geschlossen.

Beschädigte Seelen haben ihre eigene Schönheit. Eine dunkle, schreckliche Schönheit. Die gleiche Art von Schönheit, die ich bei Ronan sehe. Er ist nicht wie die anderen Männer. Diejenigen, die mir sagen, wie sehr sie meinen Körper wollen. Die mir die schmutzigen Dinge erzählen, die sie mit mir machen wollen. Als ein Mädchen, das im Alter von dreizehn Jahren fast über Nacht von einem Nerd zu einer Sexbombe wurde, dachte ich immer, diese Worte bedeuten etwas. Die Jungs haben mir alles erzählt, von dem sie dachten, ich würde es hören wollen. Und sie glaubten, dass ein paar freundliche Worte zu mir sie berechtigten, mich für eine Weile zu beanspruchen. Aber nur für eine kurze Zeit.

Sie werfen einen am Ende immer weg.

Weil man für sie ein Nichts ist. Genau wie ich.

Wenn es um Blaine geht, bin ich noch weniger.

An dem Tag, als er mich sah und entschied, dass ich ihm gehöre, wurde mein Schicksal besiegelt. Mein Bedauern und mein Hass wühlen in mir wie ein toxisches Gift und schwärzen alles, was um mich herum existiert.

Ich sehe nichts Gutes mehr in der Welt. Ich kann nicht genau sagen, wann ich damit aufgehört habe, nur, dass ich es tat. Mein Herz ist schon vor langer Zeit gestorben. Mich in dieser Leere gefangen zu halten ist einfach. Und doch sickert die Verzweiflung allzu oft durch.

Aber dann bringt mich Blaine hierher, und ich sehe diesen Mann mit den traurigen braunen Augen, und ein Stück Sonnenlicht durchbricht meine sonst dunkle Existenz.

In seinen Augen sehe ich etwas anderes. Er ist tödlich und ruhig. Abgeschottet und geheimnisvoll. Er spricht nicht nur um des Redens willen, wie der Rest von ihnen. Aber ich weiß, wer er ist und was er tut.

Er ist der Reaper – der Sensenmann.

So nennen sie ihn im MacKenna-Syndikat. Der Name spricht für sich. Und doch kann dieser Mann – dieser kaltblütige Mörder – sich nicht dazu aufraffen, mit mir zu sprechen. Seine Wangen röten sich jedes Mal, wenn ich in seine Richtung schaue, und dann spannt sich sein Kiefer wütend an.

Es bringt mich dazu, ihn auf Arten und Weisen zu wollen, wie ich es nicht sollte. Er lässt mein Herz jedes Mal einen Schlag aussetzen, wenn er den Raum betritt. Ich bin kaputt wie ein rostiger, alter Motor, und ich habe das Gefühl, dass dieser Fremde der einzige Mechaniker für mich ist.

Ein dummer Vergleich. Einer für dumme kleine Mädchen, die immer noch an Märchen glauben.

Eine Sache, die ich mit Sicherheit weiß, ist, dass dieser Mörder – der Reaper – nicht mein edler Ritter ist. Tatsächlich vermute ich sogar, dass er in dieser Geschichte sehr gut der Bösewicht sein könnte. Denn wenn Blaine jemals herausfindet, was ich fühle, wird das mit Sicherheit mein Tod sein.

# 1

### *Sasha*

Er sitzt heute Abend im Zuschauerraum. Er beobachtet mich, während ich mich auf den Weg mache und Kaya mit den Getränken helfe. Das Slainte ist heute Abend voll, und der VIP-Raum ist komplett ausgelastet. Es ist schon lange her, dass die Iren begonnen haben, an einer Allianz mit der russischen Mafia zu arbeiten. Etwas, was ich eigentlich nicht wissen sollte, was aber jeder weiß.

Es ist einfach so, wenn man für sie arbeitet. Normalerweise serviere ich keine Getränke, aber heute Abend sind wir unterbesetzt. Normalerweise tanze ich für die Männer, führe eine Show unter den glitzernden Lichtern der Bühne auf und gebe ihnen das Gefühl, dass ich ihre Phantasie erfüllen könnte.

Ich bin eine ausgezeichnete Lügnerin. Eine Meisterin der Manipulation. Mittlerweile ist es zu einer richtigen Kunst geworden. Die Art, wie ich sie ansehe und wie ich meinen Kopf genau im richtigen Winkel kippe. Sie denken über all die schmutzigen Dinge nach, die sie mit mir machen wollen. Ich denke an meine sterbende Mutter zu Hause. Darüber, wie sehr ich dieses Leben und jeden darin hasse. Ich habe so viel Hass in mir unterdrückt, dass es nur eine Frage der Zeit ist, bis er explodiert.

Aber ich kann alles sein, was sie von mir wollen, solange ich auf dieser Bühne stehe. Eine Heilige oder eine Sünderin. Das Mädchen von nebenan oder das an der Straßenecke. Das Einzige, was ich nicht sein kann, ist, ich selbst zu sein.

Weil dieses Mädchen vor langer Zeit verschwunden ist und ich nicht einmal mehr sagen könnte, wer sie jetzt ist. Das ist das Problem bei Lügen. Irgendwann fangen sie an, sich real anzufühlen. Irgendwann fängt man an, sie zu glauben.

Ich bin ein riesiges explosives verdammtes Chaos, eingewickelt in hübsche Lügen. Die Bostoner Unterwelt hat mich vor drei Jahren in Besitz genommen, und jetzt will sie mich nicht mehr loslassen. Sie ist ein kalter und einsamer Ort, an dem ich für immer im Schatten des Mannes lebe, der dieses Chaos in mein Leben gebracht hat.

Ich habe das alles so satt. Die Mafiosi. Die Kunden. Das Glotzen, die Kommentare und die gierigen Hände. Während ihre Frauen zweifellos zu Hause sind und sich um die Kinder kümmern, kommen sie hierher, um meine Titten anzuschauen und mir auf den Arsch zu schlagen. Ich bin erschöpft und krieche auf dem Zahnfleisch.

Ich habe mein ganzes Leben lang versucht, ein gutes Mädchen zu sein. Genau wie meine Mutter es von mir wollte. Aber jetzt, jetzt bin ich bereit, Böses zu tun. Bereit zu sagen: Fick diese Welt und alle mit ihr, scheiß auf die Konsequenzen. Das Einzige, was mich an diesem Punkt nicht meinen Verstand verlieren lässt, ist meine Mutter, aber sobald sie weg ist, habe ich nichts mehr.

Was mich daran erinnert, dass ich mir einen Wodka Red Bull besorgen muss, bevor ich auf die Bühne gehe. Die Tablette in meiner Tasche lacht mich an. Dexedrine, mein neues Lieblingslaster. Sie gehörten meiner Schwester, aber jetzt benutze ich sie als Aufputschmittel, um wach zu bleiben.

Ich folge Kaya zur Bar und füge meinen Drink zu unserer Bestellung hinzu, die der Barkeeper zuerst bringt. Ich trinke normalerweise nicht vor dem Tanzen, oder nach dem Tanzen, um ehrlich zu sein, aber in letzter Zeit ist es das Einzige, was mich durch meine Bühnenauftritte bringt. Während Kaya ihre Aufmerksamkeit auf etwas anderes richtet, werfe ich mir die Tablette in den Mund und spüle sie mit der Wodka-Mischung herunter. Aber als ich meine Augen wieder öffne, starrt sie mich an.

»Du siehst beschissen aus«, bemerkt sie.

»Danke, Schatz.«

Sie zuckt mit den Schultern. »Ich sage dir nur, wie es ist. Wann hast du das letzte Mal etwas gegessen?«

Ich versuche, mich daran zu erinnern, aber ich kann es nicht. Heute Morgen wahrscheinlich. Ich bin dünner als sonst, so viel weiß ich. Aber das steht nicht wirklich auf meiner Liste der Dinge, die mich im Moment interessieren. Meine Mutter liegt im Sterben. Verdammter Krebs.

Der Raum dreht sich, als die Tablette in meinen Blutkreislauf gelangt und mein Nervensystem unter Strom stellt. Meine Aufmerksamkeit richtet sich, während wir warten, auf die Bar, und ich beobachte die Mischung aus Lachen und Lärm. All diese Leute, die ihren Spaß haben. Scheiß auf sie. Scheiß auf die Mafia. Und auch auf den Krebs. Ich will hier raus. Weg von diesem Leben und weg von dem Blut und der Dunkelheit, die jeden Aspekt dessen, was ich bin, umhüllt hat.

Und vor allem: weg von ihm.

Ronan.

Dem größten verdammten Lügner von allen. Vorzugeben, dass es ihm scheißegal ist. So zu tun, als ob er nicht sieht, wie ich ihn ansehe. Oder wie er mich ansieht, was das betrifft. So als würde er sich wünschen, dass ich verschwinde. So als sei ich das, was er am meisten bedauert.

Und trotzdem schlägt mein Herz für ihn.

Den Mann, der mein Geheimnis teilt. Den Mann, der mein Leben in seinen Händen hält. Manchmal denke ich, ich könnte ihn lieben. Aber die meiste Zeit hasse ich ihn einfach. Dafür, dass er mich schwach gemacht hat. Dass er mich dazu verleitet hat, zu bleiben. Dafür, dass ich mich frage, wann er es endlich wiedergutmachen und mich auch töten wird.

Ich weiß nicht, wie es möglich ist, Gefühle zu haben, die derart gegensätzlich sind. Ich will ihn schlagen. Ich will ihm ins Gesicht schreien und ihn zwingen, mit mir zu reden. Seine reservierte Haltung mir gegenüber ist schlimmer als der Schmerz, den Blaine mir zugefügt hat. Ich bin nicht einmal seine Aufmerksamkeit wert. Einen Moment seiner Zeit. Und doch, wenn er in den Raum kommt, hört für mich alles andere auf zu existieren.

Ich weiß, dass er heute Abend hier ist. Deshalb kann ich mich nicht konzentrieren. Seine dunkle Energie summt durch das Gebäude, bevor ich ihn überhaupt sehe. Es gibt immer diesen Faden zwischen uns. Er verbindet uns. Schweißt uns zusammen. Ich weiß nicht, ob es das Geheimnis oder etwas anderes ist. Ich weiß nicht, ob er durchtrennt werden kann. Ob ich überhaupt will, dass das passiert. Er ist wie ein Stolperdraht, der so manipuliert ist, dass er einen Hurrikan an Gefühlen der Kategorie fünf in mir auslöst. Aber ich bin ein Masochist allererster Güte, also lasse ich mich von ihm ausradieren. Immer und immer wieder.

Ich bezweifele, dass ich es jemals lernen werde.

Als Kaya und ich die Drinks nehmen und zurück in die VIP-Lounge gehen, ist er dort. Als ich an seinem Tisch vorbeikomme, blickt er zu mir auf. Er hat bereits einen Drink in der Hand. Einen doppelten Jameson, pur. Sonst nichts.

Ich sollte weitergehen. Meinen Kurs wie ferngesteuert beibehalten. Weil jede andere Option wahrscheinlich dazu führt, dass ich in einen Zustand versetzt werde, in dem ich nicht sein will.

Ich bleibe trotzdem stehen.

Ich kann bei ihm nicht anders. Ich kann bei ihm nie anders. Wir haben eine stille Vereinbarung, er und ich. Eine, in der wir uns gegenseitig meiden und so tun, als ob der andere nicht existiert. Allerdings habe ich ihr nie wirklich zugestimmt. Aber ich denke, es gibt auch eine unausgesprochene Bestimmung, dass, wenn ich diese Vereinbarung breche, er mich wahrscheinlich töten muss.

Normalerweise provoziere ich ihn nicht. Aber heute Abend fühle ich mich verwegen. Und nervös. Und ich will ihn bedrängen. Ich möchte ausnahmsweise, dass er sich unwohl fühlt, nur damit ich nicht die Einzige bin. Ich möchte an der bereits rohen und eiternden Wunde in mir kratzen.

Meine Augen bewegen sich von seinem Glas zu den Händen, die auf dem Tisch liegen. Stark. Maskulin. Elegant. Diese Hände nehmen Leben. Diese Hände würden nicht zögern, auch meines zu nehmen. Und doch, in einer seltsamen Wendung des Schicksals, gaben mir genau diese Hände mein Leben zurück.

Irgendwie.

Mein Puls kommt bei der Erinnerung daran an seine Grenzen. Ich schieße aus allen Synapsen. In seiner Gegenwart stehe ich unter Strom und bin wehrlos, voll darauf vorbereitet, abzustürzen und zu verbrennen. Der Raum um uns herum liegt im Chaos. Aber in seinem Epizentrum, wo er und ich zusammen sind, ist alles still und ruhig.

Wie ein Magnet zieht er meinen Blick auf sein Gesicht. Es gibt keinen Mann in diesem Raum, der mit ihm mithalten kann. Olivenfarbige Haut. Kantiger Kiefer. Eine starke Nase, und Lippen, so sündhaft, dass ich sie beißen und ihn bluten lassen möchte. Nur so kann ich seine Dunkelheit schmecken. Nur so kann ich mit Sicherheit sagen, dass er ein Mensch ist. Weil ich es manchmal nicht weiß. Ist er ein Mensch oder ist er nur eine Maschine? Programmiert mit nichts als dem brennenden Bedürfnis und dem Wunsch, zu töten, wie sie sagen.

Ich habe gesehen, wie er getötet hat. Ich habe auch seine Wut gespürt. Sie so stark gespürt, dass etwas davon auf mich überging und mich mit dem Stempel des Tieres befleckte, das in ihm lebt. Ich sehne mich nach diesem Tier. Ich sehne mich nach allem, was diesen Mann mit seinen perfekten Anzügen und seinem völligen Mangel an menschlichen Emotionen ausmacht. Vielleicht, aber nur vielleicht, beneide ich ihn auch.

Darum, wie es sein muss, nichts zu fühlen. Gar nichts.

Ich will das für mich selbst.

Meine Pupillen sind geweitet, und als sie heute Abend über ihn wandern, ist er verzerrt. Selbst in meinem verschwommenen Zustand ist er makellos. Man wird ihn nie in etwas anderem als einem Anzug sehen. Sein Gesicht ist manchmal rau, aber höchstens mit einen Tag alten Stoppeln. Sein Haar ist an den Seiten rasiert und an der Oberseite länger. Er hat einen sauberen Haarschnitt, ist gut manikürt und gepflegt und das genaue Gegenteil von den Fehlern, die mich zusammenhalten.

Unter seiner schwarz gerahmten Brille blicken mich jungenhafte braune Augen abschätzend an. Sie sind von dicken dunklen Wimpern umrandet, hinter denen er sich oft zu verstecken versucht. Weil er weiß, dass diese Augen ihn verraten. Diese Augen brechen sein kaltes Furnier und zeigen eine darunterliegende Unschuld. Es gibt Zeiten, wie jetzt, in denen er geradezu wohlwollend sein kann. Seine Augen überfliegen meinen Körper für eine schnelle Begutachtung und verdunkeln sich dann. Es ist nie Hunger, den ich dort finde, sondern Wahnsinn.

Oh, ich liebe diesen Wahnsinn. Weil Wahnsinn besser ist als das Nichts. Wahnsinn bedeutet, dass er nicht völlig immun gegen Gefühle ist. Wahnsinn bedeutet, dass es keine Apathie ist, die er empfindet, wenn er auf mich schaut.

Verdammtes Arschloch.

»Hi, Ronan.« Meine Stimme ist von süßem Gift durchzogen, und ich hoffe, er hört es. »Es ist auch schön, dich zu sehen. Ja, meiner Mutter geht es gut, danke der Nachfrage. Sie liegt im Sterben, aber du weißt ja, so ist das Leben. Oh, und Em geht es auch super, falls du dich das fragst.«

Er blinzelt mich an, und für eine Sekunde denke ich

fast, dass ich halluziniere. Weil ich schwören könnte, dass ich Schuldgefühle in diesen braunen Augen aufblitzen sehe. Aber sein Blick wird schnell kalt, und ich spüre den plötzlichen Drang, mich selbst zu umarmen.

Ich weiß nicht, warum ich mich ihm gegenüber wie ein Miststück verhalte. Aber er ist jetzt verärgert, und das ist genau das, was ich erreichen wollte. Diese Tabletten lassen mich verrückt spielen, aber es ist entweder das – oder ein Zusammenbruch durch Erschöpfung. Ich möchte einen Streit mit jemandem anzetteln, und zwar jetzt, und dieser Jemand ist zufällig er. Er antwortet jedoch nicht. Er antwortet nie.

Er richtet seinen Kragen, blickt auf die Tür und sucht nach einer Fluchtmöglichkeit. In seinen Augen zählt er die Schritte bis zur Tür. Das macht er immer. Er glaubt, dass ich das nicht bemerke. Aber ich tue es. Die Zahlen sind in meinem Kopf, und ich zähle direkt mit ihm.

Er fühlt sich in meiner Nähe nicht wohl. Es ist nicht schwer zu erraten, warum. Ich bin mir sicher, dass er oft darüber nachdenkt, das eine lose Ende zu beseitigen, das ihm Schaden zufügen könnte. Ich habe keinerlei Zweifel, dass er das, was vor zwei Jahren passiert ist, bedauert. Wie um diesen Gedanken zu bestätigen, entlässt er mich, indem er sein Handy aus seiner Tasche zieht.

Einer der Kunden schnippt mit den Fingern und holt mich aus meiner Träumerei. In dem Moment, in dem ich den Tisch verlasse, steht Ronan auf und geht aus der Tür.

---

ALS ICH IN DIE HERUNTERGEKOMMENE WOHNUNG IN Dorchester stolpere, die ich mein Zuhause nenne, kann ich kaum die Augen offen halten.

Es gibt hier nicht viel zu sehen. Es ist die gleiche Wohnung, in der ich mein ganzes Leben lang verbracht habe, mit einer Mutter, die hart gearbeitet hat, um das wasserbefleckte Dach über unseren Köpfen zu bezahlen. Es gibt zwei Schlafzimmer, ein Wohnzimmer, eine Küche und die nötigsten Möbel.

Wir hatten nie schöne Dinge. Nachdem mein Vater gestorben war, gab meine Mutter ihr Geld für Emilys und meine Ernährung, Kleidung und Gesundheit aus, das war's. Aber dieser Ort war immer ordentlich und sauber und fühlte sich immer wie zu Hause an.

Jetzt sammelt sich der Staub auf den Möbeln, und ein muffiger Geruch setzt sich durch, den ich nicht loswerden kann, egal wie sehr ich hier lüfte. Meine Arbeitskleidung ist in der Wohnung verstreut, zusammen mit den verschiedenen Pillenflaschen und medizinischen Geräten, die Mama braucht.

Emily ist dank eines Stipendiums an der UCSD in Kalifornien, also sind die meisten ihrer Sachen weg. Ohne all ihre rosa Mädchendinge ist alles grau. Es ist derselbe Ort, an dem ich immer gelebt habe, aber wenn ich ihn jetzt betrachte, fühlt er sich nicht mehr wie zu Hause an.

Ich stolpere in die Küche und sehe Amy, die am Tisch sitzt und durch eine Zeitschrift blättert.

Als meine Mutter zu krank wurde, musste ich eine Pflegekraft einstellen, für wann immer ich nicht hier sein konnte. Amy war die richtige Frau für den Job. Sie ist süß, freundlich, sehr gut in dem, was sie tut, und sie macht meiner Mutter das Leben so angenehm wie möglich. Außerdem macht sie mir Essen, also ist sie im Grunde die Einzige, die mich im Moment am Leben hält.

»Wie geht es ihr?«, frage ich.

»Sie ist gerade wach«, antwortet Amy. »Und ziemlich klar, falls du sie sehen willst.«

Ich werfe meine Tasche auf den Küchentisch und nutze die Gelegenheit mit Begeisterung. Es gibt nicht mehr sehr viele solcher Momente, also nehme ich sie, wie sie kommen.

»Danke, Süße.«

»Gerne«, sagt sie. »Ich gehe über Nacht weg. Das Abendessen ist im Kühlschrank.«

»Okay, fahr vorsichtig. Wir sehen uns morgen.«

Amy schlüpft aus der Haustür, und ich ziehe ein Sweatshirt an, bevor ich in das Zimmer meiner Mutter gehe. Ich will nicht nach Parfüm und Schnaps riechen, wenn ich sie besuche. Sie weiß, was ich beruflich mache, aber das bedeutet nicht, dass ich es ihr unter die Nase reiben muss. Ich versuche, es nicht zu tun, wenn ich es verhindern kann.

Meine Mutter hatte große Hoffnungen in mich gesetzt. Als ich noch ein Kind war, nannte sie mich liebevoll ihren *kleinen Taschenrechner*. Ich habe in der Schule hart gearbeitet und war jedes Jahr unter den Besten. Aber wenn es um Mathematik ging, war es immer ein ganz anderes Thema. Ich hatte so viele Hausaufgaben nicht gemacht, dass der Lehrer meine Mutter schließlich dazu brachte, eine Nachhilfelehrerin für mich zu engagieren. Und als die Lehrerin kam, um mir zu helfen, bemerkte ich, dass ich in Mathe überhaupt nicht schlecht war. Tatsächlich konnte ich jede Rechnung durchführen, die sie mir gab, solange sie nicht auf dem Papier stand. Es dauerte nicht lange, bis ich Mathematik auf Universitätsniveau beherrschte.

Das war ein Schock für alle, aber am meisten für meine Mutter. Als sie mich fragten, wie ich die Berechnungen durchführte, konnte ich es nicht erklären. Es war nur eines dieser seltsamen Dinge, die für mich selbstverständlich waren, und meine Mutter war überzeugt, dass ich damit Karriere machen würde. Man kann sich also ihre Enttäuschung vorstellen, als ich meine Talente stattdessen im örtlichen Stripclub auslebte.

Aber ich bedauere das nicht, denn es bedeutet, dass sie in ihren letzten Monaten bei mir ist. Und das habe ich nicht durch Mathematik, sondern Tanzen geschafft. Es ist der einzige Weg, wie ich meiner Mutter in die Augen sehen und glauben kann, dass ich das Richtige tue. Denn wenn ich nicht tanzen würde, wäre sie nicht hier. In ihrem eigenen Haus. Ich wäre nicht in der Lage, mich um sie zu kümmern, so wie sie es verdient. Auf die Art und Weise, wie sie sich mein ganzes Leben lang um mich gekümmert hat.

Meine Augen richten sich auf ihre winzige Gestalt im Bett. Sie nimmt jetzt kaum noch Platz ein. Es spielt keine Rolle, wie oft ich sie so sehe, der Anblick trifft mich immer noch unerträglich hart. Ein schmerzhafter Klumpen formt sich in meiner Kehle, und meine Augen füllen sich mit Tränen, aber ich unterdrücke sie, während ich mich auf das Bett zubewege.

»Hey, Mama.« Ich lehne mich hinunter und küsse sie auf die Wange. »Wie geht es dir heute?«

Sie hustet und starrt mich mit trüben, grauen Augen an. Die Augen, die sich früher beim Lachen in Fältchen legten, tragen kein Licht mehr in sich. Nur Schmerzen. Ihre Lippen sind trocken und rissig, und sie versucht nicht einmal, sie zu bewegen. Sie ist jetzt zu schwach, um zu reden. Diese Tage werden in letzter Zeit immer häufiger, und ich weiß, was das bedeutet.

Sie ist fast am Ende. Es gibt nichts anderes, was wir jetzt noch für sie tun können, außer ihren Schmerz zu lindern. Die meiste Zeit des Tages ist sie kaum bei Bewusstsein. An den Tagen, an denen sie sprechen kann, ist vieles davon inkohärent.

Es ist die schrecklichste Art, jemanden, den man liebt, gehen zu sehen. Jede Nacht, wenn ich nach Hause komme und sie so sehe, fühle ich mich, als würde ich über ein Nagelbett kriechen. Aber so schrecklich es auch ist, ich weiß, dass sie dankbar ist. Weil sie hier in ihrem Haus ist, wo alles vertraut und friedlich ist. Ich würde sie nicht in ein Hospiz gehen lassen. Ich brauche den größten Teil meines Einkommens, um die Hauskrankenschwester und die Miete zu zahlen, aber es ist jeden Cent wert. Zumindest kann ich am Ende sagen, dass sie dort starb, wo sie sich am wohlsten fühlte. Wo sie am glücklichsten war.

Es wird das einzig Gute sein, was ich je in meinem Leben wirklich getan habe. Das Einzige, worauf ich stolz sein kann. Meine Mutter würde versuchen, mir etwas anderes zu sagen, aber sie ist keine sehr gute Lügnerin. Sie denkt immer noch, dass ich ein gutes Mädchen bin. Dass ich ihr Engel bin. Aber sie hat Unrecht.

Ich war einmal gut. Ich ging in die Kirche. Ich habe ehrenamtlich Dinge getan. Ich habe in der Schule hart gearbeitet. Ich tat all die Dinge, von denen mir meine Mutter sagte, dass sie wichtig seien, auch wenn ich nicht wirklich Lust dazu hatte. Ich war mein ganzes Leben lang gut, und wohin hat es mich gebracht? Ich bin ein beschissener Schlaumeier und habe eine Mutter mit Krebs. Das war's.

Sie verlässt mich bald, und ich will nicht, dass sie geht. Genau das sage ich ihr unter Tränen, weil ich nicht anders kann. Sie drückt meine Hand, und das löst einen weiteren Ausbruch aus.

»Ich bin nicht dein Engel, Mama«, sage ich ihr. »Ich bin nichts ohne dich. Ich will es nicht mehr versuchen. Sieh mich an. Sieh dich an. Das ist verdammt nochmal nicht fair.«

Mama versteht, dass ich wütend bin. Sie blinzelt mich an, und eine Träne rollt über ihre Wange. Ich wische sie weg, während meine eigenen Augen verschwimmen. Sie weiß, woher ich gerade komme. Sie hasst es, dass ich in dieser Welt gefangen bin und dass ich dort nicht herauskomme. Ich weiß, dass sie sich um mich sorgt. Es war schon immer ihr größter Wunsch, dass ich aussteige, bevor sie geht. Aber wir beide wissen, dass das nicht passieren wird.

Sich vom MacKenna-Syndikat zu lösen wird nicht einfach sein. Ich weiß zu viel. Ich habe zu viel gesehen. Wenn ich gehen würde, weiß ich, wer mich jagen würde. Ich will nicht, dass er derjenige ist, der mich umbringt. Ich könnte damit umgehen, wenn es jemand anderes wäre. Aber nicht er. Ich könnte ihm nicht in die Augen sehen, wenn ich meinen letzten Atemzug mache. Das wäre noch schlimmer als der Tod selbst. Es wäre der schmerzhafteste Weg. Denn diesmal, nach allem, was passiert ist … diesmal weiß ich, dass er nicht aufhören würde.

Also muss ich mir das erst einmal aus dem Kopf schlagen und mich auf das Wesentliche konzentrieren. Einen Tag nach dem anderen, und mich um meine Mutter kümmern. Das ist alles, was ich tun kann.

Ich gehe ins Badezimmer, um ein kühles Tuch zu holen. Sie mag das, und es gibt ihr ein besseres Gefühl. Das ist die einzige Kleinigkeit, die ich für sie tun kann. Ich lege es auf ihre Stirn und sehe, wie sie mich beobachtet. Ihre älteste Tochter. Ihr Stolz und ihre Freude.

»Weißt du was, Mama?«, flüstere ich. »Du musst dir keine Sorgen um mich machen. Weil ich aussteigen werde. Und ich werde nach Kalifornien ziehen. In die Nähe von Em. Vielleicht kann ich ihr bei ihrer Schularbeit helfen, wer weiß. Ich könnte ihr Mathelehrer sein oder so.«

Ihre Lippen zucken, und ich kann fast sehen, wie sie so lächelt, wie sie es früher getan hat. Dieses Lächeln, das einen ganzen Raum erhellt hat. Sie war immer so schön, und jetzt ist sie nur noch eine leere Hülle.

»Sie sagt, dass das Wetter dort das ganze Jahr über schön ist«, fahre ich fort. »Und ich habe dort auch eine Freundin von der Highschool. Du erinnerst dich an Sarah, oder?«

Sie blinzelt, aber ihr Blick ist auf mein Gesicht gerichtet, verzückt. Sarah lebt immer noch in Dorchester, arbeitet in einer üblen Spelunke und hat vier Kinder, aber das muss Ma ja nicht wissen. Der schwierigste Teil von all dem war für sie, sich Sorgen machen zu müssen, was mit mir und Em passieren wird. Und ich will nicht, dass sie sich Sorgen macht. Ich möchte, dass sie ihren Frieden findet. Ich fühle mich immer noch schuldig für meinen emotionalen Ausbruch von eben, also mache ich weiter.

»Sie ist eine Schauspielerin«, sage ich ihr. »Sie sagt, sie kann mir Arbeit besorgen. Natürlich nichts Besonderes. Nur ein paar Statistenjobs wie die Leute, die in Cafés im Hintergrund sitzen.«

Sie blinzelt, um zu signalisieren, dass sie will, dass ich weitermache.

»Ich werde mir auch einen netten, langweiligen Kerl suchen. Du weißt schon, einen Buchhalter oder so. Er wird wahrscheinlich einen Prius fahren und am Wochenende Marathons laufen, wenn er nicht für wohltätige Zwecke spendet.«

Mas Lippen zucken wieder. Sie weiß entweder, dass ich nur Müll erzähle, oder sie kauft mir das ab, was ich ihr gerade verkaufen will. Es ist schwer zu sagen, aber sie scheint glücklich zu sein. Ich beschließe, ihr das jeden Tag zu sagen, bis sie geht. Danach, und erst danach, werde ich es mir erlauben, zusammenzubrechen und die Realität zu akzeptieren.

Die Chancen, dass die Iren mich gehen lassen, stehen schlecht. Aber ich muss es versuchen. Selbst wenn es bedeutet, dass ich es nicht schaffe. Wenigstens kann ich sagen, dass ich es versucht habe. Denn hinter all dem Make-up und den Stilettos und dem Glitzer und Haarspray ist das Mädchen auf der Bühne fertig. Ich bin fertig damit, ein Bauer in den Spielen aller anderen zu sein. Fertig mit Männern, die ohne Konsequenzen benutzen und nehmen und tun, was immer sie wollen.

Der beste Tag meines Lebens wird der sein, an dem ich nie wieder eines ihrer Gesichter sehen muss.

# 2

## *Ronan*

*Gehorche.*
*Sei bereit, dich zum Wohle des Gemeinwohls zu opfern.*
*Gib niemals auf. Widersetze dich immer.*
*Zögere nicht, jede Bedrohung zu beseitigen.*
*Übe dich in Selbstkontrolle.*
*Sei immer gepflegt und sauber.*
*Strebe ständig danach, Körper und Geist zu stärken.*
*Lebe sauber. Trinke nicht, rauche nicht und nimm keine zuckerhaltigen Substanzen zu dir.*
*Verbinde dich nicht mit Außenstehenden.*
*Stelle niemals Befehle in Frage.*
*Strebe immer nach dem Ziel einer freien Nation.*
*Solange Irland in Ketten liegt, wirst du es auch sein.*

*»Mach weiter«, sagt Farrell.*

*Glas gräbt sich in die Haut an meinen Knien, während ich darum kämpfe, die Kernwerte noch einmal zu wiederholen. Ich habe Durst und meine Zunge ist so trocken, dass sie an meinem Gaumen klebt. Farrell wird ungeduldig, und wenn ich nicht sofort spreche, wird die Strafe noch schlimmer sein.*

*Ich stolpere über die Worte und vergesse auf halbem Weg, bei welchem Punkt ich bin. Meine Augen sind schwer, und ich weiß nicht, wie viele Tage vergangen sind, seit ich das letzte Mal geschlafen habe. Ich fange an, Dinge zu sehen. Dinge, die nicht echt sind, denke ich.*

*Meine Arme sind über meinem Kopf ausgestreckt, aber ich kann sie nicht mehr spüren. Meine Beine freuen sich über die Gnadenfrist vom Stehen, selbst wenn das bedeutet, in zerbrochenem Glas zu knien. In den zwei Jahren seit Beginn meiner Ausbildung habe ich erfahren, dass das Leben einfach einen Schmerz gegen einen anderen eintauscht.*

*Es gibt keinen Trost. Nicht einmal für einen Moment. Weil Agenten nicht in Rosenbeeten gemacht werden. Das hat Farrell mir gesagt, als sie mich aus den einzigen vier Wänden nahmen, die ich je gekannt hatte. Ein Haus, vier Betten, drei andere Jungs. Jungs, mit denen ich nicht sprechen darf.*

*Ich glaube, ich war damals acht. Sie beginnen ihre Ausbildung immer mit acht, sagte Farrell.*

*Ich bin jetzt zehn Jahre alt. Zehn.*

*Ich fühle mich nicht wie zehn.*

*Farrell blickt beschämt auf mich herab, und sein Blick*

*brennt durch mich hindurch. Ich richte meine Augen auf den Boden und warte auf die Bestrafung. Meine Schultern hängen, und ich beuge meinen Kopf in der Niederlage. Meine Augenlider werden zu schwer, und ich habe Angst davor, einzuschlafen. Jeder Knochen schmerzt. Meine Haut brennt, und ich zittere bei jeder Bewegung.*

*Ohne ein weiteres Wort lässt Farrell die Manschetten los, die meine Handgelenke an Ort und Stelle halten. Durch den daraus resultierenden Sturz schlägt mein Gesicht gegen den Beton. Ich kann mich nicht bewegen. Meine Wange brennt, und ich schätze, sie blutet. Der Klang von Farrells Stiefeln ertönt vom Boden, während er sich hinter mir bewegt.*

*Er zieht meine Hose um meine Knöchel hoch, und ich versuche, vor ihm zurückzuweichen. Coyne drückt seinen Stiefel in die Ebene meines Rückens und hält mich auf dem Boden fest. Und dann höre ich das Summen des Viehtreibers.*

*Ich finde einen dunklen Fleck an der Wand, den ich anstarren kann, bevor er auf meine Fußsohlen trifft. Aber es hilft nicht. Nichts hilft jemals. Es gibt nur Schmerz.*

*Schmerz. Schwärze. Schmerz. Schwärze.*

*Ich mag die Schwärze.*

*Wasser spritzt auf mein Gesicht, und ich komme zu Bewusstsein. Farrell steht über mir und schreit wieder Befehle.*

*»Steh auf.«*

*»Ich kann nicht«, sage ich ihm.*

*Und das ist keine Lüge.*

*Er nickt Coyne zu, und beide heben mich an meinen Armen hoch. Ich bin jetzt nackt. Sie haben mir wieder meine Kleider weggenommen, also weiß ich, was folgt. Sie stopfen meine Hände zurück in die Handschellen, die meine Arme über Kopf strecken, weshalb ich auf den Ballen meiner Füße stehen muss, um die Position zu halten. Die Verbrennungen sind so schlimm, dass ich mich so fühle, als würde ich gleich erneut ohnmächtig werden. Aber ich weiß, dass ich es nicht kann.*

*Coyne erscheint mit dem Schlauch. Er besprüht mich lange Zeit mit kaltem Wasser. Mein Körper zittert, aber ich versuche, mich darauf zu konzentrieren, etwas davon in meinen Mund zu saugen. Ich bin so durstig.*

*Der Schlauch wird abgestellt, und Coyne schaut zu mir und dann zurück zu Farrell.*

*»Wir verlieren ihn.«*

*Farrell nickt und holt dann eine weitere Tablette aus seiner Tasche. Ich mag die Tabletten nicht. Bitte alles* außer den *Tabletten. Ich drücke meine Lippen zusammen, aber er schiebt sie trotzdem in meinen Mund. Sie schmeckt bitter auf meiner Zunge, und es gibt keine andere Wahl, als sie zu schlucken.*

*Mein Herz schlägt zu schnell, und meine Augen fühlen sich an, als würden sie aus meinem Schädel springen. Farrell* tritt *hinter mich und zieht mir die Schlinge wieder um den Hals. Sie ist an der Wand hinter mir befestigt, mit gerade genug Druck, dass ich völlig gerade stehen muss.*

*Er schlägt mir auf die Wange, und sie gehen auf die Tür zu. Diejenige, die zu Orten führt, die ich noch nie zuvor gesehen habe. Die, an die ich manchmal denke, wenn sie mich nicht ansehen.*

*»Schlaf nicht ein, kleiner Freund«, sagt er. »Sonst wirst du nie wieder aufwachen.«*

NACHDEM ICH MEINE ANZUGKNÖPFE GEÖFFNET HABE, hänge ich die schwarze Jacke über den üblichen Haken an der Wand. Alles in diesem Raum ist genau so, wie ich es mag. Sauber und organisiert, ein Arbeitsplatz, der meinen Bedürfnissen entspricht. Ich habe ein Ritual, wenn ich in diesen Raum gehe. Und selbst wenn die Vorfreude im Moment durch meine Adern fließt, stelle ich sicher, dass ich genau nach meinen Standards arbeite.

Jedes Objekt hat seinen Platz. Jeder Schritt muss sorgfältig und bewusst durchgeführt werden.

Ich ziehe meine Uhr aus, gefolgt von meinem Unterhemd. Zwei Tasten auf der Fernbedienung, und Bachs Cello-Suiten ertönen aus den Lautsprechern. Immer zweiundsechzig Dezibel, die perfekte Lautstärke. Ich interessiere mich nicht besonders für Musik oder Geräusche jeglicher Art, aber das ist nicht wichtig. Als ich noch ein kleiner Junge war, lehrte mich Crows Mutter, dass diese Musik mir helfen könnte, mich zu konzentrieren. Das ist genau das, was ich im Moment gebrauchen könnte.

Alles ist dort, wo es sein muss. Diese Liste enthält meinen aktuellen Kunden. Donovan ist bereits auf dem Stahltisch befestigt, den ich für solche Anlässe verwende. Seine Augen sind schwarz und spucken Gift auf mich, aber er kann mit dem Stoff in seinem Mund kein Wort herausbringen. So ziehe ich es vor. Ich habe keine Ahnung, was ich noch von ihm hören könnte.

»Ich weiß, dass du denkst, dass das für den Verrat ist«, sage ich ihm, als ich nach meinem Werkzeugkoffer greife und ihn öffne. »Aber das ist es nicht. Zumindest nicht für mich.«

Er versucht, eine Antwort zu murmeln, die ich ignoriere. Ich setze den Aufbau fort und fahre mit den Fingern über die glänzenden Metallteile, die sich vertraut und beruhigend anfühlen. Donovan und ich hatten im Laufe der Jahre nicht viele Gespräche. Er war Teil des Syndikats, aber ich habe ihm nie vertraut oder ihn gar gemocht.

Im Allgemeinen habe ich nicht das Bedürfnis, zu kommunizieren, wie andere es tun. Ich spreche, wenn es nötig ist, und das reicht mir. Die meisten Kunden, die sich in diesem Raum befinden, hören meine Stimme nie. Nur wenn ich Informationen aus ihnen herausholen muss.

Aber heute Abend, mit Donovan, habe ich ein paar Dinge, die ich mir von der Seele reden will. Ich wähle ein Skalpell aus und halte es fragend vor ihm hoch. Er blinzelt mich nur an.

»Du hast recht.« Ich wende mich mit einem Nicken wieder den Werkzeugen zu. »Zu einfach. Ich denke, du und ich, wir wissen beide, dass es nicht ausreichend wäre, dich so einfach davonkommen zu lassen.«

Nach außen hin bin ich ruhig. Immer ruhig. Es ist nicht nötig, eine Show zu veranstalten. Ich werde ihm nicht erlauben, zu sehen, wie sehr er mich getroffen hat. Aber heute Abend wird Donovan die Tiefe meiner angestauten Wut spüren. Heute Abend werde ich tun, wonach ich mich gesehnt habe, seit ich herausgefunden habe, dass dieser Schwanz Sasha angefasst hat.

Blut tropft aus meiner Handfläche, und als ich nach unten schaue, sehe ich, dass ich das Skalpell mit meiner Faust zerquetsche. Das dunkle Karmesinrot schürt das temperierte Feuer in mir. Aber ich kann nicht zulassen, dass es die Kontrolle übernimmt. Denn wenn es die Kontrolle übernimmt, wird es zu schnell enden.

Und Donovan verdient keine solche Freundlichkeit von mir.

Ich könnte ihn schon deshalb zu Recht langsam und schmerzhaft ausweiden, weil er ein Vergewaltigerschwein ist. Aber das ist nicht das, was mich motiviert, sein Blut auf den Boden tropfen zu sehen. Es ist diejenige, die er berührt hat. Die einzige Person, von der er wusste, dass er es nicht sollte.

*Und sie hat ihn gelassen.*

Ich schließe die Augen, um Luft zu holen, und zähle aus Gewohnheit die Schritte bis zur Tür. Wenn ich sie noch zweimal rückwärts wiederhole, bin ich ruhig.

Ich ziehe eine Zange aus meinem Werkzeugkoffer und einen Knebel aus der Schublade darunter. Da der Raum klein und funktionell gebaut ist, beträgt der Abstand zwischen dem Tisch und mir nur fünf Schritte. Ich zähle sie zweimal, während ich die notwendigen Werkzeuge auf dem Tablett ausbreite und meinen Stuhl mit Rollen hole.

Der Tisch unter dem Tablett ist verstellbar, und ich senke ihn in eine passende Position, bevor ich meinen Platz einnehme. Donovan versucht, sich von mir wegzuziehen, als ich seinen Kopf fixiere. Sie alle tun das, und ich finde es immer irritierend. Sie sollten wissen, dass es keinen Sinn hat, das Unvermeidliche zu bekämpfen, sobald sie an meinen Tisch gefesselt sind. Das ist der Unterschied zwischen Männern wie Donovan und Männern wie mir.

Wo ich mein Schicksal akzeptieren und es mit Würde angehen würde, kann er es einfach nicht. Als ich das Tuch zwischen seinen Zähnen entferne, fliegen mir ein Schwall Schimpfwörter zusammen mit etwas Speichel aus seinem Mund entgegen. Das macht es nur einfacher, den Mundspreizer widerstandslos in Position zu bringen.

Sobald die Aufgabe erledigt ist, nehme ich mir einen Moment Zeit, um mich zurückzulehnen und mein Werk zu bewundern. Farrell lehrte mich, dass ich immer stolz auf meine Arbeit sein sollte. Ich bin nicht oft ein stolzer Mann. Ich habe das Gefühl, dass ich meinen Job mache, und ich mache ihn sehr gut. Aber in diesem Fall sehe ich einen kleinen Vorgeschmack auf den Stolz, den zu fühlen mir anerzogen wurde.

»Ich mache das normalerweise ein wenig später«, erkläre ich Donny, als ich die Zange von dem Tablett neben mir nehme. »Aber ich dachte, das könnte uns einen Moment Zeit zum Plaudern geben. Ein Aufwärmen, wenn du so willst.«

»Fick dich«, sagt Donovan über das Metall.

Ich strecke die Zange in seinen Mund und ergreife zuerst einen Vorderzahn. »Das kann ein bisschen wehtun.«

Der Zahn kommt mit etwas Wackeln und einer ordentlichen Menge Geschrei von Donovan heraus.

»Für einen Jungen, der gerne Frauen verletzt, schreist du sehr viel«, bemerke ich.

Seine Antwort wird durch die Schwellung und die Blutansammlung in seinem Mund gedämpft. Meine Arbeit geht ohne Pause weiter, und die Anspannung verlässt meinen Körper, als seine Schreie endlich nachlassen. Das ist das Adrenalin, das fließt. Aber es wird ihm nicht viel nützen für das, was ich auf Lager habe.

Während ich arbeite, ist der Raum bis auf das Knarren der Zange ruhig, und ich habe etwas Zeit, meine Gedanken zu sammeln.

»Interessiert es dich, zu wissen, Donny, dass sie mir gehörte, bevor du oder Blaine jemals Hand an sie gelegt habt?«

Er trifft meinen Blick, und ich sehe, dass er sich über mich lustig macht. Er verspottet mich mit seinen Augen. In all der Zeit, die ich den Jungen kenne, habe ich von ihm nur spöttische Blicke erhalten. Das macht mir nur wenig aus. Er wird nicht mehr lachen, wenn ich mit ihm fertig bin.

»Ich habe sie in dieser Nacht als Erster gesehen«, fahre ich fort. »Vor allen anderen.«

Er murmelt wieder etwas Unverständliches, und ich schüttele den Kopf, um ihn zum Schweigen zu bringen.

»Eine Maus in einem Feld voller Geier.«

Ich war keiner von ihnen. Mein Mangel an

Sozialkompetenz und meine Position innerhalb des Unternehmens erlaubten mir damals eine solche Eroberung nicht. Die Dinge sind jetzt anders.

Nur bin ich es nicht.

Nachdem ich alle Zähne von Donny eingesammelt habe, stecke ich das Tuch wieder in seinen Mund, um das Blut aufzusaugen. Ich säubere meine eigenen Hände und lege die schmutzigen Werkzeuge beiseite, während ich nach meinen nächsten suche. Ich halte wieder über dem Skalpell inne, meinem üblichen Begleiter. Eine sauber geschnittene Linie hat etwas Beruhigendes und Schönes. Donovan wird von mir keine solche Gnade bekommen.

Die meisten Männer im Syndikat bevorzugen das solide und stabile Gewicht eines Revolvers. Eine schnelle Möglichkeit, jemanden zu erledigen, während man gleichzeitig Distanz hält. Töten ist in jedem Fall ein schmutziges Geschäft, aber ich bevorzuge das Messer. Ein Leben zu beenden ist generell nichts, was ich leichtfertig tue. Töten ist eine persönliche Angelegenheit, und so sollte es auch der Akt selbst sein.

Mein Lebensinhalt war immer nur das Töten. Das war als kleiner Junge der einzige Grund für meine Existenz. Zu lernen, wie man tötet. Sie haben es mich sehr gut gelehrt. Es gibt nichts anderes auf dieser Erde, was ich so effizient tun kann. Konversation, andere verstehen, Entscheidungen treffen. Das sind keine Dinge, die mir vertraut sind. Aber Töten, das kann ich. Ohne zu fragen. Ohne zu zögern. Ohne einen Schatten des Zweifels in meiner Seele.

Ich wurde geboren, um Leben zu nehmen.

In mir brennt eine endlose Menge Wut. Ich muss sie immer nur anzapfen und kleine Mengen abziehen, um jede Aufgabe zu erledigen, die ich bekomme. Es ist nichts anderes als ein Teil eines Geschäfts. Ein Punkt auf dem i oder der Schrägstrich des Ts. Ich fühle nicht besonders viel, wenn ich ein menschliches Licht dimme.

Nur wenige Dinge können starke Emotionen in mir hervorrufen. Ich mag keine Emotionen. Ich verstehe sie nicht. Der Versuch, sie zu verstehen, führt nur zu Frustration. Aus diesem Grund halte ich mich von allem fern, was Emotionen hervorruft, die ich nicht verstehe. Aber der Tod, das ist etwas, was ich verstehe.

Man hat mich einen Soziopathen genannt. Ein Monster. Aber ich sehe mich selbst nicht als solches. Ich bin einfach ein Mann, der einen Job macht, der erledigt werden muss. Wenn ich es nicht täte, würde es jemand anderes tun. Die Männer, die ich töte, haben es alle verdient. Sie wussten, worauf sie sich einließen. Sie haben entweder Niall Unrecht getan oder das Syndikat auf irgendeine Weise bedroht. Und Bedrohungen müssen beseitigt werden, genau wie Ungeziefer.

Eine der wenigen Moralvorstellungen, an die ich mich noch halte. Ich werde meine Brüder um jeden Preis beschützen.

Dabei möchte ich denken, dass die Männer, die auf mich treffen, in den meisten Fällen einen schnellen und ehrenvollen Tod erleiden. Terror ist kein Balsam für meine Seele. Ich genieße die Handlung selbst nicht. Ich fühle nichts. Ich bevorzuge Präzision und Sauberkeit. Ein kurzer Schnitt. Nichts, was rohe Gewalt oder unnötiges Verlangsamen erfordert. Die meisten der Jungs wissen es nicht, aber ich mag den Folteraspekt wirklich nicht. In diesen Fällen tue ich nur das, was notwendig und effektiv ist. Es ist nicht der Schmerz, den ich von den Kunden will, sondern die Antworten. Wenn sie mir sagen, was ich hören muss, dann ist es leicht für sie. Die Wahl liegt letztendlich bei ihnen.

So ist es normalerweise. Bei Donovan ist es allerdings eine völlig andere Nummer. Er ist einer von uns. Ein Mann, der einen Eid ablegte, dem Syndikat treu zu bleiben. Seinen Brüdern gegenüber. Er hat den Eid gebrochen. Er hat seine eigenen Leute verraten. Die Strafe für eine solche Verfehlung ist die gleiche wie in der ersten Welt, die ich jemals kannte. Tod.

Ich glaube, es ist der gemeinsame Faden, der alle eng gestrickten Gruppen zusammenhält. Die unmittelbare Bedrohung durch den Tod wirft einen Schatten auf das Unrecht, das so groß, so dunkel ist, dass nur die kühnsten oder ignorantesten Seelen beschließen werden, es zu ignorieren.

Trotzdem passiert es. Ich habe schon das Leben zweier anderer Mitglieder unseres Syndikats beendet. Das Problem ist, dass nur einer von ihnen genehmigt war. Ich habe es aber trotzdem genossen. Als der Metalltisch hinter mir auf dem Boden kratzt, vermute ich stark, dass ich es dieses Mal auch genießen werde.

Vergnügen ist für mich ein fremdes Gefühl. Die wenigen Male, in denen ich etwas ausprobiert habe, was im Entferntesten Spaß macht, hat es mich beunruhigt. Es liegt auf der Hand, dass alles, was so berauschend ist, nicht gut sein kann. Wie die Tabletten, die sie mir immer gegeben haben. Süchtig machend. Ein Gefühl, das ich mein ganzes Leben lang zu vermeiden versucht habe.

Heute Abend werde ich mir diese kleine Freude gönnen.

Als ich zu meinem Gefangenen zurückkehre, kämpft er gegen den Tisch, um sich zu befreien. Er sollte es besser wissen, als zu denken, dass ich eine seiner Fesseln nicht ordentlich angebracht hätte. Er arbeitet seit fünf Jahren mit mir zusammen.

Ich hebe das Skalpell auf und drehe es in meiner Hand, wobei die Unentschlossenheit schwer auf mir lastet. Wie ich schon sagte, ich verliere nicht gerne Zeit. Ich könnte seinen Tod so schnell und schmerzlos machen wie bei allen anderen vor ihm. Aber das werde ich nicht. Denn in diesem seltenen Fall hat Donny es geschafft, eine sehr menschliche Reaktion in mir hervorzurufen. Eine, die ich noch nie zuvor gespürt habe.

Diese Reaktionen scheinen sich fast immer um sie zu drehen. Sasha. Sie ist schlimmer als die Tabletten. Schlimmer als alles, was mir jemals begegnet ist.

Ich habe schon einmal für sie getötet, und ich habe es auf grausame Weise getan. Wenn es jemals einen Zeitpunkt gab, zu dem ich meine psychopathischen Tendenzen kanalisiert habe, dann war es der. Donovan hat in mir den gleichen vertrauten Drang ausgelöst.

Die Dämonen geweckt, die herauskommen und spielen wollen.

Meine Finger straffen sich um das Skalpell, wenn ich an ihn in ihr denke. Dass er ihre Haut berührt. Sie auf eine Weise schmeckt, die ich nie haben kann. Ihre Weichheit überall um sich herum spürt. Ihren Duft, ihre Geräusche, ihre Hände. Mein Körper zittert durch die Kraft des Hasses, den ich auf mich selbst und auf sie habe.

Ich will sie nicht. Ich wollte sie nie.

Beim Öffnen der Tür fällt Licht in den Raum, gefolgt von leisen Atemzügen.

Bevor sich mein Blick überhaupt bewegt, weiß ich, dass sie es ist.

Ihre Augen huschen zu dem Ort, an dem Donovan an den Tisch gefesselt ist, und zurück zu mir, mit dem Skalpell in meiner blutbefleckten Hand. Ihre Pupillen werden größer, je mehr sie versteht, was hier vor sich geht, und sie stolpert mit dem einen Ausdruck in ihren Augen, den ich nie bei ihr sehen wollte, einen Schritt zurück. Angst.

Sie kann mich hassen. Sie kann mich verachten. Aber mich fürchten?

Nein.

Ich will zu ihr gehen. Um sie zu trösten und sie mit Lügen zu besänftigen. Aber ich werde sie nicht anlügen. Ich kann kaum mit ihr sprechen. Ich weiß nicht, was ich sagen soll. Ich weiß nie, was ich sagen soll.

Conor steckt seinen Kopf durch die Tür neben ihr, und ich verenge meine Augen in seine Richtung.

»Tut mir leid, Fitz.« Er packt Sasha am Arm und versucht, sie wegzuführen. »Ich musste pinkeln. Ich wusste nicht, dass sie hier unten ist.«

Meine Brust hebt sich, als er Sasha, der eine gewisse Abscheu und Ekel ins Gesicht geschrieben steht, wegführt. Sie weiß bereits, was ich bin, sie brauchte keine Erinnerung daran. Und als ob ein Schalter in mir umgelegt wurde, hat diese ganze Situation es geschafft, mein Temperament zu schüren.

Spöttisches Lachen ertönt hinter mir, und als ich mich umdrehe, bemerke ich, dass Donovan es geschafft hat, das blutige Tuch auszuspucken.

»Du solltest dein Gesicht sehen«, sagt er.

Ich ignoriere ihn und hole die Astschere von einem Haken an der Wand, zusammen mit einem Metallbecken. Seine Hände sind bereits an den Seiten festgezurrt, und er lacht weiter, als ich eine Aderpresse um seinen Arm wickele.

Ich lege das Metallbecken auf seinen Oberkörper, und jedem seiner Finger folgt ein Aufschlag in der Schale. Als ich um ihn herumgehe und mit der zweiten Hand anfange, steht Donovan kurz davor, ohnmächtig zu werden. Ich schlage ihm ins Gesicht und schütte etwas kaltes Wasser auf ihn, bevor ich den Job beende. Als alle seine Fingerspitzen entfernt sind, gebe ich ihm eine kleine Gnadenfrist, nur um ihn davon abzuhalten, in einen Schockzustand zu geraten.

»Du bist ein kranker, verfickter Freak«, knurrt er. »Weißt du das? Es macht jetzt alles so viel Sinn.«

Er wirkte nie lächerlicher als in diesem Moment, zahnlos und mit blutigen Stümpfen am Ende jeder Hand. Und doch lasse ich seine Spitzen gegen mein besseres Wissen an mich heran.

»Was macht Sinn?«

Er grinst, und es ist grauenhaft mit dem Blut auf seinem ganzen Gesicht. »Hast du sie gehabt? Ich ja. Schon oft.«

Ich lächele ihn höflich an. Donny ist zu dumm, um zu verstehen, dass das bei mir nicht funktionieren wird. Er hofft, mich dazu zu bringen, ihm einen schnellen Tod zu bescheren. Aber er liegt falsch. Ich habe die Kontrolle. Ich habe mich immer unter Kontrolle. Es gibt nichts, was er sagen kann, um das zu ändern. Meine Grenzen wurden von anderen ausgelotet, die viel klüger waren als er.

Ich wende mich wieder meinen Werkzeugen zu und suche nach einem anderen für das, was ich als Nächstes geplant habe. Aber die folgenden Worte aus Donnys Mund beweisen, dass ich mich irre. Er ist in der Lage, mich auf eine Weise zu manipulieren, die ich nicht vorhersehen konnte.

»Sie hat es getan, um dich zu beschützen. Wusstest du das? Die dumme Hure dachte, sie müsse dich beschützen. Ich habe dich in dieser Nacht gesehen, Ronan. Ich habe gesehen, wie du Blaines Leiche zu deinem Auto geschleppt hast. Und Sasha sah mich. Sie wusste, dass ich dich verraten könnte, wann immer ich

Lust dazu hatte. Also hielt sie mich mit ihrem Mund ruhig, als Bezahlung.«

Hitze breitet sich in meinen Adern aus und droht mich auseinanderzureißen und alles in diesem Gebäude zu verschlingen, sofern ich mich nicht in den Griff bekomme.

Ich schnappe mir den Bohrer vom Tisch und schaue Donny ein letztes Mal an, bevor er garantiert nicht mehr in der Lage sein wird, einen zusammenhängenden Gedanken zu haben.

»Wenn du derart bereit warst, zu sterben, hättest du es nur zu sagen brauchen.«

Ich greife nach seiner Hose und ziehe sie herunter, so dass die kühle Luft seinen schrumpfenden Schwanz treffen kann. Das war ein Teil von ihm, den ich nie sehen wollte. Aber es ist auch der Teil von ihm, mit dem er sie berührt hat.

»Ich hoffe, es war es wert«, sage ich ihm.

»Ich habe eine Ausfallsicherung«, droht Donovan. »Das solltest du wissen. Wenn ich verschwinde, wird Niall herausfinden, was du getan hast. Was du und Sasha getan habt. Das kann ich dir versprechen.«

Seine Worte werden nichts ändern, aber sie versuchen es trotzdem immer. Es gibt nichts auf dieser Erde, was ihn jetzt vor mir retten kann. Als er das auf meinem Gesicht erkennt, verlässt auch der letzte Hoffnungsschimmer Donovans Augen.

Mein Gesicht schmerzt, und als ich nach vorn trete, fällt mir auf, dass ich lächele.

Sobald ich alles gereinigt und die Leiche entsorgt habe, fahren Conor und ich zu Donnys Doppelhaushälfte, um sie zu reinigen. Das ist immer die Standardprozedur, wenn ein Mitglied des Syndikats unter diesen Umständen stirbt.

Wenn sie mir einen Besuch abgestattet haben, bedeutet das, dass man ihnen nicht trauen kann. Das gilt für ihr Zuhause und auch für ihren Besitz.

Donny war vieles. Unter anderem ein Lügner. Aber seine Worte über die Ausfallsicherheit gehen mir nicht mehr aus dem Kopf. Ich habe ihm geglaubt, als er das gesagt hat. Ich habe ganz deutlich die Überzeugung in seinen Augen gesehen. Das war kein Bluff. Er war sich so sicher, dass ihn das irgendwie retten würde.

Ich bezweifele, dass ich sie hier finden werde, in seiner Wohnung. Aber es wird mich nicht davon abhalten, es zu überprüfen.

Ich war noch nie in seiner Wohnung. Ich habe zum Glück nie einen Grund dafür gehabt. Sie liegt in einem schäbigen Teil von Roxbury. Die Farbe ist verblasst und blättert ab, und der Hof ist zugewachsen. Ich nehme an, dass es für ihn wichtiger war, sein Geld für Huren und Kokain auszugeben.

»Soll ich Ausschau halten, während du dich um das Schloss kümmerst?«, fragt Conor, als wir nach hinten gehen.

Ich schüttele den Kopf. Der Junge ist noch sehr grün. Er hat nicht viel gesunden Menschenverstand, aber er ist ein guter Junge. Ich vertraue ihm. Das ist mehr, als ich von den meisten Menschen sagen kann. Ich habe meine Dietriche bei mir, aber ich bezweifele, dass ich sie überhaupt brauche. Ich ziehe den Schlüsselbund heraus, den ich Donnys Leiche abgenommen habe, und übergebe ihn Conor.

Er starrt einen Moment lang darauf, bevor er anfängt, Schlüssel auszuprobieren. Beim dritten Versuch landen wir einen Treffer. Die Tür öffnet sich, und wir werden von dem begrüßt, was ich als Letztes in Donovans Haus erwartet hätte.

Einem Hund.

»Was zum Teufel …?« Conor spricht meine Verwirrung laut aus, als das kleine pelzige Tier auf vier Beinen sich in unsere Richtung bewegt.

Es hat ein schwarzbraunes Gesicht mit einem weißen Streifen in der Mitte, der geradewegs zu einer großen, schwarzen Nase führt. Zwei Ohren, die viel zu groß für seinen Kopf sind, stellen sich hoch, als er auf dem Küchenboden auf und ab springt und eine Vielzahl von seltsamen Geräuschen von sich gibt. Seine Zunge hängt aus dem Mund, als er mein Bein anspringt und ich versuche, ihn abzuschütteln.

»Was macht er mit einem Corgi?«, fragt Conor.

»Ein Corgi?«, wiederhole ich.

»Ja.« Conor zeigt auf die Fellansammlung, die an meinem Hosenbein zerrt. »Das ist ein Corgi. Eine Corgi-Dame, um genau zu sein.«

»Woher weißt du das?« Ich versuche, sie mit dem Fuß fernzuhalten.

»Äh, es ist ziemlich offensichtlich«, antwortet Conor. »Was machen wir mit ihr?«

Ich starre auf das Tier herab und bin sprachlos.

»Du wirst sie nicht töten«, sagt Conor. »Oder doch?«

Ich gehe an ihm vorbei und schlage die Tür hinter mir zu. Ich töte keine Tiere. Oder Frauen. Oder Kinder. Conor sollte das wissen, aber die Leute haben mich immer falsch verstanden.

»Wir können das später klären«, sage ich ihm. »Im Moment musst du dich darauf konzentrieren, alles zu bereinigen, was wir hier finden. Bargeld, Papierkram und Dokumente mit seinem Namen drauf. Das Einzige, was zurückbleiben soll, wenn wir hier fertig sind, sind seine Möbel.«

Conor blickt den Hund noch einmal an und zuckt dann mit den Achseln. »Was immer du sagst, Fitz.«

# 3

## *Ronan*

»Was frisst sie?«, frage ich.

Conor zeigt auf einen Beutel mit Hundefutter, und ich schnappe ihn mir, ohne auf das Etikett zu achten.

»Sie hat ein rosa Halsband«, stellt Conor fest. »Und es sieht so aus, als ob da irgendwann mal ein Anhänger dran gewesen sein könnte.«

»Und?«

»Also gehört sie wahrscheinlich jemandem«, sagt er. »Ich kann mir nicht vorstellen, dass Donny einem Hund ein rosa Halsband kauft. Oder sich sogar um einen kümmert. Es gab kein Hundespielzeug und auch keine Leckerlis im Haus. Vielleicht ist er von einer seiner Huren.«

Der Junge hat recht, aber das macht jetzt keinen Unterschied mehr.

»Ich könnte ihn zum Tierheim bringen«, bietet er an. »Jemand könnte ihn nehmen.«

Ich stelle mir den Ort vor, von dem er spricht, und alles, was ich sehe, sind vier Betonwände und nichts als Dunkelheit. Ich mag seinen Vorschlag nicht. Ich ignoriere ihn und nehme ein paar andere Dinge aus den Regalen, bevor ich zur Tür gehe.

Als wir zu meinem Haus zurückkehren, gebe ich Conor den Schlüssel und bleibe im BMW sitzen.

»Füttere sie für mich, ja? Ich muss etwas mit Crow besprechen.«

»Du weißt, dass du sie nicht einfach tagelang allein hierlassen kannst, oder?«, fragt Conor. »Du musst alle paar Stunden nach Hause kommen und sie rauslassen. Und sicherstellen, dass sie Essen und Wasser hat. Du weißt schon, sie am Leben erhalten.«

»Dafür habe ich doch dich«, erwidere ich.

Er schnauft, schließt die Tür, und ich warte, bis er drin ist, bevor ich zurück in den Club fahre. Einmal drin, gehe ich direkt zur Bar und bestelle zwei Gläser Jameson pur. Crow wird erst in dreißig Minuten hier sein, also muss ich Zeit totschlagen. Ich gehe auf die Rückseite des Gebäudes zu und schlüpfe unbemerkt in den VIP-Raum. So hatte ich es zumindest gehofft. Zwei Minuten, nachdem ich ihn betreten habe, treffe ich auf Kaya.

»Hey, Ronan«, begrüßt sie mich. »Willst du heute Abend Gesellschaft?«

»Nein«, antworte ich kurz und bündig.

Die gleiche Antwort, die ich ihr immer gebe.

Sie verdreht die Augen und folgt meinem Blick auf die Bühne. Es ist kein Geheimnis, dass ich jede Nacht hier bin, die ich kann. Wenn Sasha arbeitet. Das weiß sie nicht, aber Kaya schon. Sie hat mich eines Nachts hier im Schatten gefunden und hat es sich seitdem zu ihrer Aufgabe gemacht, mich hier immer wieder zu belästigen.

In letzter Zeit war das allerdings nicht so häufig, weil ich auf Crows Störenfried Mack aufpassen musste. Sie kam in den Club und stellte mit ihren Lügen und ihrem Verhalten alles auf den Kopf. Aber trotzdem war Crow verrückt nach dem Mädchen, und ich wurde mit Wachdiensten überschüttet, bis er ihre Motive herausfand. So muss Donny, glaube ich, zu Sasha gekommen sein. Er kam hierher, als ich beschäftigt war, damit er seine schmutzigen Hände an sie legen konnte.

»Weißt du«, Kayas Stimme durchbricht die Stille, und ich blinzele sie an. Ich weiß nicht, warum sie noch hier steht. »Ich denke, wir haben hier ein Problem, Ronan. Und ich bin mir wirklich nicht sicher, mit wem ich darüber reden soll.«

Sie macht eine Riesensache mit ihren Lippen. Drückt sie nach vorn, als würde sie schmollen. Ich neige meinen Kopf und versuche herauszufinden, was sie von mir will.

»Was für ein Problem?«, frage ich.

»Sasha hat in letzter Zeit eine Menge Tabletten geschluckt«, sagt sie. »Ich glaube, sie könnte zu einem Junkie oder so werden.«

Meine Antwort ist schnell und unkontrollierbar. Bevor ich mich zurückhalten kann, habe ich sie an den Armen gepackt und starre wütend in ihr verängstigtes Gesicht.

»Arbeitest du gerne hier im Slainte?«, frage ich sie.

»J-j-ja«, stottert sie.

»Und wachst du gerne jeden Morgen auf?«

Sie nickt hektisch mit dem Kopf, aber diesmal kommen keine Worte heraus. Das ist auch gut so, denn ich weiß nicht, was ich tue. Nur, dass ich mich in Bezug auf Sasha nicht beherrschen kann. Deshalb halte ich mich immer fern von ihr.

»Erwähne nicht noch einmal Sashas Namen«, sage ich Kaya. »In keiner Form und nicht in einem solchen Zusammenhang. Hast du mich verstanden?«

Sie nickt wieder, aber ich bin noch nicht fertig mit ihr.

»Ihre Mutter liegt im Sterben. Und sie denkt, dass du ihre Freundin bist. Wenn du einem der anderen Mädchen oder einem der Jungs etwas über sie erzählst …«

»In Ordnung, Ronan.« Sie versucht, mir auf die Brust zu klopfen, um mich zu besänftigen. Ich schubse sie weg, und sie fällt fast von ihren hohen Absätzen.

»Ich habe es verstanden«, sagt sie schnell. »Es tut mir leid, ich habe nicht versucht, zickig zu sein.«

»Doch, das hast du«, ist meine Antwort.

Sie presst die Lippen aufeinander und verschränkt die Arme. »Ich werde kein Wort mehr zu diesem Thema sagen.«

»Ich will dich hier hinten nicht mehr sehen«, sage ich ihr. »Lass mich in Ruhe.«

Sie tut, was ich verlange, und schlendert zur Garderobe.

Ich weiß bereits von Sasha und den Tabletten. Ich fand sie letzte Woche in ihrer Handtasche, als ich bemerkte, dass sie sich während ihrer Vorstellung ein wenig eigenartig benommen hatte. Und seitdem bin ich ihr jede Nacht zu ihrem Haus gefolgt und habe die Flasche überprüft.

Das ist ein Problem. Eines, bei dem ich noch nicht weiß, wie ich damit umgehen soll. Wie bei allem anderen, wenn es um Sasha geht. Aber ich werde nicht zulassen, dass jemand so über sie spricht. Sie ist keine Süchtige. Sie wird offensichtlich nicht mit der Krankheit ihrer Mutter fertig, was sie ein wenig wahnsinnig macht.

Ich selbst verstehe es nicht, aber Crow war genauso, als seine Mutter starb. Ich habe es auch schon bei den Jungs gesehen, jedes Mal, wenn einer unserer Gefährten seinen Schöpfer trifft. Es ist die natürliche Entwicklung der Dinge, glaube ich. Aber ich habe Sashas Leichtsinn jetzt lange genug hingenommen. Dieses Problem mit den Tabletten wird aufhören. Es wird heute Abend aufhören.

Ich lasse mich wieder in den Ledersitz fallen und überprüfe die Uhrzeit. Fünf Minuten vergehen, während ich warte, und ich verbringe sie damit, ein Glas Jameson nach dem anderen zu trinken. Als die Musik erklingt und die Bühnenbeleuchtung eingeschaltet wird, lehne ich mich in meinem Stuhl zurück und schenke der Tänzerin auf der Bühne meine ganze Aufmerksamkeit.

Ihr langes, seidiges, dunkles Haar berührt fast die Kurven ihres Pos, als sie ihren Rücken wölbt und ihren Kopf nach hinten neigt. Sie hat einen Körper, der für die Bühne gemacht wurde. Das hat auch Niall gesagt, als er sie eingestellt hat. Ich wollte ihm die Zähne einschlagen, auch wenn es stimmt.

Ihre Haut leuchtet unter den Lichtern und erregt die Aufmerksamkeit aller Männer im Raum. Mein eigener Körper reagiert, als ich mich daran erinnere, wie es sich anfühlt, sie zu berühren. Die winzigen Stellen davon, die ich berührt habe. Als ich die Kontrolle verlor. Als ich mir erlaubte, rücksichtslos mit ihr umzugehen.

Das ist etwas, was nicht einmal die Zeit wegwaschen kann. Mein Verstand kennt jeden Zentimeter ihres Körpers, einschließlich der Stellen, die meine Hände nie gespürt haben. Runde Hüften und eine schmale Taille. Weiche, volle Brüste. Alles an ihr ist sinnlich und weiblich, und jedes Tier im Raum hat seine Augen auf sie gerichtet. Ich habe den Drang, ihnen allen die Augen auszustechen, als ich sie dabei erwische, wie sie sie anschauen.

Ich wollte sie nie hier haben. In dieser Umgebung. Aber ohne sie als mein Eigentum zu beanspruchen hatte ich in dieser Angelegenheit nichts zu sagen. Und ich werde sie nie als mein Eigentum beanspruchen. Was mich mit nur einer Lösung zurücklässt. Ich habe keine andere Wahl, als es zu ertragen, dabei zuzusehen, wie die Jungs sie anstarren und Kommentare abgeben.

Sie hat keine Ahnung, dass keiner von ihnen sie jemals haben wird. Diejenigen, die es versuchen, verlassen diesen Ort mit ein paar gebrochenen Knochen, wenn sie Glück haben. Das weiß sie auch nicht. Crow und ich haben eine Vereinbarung. Sie gehört mir nicht. Aber ich will trotzdem nicht, dass sie sie anfassen.

Während sie auftritt, scannt ihr Blick die Menge, wie sie es immer tut. Ich frage mich oft, ob sie jemanden sucht. Ich frage mich oft, ob dieser Jemand ich sein könnte. Manchmal ziehe ich es vor, außerhalb der Schatten zu sitzen, wo ich weiß, dass ich gesehen werden kann. Ihre blauen Augen treffen immer für eine Sekunde auf meine. In diesem Moment versuche ich herauszufinden, was sie denkt. Sie sind so rein und sanft. Erfüllt von einer Güte, die ich nie erfahren werde. Alles an ihr ist so.

Ihre Lippen sind weich und rosa und sagen nur freundliche Worte. Sie spricht nicht wie die anderen Mädchen. Sie tratscht nicht und spricht auch nicht nur um des Redens willen. Und sie ist immer nett zu mir. Sie lacht mich nie aus, wie es einige von ihnen tun.

Ich träume oft von ihr. Kleine zerbrechliche Hände, die meinen Körper erkunden. Hände, die nie wehtun könnten. Hände, die – wenn sie mich berührten – mich Dinge fühlen lassen, die ich nicht verstehe.

Ich folge ihr gerne. Um sie zu beobachten, wenn sie es nicht weiß. Sie sieht mich nur, wenn ich es will. Sie hat keine Ahnung, dass ich jede Nacht mit ihr zusammen bin, sie beobachte, besessen von ihr bin, und mich nach ihr auf eine Weise sehne, die ich nicht kenne. Sie erweckt meine Grundfunktionen zum Leben. Einen Drang, in ihr zu sein, der so stark ist, dass ich manchmal befürchte, dass ich ihm wieder erliegen werde.

Das wäre falsch.

Weil ich ihr nicht geben kann, was sie braucht. Ich weiß nicht einmal, was sie braucht. Ich weiß nur, dass sie erneut zu berühren so wäre, wie Feuer mit Benzin zu löschen, in der Hoffnung, es zu beruhigen. Ich weiß, dass, sobald ich sie noch einmal kosten würde, ich in dieser Angelegenheit keine andere Wahl mehr hätte. Ich fürchte, dass ich weiterhin aus ihrer Güte schöpfen würde, bis nichts mehr übrig ist. Bis sie mich nur noch hassen könnte.

Ich weiß nicht, wie ich das vermeiden soll. Ich weiß nichts anderes, als dass es immer sie war, von dem Moment an, als ich sie vor drei Jahren sah. Sie ist das, nach dem ich mich mehr als nach allem anderen gesehnt habe. Und aus diesem Grund ist sie das, was ich nie haben kann. Ich kann meine Triebe nicht kontrollieren. Meine Instinkte.

Denn wenn ich an sie mit den anderen Männern denke, macht mich das wütend. So verdammt wütend. Sie gab sich ihnen hin, und das hätte sie nicht tun sollen. Logischerweise weiß ich, dass ich sie nicht besitze. Aber ich will sie trotzdem, und doch bin ich zu gelähmt, um entsprechend zu handeln. Aber alles, was ich tun muss, ist, sie mir mit jemand anderem vorzustellen, und es bringt mich dazu, sie für mich allein zu wollen, ihr keine Wahl in der Sache zu lassen.

Ich will bei ihr nie wieder so sein. Sie würde mich immer nur als das Tier sehen, das sie an jenem Abend sah.

In der Dunkelheit, während ihr Auftritt weitergeht, wächst meine Frustration nur noch mehr. Es kommt nicht oft vor, dass ich mich über die Dinge in meiner Vergangenheit ärgere, die Dinge, die mich zu dem gemacht haben, was ich bin. Aber Sasha aus dem Schatten heraus zu beobachten, zu wissen, dass sie eines Tages ein anderer Mann haben wird, löst meine Wut aus wie nichts anderes.

Ich will sein, was sie braucht. Was sie will. Aber ich bin es nicht.

Jemand anderes wird es sein. Jemand, den ich vielleicht auch noch umbringen werde.

# 4

## *Sasha*

Als ich von der Arbeit nach Hause komme, wartet Amy wie immer auf mich. Aber sie blättert nicht durch eine Zeitschrift. Sie macht überhaupt nichts. Sie sitzt am Tisch, und ihre Hände sind verschränkt, während ihr Blick auf die Türöffnung gerichtet ist, als ich hereinkomme.

Ich setze meine Taschen ab, und meine Augen huschen durch den Raum und suchen nach fünf Dingen. Die fünf kleinen Dinge, die mich erden. Alles, um mich davon abzuhalten, über den Rand der Verzweiflung zu stürzen. Aber es scheint nicht mehr zu funktionieren.

Alles in dieser Wohnung erinnert mich an meine Mutter. Ihre Ofenhandschuhe, ihre Schürze, sogar ihr fröhlicher Farn, der jetzt in der Ecke der Fensterbank schmollt. Sie wird diese Dinge nie wieder sehen oder berühren. Jede Nacht mache ich das durch. Ich frage mich, ob dies die Nacht sein wird, in der Amy mir sagt, dass es passiert ist. Dass sie mir entwischt ist und ich nicht einmal die Chance hatte, mich zu verabschieden. Ich habe keine Zeit, mich auf irgendetwas vorzubereiten, bevor Amy mich informiert.

»Sie hat sich heute verändert«, sagt sie leise. »Es gibt einige Anzeichen einer Infektion. Höchstwahrscheinlich eine Lungenentzündung.«

Ich lasse mich auf einen der Küchenstühle fallen, aber ich kann keine Worte finden, um zu antworten. Ich wurde bereits vor der Wahrscheinlichkeit gewarnt, dass so etwas passieren könnte. Ich weiß, was eine Infektion in ihrem Zustand bewirken kann. Was sie tun wird. Aber es fühlt sich immer noch an, als wäre der Teppich unter mir weggerissen worden. Als ob ich keine Zeit gehabt hätte, mich vorzubereiten.

Es spielt keine Rolle, wie gut man informiert ist, oder wie lange man weißt, dass es kommt. Ich werde nie bereit sein, sie gehen zu lassen. Auch wenn es das Beste für sie ist. Selbst wenn sie Schmerzen hat und es egoistisch von mir ist, sie hierbehalten zu wollen.

»Also, was passiert jetzt?«, frage ich.

»Wir werden sie weiterhin überwachen«, erklärt Amy in einem sanften Ton. »Sie will keine Antibiotika, also haben wir die Dosis der Schmerzmittel erhöht, damit sie sich ausruhen kann. Aber es bedeutet, dass sie nicht mehr geistig anwesend sein wird. Du solltest Emily anrufen und ihr sagen, dass sie jetzt kommen soll.«

Ich nicke, und eine Träne entweicht meinem Auge, rollt über meine Wange und fällt auf den Tisch. Den Tisch, an dem wir alle als Familie gegessen haben. Ich habe den plötzlichen Drang, ihn zu zerstören, ihn in kleine Stücke zu zerlegen. Stattdessen begnüge ich mich damit, mit meinem Nagel am Holz zu kratzen und es zu beschädigen.

Amy steht auf, um zu gehen, aber drückt meine Schulter leicht, bevor sie sich in Richtung Tür bewegt.

»Wir sehen uns morgen.«

»Danke.«

Die Haustür schließt sich, und das einzige Geräusch in der Wohnung ist die Maschine aus dem anderen Raum. Aber ich kann da nicht hineingehen. Nicht heute Abend. Ich kann sie nicht so nah sehen, aber gleichzeitig so weit weg.

Also gehe ich zum Schrank und durchwühle die Jacken, bis ich finde, was ich suche. Ich ziehe die schwarze Anzugjacke, die im hinteren Teil versteckt ist, vom Kleiderbügel und lege sie auf mein Gesicht. Ihr Geruch ist längst verblasst, aber ich tue so, als sei er noch da. Dieses erbärmliche kleine Ritual ist eines der wenigen Trostpflaster, die ich in diesem Leben noch habe. Es ist erstaunlich, wie man Trost in den kleinsten Dingen finden kann, wenn die Welt so dunkel und unruhig ist. Dieser Stoff tröstet mich. Aber das hat nichts mit der Jacke selbst zu tun, sondern alles mit der Erinnerung, die sie hervorruft.

Mein dunkler Prinz. Der Reaper. Der Mann, der ohne zu zögern Blut für mich vergossen hat. Schon deshalb wird er immer auf einem Podest stehen, das kein anderer erreichen kann. Er wird immer die Erinnerung sein, die ich in meinen dunkelsten Zeiten hervorhole.

Ich schleiche mich aus der Haustür, gehe durch den Eingangsbereich unseres Hauses und öffne die Tür zum Treppenhaus. Jeder Schritt, den ich nach oben mache, brennt in meinen Beinen, nachdem ich die ganze Nacht getanzt habe, aber ich gehe weiter. Als ich die Dachterrasse erreiche, sind meine Arme so schwach, dass ich sie kaum öffnen kann. Aber ich schaffe es.

Und mit jedem Schritt, der vom rissigen Zement widerhallt, fühle ich mich besser. Die Luft, die meine Lungen füllt, ist kühl und frisch. Sauber und makellos. Deshalb liebe ich es hier oben. Die Tatsache, dass ich die ganze Stadt sehen kann, ist ein zusätzlicher Pluspunkt. Ich zähle gerne die Straßen, die aus ihr hinausführen. Ich stelle mir vor, wie ich auf einer dieser Straßen irgendwohin fahre. Überallhin, nur weg von hier.

Ich finde meinen üblichen Platz an der Ziegelwand, setze mich hin, ziehe die Knie an meine Brust und wickele Ronans Mantel enger um mich. Mein Kopf fällt gegen die kühlen Ziegel, und ich blicke auf die Sterne, während ich versuche, Sternbilder am Nachthimmel zusammenzusetzen. Aber genau wie in meinem Leben sind sie nichts anderes als eine wirre Karte von Punkten, die sich nicht verbinden und nur weitere unerklärliche Fragen hinterlassen.

Ich weiß nicht, wie lange ich da sitze. Nach einer Weile wird mein Körper durch die Kälte taub. Meine Schultern und Augen sind beide schwer vor Erschöpfung, und ich weiß, dass ich wieder hineingehen sollte. Aber ich kann die Energie nicht aufbringen, um mich zu bewegen. Mich um irgendetwas zu kümmern. Also schließe ich die Augenlider für einen Moment, um mich auszuruhen, und der Schlaf trägt mich schnell an einen anderen Ort und zu einer anderen Zeit.

---

*»Entschuldige dich«, befiehlt Blaine, »und ich werde dir verzeihen.«*

*»Es tut mir leid«, sage ich ihm roboterhaft.*

*Das ist eines seiner Lieblingsspiele. Demütigung ist nur eine der vielen Waffen in seinem Arsenal der Folter. Und es gibt keine Vergebung, die man bekommen kann, egal wie klein das Vergehen ist – oder in den meisten Fällen: wie imaginär.*

*Seine dunklen Iris stehen völlig im Schatten der Schwärze seiner Pupillen, und deshalb weiß ich, dass er am Rande eines weiteren Wutanfalls steht. Immer wenn er sich aufregt, werden seine Augen schwarz. Ich sehe diese Ereignisse jetzt kommen. Andere sehen ihn an und denken, dass er nur schlechte Laune hat. Aber ich weiß es besser. Ich weiß, dass sich schlechte Laune in ihm aufbauen und aufbauen wird, bis es nichts als reine Wut gibt, die schließlich über mir explodieren wird.*

*Ich blicke zu ihm auf und warte auf den nächsten giftigen Pfeil, den er in meine Richtung schleudern wird. Ich bin so müde. Körperlich und emotional erschöpft. Ich lebe mein Leben von einem Atemzug zum nächsten. Mein Körper und mein Geist haben sich abgeschaltet, aber es gibt kein Entrinnen aus dieser Hölle.*

*Ich lud das Chaos in mein Leben ein, als ich seinen unerbittlichen Wünschen nach einem Date zustimmte. Er war von dem Moment an von mir besessen, als er mich das erste Mal sah. Damals war ich noch jung genug, um mich davon geschmeichelt zu fühlen. Ich denke immer wieder, dass, wenn ich nicht mit ihm ausgegangen wäre, die Dinge sich vielleicht anders entwickelt hätten. Dass er mich in Ruhe gelassen hätte. Aber irgendwie weiß ich, dass das nicht stimmt.*

*Blaine bekommt immer, was er will. Egal mit welchen Mitteln.*

*Ich weiß nicht, was er in mir sieht. Aber es ist etwas, was er haben muss. Das bedeutet nicht, dass er mich liebt. Das bedeutet nicht einmal, dass er nur mich hat. Blaine fickt jede, die er will, wo immer er will … aber er verlangt trotzdem, jeden Teil von mir zu besitzen. Es ist aber nie genug. Es wird nie genug von mir geben, um ihn zufriedenzustellen.*

*Ich war einmal einer dieser Menschen, die nicht verstehen konnten, wie Frauen sich in eine solche Beziehung begeben können. Oder wieso sie darin blieben. Aber so einfach ist es nicht. Es war noch nie einfach mit Blaine.*

*Mit ihm zu kämpfen ist wie mit einem Kind zu kämpfen. Aber einem, das zu Gewaltausbrüchen neigt. Er hält mich in*

*Schach, indem er Emily und meine Mutter bedroht. Ich weiß, was er mit ihnen machen wird. Daran habe ich keinen Zweifel. Ich bin in seinen Klauen gefangen und habe mein eigenes Todesurteil unterschrieben. Es gibt kein Entrinnen vor ihm. Es gibt kein Entrinnen vor der Mafia.*

*Das sind die harten Fakten. Die einzigen Fakten, die ich kenne. Es gibt keinen Gerichtsbeschluss, der mich vor ihm schützen könnte.*

*»Runter auf die Knie und flehe mich an«, befiehlt er. »Sag mir, wie leid es dir tut.«*

*Mein Gehirn wiederholt immer wieder den gleichen Gedanken. Ich will, dass es vorbei ist. Ich will nur, dass es vorbei ist. Ich möchte zögern. Ihn wütend machen. Ihn reizen, bis er mich so sehr verletzt, dass es kein Zurück mehr gibt. Das wäre das Einfachste, was ich tun könnte. Das ist die Lösung, auf die ich immer wieder zurückkomme. Egal wie oft ich dieses Problem neu betrachte, es gibt nur eine Lösung. Es gibt nur einen Weg, es zu lösen. Und das ist, mich selbst ganz aus der Gleichung herauszunehmen.*

*Aber mein Gehirn und mein Körper sind nicht auf der gleichen Wellenlänge. Ich tue, was er verlangt, auch wenn mein Verstand immer noch dagegen ankämpft. Ich falle vor ihm auf die Knie. Es geht nicht um Unterwerfung oder gar Angst. Diese Dinge zeigen keine Wirkung mehr bei mir. Es gibt keinen Stolz, keine Moral oder gar Stärke mehr. Er hat all diese Dinge bereits aus mir herausgesaugt. Im Moment ist das Einzige, was ich noch habe, mein Selbsterhaltungstrieb. Das ist eine natürliche Reaktion. Ein biologisches Bedürfnis, sich zu schützen. Sich seinen Launen zu beugen ist der einzige Weg, wie ich sicherstellen kann, dass er seine Drohungen gegen meine Familie nicht wahrmacht.*

*Trotzdem stelle ich es in Frage. Wenn ich tot wäre, müsste er ihnen nicht wehtun. Weil es dann keine Rolle mehr spielt. Es ist das Einzige, was mich hier hält. Ich kann der Mafia nicht entkommen. Ich kann mich nicht vor einem Mann wie Blaine verstecken. Aber Emily ist jetzt in Kalifornien sicher. Es gibt nur noch meine Mutter. Und sie wird sicherer sein, wenn ich die eine Verbindung trenne, die sie verletzen könnte. Und das bin ich.*

*Ich schaue zu ihm auf. Dieser Mann, den ich einst für gutaussehend hielt – und charmant. Es gibt jetzt nichts mehr davon, wenn ich ihn ansehe. Nichts als Leere und eine schwarze Grube voller Wahnsinn in Gestalt eines Mannes. Ich wollte noch nie jemandem wehtun. Meine Mutter hat mich dazu erzogen, gut zu sein. Gutes zu tun. Ich habe mir noch nie etwas Schlechtes gewünscht. Aber ich wünsche es ihm. Dass er nach draußen tritt und von einem Bus überfahren wird. Oder, dass wenn er mit seiner Crew ausgeht, er derjenige sein wird, der nicht zurückkommt.*

*Es ist schrecklich, so etwas zu fühlen, einer anderen Person diese Dinge zu wünschen. Das ist es, was aus mir geworden ist. Das ist alles, was von mir übrig ist, seit er mich vor zwei Jahren ins Visier genommen hat.*

*»Sag mir, wie leid es dir tut«, wiederholt Blaine.*

*»Es tut mir leid, dass ich ihn angeschaut habe.«*

*»Gefällt es dir, diesen Freak anzusehen?«, fragt er. »Weil er dich immer anstarrt.«*

*Ich antworte nicht. Weil ich ihn gerne ansehe, den Mann mit den besorgten braunen Augen. Er hat eine Art, mich zu fesseln, wie es sonst niemand kann. Er ist ruhig und geheimnisvoll. Der Einzige, der, glaube ich, bemerkt, dass mit Blaine etwas nicht stimmt. Alle anderen sehen es nicht. Sie wollen es nicht sehen. Er benimmt sich so komisch. Der Clown, der sein Böses hinter dem Gelächter verbirgt. Sie alle denken, dass ich freiwillig bei ihm bin.*

*»Ich habe dir eine verdammte Frage gestellt!« Blaine spuckt mir ins Gesicht, packt mich dann an den Haaren und reißt Strähnen davon heraus, als er mein Gesicht auf den Boden drückt und es in den schmutzigen Teppich reibt. Ich kämpfe nicht gegen ihn an. Ich kann nicht einmal mehr Tränen aufbringen. Ich fühle einfach … nichts.*

*Ich bin nur dankbar, dass der Club für den Abend geschlossen hat und alle weg sind. Ich will nicht, dass das jemand sieht. Das ist der schlimmste Teil davon, wenn man bedenkt, wie gedemütigt ich wäre, wenn jemand ihn dabei erwischen würde, wie er mir das antut. Aber dann würden sie es wissen. Würden sie mir helfen? Würde es sie überhaupt interessieren?*

*Das würde es. Ich weiß, dass es das tun würde, den Mann mit den braunen Augen. Oder vielleicht ist es auch nur das, was ich glauben will. Weil es einfacher ist, zu glauben, dass es jemandem etwas ausmachen würde, als sich der Realität zu stellen.*

*»Antworte mir«, knurrt Blaine. »Hast du was für den Idioten übrig?«*

*Ich will nur, dass es vorbei ist.*

*Er starrt mich erwartungsvoll an und wartet darauf, dass ich ihn anlüge, ihm sage, dass es keinen anderen als ihn gibt.*

*»Er ist nett zu mir«, flüstere ich.*

*»Nett zu dir?«, brüllt er. »Er hat nie ein verdammtes Wort zu dir gesagt. Wie zum Teufel kann er nett zu dir sein?«*

*Er bewegt sich, um seine Hose zu öffnen. »Saug mich aus, und ich werde wieder glücklich sein.«*

*Ein angeekeltes Geräusch entweicht meinem Mund, bevor ich es unterdrücken kann. Und das legt einen Schalter bei Blaine um. Ich habe nicht einmal Zeit, über die Folgen dessen nachzudenken, was ich getan habe, bevor er mich gegen die Wand geworfen hat. Der Aufprall erschüttert mich, und alles, was ich erkennen kann, ist seine verschwommene Gestalt, die sich mir erneut nähert. Er hält mich auf dem Boden fest und schlägt mich immer wieder, mit jedem Schlag härter. Es tut nicht einmal mehr weh. Ich fühle nichts, wenn er mich schlägt. Mein Körper hat einen Weg gefunden, sich von den Schmerzen zu lösen.*

*Vielleicht bin ich deshalb so versucht, ihm die ganze Zeit zu trotzen. Ich sollte ihm geben, was er will. Das Weinen und Betteln und die Konfrontation, nach der er sich so verzweifelt sehnt. Aber ich habe es einfach nicht mehr in mir. Er sieht das. Er kann mich immer lesen, und er weiß es. Er schaut mir direkt in die Augen und seziert, was ich im Moment nicht verstecken kann. Die Leere. Die Taubheit. Den Hass.*

*Und das macht ihn nur noch wütender.*

*Seine Hände legen sich um meinen Hals und drücken zu. »Was zum Teufel ist los mit dir?«, knurrt er. »Du dumme verfickte Schlampe. Du wertlose Hure.«*

*»Ich wollte dich nie haben«, krächze ich.*

*Ich spüre, wie sich meine Lippen zu einem Lächeln verziehen und Blaines ganzer Körper durch die Kraft seiner Wut erzittert. Er drückt immer fester und fester. Und ich weiß, dass es das war. Es wird alles bald vorbei sein.*

*Das ist der Moment, in dem ich sterben werde. Seine Hand zieht sich um meine Kehle zusammen, und er schlägt meinen Kopf zurück auf den Boden. Die Luft verschwindet, und Schwärze breitet sich vor meinen Augen aus. Ich schließe sie und denke an meine Mutter. Ich hoffe, es wird ihr gut gehen. Ich hoffe, sie wird mich nicht dafür hassen, dass ich aufgegeben habe. Und Emily auch nicht. Sie hasst mich bereits. Sie denkt, dass ich schwach bin. Aber sie versteht es nicht.*

*Atme.*

*Ich atme ein, und der Sauerstoff kommt frei in meine Lungen. Blaines Gewicht ist weg, und ich weiß nicht, warum. Als ich meine Augen öffne, finde ich meine Erlösung in Form des Mannes vor, der noch nie mit mir gesprochen hat. Der mit den kaffeebraunen Augen. Den, den ich heimlich beobachte und von dem ich seit dem Moment, als ich ihn zum ersten Mal sah, träume.*

*Er ist auf Blaine, und sein eigener Körper zittert vor Wut. Seine Faust fährt Blaine ins Gesicht. Immer und immer wieder. Blaine wehrt sich, aber es ist sinnlos.*

*Ronan ist stärker. Härter. Noch wilder.*

*Mein Beschützer.*

*Ich habe noch nie so viel Zorn in einem Mann gesehen. Die Kraft seiner Schläge, der Ausdruck auf seinem Gesicht. Der Mann auf Blaine sieht aus wie ein Soldat im Kampf mit nur einer Mission. Verstümmeln. Töten. Zerstören.*

*Sein Hals ist zugeschnürt, seine Venen und Muskeln pochen mit dem Bedürfnis nach Blut. Er bekommt es. Es spritzt über seinen Anzug. Ich weiß nicht, wie lange es dauert, nur, dass Blaines Gesicht irgendwann unkenntlich ist, und ich weiß, dass er tot ist. Aber der Mann schlägt ihn immer wieder. Als ob es nicht genug wäre. Als ob es zu früh zu Ende wäre, und er bedauert, dass er es nicht geschafft hat, ihn leiden zu lassen.*

*Als die Schläge aufhören, nimmt er Blaine an den Haaren und bricht sein Genick mit einem scharfen Ruck zur Seite. Die Sekunden vergehen und werden zu Minuten, während Ronan und ich auf das verstümmelte Gesicht des Mannes starren, der mich so lange gequält hat. Ich will zu ihm kriechen, überprüfen und sicherstellen, dass das hier alles echt ist. Aber ich bewege mich nicht.*

*Dunkle Augen finden meine, und Entsetzen überkommt mich, als sich seine Atmung wieder ändert. Die Erkenntnis und der Schock dessen, was er gerade getan hat, erscheint auf seinem Gesicht, und das ist der Moment, in dem auch ich es verstehe. Er wird mich umbringen. Er hat einen seiner eigenen Leute getötet. Und jetzt wird er mich auch töten. Weil das nicht passieren sollte. Nicht für mich. Für niemanden.*

*Ich krieche auf meinen Händen und Knien rückwärts und versuche verzweifelt, ihm zu entkommen. Ronan fängt mich am Knöchel ein, bevor ich es überhaupt einen Meter weit schaffe. Und dann ist er auf mir und dreht mich um. Ich kneife meine Augen zusammen und warte. Ich weiß nicht, warum dieser Mann mir mehr Angst macht als der Rest von ihnen. Es ist sein Schweigen. Er ist ein Mörder. Er ist einer von ihnen. Und er hat gerade meinetwegen die schlimmste aller Sünden begangen.*

*Seine Hände berühren mein Gesicht und sind so sanft, dass ein Schluchzer aus meinem Mund platzt. Die Tränen, die ich vor zehn Minuten nicht finden konnte, laufen aus meinen Augen, und ich zittere vor Angst und Verwirrung. Ich dachte, ich wollte sterben, aber jetzt habe ich Angst.*

*»Schscht«, flüstert er.*

*Das war es. Nichts weiter. Aber es ist genug, um mich dazu zu bringen, meine Augen zu öffnen. Ich starre in seine. Die Wut ist weg, und an ihrer Stelle gibt es etwas anderes.*

*»Du musst mir nicht wehtun«, sage ich ihm. »Ich werde kein Wort sagen. Ich schwöre es. Ich werde es niemandem sagen.«*

*Er antwortet nicht. Seine Augen bewegen sich über mein Gesicht und nehmen jedes Detail auf. Er atmet immer noch schwer, und sein Körper ist so nah an meinem. Warm und solide und stark. Er riecht nach Malzlikör und gerösteten Pinienkernen. Ich weiß nicht, woher es kommt, aber es ist der einzige Weg, es zu beschreiben. Der Duft ist einzigartig und unglaublich.*

*Sein Griff um mich ist hart, aber, wie ich merke, als die Sekunden vergehen, nicht, weil er mich töten will. In seinen Augen gibt es etwas anderes. Etwas, von dem ich weiß, dass es sich in meinen eigenen widerspiegeln muss. Ich klammere mich an seinen Bizeps und ziehe ihn näher an mich heran. Ich weiß nicht, warum. Nur, dass ich es will.*

*»Ronan«, murmele ich ihm zu. »Ronan.«*

*Ich weiß nicht, warum ich seinen Namen sage. Ob es sich um eine Bitte oder etwas anderes handelt.*

*Ein Geräusch entweicht seiner Kehle, und er vergräbt sein Gesicht an meinem Hals und atmet meine Haut ein, während er sich an mir reibt. Er ist hart. Und es ist völlig verrückt, aber die ganze Spannung zwischen uns bricht zusammen. Alle Grenzen, die jemals existiert haben, lösen sich durch die Nähe unserer Körper auf. Als seine Hände über mich fahren, wecken sie ein lang schlafendes Bedürfnis in mir. Gefühle, die ich noch nie zuvor gespürt habe. Gefühle, die ich wahrscheinlich nie wieder haben werde.*

*Ich greife nach unten und ziehe sein Becken gegen meines, während meine andere Hand durch sein Haar streicht. Seine Hände sind überall auf mir und berühren mich überall dort, wo sie hinkommen. Wir sind wie zwei wilde Tiere, die sich in einem Kampf bis zum Tod gegenseitig anfallen.*

*Irgendwo im Chaos öffnet er den Reißverschluss seiner Hose. Ich ziehe meinen Rock hoch und schiebe mein Höschen zur Seite. Er zögert einen kleinen Moment. Und ich weiß, dass das alles falsch ist. Mein Freund liegt tot auf der anderen Seite des Raumes. Dort, wo Ronan ihn gerade getötet hat. Er ist immer noch mit seinem Blut bedeckt. Und jetzt versuchen wir, genau danach zu ficken. Ich bin so kaputt, bin so abgefuckt, weil ich das will. Ich fühle nichts wegen Blaines Tod, aber ich weiß, dass ich das hier will. Dass ich sterben könnte, wenn ich es jetzt nicht sofort bekomme.*

*Ich greife nach unten und berühre ihn. Er ist dick und heiß, und ich will ihn in mir haben. Ronan gibt ein weiteres gequältes Geräusch von sich, als ich ihn dorthin führe. Ich wickele meine Beine um ihn und er sinkt den ganzen Weg hinein. Er fickt mich in einem ruckartigen und unkoordinierten Rhythmus. Aber als ich nach oben greife, um sein Gesicht zu berühren, hält er inne.*

*»Nicht«, sage ich ihm.*

*Er kann jetzt nicht aufhören. Das werde ich nicht zulassen.*

*Die Gefühle, die ich manchmal für diesen Mann habe, sind unerklärlich. Ich fühle mich zu ihm hingezogen. Das war schon immer so. Aber das hier ist etwas ganz anderes. Das ist reine Physik. Er ist der Blitz, und ich bin nur ein Dirigent. Wir waren immer dazu bestimmt, zusammenzukommen.*

*Als er sich wieder bewegt, schaut er unsicher auf mich herab, sogar während er in mich hineinstößt. Mir ist das egal. Ich kann nicht klar denken. Über nichts nachdenken. Er stößt zu, und ich gebe nach. Mein Körper schmilzt auf dem Boden und gibt sich ihm völlig hin. Ich berühre mich kaum, und ich explodiere um ihn herum.*

*Das darauffolgende Zittern, das mich überkommt, lässt Ronans ganzen Körper zucken, während er nach vorne zusammenbricht und sich in mir ergießt. Die ganze Sache hat wahrscheinlich nicht länger als fünf Minuten gedauert, aber ich kann mich nicht an eine Zeit in meinem Leben erinnern, in der sich etwas so gut angefühlt hat.*

*Bis er sich zurückzieht, als wäre ich giftig und würde damit drohen, ihn auch zu beschmutzen. Seine Augen bewegen sich zur Tür und dann zurück zu mir. Und dann sagt er das erste und einzige Wort, das er je zu mir gesprochen hat. Ein Wort, das aus kürzester Entfernung eine Kugel in mein Herz jagt.*

*»Verschwinde.«*

---

Ich wache in kaltem Schweiß gebadet auf und bin in meine Decke eingewickelt. Meine Verwirrung nimmt zu, als ich aufstehe und durch den Raum schaue. Ich trage immer noch meine Yogahose und ein Sweatshirt, aber Ronans Jacke hängt an der Rückseite meiner Schlafzimmertür. Ich erinnere mich nicht, dass ich sie dort hingehängt habe. Ich erinnere mich nicht, dass ich überhaupt hineingegangen bin.

Der leichteste Hauch von Malzlikör verweilt auf meinem Sweatshirt, und ich bringe es zu meiner Nase und atme ein. Er ist frisch. Ich reibe den Schlaf aus meinen Augen und schüttele den Kopf, während ich auf die Uhr schaue. Es ist erst sechs Uhr morgens. Ich habe nicht annähernd genug geschlafen. Aber ich stehe trotzdem auf und gehe den Flur hinunter zu Mamas Zimmer. Ich will jetzt nur in ihrer Nähe sein. Und alles andere vergessen.

# 5

### *Sasha*

Heute ist mein freier Tag, und obwohl ich beschlossen habe, dass ich die Tabletten nicht nehmen werde, wenn ich nicht arbeite, bin ich zu müde, um zu funktionieren. Ich kann nicht mehr einschlafen. Der Schlaf kommt nicht, egal wie erschöpft ich bin.

Als mein Kopf wieder auf dem Kissen ruht, liege ich einfach da und denke über meine Mutter nach, wie mein Leben aussehen wird, wenn sie weg ist. Ich musste Emily anrufen und ihr sagen, dass es Zeit ist, nach Hause zu kommen. Das hat alles nur noch viel realer gemacht.

Das ist meine Ausrede, als ich in meine Handtasche greife, um die Pillenflasche herauszuziehen. Ich war in letzter Zeit voller Ausreden. Aber das ist mir auch scheißegal. Ich tue das Beste, was ich kann, um die Situation zu überstehen.

Als ich die Flasche aus meiner Handtasche ziehe, starre ich sie verwirrt an. Weil sie leer ist. Der Deckel ist fest verschraubt, und die Tabletten sind weg. Das ergibt keinen Sinn. Mein Misstrauen wächst. Instinktiv huschen meine Augen zu der Jacke, die über meinem Türknauf hängt – die gleiche, die ich gestern Abend auf dem Dach getragen habe. Ich weiß, dass ich nicht allein hierher zurückgegangen bin. Und ich weiß, dass Ronans Duft nicht auf magische Weise an meinem Sweatshirt aufgetaucht ist.

Und schließlich weiß ich auch, dass diese verdammten Tabletten nicht von allein verschwinden.

Aber nichts davon ergibt Sinn. Warum sollte er hier sein? Und eine noch bessere Frage ist: Woher wusste er von den Tabletten? Egal, wie ich es drehe und wende, nichts davon ergibt auch nur das kleinste bisschen Sinn.

Diese Fragen bleiben alle unbeantwortet, weil es an der Haustür klopft. Ich nehme schnell den leeren Behälter und werfe ihn in den Müll, bevor ich mich kurz im Flurspiegel ansehe.

Ich erwarte niemanden, aber manchmal kommen die Nachbarn vorbei, um zu sehen, wie es Mama geht. Ich nehme auch jetzt an, dass sie es sind. Als ich also meine Tür öffne und Lachlan Crow dort steht, finde ich keine Worte. Er ist technisch gesehen mein Chef und wird bald der neue Unterboss des MacKenna-Syndikats sein, wenn der Klatsch im Club stimmt.

Aber er hat mir noch nie zuvor einen Hausbesuch abgestattet, also muss ich zugeben, dass es mich ein wenig nervös macht, ihn jetzt hier stehen zu sehen. Ich kenne ihn nicht so gut, aber seine Freundin Mack ist total verrückt nach diesem Kerl. Er hat mich immer respektvoll behandelt, aber es ändert nichts daran, wer er ist. Er ist ein Mafia-Typ, durch und durch. Schon allein aus diesem Grund versuche ich immer, ihm aus dem Weg zu gehen.

Aber ich liebe Mack. Und nach den jüngsten Ereignissen mit Donovan schulde ich ihr viel.

Als Blaine starb, dachte ich, ich sei frei. Aber ich habe schnell gelernt, dass man in diesem Leben nur eine Form von Ketten gegen eine andere tauscht. Donovan übernahm bald die Rolle von Blaine und füllte sie leicht aus. Er war nicht so gewalttätig, aber seine Drohungen waren genauso echt. Er wollte nur abspritzen. Und ich war wieder da, wo ich angefangen hatte. Ich tat, was ich tun musste, um mein Geheimnis zu bewahren, und auch, um Ronan zu schützen. Er tötete Blaine meinetwegen, und es war undenkbar, dass ich ihn jemals an das Syndikat verraten würde.

Aber meine Loyalität machte es nicht einfacher, das zu akzeptieren, was ich immer wieder ertragen musste. Als Mack auftauchte, überraschte sie mich also. Die meisten anderen Tänzerinnen im Club hassten mich.

Ich war so lange allein gewesen, dass ich vergessen hatte, wie es war, Freunde zu haben. Obwohl Emily und ich uns immer nahestanden, drifteten wir auseinander, während ich mit Blaine zusammen war.

Mack war die erste echte Freundin seit sehr langer Zeit. Sie erinnerte mich so sehr an das Mädchen, das ich einmal war. Vor Blaine und dem Krebs und Donny und jeder anderen Hürde, die das Leben für mich geplant hatte.

Ich war einmal so stark wie sie. Früher fühlte ich mich, als könnte ich es mit der Welt aufnehmen. Aber ich war sicherlich nicht stark, als ich sie traf. Jeder Mensch hat seine Grenzen, und ich hatte meine schließlich erreicht. Ich war am Ende meiner Kräfte, und Mack konnte das sehen. Sie hielt Donny von mir fern, als ich es nicht mehr ertragen konnte. Und dann wurde sie seinetwegen fast getötet.

Mack kam nur in diese Welt, weil sie nach ihrer vermissten Freundin suchte. Ich glaube nicht, dass es jemals ihre Absicht war, zu bleiben. Aber dann verliebte sie sich in Lachlan, und die Dinge nahmen eine verrückte Wendung. Es stellte sich heraus, dass nicht nur Donny das Syndikat verraten hatte, sondern auch eine der anderen Tänzerinnen. Am Ende nahmen sie Mack mit einer Waffe am Kopf auf eine kleine Spritztour mit und verrieten ihr einige harte Wahrheiten über die Freundin, nach der sie gesucht hatte.

Ich weiß, dass es kein einfacher Weg für sie war, und ich möchte die Freundlichkeit erwidern, die sie mir gegenüber gezeigt hat, als ich sie am meisten brauchte. Aber sie hat keine meiner Nachrichten beantwortet, und ich habe sie auch schon eine Weile nicht mehr im Slainte gesehen. Ich schätze, dass

Lachlan deshalb jetzt vor meiner Tür steht und selbst ein wenig verloren aussieht.

Der Typ, von dem ich nie gedacht hätte, dass er eine weiche Seite hätte, tut es anscheinend. Und sie kommt nur heraus, wenn es um Mack geht.

»Ist alles in Ordnung?«, frage ich Lachlan. »Geht es Mack gut?«

»Deshalb bin ich hier«, sagt er. »Was dagegen, wenn ich reinkomme?«

Ich schüttele den Kopf und winke ihn hinein. Es ist seltsam, ihn in meiner Wohnung zu haben. Keiner der Jungs außer Blaine war jemals hier.

»Mack fällt es immer noch ein bisschen schwer, mit allem klarzukommen«, erklärt er mir. »Ich hatte gehofft, dass du sie besuchen könntest. Ich weiß, dass deine Mutter krank ist …«

»Das ist kein Problem«, sage ich ihm. »Ich würde gerne zu ihr kommen, wenn sie Lust darauf hat.«

»Großartig«, sagt er. »Ich lasse dich heute Abend von Ronan abholen.«

»Okay.«

Da ist ein seltsamer Gesichtsausdruck auf Lachlans Gesicht. Als wollte er mir noch etwas anderes sagen, aber das tut er nicht. Also begleite ich ihn wieder zur Tür und verbringe dann den ganzen Tag im Zimmer meiner Mutter und hoffe auf einen klaren Moment. Er kommt nicht.

RONAN IST KURZ NACH SECHS AN MEINER TÜR, UM MICH abzuholen. Er sagt kein Wort, als ich sie öffne, sondern steht einfach da und sieht wie immer steif und unbehaglich in meiner Gegenwart aus. Ronan tut immer alles, was Lachlan ihm sagt, aber ich bin etwas überrascht, dass er zugestimmt hat, mich heute Abend zu fahren. Er geht mir normalerweise aus dem Weg, und ich hatte erwartet, dass Rory oder Conor diejenigen sein würden, die an seiner Stelle auftauchen würden.

»Hi, Ronan.« Ich lächele leicht.

Er antwortet nicht. Wir gehen zu seinem Auto, er öffnet die Tür für mich und fährt mich dann schweigend. Ich hasse das. Ich weiß nicht, warum er nicht mit mir spricht. Er spricht mit allen anderen, sogar mit Mack. Und so sehr ich es auch hasse, das zugeben zu müssen, es stört mich verdammt nochmal.

Ich wechsele zwischen dem Ihn-Anstarren und dem Versuch, meine Aufmerksamkeit woandershin zu richten, hin und her. Ich weiß, dass er fühlt, dass ich ihn beobachte. Seine Hände zucken, aber es ist das einzige offensichtliche Zeichen. Er ist immer nervös in meiner Nähe, und ich war schon immer zu ängstlich, um das bei ihm anzusprechen. Meine Art und Weise, mit seinem ewigen Schweigen umzugehen, schwankt in der Regel zwischen völlig irrationalen Handlungen oder der völligen Vermeidung.

Aber heute habe ich erkannt, dass ich unser eigenartiges Verhältnis wirklich nicht im Geringsten verstehe. Ich könnte jetzt einfach so tun, als sei gar nichts, so wie wir es mit allem anderen zu tun scheinen, aber das will ich nicht. Die Worte springen in meinem Gehirn herum, während ich versuche, über den besten Weg nachzudenken, ihn nach gestern Nacht zu fragen. Wie beschuldigt man einen anderen, dass er einen verfolgt, ohne wie ein selbstverliebtes Arschloch zu klingen? Ich weiß es nicht. Also beschließe ich, es einfach mit Herausplatzen zu versuchen.

»Bist du mir gefolgt?«

Ronans Hand umfasst das Lenkrad fester, und seine Augen sind plötzlich laserscharf auf die Straße gerichtet. Aber da ist eine Röte, die seinen Hals hinaufkriecht. Dieser große, starke Killer wird verlegen, wenn ich mit ihm rede. Ich habe das nie verstanden. Er ist bei allen anderen nicht so.

Er ist direkt und kurz angebunden und sagt die Dinge, wie sie sind. So ist er bei allen außer mir. Er scheint mich die meiste Zeit nicht einmal ansehen zu können. Wie jetzt gerade. Ich habe ihn gerade gefragt, ob er mir gefolgt ist, und seine einzige Antwort ist, schneller zu fahren.

Und doch kann ich nicht anders, als das Gefühl zu haben, dass er mich schweigend verurteilt. So, als ob ich mich rechtfertigen müsste. Also mache ich die Situation noch angespannter und unangenehmer, indem ich genau das tue.

»Ich bin kein Junkie«, sage ich ihm. »Ich habe nur zehn dieser Tabletten genommen, und nur an Tagen, an denen ich gearbeitet habe. Ich war müde und gestresst, und …«

Die Worte klingen noch lahmer, als ich sie laut ausspreche. Es gibt keine Entschuldigung dafür, sie zu nehmen. Mein Kopf fällt in meine Hände, und ich stöhne. Ich weiß ehrlich nicht mehr, was zum Teufel ich mache. Aber es ist Zeit, mich zusammenzureißen und wieder klarzukommen.

Das Schweigen im Auto ist angespannt, während wir weiterfahren. Ich habe keine Geständnisse oder Anschuldigungen mehr für ihn, also halte ich den Mund.

Als wir bei Lachlans Haus ankommen, muss ich zugeben, dass ich ein wenig überrascht bin. Ich war auch nur einmal hier, als Ronan Mack absetzen musste. Nicht viele Leute wissen, wo Lachlan wohnt, also ist die Tatsache, dass ich eine von ihnen bin, nur ein weiterer Grund für mich, nervös zu sein. Eine weitere Erinnerung daran, dass die Wahrscheinlichkeit, dass sie mich irgendwo hinlassen, nicht hoch ist.

Ronan stellt das Auto ab und bewegt sich, um auszusteigen, aber ich packe seinen Arm und halte ihn fest.

Er schaut mich an, sagt aber kein Wort.

»Danke«, flüstere ich. »Dass du auf mich aufgepasst hast.«

Seine Augen werden weicher, und dann steigt er aus und geht herum, um meine Tür für mich zu öffnen. Er öffnet Lachlans Haustür und winkt mich hinein. Ich weiß, dass er nicht folgen wird, also schenke ich ihm ein kleines Lächeln, schlüpfe dann durch und lasse ihn in der Kälte zurück.

Conor liegt auf dem Sofa und liest eine Zeitschrift, blickt aber auf, als ich die Tür schließe.

»Sie ist im Schlafzimmer«, sagt er.

Ich nicke und gehe den Flur entlang, um Mack zu suchen, die in Lachlans Bett gekuschelt ist und an die Decke starrt.

»Hey.« Ich lächele sie von der Tür aus an. »Was dagegen, wenn ich reinkomme?«

»Hey, Sash.« Sie schenkt mir ein schwaches Lächeln. »Sicher, ich könnte Gesellschaft gebrauchen.«

Ich setze mich auf die Bettkante, und Mack lehnt sich zurück gegen das Kopfteil. Sie hat noch ein paar blaue Flecken von ihrem Zusammentreffen mit Mandy und Donovan, aber ansonsten wirkt sie gesund. Sie ist ein wunderschönes Mädchen. Zierlich und feurig. Mit dunklen Haaren und blauen Augen, wie ich. Die Niederlage ist diesen Augen jedoch deutlich anzusehen. Ihre Freundin ist fort, und Mack denkt, dass sie sie enttäuscht hat. Ich würde ihr sagen, dass das nicht wahr ist, aber wenn ich etwas über Schuldgefühle weiß, dann, dass nichts, was jemand anderes sagt, sie für einen lindern kann. Zu diesem Schluss muss sie von selbst kommen.

»Wie geht es dir?«, frage ich sie.

»Nein, nein.« Sie schüttelt den Kopf. »Ich will nicht über mich reden. Erzähl mir von dir. Wie geht es deiner Mutter?«

Ich blicke auf die Tagesdecke, und Mack seufzt. »Es tut mir leid, Sash. Die Dinge scheinen im Moment für alle scheiße zu sein.«

Ich nicke in stiller Übereinstimmung.

»Nun«, sagt Mack, »wenigstens schätze ich, dass du dir nie wieder Sorgen machen musst, dass Donny dich belästigt.«

Ich schlucke den Klumpen in meiner Kehle hinunter, der sich bei dem Bild von ihm mit Ronan in diesem Raum bildet. Ich wusste, was er in diesem Keller tat. Blaine sagte mir immer, dass ihm ein paar Schrauben fehlten. Dass er allerlei Scheiße im Kopf hätte und dass er gerne Menschen tötete. Ich wollte es nicht glauben. Das will ich immer noch nicht. Aber das ist es, was es bedeutet, ein Teil dieses Lebens zu sein. Den Befehlen folgen, die die Nahrungskette hinunter gegeben werden. Es spielt keine Rolle, warum oder wie. Wenn der Boss jemanden tot sehen will, ist er tot.

Donovans Tod tut mir nicht leid. Er hätte mich und Ronan mit den Informationen, die er über uns hatte, fertigmachen können. Und wenn er tatsächlich loyal zum Syndikat gewesen wäre, hätte er es getan. Aber stattdessen entschied er sich, meine Loyalität auszunutzen. Er wusste irgendwie, dass ich Ronan beschützen würde. Dass ich nicht zulassen würde, dass Donny ihn verrät und ihn den Preis für seine Taten zahlen lassen würde. Weil Ronan Blaine für mich getötet hat. Und da Donovan der Opportunist war, der er war, entschied er sich, das schamlos auszunutzen. Er hielt es mir vor und drohte mir ständig, um das zu bekommen, was er wollte.

Aber ich habe ihm nie meinen Körper gegeben. Mein Mund und meine Hand, aber nie meinen Körper.

Ich denke, das ist das, was ihn am meisten geärgert hat. Auf jeden Fall werde ich es nicht vermissen, sein Gesicht im Club herumschleichen zu sehen, wenn er darauf wartet, dass sein Moment kommt, um zuzuschlagen.

»Ich bin froh, dass er weg ist«, sage ich Mack.

»Lach sagte, dass Ronan ihn wirklich dafür leiden ließ, was er dir angetan hat.«

Ich blinzele ihr zu, und eine Million Fragen schwirren mir durch den Kopf. Aber ich kann keine von ihnen laut aussprechen. Wenn ich an Ronans Motive denke, bekomme ich nur rasende Kopfschmerzen und eine schmerzende Brust. Stattdessen wähle ich diesen Moment, um die Gelegenheit für meinen egoistischen Wunsch zu nutzen.

»Mack, ich weiß, dass die Dinge im Moment nicht sehr gut für dich sind«, beginne ich. »Und ich weiß, dass du schon viel für mich getan hast …«

»Was ist es, Sash?«, fragt sie. »Sag es mir. Ich fühle mich im Moment so nutzlos wie ein Sack Kartoffeln, also wenn es etwas gibt, was ich tun kann, um zu helfen …«

»Nun …« Ich zögere. »Es ist nur so, dass du offensichtlichen Einfluss auf Lachlan hast. Und ich dachte, vielleicht könntest du etwas mit ihm besprechen.«

»Was zum Beispiel?«

Ich schaue zu ihr auf und räuspere mich. Ich bin höllisch nervös und fühle mich wie ein Feigling, weil ich das von ihr verlange. Aber ich fürchte, dass, wenn ich direkt zu ihm gehe, er mich einfach direkt vor die Tür setzen wird.

»Er war gut zu mir«, eröffne ich meine Anfrage. »Und ich will das Richtige tun. Ich bin wirklich dankbar für alles …«

»Sash«, unterbricht mich Mack. »Spuck es einfach aus, ja? Ich bin es. Du kannst mir alles sagen.«

Ich ringe meine Hände.

»Schau, meine Mutter wird es nicht mehr lange überleben. Und wenn sie geht, werde ich hier nichts mehr haben. Ich dachte irgendwie daran, die Stadt zu verlassen. Woandershin zu gehen, weißt du? Neu anzufangen. Ich würde nie ein Wort über etwas sagen.«

Mack nickt verständnisvoll und schenkt mir ein schwaches Lächeln. »Ich möchte dir am liebsten sagen, dass ich ihn nicht fragen werde. Aber nur, weil ich es vermissen werde, dich in der Nähe zu haben. Du bist die einzige der Tänzerinnen, die mich nicht hasst.«

Wir beide lachen, und es fühlt sich gut an.

»Also, wirst du es tun?«

»Das werde ich«, bestätigt Mack. »Aber ich kann dir keine Versprechungen machen, Sash. Lach wird wahrscheinlich einige Einwände haben.«

»Ich weiß«, erwidere ich.

Ich habe das Gefühl, dass Mack nach den Dingen, die sie gesehen hat, nirgendwo hingehen wird. Aber es scheint ihr nicht so viel auszumachen. Sie und Lachlan haben etwas Besonderes. Ich beneide sie fast darum, so seltsam es auch klingt. Alles, was ich je wollte, war, hier herauszukommen. Aber wenn ich sehe, wie Lachlan sie ansieht, verstehe ich, warum sie bleiben will.

Mack wirft mir einen wissenden Blick zu und seufzt anschließend. »Wie konnte sich so ein süßes Mädchen wie du überhaupt in diese Welt verstricken, Sash?«

»Ich bin nicht süß«, leugne ich. »Und ich dachte, ich hätte dir gesagt, dass ich mit einem dieser Typen ausgegangen bin.«

»Ja.« Mack zuckt mit den Schultern. »Aber du redest nie über ihn. Eigentlich wirst du sogar irgendwie seltsam, wenn ich dich danach frage.«

Ich starre auf die Steppdecke und versuche, meine Stimme zu beruhigen. Ich hasse es, sie anzulügen. Aber ich muss es tun. Um Ronan zu beschützen.

»Sein Name war Blaine«, sage ich ihr. »Er war fünf Jahre älter als ich, und ich traf ihn, als ich neunzehn war. Damals arbeitete ich in einem Diner, das Nialls Schwester führt. Ich wusste nicht, dass es zur Mafia gehörte.«

»Ich wusste nicht, dass du für Nialls Schwester gearbeitet hast«, sagt Mack. »Lach hat diesen Ort erwähnt, aber er hat mich nie dorthin mitgenommen.«

»Sie gehen dort meistens nur zum Frühstück hin«, erkläre ich. »Nach dem Club, wenn sie eine harte Nacht hatten oder so. Ich arbeitete dort in Teilzeit, während ich Abendkurse nahm. Ich arbeitete in der Tagschicht, also war es nur ein Zufall, dass ich sie jemals gesehen habe. Ich war für eine der anderen Kellnerinnen eingesprungen.«

»Was für ein Glück, was?«, scherzt Mack.

»Falscher Ort, falsche Zeit«, antworte ich. »Der typische Mist. Das war das erste Mal, dass ich Niall sah. Er setzte sich an das Kopfende des Tisches, und dadurch, wie die Leute ihn ansahen, wusste ich Bescheid. Seine Schwester stellte mich vor und ließ mich bei Getränken und Essen helfen. Ich bemerkte, dass Blaine mich anstarrte, aber ich hatte ein Auge auf jemand anderen geworfen.«

Mack lächelt. »Lass mich raten: Braune Augen, groß. Höllisch brütend?«

»Genau der«, lache ich. »Er sprach nicht mit mir, also dachte ich, er sei nicht interessiert. Und um ehrlich zu sein, wusste ich sowieso, dass ich mich von solchen Typen fernhalten sollte.«

»Unsere Geschichten fangen an, unheimlich ähnlich zu klingen«, bemerkt Mack.

»Ja nun, Blaine hat mich bemerkt. Und er wollte kein Nein als Antwort akzeptieren. Er kam danach immer wieder ins Diner zurück. Er war so hartnäckig, dass ich nicht anders konnte, als mich ein wenig geschmeichelt zu fühlen. Er brachte mir diese verrückten Geschenke, die mehr kosteten als unsere gesamte Monatsmiete. Ich wusste nicht wirklich, was los war. Aber schließlich stimmte ich zu, mit ihm auszugehen.«

»Das klingt irgendwie süß«, sagt Mack. »Aber ich habe das Gefühl, dass es das nicht war.«

»Nein, war es nicht«, stimme ich ihr zu. »Es sollte nur ein Date sein. Ein harmloses Abendessen. Aber

Blaine drängte mich immer wieder zu mehr. Ich wusste sofort, dass er nicht das war, wonach ich gesucht hatte. Ich versuchte, ihn langsam fallenzulassen.«

Stille legt sich über den Raum, und ich kann keine Energie aufbringen, um den Rest der Geschichte wiederzugeben. Die Schuldgefühle und die Manipulation. Die Drohungen und die Spiele. Ich will nie wieder darüber nachdenken.

»Ich glaube, ich kann den Rest erraten«, sagt Mack leise.

»Er langweilte sich schließlich mit mir und verließ die Stadt«, lüge ich. »Und ich dachte, ich könnte mein Leben zurückbekommen. Aber dann wurde meine Mutter krank, und wir hatten keine Krankenversicherung. Ich hatte keine Ahnung, wie ich soviel Geld verdienen sollte, wie ich brauchte, um mich um sie zu kümmern. Eines Nachts war Niall im Diner. Seine Schwester hatte erwähnt, was mit mir los war, und er dachte, er könnte mir helfen. Er bot mir an, im Club zu arbeiten. Er sagte, er würde mir helfen, bis Blaine zurückkommt. Aber offensichtlich hat er das nie getan. Und jetzt bin ich hier.«

»Wow, Sash«, stöhnt Mack. »Das hat mir wirklich nicht geholfen.«

»Wieso?«, frage ich.

»Deine Geschichte ist genauso deprimierend wie meine.«

Wir beide lachen wieder, und dann laufen mir ein paar Tränen aus den Augen. Ich kann nicht sagen, ob sie vor Glück oder aus Trauer sind, aber ich bin froh, dass Mack hier bei mir ist.

»Ich werde mit Lachlan reden«, sagt sie. »Und ich gebe dir mein Wort, ich werde alles in meiner Macht Stehende tun, um ihn zu überzeugen.«

# 6

**Ronan**

*»Noch eine Minute.« Farrell blickt auf seine Uhr.*

*Ich umklammere die Ränder der Wanne und zähle die Sekunden in meinem Kopf. Jeder Muskel in meinem Körper brennt vor Kälte.*

*»Nochmal«, wiederholt Coyne.*

*Ich rassele die Zutaten für die Bomben herunter, deren Herstellung sie uns beigebracht haben. Diese Teile fallen mir leicht. Die Listen. Sich an Dinge zu erinnern. Das kann ich. Als die Dame im Raum uns Dinge beibrachte, sagte sie immer, ich hätte viel Liebe zum Detail.*

*Farrell nickt zustimmend und zeigt dann auf die Waffe, die über seiner Schulter hängt. Ich liste die Schritte auf, um sie zusammenzubauen, und wiederhole sie dann in umgekehrter Reihenfolge.*

*»Die Zeit ist um«, ruft er.*

*Ich schieße aus dem Eisbad und breche fast zusammen.*

*»Bewege dich«, sagt Coyne.*

*Meine Bewegungen sind ungeschickt und hölzern. Aber ich mache weiter.*

*»Du hast dich gut geschlagen«, sagt Farrell. »Jetzt in die Grube.«*

*Ich erstarre an Ort und Stelle und schüttele den Kopf.*

*»Und dafür kannst du einen zusätzlichen Tag in der Unterkunft verbringen.«*

*Seine Worte zwingen mich wieder zum Handeln.*

*Ich gehe mit Coyne vor mir und Farrell hinter mir. Sie öffnen die Tür zur Grube, und obwohl mein Körper zögern will, folgt mein Geist bereits den Befehlen. Bevor ich hineinklettere, geben sie mir noch eine Tablette. Und dann sperren sie mich ein und opfern mich der Schwärze.*

*Es ist nicht die Dunkelheit, die mich abschreckt. Ich habe mich daran gewöhnt, in der Dunkelheit zu leben. Es ist die Ungewissheit, was diesmal damit einhergeht. Jeden Monat komme ich in eine neue Phase der Ausbildung. Eine neue Phase der Unsicherheit. Und jeder Besuch in der Grube kann nur auf eine Weise enden.*

*Sie werden einen anderen Mann hinunterschicken. Einen anderen Mann, den ich töten muss. Ich kann sie nicht sehen, und sie können mich nicht sehen. Aber wir haben beide nur eine Möglichkeit. Töten oder getötet werden. Ich töte immer.*

*Und dann lassen sie sie bei mir. Manchmal tagelang. Die Ratten kommen heraus. Und die Käfer. Und dann der Geruch. Aber das ist noch nicht einmal das Schlimmste. Es ist das Geräusch, das ich nicht mag. Das, das ich immer höre.*

*Die Lautsprecher gehen an, und ich halte mir die Ohren zu, bevor es losgeht. Aber es macht keinen Unterschied. Ich höre es trotzdem noch.*

*Das Schreien. Ein endloser Soundtrack des Klagens. Gequältes Schluchzen. Weinende Babys. Mein Herz schlägt zu stark. Zu schnell. Es wird explodieren. Und dann klingelt es.*

---

Ich wache durch das Klingeln meines Telefons mit etwas Nassem an meiner Wange auf. Als ich meine Augen öffne, blicke ich in andere große braune. Die der Hündin, von der ich immer noch nicht herausgefunden habe, was ich mit ihr machen soll.

»Was willst du?«, frage ich heiser.

Sie stößt ihren Kopf gegen meine Wange und bellt dann. Ich schiebe sie weg und greife nach meinem Handy, nur um von der anderen Seite angerempelt zu werden. Sie wackelt mit ihrem Hintern und hüpft hin und her, bevor sie sich auf ihren Rücken wirft und mir ihren Bauch zeigt.

Das Telefon klingelt wieder, und ich stöhne, als ich es mir ans Ohr halte.

»Aye?«

»Fitzy«, zwitschert Crow am anderen Ende der Leitung, »habe ich dich geweckt?«

»Das hast du.«

Der Hund bellt wieder, und ich versuche, ihn zu beruhigen.

»Was zum Teufel ist das?«, fragt Crow.

»Es ist ein verdammter Hund«, antworte ich ihm. »Wonach klingt es?«

»Seit wann hast du einen Hund?«

»Hattest du einen Grund für diesen Anruf?«, knurre ich mürrisch. »Oder hast du nur angerufen, um mich einer Inquisition zu unterziehen?«

»Öffne deine Haustür«, ist seine Antwort.

Das Gespräch wird beendet, und ich ziehe eine Jogginghose und ein T-Shirt an. Der Hund folgt mir zur Tür und beginnt, Crow anzuspringen, als er hineinkommt.

»Was für ein Hund ist das?« Er neigt seinen Kopf zur Seite, um sie zu betrachten. »Stimmt etwas mit seinen kleinen Beinen nicht?«

»Conor denkt, es ist eine Corgi-Hündin«, erkläre ich ihm. »Google sagt, dass ihre Beine immer so kurz sind. Ich habe es nachgeschlagen.«

»Was zum Teufel machst du damit?«, fragt er.

»Sie war in Donnys Wohnung.«

»Also hast du beschlossen, sie zu behalten? Weißt du überhaupt, was du mit einem verdammten Hund machen musst?«

»Ich habe keine Ahnung«, gebe ich zu. »Deshalb füttert Conor sie.«

»Nun, es sieht so aus, als hätte sie jetzt Hunger«, meint Crow.

»Ist das der Grund, warum sie sich so benimmt?«

Er zuckt mit den Schultern. »Was zum Teufel weiß ich schon über Hunde?«

Ich gehe in die Küche, schnappe mir den Beutel mit Hundefutter von der Theke und überfliege das Etikett auf der Rückseite. »Es steht nicht drauf, wie viel ich ihr geben soll.«

»Ah Jaysus, Fitz.« Crow lacht. »Ich weiß nicht, wie du es schaffst, dich am Leben zu erhalten, geschweige denn ein verdammtes Tier.«

Er packt die Tüte, befüllt die Schüssel auf dem Boden und macht es sich dann an meinem Küchentisch bequem. Ich habe nicht viel an Möbeln, aber sie dienen ihrem Zweck. Ich benutze diesen Ort hauptsächlich zum Schlafen, wenn ich Glück habe. Obwohl ich die meisten Nächte der letzten Monate auf Crows Sofa verbracht habe, während ich auf Mack aufpassen musste.

»Ich habe heute Morgen mit Niall gesprochen«, sagt Crow und kommt direkt zur Sache. Er weiß, dass ich keine Geduld für Smalltalk habe.

»Und, was hat er gesagt?«

»Ich schätze, wir haben eine Lösung für dieses ganze Chaos gefunden. Eine, die mich aus der Schusslinie holt und Mack vor seinem Zorn bewahrt.«

Ich mag den Tonfall seiner Stimme nicht. Ich kenne Crow schon lange genug, um zu wissen, wann er etwas von mir will. Und ich habe bereits herausgehört, dass dies einer dieser Momente ist. Er hat sich in die Schusslinie begeben, indem er Mack in den Club ließ. Ich habe ihm von Anfang an gesagt, dass das Mädchen nichts Gutes im Schilde führte. Und jetzt ist seine Beförderung innerhalb des Konsortiums in Gefahr.

»Du solltest sie den Wölfen vorwerfen, das ist meine Meinung«, sage ich ihm.

»Das meinst du nicht ernst.« Crow blickt mich enttäuscht an. Er ist nicht der Einzige. Ich bin es gewohnt, andere zu enttäuschen. Aber ich hasse es, wenn sie mich so ansehen. »Du kannst verstehen, warum sie das getan hat, was sie getan hat.«

Er hat recht, aber das gebe ich nicht zu. Sie hat ihn in Gefahr gebracht. Sie hat uns alle mit ihren Lügen in Gefahr gebracht. Ich habe keine Zeit für Lügner.

»Schau«, sagt Crow. »Es besteht immer noch die Möglichkeit, dass Niall mich befördert. Er sagte, es ist nicht vom Tisch.«

»Du bist der beste Mann für den Job«, sage ich ihm. Und ich meine es ernst. Ich lüge nicht.

Crow klopft mit den Fingern gegen sein Bein, ein sicheres Zeichen dafür, dass er nervös ist. Das merke ich immer. Er ist wie ein Bruder für mich. Oder zumindest sagt er das. Ich weiß nicht, wie es ist, einen Bruder zu haben, aber ich nehme an, wenn ich es täte, wäre es so.

»Ich kann das nicht ohne dich machen, Ronan«, sagt er. »Wenn ich befördert werden soll, müsstest du auch mehr Verantwortung übernehmen. Kannst du mir folgen?«

Ich nicke, aber antworte nicht.

Er will, dass ich sein Stellvertreter werde. Seine linke Hand. Es macht mir nichts aus, ich habe es sowieso die ganze Zeit gemacht. Aber wenn er in der Nahrungskette nach oben steigt, bedeutet das, dass ich das auch tun werde. Die Dinge würden nicht mehr so sein, wie sie jetzt sind. Er weiß, dass ich es generell nicht mag, wenn sich die Dinge ändern. Aber diesmal macht es mir nicht so viel aus.

»Ich habe darüber nachgedacht«, sage ich ihm.

»Hast du?«

»Ich hatte es in meinem Kopf, dass ich vielleicht …« Ich räuspere mich. »Vielleicht könnte ich ein paar andere Dinge tun. Andere Dinge, als nur die Kunden im Keller zu erledigen.«

Ich starre auf den Tisch, ohne Crow anzusehen. Im Raum ist es einen Moment lang ruhig, und ich weiß, dass er über das nachdenkt, was ich gesagt habe. Er versucht, meine Motive zu verstehen. Ich verstehe sie selbst nicht wirklich. Ich wollte immer nur seinen Befehlen folgen. Darin bin ich gut. Aber in letzter Zeit habe ich mir gedacht, dass es vielleicht helfen würde, wenn ich etwas mehr Verantwortung übernehme. Dass ich für etwas würdig sein könnte. Oder für jemanden.

»Alles, was du je tun musstest, war, es zu sagen«, sagt Crow schließlich. »Wenn du mehr Verantwortung willst, gebe ich sie dir gerne. Du hast sie dir verdient, Fitz. Aber ich muss trotzdem fragen, ob du dir sicher bist, dass du für so etwas bereit bist.«

»Ich werde dir immer noch den Rücken freihalten«, versichere ich ihm. »Das wird sich nicht ändern, egal mit welchem Titel.«

»Ich weiß, Fitz«, sagt er. »Und ich habe eine große Bitte an dich.«

»Ich hatte so ein Gefühl.«

»Niall hat ein Angebot mit den Russen ausgearbeitet. Sie wollen, dass drei unserer Jungs bei den Kämpfen verlieren.«

»Das kann nicht dein Ernst sein.«

Das ist schlimmer als der Tod, so einen Schlag einzustecken. Alles für eine Frau. Ich habe noch nie gesehen, dass Crow so etwas für jemand anderen als seine Gefährten tut. Und jetzt weiß ich, dass er definitiv völlig verrückt geworden ist.

»Ich meine es ernst«, antwortet Crow. »Rory und ich haben uns bereits geeinigt. Ich brauche nur noch einen mehr.«

Ich schaue zu ihm auf und frage mich zum tausendsten Mal in den letzten zwei Monaten, ob Mack ihn am Ende noch ruinieren wird, nach allem, was er für sie getan hat, welche Opfer er gebracht hat. Ich habe ihn noch nie so seltsam gesehen. Er setzt alles für diese Frau aufs Spiel. Das ist verdammt dumm und auch ein wenig zu durchschaubar.

»Du willst, dass ich für Mack verliere?«, frage ich nach.

»Für mich«, antwortet Crow.

Er tut sich selbst keinen Gefallen, indem er das bei mir versucht. Er weiß, dass ich ihm alles schulde. Aber er hat es mir noch nie vorgeworfen.

»Du kannst Nein sagen«, sagt er leise. »Ich würde es verstehen.«

»Nein, würdest du nicht.«

»Ich will nicht, dass du es aus Schuldgefühlen tust«, antwortet er. »Ich weiß, wie du mit diesen Dingen umgehst. Sie müssen zu deinen Bedingungen sein. Ich will dich nicht in eine Situation bringen, die schlechte Gefühle in dir hervorrufen wird, Ronan. Wenn du Nein sagst, werde ich es verstehen.«

Schweigen steht zwischen uns, und ich versuche, meine Gefühle für diese ganze Situation herauszufinden. Es ist keine leichte Aufgabe für mich. Ich verstehe Risiko und Loyalität. Ich verstehe, dass man etwas Verrücktes für jemanden tut. Crow glaubt nicht, dass ich das kann, aber ich schon. Er hat keine Ahnung, was ich für Sasha getan habe, was ich wieder tun würde, auch wenn es bedeuten würde, erwischt zu werden.

Jetzt ist er hier und bittet mich um einen Gefallen. Mein bester Kumpel. Es gibt keine Möglichkeit, dass ich das ablehnen kann, selbst wenn ich einen Grund dazu hätte. Was ich nicht habe.

»Sag mir einfach, wann ich auftauchen soll«, sage ich. »Du weißt, dass ich da sein werde.«

Crow grinst, und die Erleichterung steht ihm ins Gesicht geschrieben. Er wollte es nicht zeigen, aber das bedeutet ihm sehr viel.

»Bist du sicher, dass du damit umgehen kannst?«, fragt er noch einmal. »Ich kann nicht zulassen, dass du verrückt wirst und einen der Idioten mitten im Kampf tötest.«

»Ich kann damit umgehen«, sage ich ihm sicher. »Der Schmerz stört mich nicht.«

Crow runzelt die Stirn und steht auf, um zu gehen, hält aber an der Tür inne. Als er zu mir zurückblickt, ist sein Gesichtsausdruck ernst.

»Ich kann dir nicht sagen, was das für mich bedeutet, Ronan. Ich danke dir.«

# 7

### *Sasha*

Ich sitze auf Mamas Bett und sehe ihre Lieblings-True-Crime-Serie. Ich erkläre ihr, was passiert, da sie nicht in der Lage ist, es selbst zu sehen. Ich weiß nicht, ob sie mich überhaupt hören kann, aber ich erzähle ihr gerne, wer es meiner Meinung nach getan hat, und füge meine eigenen Gründe zu ihrem Motiv hinzu.

Genau wie wir es früher getan haben.

Diese Tage werden sich nie wiederholen. Sie ist immer noch nicht aufgewacht. Es ist zwei Tage her. Ihre Haut wird von Stunde zu Stunde blasser, und ich weiß, dass das Ende bald kommt.

Ich bin wütend auf sie. Ich bin wütend, dass sie sich entschieden hat, aufzugeben, auch wenn das nicht fair ist. Ich will, dass sie kämpft. Ich möchte egoistisch sein und verlange, dass sie noch ein wenig länger bleibt. Ich konnte mich nicht einmal verabschieden. Die Medikamente, die sie einnimmt, lassen sie die ganze Zeit schlafen, und ich fürchte, dass sie gehen wird, bevor ich die Chance bekomme, überhaupt etwas zu sagen. Emily kommt in zwei Tagen nach Hause. Es wird alles zu real.

Amy sagte, dass sie die Dosierung ihrer Medikamente verringern würde, bevor sie stirbt. Das tröstet mich aber nicht. Denn diese Chance zu bekommen ändert nichts an den Worten, die nicht kommen werden. Was soll ich ihr sagen? Wie sagt man jemandem, den man so sehr liebt, Lebewohl?

Mein Telefon piept von der Kommode neben mir, und ich überlege, es zu ignorieren. Niemand schreibt mir jemals eine SMS, außer die Arbeit. Eine der anderen Tänzerinnen hat sich wahrscheinlich krankgemeldet. Ich habe keine Lust, heute Abend zu arbeiten. Aber ich habe auch keine Lust, in diesem Haus zu sitzen und meiner Mutter beim Sterben zuzusehen. Bevor ich mich zwischen Regen und Traufe entscheide, greife ich erst einmal zum Telefon.

Ich bin überrascht, zu sehen, dass es eine Nachricht von Mack ist. Ich werfe einen Blick darauf und bin aus der Tür, bevor ich überhaupt darüber nachdenken kann. Ich weiß nicht, wohin ich will. Das Einzige, was ich weiß, ist, dass ich zu ihm kommen muss.

Als die Autos von Rory und Conor bei Lachlans Haus ankommen, habe ich fast ein Loch in den Bürgersteig gelaufen.

Mack springt aus einem Auto und bellt Anweisungen, während Michael und Rory Lachlan die Treppe hinauftragen.

»Wo ist er?«, frage ich.

»Conor hilft ihm«, sagt Mack und zeigt auf das andere Auto.

Ich eile hinüber, um zu helfen, und der Anblick von Ronan, der mit einem zusammengeschlagenen Gesicht auf dem Rücksitz liegt, macht mich irrational wütend.

»Wie konntest du ihn das tun lassen?«, schreie ich Conor an. »Er muss zum Arzt.«

»Der Arzt hat ihm erlaubt, nach Hause zu gehen«, antwortet Conor, »und es ist ein Weiterer auf dem Weg. Und für das Protokoll: Ich habe kein Mitspracherecht bei dem, was Ronan oder Lachlan tun.«

Rory erscheint einen Moment später an meiner Seite und drückt mir sanft auf die Schulter. »Hey, Sash. Er wird sich wieder erholen, okay? Jetzt geh zur Seite, damit wir ihn ins Haus bringen können.«

Ich tue, was er sagt, und beobachte, wie sie seinen schlaffen Körper in ihre Arme heben. Ich habe das Gefühl, dass ich etwas tun sollte. Irgendwie helfen. Ronan war schon immer so stark, dass ich mir nie vorstellen konnte, ihn so zu sehen. Ich hätte nie gedacht, dass ihm jemals etwas Schaden zufügen könnte. Dass er jemals jemanden so nah an sich herankommen lassen würde.

Die Jungs tragen ihn hinein, und ich folge dicht hinter ihnen.

Sie heben Ronan auf das Sofa, und dann gibt Rory Conor einige Anweisungen, während ich in die Küche gehe und ein nasses Tuch hole. Als ich wieder herauskomme, ist Rory weg, und nur Conor sitzt im Salon.

Ich knie neben Ronan nieder und wische das Blut auf seinem Gesicht ab, während Conor mich mit einem nervösen Ausdruck anschaut.

»Ich bin mir nicht so sicher, ob du das tun solltest«, sagt Conor. »Er ist beim Kampf irgendwie ausgerastet, und sie mussten ihn danach betäuben. Er sagte, niemand solle ihn berühren. Er war sehr, sehr bestimmt, was das anbelangte.«

»Nun, ich bin nicht irgendjemand«, argumentiere ich. »Und es ist mir egal, was der sture Mistkerl gesagt hat. Ich werde seine Wunden reinigen.«

Conor bleibt ruhig, während ich weiterhin genau das tue, aber es ist offensichtlich, dass es ihm nicht gefällt. Es gibt keinen einzigen Teil von mir, der sich dafür interessiert, was er denkt. Ich weiß, dass Ronan sein Vorgesetzter ist. Er gibt Anweisungen, und Conor muss ihnen folgen. So funktioniert das in der Mafia. Aber ich bin nicht einer ihrer Lakaien, und ich werde sicher keinen lächerlichen Befehl zu einem Zeitpunkt wie diesem befolgen.

Ronan war für mich da, als ich ihn brauchte. So

distanziert und angespannt unsere Beziehung auch ist, das wird mich nicht davon abhalten, auch für ihn da zu sein.

Er hat einen Schnitt direkt über einer Augenbraue, der mit einer Art Salbe gefüllt ist, aber es tropft immer noch Blut aus der Wunde. Ich wische weg, was ich kann, und überprüfe dann seinen Kopf und Hals.

»Der Arzt wird bald hier sein«, meint Conor in einer weiteren Bemühung, mich zum Aufhören zu bewegen.

Ich ignoriere ihn und setze mich neben Ronan auf das Sofa, während wir warten, und beobachte, wie sich seine Brust in einem ruhigen und gleichmäßigen Rhythmus auf und ab bewegt. Es beruhigt mich zumindest ein wenig, dass er sich wieder erholen wird. Als der Arzt endlich kommt, kümmert er sich zuerst um Lachlan, was mich nur noch mehr irritiert.

Als er herauskommt, um nach Ronan zu sehen, ist schon über eine Stunde vergangen, seit sie ihn hierhergebracht haben. Eine Stunde, in der er seine Gesundheit aufs Spiel setzt, und wofür? Eine weitere Welle der Wut rollt über mich hinweg, und ich habe nur eine Möglichkeit, um sie abzuleiten. Ich warte aber darauf, zu sehen, was der Doktor mit Ronan macht, was nicht viel ist, aber er schafft es, ihn für ein paar Augenblicke aufzuwecken. Seine Stimme zu hören, egal wie kurz, beruhigt mich. Er wird wieder gesund, sagt der Arzt. Es wird ihm gut gehen.

Aber das ist nicht wahr. Denn wie kann es jemandem gut gehen, der derart zu Brei geschlagen wurde? Ich bin sauer. Alles, woran ich denken kann, ist, wie das passiert ist, warum das passiert ist. Sobald der Arzt fertig und aus der Haustür hinaus ist, gehe ich den Flur hinunter zu Lachlans Zimmer und sehe Mack auf dem Bett sitzen. Lachlan ist auch ohnmächtig und in etwa so guter Verfassung wie Ronan.

Mack schaut zu mir auf, und ich sehe Tränen in ihren Augen. Das ist mir egal.

»Was zum Teufel ist los mit dir?«, frage ich.

Sie blinzelt mich verwirrt an. Ich habe sie noch nie angeschrien. Ich mag Mack. Ich respektiere sie und bin dankbar für das, was sie für mich getan hat. Aber das hindert mich nicht daran, jetzt trotzdem wütend auf sie zu sein.

»Es tut mir leid«, sagt sie leise. »Ich wusste nicht, dass sie es tun würden, bis es passiert ist.«

»Aber du hast es trotzdem zugelassen, nicht wahr?«

»Ich konnte es nicht aufhalten«, sagt sie. »Es tut mir leid, Sash.«

Ihre Stimme ist aufrichtig. Ihr geht es wirklich genauso schlecht wie mir wegen dem, was passiert ist, aber im Moment ist mir das egal. Ich will sie verprügeln. Aber erst, als die Worte aus meinem Mund erklingen, verstehe ich überhaupt, warum.

»Er hat das für dich getan«, knurre ich. »Ronan hat das für dich getan.«

Mack steht auf und streckt sich zaghaft zu mir aus. »Das ist nicht wahr, Sash. Er hat es für Lachlan getan.«

»Nein«, widerspreche ich. »Er spricht mit dir.

Warum? Warum kann er mit dir reden, aber nicht mit mir?«

Wieder starrt mich Mack verwirrt an. »Er redet nicht mit dir?«

»Nein«, knurre ich heraus. »Er sagt nie ein einziges verdammtes Wort zu mir. Aber du kommst hier rein, und er hat kein Problem damit, mit dir zu reden. Oder für dich zu kämpfen …«

Meine Worte verpuffen, als Mack mich in eine unerwartete Umarmung zieht. Ich weiß, dass sie nicht gerne jemanden umarmt. Aber sie umarmt mich jetzt. Und es stellt sich heraus, dass es genau das war, was ich brauchte, weil ich in ihren Armen zusammenbreche.

Ich weiß nicht, warum. Ich bin einfach zu emotional aufgeladen durch alles, was gerade passiert. Meine Mutter und Ronan und all die unbekannten Veränderungen, mit denen ich in der Zukunft konfrontiert bin. Das ist es, was ich mir einrede.

»Du solltest einfach versuchen, mit ihm zu reden, Sasha«, sagt Mack, als sie sich zurückzieht. »Und glaube mir, Ronan spricht nie freiwillig mit mir. Normalerweise nerve ich ihn einfach so lange, bis ich ihn zum Reden bringe.«

Ich lächele mit trüben Augen und wische meine Tränen weg. »Es tut mir leid. Ich wollte dich nicht anschreien.«

»Es ist okay«, sagt sie. »Ich würde mich an deiner Stelle auch anschreien.«

»Ich sollte mich zu ihm setzen.«

Sie nickt, aber dann drückt sie meinen Arm ein

wenig. »Hey, Sash, falls es dich interessiert, ich habe mit Lachlan gesprochen.«

»Oh.« Ich schlucke. »Und?«

»Und er sagte, du kannst gehen. Er wird dir sogar helfen, wenn du etwas brauchst. Er will nur zuerst mit dir darüber reden.«

Damit sollte ich zufrieden sein. Aber ich bin es nicht, und ich kann nicht herausfinden, warum. Also schenke ich Mack einfach ein schwaches Lächeln und nicke. »Danke.«

# 8

### *Sasha*

Als ich wieder in den Salon gehe, ist Conor im Sessel eingeschlafen, also setze ich mich neben Ronan auf das Sofa. Er schläft, und im Moment sogar friedlich, mit einem gequetschten und zusammengeschlagenen Gesicht.

Seine Brille fehlt, und er trägt ein T-Shirt. Ich habe es vorher nicht bemerkt, aber jetzt tue ich es. Ich habe ihn noch nie in einem T-Shirt gesehen. Es lässt ihn jünger aussehen. Eher seinem Alter entsprechend. Mit 29 ist er nur sechs Jahre älter als ich. Aber er gibt sich nicht so.

Er ist eine alte Seele, die im Körper eines jungen Mannes gefangen ist. Aber es gibt Momente wie diesen, in denen ich ihn ansehe und er auch noch so jung aussieht.

Ich drücke meinen Körper leise in die Lücke

zwischen ihm und der Rückseite des Sofas und nutze die Gelegenheit, seine schönen Gesichtszüge zu genießen. Wir sind uns so nah, dass ich ihn berühren könnte, wenn ich wollte. Conors Worte verweilen immer noch in meinem Kopf, und ich frage mich, warum Ronan ihm sagte, niemand solle ihn anfassen.

In den drei Jahren, in denen ich im Club arbeite, habe ich noch nie gesehen, dass er eine Frau berührt hat. Oder umgekehrt. Was eine gute Sache ist, denn ich glaube nicht, dass mir das gefallen würde. Er ist so still und vorsichtig, dass ich bezweifele, dass er sich von jemandem berühren lässt.

Aber er hat es mich einmal gelassen. Ich war high von ihm, aber ich konnte trotzdem bemerken, wie unsicher er war. Er hat mich nicht einmal geküsst. Ich habe so viele Fragen über ihn. Fast alles an diesem Mann ist ein Geheimnis. Und gegen mein besseres Wissen will ich ihn kennenlernen.

Ich greife nach unten und lege seinen Arm über meine Hüfte. Und dann berühre ich sein Gesicht. Ich kann nicht anders. Es ist so lange her, dass ich ihn gespürt habe. Ich will ihn jetzt spüren. Meine Fingerspitzen geistern über seine Wangen und seinen Kiefer. Er hat sich heute Morgen rasiert, denn seine Haut ist glatt. Ich will jeden Zentimeter davon küssen. Mein Daumen zieht über seine Lippen, und sie teilen sich ein wenig für mich. Und dann stöhnt er. Aus Angst, dass ich ihm wehtue, lasse ich meine Hand sinken und lehne mich näher zu ihm heran, um ihm einen sanften Kuss auf die Stirn zu geben.

Ich weiß nicht, wann genau er während meiner Erkundung erwacht, aber jetzt kann ich es spüren. Seine Augen sind noch geschlossen, aber seine Atmung hat sich verändert, und seine Hand hat sich reflexartig an meiner Taille festgekrallt. Er bewegt sich nicht und sagt kein Wort. Also kuschele ich mich näher an ihn, lege meinen Arm über seinen Bauch und schlafe eingehüllt in seine Wärme ein.

Das ist der beste Schlaf, den ich seit drei Jahren hatte.

---

Als die Morgendämmerung kommt, kommt auch etwas anderes.

Es dauert einen Moment, bis ich verstehe, was es ist. Die Worte sind gedämpft, aber Ronan wiederholt sie immer und immer wieder neben mir.

»Werde nicht sprechen«, murmelt er. »Werde nichts in Frage stellen. Beschütze deine Brüder … zerbreche die Ketten. Die Ketten. Die Ketten.«

Seine Stimme wird mit jedem Wort angespannter, qualvoller, und ich weiß nicht, was ich tun soll. Ich habe immer gehört, dass man jemanden während eines Albtraums nicht aufwecken soll, aber es scheint grausam zu sein, ihn darin leiden zu lassen.

»Ronan.« Ich schüttele ihn sanft, aber er wacht immer noch nicht auf. Also umfasse ich sein Gesicht mit beiden Händen und versuche, ihn mit einer sanften Stimme zu beruhigen.

Bevor ich überhaupt verstehen kann, was passiert, hat er seine Hände um meinen Hals gelegt und mich auf den Rücken gedrückt. Ich kann nicht atmen. Ich kann nicht einmal gegen ihn kämpfen. Der Mann ist eine verdammte Maschine. Er zerquetscht jeden Teil von mir mit seinem Körper, und die einzige Verteidigung, die ich habe, ist, ihm die Hände zu zerkratzen. Aber er bemerkt das nicht einmal. Ich habe noch nie zuvor eine solche Kraft gespürt.

Er wiederholt einfach immer wieder die gleichen verstümmelten Worte unter seinem Atem.

*Zerbreche die Ketten.*

Erstickend versuche ich, seinen Namen zu rufen. Aber es ist zu leise. Er hört mich nicht. Schwärze bereitet sich wieder vor meinen Augen aus, und die Ironie ist zu schmerzhaft, um wahr zu sein. Genau so lag ich im Sterben, als er mich gerettet hat. Und jetzt wird er mich auf die gleiche Weise töten.

Ich drücke gegen seine Brust, aber sie ist wie eine Mauer und ich bin zu schwach.

»Ronan!«

Jemand anderes schreit jetzt. Durch meine verschwommene Sicht kann ich Conor kaum erkennen, als ich versuche, Ronan von mir wegzuziehen.

»Ronan!«, schreit er wieder.

Er schafft es, Ronans Griff so weit zu lockern, dass ich Luft holen kann, und im nächsten Moment läuft Lachlan mit Mack auf den Fersen den Flur hinunter. Er drückt Ronan auf den Boden, und ich keuche nach

Luft, während Lachlan ihn festhält und einen Haufen Dinge wiederholt, die ich nicht verstehe.

»Du bist nicht dort«, sagt Lachlan. »Ronan. Es geht dir gut. Du bist jetzt in Boston. Mit mir, Lachlan. Es ist alles in Ordnung.«

Ronan atmet schwer und schnell, und seine Augen sind vollständig erweitert, als sie durch den Raum huschen. Er ist im Moment ein in die Enge getriebenes Tier. Nicht wiederzuerkennen. Aber diese Augen. Sie erinnern mich an einen kleinen Jungen. Einer, der keine Ahnung hat, was er gerade getan hat. Als sie schließlich auf mir landen, zusammengerollt auf der Couch, wo Mack versucht, mich zu beruhigen, füllen sie sich mit Entsetzen.

»Ich habe dir gesagt, du sollst ihn nicht anfassen«, flüstert Conor.

»Ich wusste es nicht«, krächze ich.

Meine Stimme ist heiser. Ich kann kaum sprechen. Und ich habe keinen Zweifel daran, dass ich blaue Flecken an meinem Hals haben werde, wenn ich in den Spiegel schaue. Aber Conor hat recht. Ich hätte auf ihn hören sollen. Aber ich konnte es nicht wissen. Meine Augen finden die von Ronan wieder, und er schaut weg.

Lachlan übernimmt die Führung und schreit Befehle.

»Conor, bring Sasha nach Hause.«

Ich versuche zu widersprechen, aber ich kann nichts sagen. Mack schaut mich besorgt an und zieht Lachlan zum anderen Ende des Raumes, wo sie anfangen zu streiten. Aber das spielt keine Rolle. Ein Blick auf Ronan, und ich weiß, dass er mich nicht hier haben will. Ich hätte nie hierherkommen sollen.

Ich stehe auf wackeligen Beinen auf und nicke Conor zu. Er hilft mir, den Raum zu durchqueren, und Mack rennt herüber, um uns an der Tür einzuholen.

»Es tut mir so leid, Sash«, sagt sie. »Sie haben ihm etwas gegeben, um ihn auszuschalten. Es muss etwas bewirkt haben. Ich weiß es nicht. Aber es wird alles gut, versprochen.«

Ich nicke ihr zu, weil ich nichts anderes tun kann.

Es ist die Lüge, die wir alle glauben wollen. Dass es in Ordnung sein wird.

Das Problem ist, dass es nie wirklich so ist.

# 9

### *Ronan*

*Von meinem Bett aus lausche ich der tiefen Stimme an der Tür. Der Mann ist groß und stark und hat braune Augen, wie ich. Die Dame, die sich um uns kümmert, sagte, er sei mein Vater. Aber ich kenne ihn nicht. Ich kenne nichts als diese vier Wände. Und diese drei anderen Jungs neben mir.*

*Und diese Dame. Die nette Dame, die sich um uns kümmert, uns aber sagt, wir sollen nicht sprechen.*

*Ich kenne nicht einmal ihren Namen. Aber sie ist alles, was ich je gekannt habe. Diese Dame und diese vier Wände. Sie ist nicht meine Mutter. Ich weiß nicht, wer meine Mutter ist. Aber dieser Mann, sagt sie, ist mein Vater.*

*Er kommt zu dem Bett, wo ich bin, und setzt sich neben mich. Ich ziehe meine Knie an, schaue ihn an und frage mich, ob er gekommen ist, um mich nach Hause zu bringen. Dieser Ort ist alles, was ich je gekannt habe, aber diese anderen Jungs sagen, dass sie andere Zuhause haben. Sie sagen, ich muss auch ein Zuhause haben, irgendwo.*

*»Du bist ein guter Junge«, sagt der Mann. »Ich habe viele Berichte über dich gesehen, mein Sohn.«*

*»Werde ich jetzt bei dir wohnen?«, frage ich ihn.*

*»Nein«, sagt er. »Du wirst hier weiterleben, bis du mit dem Training fertig bist. So werden Soldaten gemacht.«*

*Sie sagen mir immer die gleichen Worte, aber ich verstehe sie nicht.*

*»Ich habe etwas sehr Wichtiges, was du heute für mich tun musst, Sohn.«*

*»Was ist das?«, frage ich.*

*Er streckt seine Hand aus, und ich starre sie an.*

*»Komm mit mir«, sagt er.*

*»Wohin?«*

*»Heute ist ein besonderer Tag. Heute bist du acht Jahre alt. Und heute beginnt dein Training.«*

*Er nimmt meine Hand in seine. Sie ist warm und groß und fühlt sich seltsam an. Ich glaube nicht, dass ich mich daran erinnern kann, dass mich jemals jemand berührt hat. Die Dame, die uns Essen gibt, berührt uns nie. Sie sagt, es ist nicht erlaubt.*

*Mein Vater öffnet die Tür, und ich erstarre.*

*»Ich darf nicht zur Tür hinausgehen«, sage ich ihm.*

*Er lächelt mich an. »Heute darfst du es, Sohn.«*

*Ich will da nicht hinausgehen. Aber er zieht mich hindurch und schließt die Tür hinter uns. Die Luft ist warm und riecht seltsam. Alles fühlt sich seltsam an. Meine Augen versuchen, sich an die Dunkelheit anzupassen, während ich mitgerissen werde.*

*Als wir um die Ecke gehen, brennt ein großes Feuer. Und es gibt viele Menschen. Eine Menge Leute. Ich habe sie noch nie zuvor gesehen, aber sie starren mich alle an.*

*Mein Vater kniet vor mir nieder und sieht mir in die Augen. »Erinnerst du dich an alles, was die Dame dir in diesem Raum beigebracht hat, Sohn?«*

*Ich nicke. Ich höre immer genau zu, damit ich nichts von dem verpasse, was sie sagt.*

*»Also denk daran, dass wir Opfer bringen müssen, um uns auf eine bessere Zukunft vorzubereiten. Und heute, Ronan, wirst du unter einem anderen Namen bekannt werden. Du wirst ein Mann werden. Ein zukünftiger Soldat. Und nach heute Abend wirst du mich nicht mehr sehen, bis du mit dem Training fertig bist.«*

*»Aber ich habe dich gerade erst getroffen«, widerspreche ich.*

*»So werden Soldaten gemacht«, sagt er.*

*Seine Augen sind nass, und das macht mich nervös.*

*»Ich weiß, dass du mich stolz machen wirst, Ronan.«*

*Er fährt durch die Spitze meines Haares und führt mich dann zu den Menschen. Sie sind in zwei Gruppen aufgeteilt, und zwischen ihnen befindet sich eine große Grube. Ein Balken liegt wie eine Brücke über dem Zentrum, nur ist er sehr schmal.*

*»Du stehst hier«, sagt mein Vater. »Und ich werde auf die andere Seite gehen. Und wenn ich es dir sage, musst du über diesen Balken zu mir gehen, Ronan. Und du darfst währenddessen nur mich ansehen. Egal, was jemand sagt oder tut. Du siehst nur mich an. Und du überquerst den Balken. Hast du mich verstanden?«*

*Ich nicke, auch wenn ich das nicht wirklich habe.*

*Er lässt mich gehen, läuft um die Grube, und die Leute beginnen, mich anzuschreien. Sie alle beobachten mich. Ich versuche, nicht zuzuhören und zu tun, was mein Vater sagt. Als er es mir sagt, richte ich mich aus und bewege mich auf dem Balken vorwärts.*

*Als ich unter mich sehe, bekomme ich Angst. Es ist ein langer Weg nach unten, und ich will nicht fallen. Mein Vater weist mich an, mich zu bewegen, und ich versuche, mich an alles zu erinnern, was die Dame uns gelehrt hat. Dass wir immer sofort das tun müssen, was uns gesagt wird, ohne zu zögern.*

*Ich schaue zu meinen Vater, und er streckt seine Hände aus. Ich bewege mich langsam und vorsichtig auf ihn zu, einen winzigen Schritt nach dem anderen. Aber die Leute reden jetzt lauter, singen die Regeln, die uns die Dame beigebracht hat. Sie singen sie immer wieder, während ich den Balken überquere.*

*Und dann schlägt mir etwas gegen den Arm. Es tut weh und überrascht mich. Aber ich lenke meine Aufmerksamkeit nicht von meinem Vater weg. Es passiert wieder an meinem Bein, und diesmal bemerke ich, dass es ein kleiner Stein ist. Die Leute werfen sie auf mich.*

*Ich verstehe das nicht. Aber das Singen wird immer lauter, und meine Hände sind klebrig. Ich bin auf halbem Weg über den Balken. Und dann schlägt mir etwas Nasses ins Gesicht. Es riecht nach Obst, nur verfault. Ich versuche, es mir von den Augen zu wischen, aber etwas trifft mich am Bein, während ich das tue. Und da verliere ich das Gleichgewicht.*

*Das Letzte, was ich sehe, bevor ich in die Grube falle, ist der enttäuschte Ausdruck auf dem Gesicht meines Vaters. Und er hatte recht. Denn selbst als die Männer kommen und mich zurück ins Zimmer tragen und mir sagen, dass mein Bein gebrochen ist, sehe ich ihn nie wieder.*

---

CONOR VERSUCHT, MICH ZU MEINEM HAUS ZU begleiten, aber ich sage ihm, dass er hierbleiben soll. Ich will einfach allein sein. Er entschuldigt sich noch einmal, aber ich ignoriere ihn.

Die Heimfahrt ist kurz und ruhig. Nicht viele Leute wissen, dass ich in der gleichen Straße wohne wie Crow. Ich bin ihm mein ganzes Leben lang gefolgt, seit er mich damals bei diesem blutigen Massaker in einer Kirche vor so vielen Jahren gefunden hat. Die Erinnerungen sind manchmal verschwommen, aber manchmal auch scharf.

Ich gehe die Treppe hinauf zu meiner Tür und werde von dem Hund begrüßt. Als ich auf dem Sofa zusammenbreche, springt er auf meinen Schoß und jault, während er mich anstößt. Ich weiß nicht, was sie will. Ich wünschte, sie würde mich in Ruhe lassen, aber ich kann mich nicht dazu bringen, sie wegzustoßen.

»Ich nehme an, du hast wieder Hunger«, sage ich ihr.

Sie jault zustimmend, aber rollt sich dann auf meinem Schoß zusammen. Es ist seltsam, dass sie mich nicht stört. Ich hatte noch nie ein Tier. Aber ich weiß, dass sie nie versuchen würde, mir wehzutun. Also stört sie mich nicht.

Mein Kopf fällt gegen den Stuhl zurück, und ich denke an Sasha. Diese schreckliche Sache, die ich getan habe, und die ich nie wegwaschen kann.

Das Blut anderer hat mich nie gestört. Ich töte, um das Syndikat zu schützen. Crow, Conor, Niall. Die Männer, die mir gegenüber loyal waren. Meine Brüder. Aber ich habe noch nie eine Frau verletzt.

Ich wollte Sasha nicht wehtun.

Sie ist nicht zu mir gekommen. Sie hat mir nicht genug vertraut, um zu glauben, dass ich sie vor Donovan schützen würde, oder um mir zu sagen, dass er unser Geheimnis kannte. Ich bin durcheinander, seit ich die Wahrheit erfahren habe. Ich wollte ihr die Schuld dafür geben, sie schütteln und verlangen, dass sie mir sagt, warum. Sie hätte mir vertrauen sollen, verstehen sollen, dass ich mich um sie kümmern würde.

Aber jetzt weiß ich es. Ich weiß genau, warum.

Sie wird mir nie wieder vertrauen.

Zwei Tage vergehen mit unbeantworteten Anrufen, bevor Crow an meine Tür klopft. Er kommt allein herein und setzt sich mir gegenüber hin.

Der Hund ist auf meinem Schoß, und er schaut erst ihn an und dann mit einem dummen Grinsen im Gesicht zu mir.

»Ich behalte sie nicht«, sage ich ihm.

»Ah, sicher«, meint er. »Sie mag dich aber sehr gerne.«

Ich setze sie auf den Boden und sage ihr, dass sie verschwinden soll. Sie setzt sich hin und legt ihren Kopf stattdessen auf meinen Fuß.

»Du wirst im Club gebraucht«, sagt Crow. »Wir haben heute Abend eine Lieferung, falls du das vergessen hast.«

»Ich habe es nicht vergessen«, erwidere ich.

»Ich war mir nicht sicher«, sagt er. »Schließlich habe ich seit zwei Tagen nichts von dir gehört.«

»Ich war beschäftigt.«

Wir schweigen uns an, und ich kann ihn nicht ansehen. Crow kennt mich besser als jeder andere. Er verurteilt mich nicht oder gibt mir die Schuld. Er hat mich immer so sein lassen, wie ich bin, und mich nie gebeten, mich zu ändern. Aber ich schäme mich immer noch für das, was ich getan habe.

»Es geht ihr gut, falls du dich das fragst«, sagt er. »Mack hat zweimal nach ihr gesehen, genau wie ich.«

Ich antworte nicht, aber durch seine Worte lässt die Anspannung in meinen Muskeln ein wenig nach. Auch wenn sie das nicht sollte.

»Glaubst du, es wäre das Ende der Welt, wenn du einfach mit ihr reden würdest, Fitz?«

»Und was genau soll ich ihr sagen?«, entgegne ich.

»Die Wahrheit. Sie könnte sie verstehen, wenn du ihr eine Chance geben würdest.«

»Ich verstehe es selbst immer noch nicht«, erkläre ich ihm. »Wie kannst du erwarten, dass ich es ihr erkläre?«

»Das ist es, was du dir gerne einredest«, sagt Crow. »Wie du willst.«

Er steht auf und geht auf die Tür zu.

»Um sechs heute Abend«, sagt er. »Komm nicht zu spät.«

Ich nicke, und er hält mit der Handfläche am Griff inne. »Ich schätze, es wird dich auch nicht interessieren, dass Sasha weggehen will, sobald ihre Mutter gestorben ist.«

Ich schaue zu ihm auf und versuche, seine Worte zu verarbeiten. Die Anspannung, die sich erst vor wenigen Augenblicken aufgelöst hat, kehrt mit einer neuen Art von Druck zurück, und in meinem Kopf wirbelt es frustriert, während ich versuche, dieses unbekannte Gefühl einzuordnen.

»Aber wie du gesagt hast, hat es keinen Sinn, darüber zu reden«, fährt Crow fort. »Nur für den Fall, dass du es trotzdem wissen willst: Ich habe Ja gesagt.«

# 10

### *Sasha*

Ich schwebe zwischen Schlaf und Bewusstsein, als sich das Bett bewegt. Zuerst frage ich mich, ob ich träume. Denn in meinem schlafverwirrten Gehirn ist das die einzige Möglichkeit, die ich akzeptieren möchte.

Aber als ich den Schatten eines Mannes sehe, der über mir schwebt, gefolgt von seiner behandschuhten Hand, die über meinen Mund gleitet, versuche ich zu schreien. Die Hand legt sich fester über meinen Mund, und alles, was ich schmecken kann, ist das Leder seines Handschuhs, während ich unter ihm zappele.

Er klettert auf mich, hält mich mit seinem Gewicht fest, und Tränen fließen ungewollt aus meinen Augen. Aber als er sich nach vorne beugt, breitet sein Duft sich zwischen uns aus. Malzlikör und geröstete

Pinienkerne. Er hat die Wirkung, mich sofort zu beruhigen.

»Ronan?«

Die Frage ist hinter seinem Handschuh gedämpft, aber als er spürt, dass ich mich beruhigt habe, streicht er mein verworrenes Haar aus meinem Gesicht. Ich kann jetzt im schwachen Licht seine Augen erkennen, die durch die seltenen Gefühle in ihnen wild aussehen. Er trägt seine Brille nicht. Und seine Anzugjacke fehlt, so dass nur ein steifes weißes Hemd seine Brust bedeckt. Sein Hals ist zugeschnürt, und sein Atem hart. Er ist wütend. Aber ich habe keine Angst.

Ich greife nach oben und ziehe seine Hand von meinem Mund weg, damit ich frei sprechen kann.

»Was machst du hier?«, frage ich. »Wie bist du überhaupt reingekommen?«

Das sind die beiden logischsten Fragen, die man in dieser Situation stellen muss, und nicht etwa, warum er sich in mein Zimmer schleicht und mich halb zu Tode erschreckt. Ronan geht immer auf seltsame Weise an die Dinge heran, und es ist fast schon komisch, dass ich diese Art von Verhalten von ihm erwartet habe. Er antwortet mir aber wie üblich nicht, also bedränge ich ihn weiter.

»Rede mit mir«, bekräftige ich meine Frage. »Sag mir, was los ist.«

Ich erwarte nicht wirklich, dass er antwortet. Er antwortet mir nie. Als er es aber diesmal tut, erschreckt er mich zu Tode.

»Du hast es mir nicht gesagt«, sagt er.

Seine Stimme ist anschuldigend und voller Schmerz und Wut.

»Ich habe dir *was* nicht gesagt?«

»Das mit Donovan.«

Schamgefühl breitet sich in mir aus, und ich blinzele Tränen zurück, während ich den Kopf schüttele. Ich will nicht darüber reden. Ich will nicht versuchen, meine Logik zu erklären. Es wird für ihn nie einen Sinn ergeben. Diese Typen, sie denken alle gleich. Er wäre beleidigt, wenn ich ihm sagen würde, dass ich versucht habe, ihn zu beschützen. Aber die Alternative ist noch schlimmer.

»Ich wusste, was du mit ihm machen würdest, wenn ich es dir sagen würde«, flüstere ich. »Ich habe nicht geglaubt, dass du in der Lage wärst, dich zu beherrschen. Genau wie bei Blaine.«

Er ist ruhig und bewegungslos, und seine Augen betrachten mich eingehend. Diese Augen geben mir das Gefühl, entblößt zu sein. Als ob ich mich nicht vor ihnen verstecken könnte. Aber im Moment will ich es auch nicht.

»Habe ich recht, Ronan?«

Stille. Ich hasse sein Schweigen. Ich verstehe nicht, warum er einfach nicht mit mir reden kann, warum es so schwer für ihn ist, mit mir zu reden, aber nicht mit allen anderen.

»Ich wusste, was die Folgen sein würden, wenn du ihn töten würdest«, sage ich. »Und ich konnte das nicht zulassen. Ich konnte nicht zulassen, dass dir meinetwegen etwas passiert. Wegen etwas, was du für mich getan hast.«

Er blinzelt oder bewegt sich nicht. Oder zeigt irgendeine Reaktion auf mein Geständnis, außer einer überwältigenden Traurigkeit in seinen Augen. Es gibt mir das Gefühl, dass ich ihn verraten habe. Er kann es nicht verstehen. Er könnte es nie verstehen.

»Ich weiß, was du von mir halten musst«, versuche ich mich zu rechtfertigen. »Aber ich habe ihm nie meinen Körper gegeben. Ich habe Dinge getan, auf die ich nicht stolz bin, um ihn ruhig zu halten. Aber ich wollte doch nur, dass er seinen Mund hält. Ich wollte nur …«

Ein Schluchzer entweicht meinen Lippen, und Ronan senkt seinen Körper über meinen, nimmt mich völlig ein. Er hat mich festgenagelt, und die Hitze seines Körpers dringt in meinen ein. Er atmet einen tiefen Atemzug aus. Und dann noch einen. Er kämpft gegen sich selbst. Seine Augen ficken mich, während er gleichzeitig versucht, von mir loszukommen. Aber es ist zu spät. Wir beide wissen es.

Dann ist er auf mir. Seine Hände sind auf meinem Körper und berühren mich überall. Sie fühlen sich großartig auf mir an. Rau und schwielig. Hart auf meiner weichen Haut. Sein Gesicht ist in meinem Haar vergraben und zerwühlt es, als seine Nase an meinem Hals entlangfährt. Er atmet mich ein, nimmt einen weiteren Zug von mir, so als wäre das die Sache, nach der er sich die ganze Zeit gesehnt hat. Sein Schwanz drückt gegen meinen Hüftknochen, als er sich an mir reibt.

Er schiebt meine Beine auseinander und fährt mit seiner Handfläche zwischen meine Beine, so als ob er diesen Teil von mir besitzt. Wer bin ich, ihm zu widersprechen? Er besitzt mich verdammt nochmal. Er hat meinen Verstand übernommen, so dass ich immer nur an ihn denken kann. Immer nur ihn will.

Meine Hände gleiten über seinen Rücken, während ich meine Beine um ihn wickele und ihn näher heranziehe. Mein Atem ist heiß an seinem Ohr, als ich seinen Namen murmele. Jedes Schamgefühl und alle Unsicherheit ist unter einem Schleier manischer Begierde begraben. Ich werde nie verstehen, was es mit diesem ruhigen, rätselhaften Mann auf sich hat, der mich völlig willenlos macht.

Ronan fühlt sie auch, diese explosive Verbindung zwischen uns. Alles, was ich tun muss, ist, in seine Umlaufbahn zu gelangen, und ich bin eine Sklavin seiner Macht. Ich vermute, dass er mir deshalb immer ausweicht. Er will derselben Macht nicht nachgeben.

Aber diesem Moment, in der Dunkelheit meines Schlafzimmers, hat er sich bereits ergeben. Er fummelt an seiner Gürtelschnalle, auch wenn er mich bittet, diesem Wahnsinn ein Ende zu setzen.

»Sag mir, dass ich aufhören soll«, sagt er erstickt. »Sag mir, dass ich dich nicht anfassen soll.«

Das tue ich nicht. Stattdessen fahre ich mit meinen Fingern durch sein Haar und beobachte, wie er erzittert.

»Zieh deine Sachen aus«, entgegne ich. »Lass mich dich spüren, Ronan.«

Er ignoriert mich, ist schon zu weit gegangen, um meine Worte zu hören oder zu verstehen. Er reißt mein Höschen grob beiseite und fährt mit einem harten Stoß in mich hinein. Ein erstickter Laut, eine Mischung aus Überraschung und Lust, entweicht meiner Kehle, und er versteinert, um auf mich herabzusehen.

»Mach weiter«, bitte ich.

Er könnte nicht aufhören, selbst wenn er es versuchen würde. Er fickt mich, als wäre er betrunken. Er ist manisch und außer Kontrolle. Er stößt so heftig in mich, dass er blaue Flecken hinterlässt. Seine Augen fallen immer wieder zu, aber er versucht, sie offen zu halten. Er beobachtet mich.

Er betrachtet mein Gesicht, aber ich weiß nicht, warum. Ich habe das Gefühl, dass er meine Bestätigung braucht, dass er mich nicht in seinem Wahnsinn getötet hat. Dass er das richtig macht. Ich weiß nicht, warum, aber es gibt eine Verwundbarkeit in seinen Augen.

Ich streichele mit meinen Fingern über den Ansatz seines Halses und ziehe ihn näher heran. Ich will ihn küssen. Ich durfte ihn noch nie küssen. Ich kann mir nicht einmal vorstellen, wie gut es sich anfühlen würde, aber ich weiß, dass wenn ich einmal einen Vorgeschmack bekommen sollte, ich für immer ruiniert sein werde.

Es dauert einen Moment, bis er versteht, was ich

will. Und als ich meine Lippen sanft gegen die seinen drücke, zögert er. Aber es dauert nur eine Sekunde. Ein sichtbarer Schauer überzieht ihn, als sich mein Atem mit seinem vermischt, und das löst etwas in ihm aus. Seine Finger ergreifen grob mein Gesicht und halten mich an Ort und Stelle, während er mich auch schmeckt. Dieser Kuss ist nicht weich, er ist nicht süß. Er ist etwas Wildes, das seit drei langen Jahren gärt. Ein Kuss, der die Erinnerung an alle anderen Küsse vor ihm auflöst.

Ronan verschlingt mich mit seinem Mund und mit seinem Körper. Seine Stöße sind nicht rhythmisch und außer Kontrolle. Ich glaube, er versucht, sanft zu sein, aber er kann sich nicht beherrschen. Seine Hände bedecken meinen Hinterkopf, und unsere Zungen und Zähne prallen mit der Kraft unserer Lust aufeinander. Er sieht aus, als würde er leiden. Als sei er auf Drogen, so high durch mich, dass ich mich nicht dazu bringen kann, auch nur eine Sekunde wegzuschauen. Die Stärke dieses Mannes übertrifft konkurrenzlos die aller anderen, die ich je kennengelernt habe, aber im Moment ist er mein Sklave.

Das ist nichts Einseitiges. Jeder Teil meines Körpers reagiert auf ihn. Auf seinen Geschmack und seine Berührung. Es ist chaotisch und heiß, wie unsere Hüften gegeneinanderstoßen, und wir können kein leichtes Mittelmaß finden. Wir sind in diesen Wahnsinn verstrickt, und ich war in meinem ganzen Leben noch nie so erregt. Er fickt mich, als wäre ich sein Preis. Seine Trophäe.

Und dann fickt er mich überhaupt nicht mehr. Sein Kopf fällt zurück, und sein ganzer Körper erzittert, als er ein qualvolles Stöhnen von sich gibt. Wärme erfüllt mich, und sie überrascht mich. Ich bin nicht die Einzige.

Es kommt zu einem Moment der Stille, bevor sich Ronan ungeschickt herauszieht und meine Augen wieder nach etwas absucht, was er nicht sehen will. Selbst wenn es nicht da ist, sucht er nach etwas, woran er sich festhalten kann. Einen Grund, zu gehen. Ich schnappe mir sein Gesicht, ziehe es zurück zu meinem und zerfleische ihn mit meinen Lippen.

Es funktioniert. Denn was ihm gerade noch in den Sinn kam, ist schnell vergessen, als er wieder in mir wächst. Je länger wir uns küssen, berühren und fühlen, desto härter wird er. Und dann stößt er wieder in mich hinein. Ich küsse meinen Weg seine Kehle hinunter, schmecke seine Haut und seinen Duft. Ich stöhne gegen ihn, und jedes Mal, wenn ich das tue, ertönt ein Geräusch von Erleichterung und Vergnügen aus seiner Brust.

Meine Hände finden seinen Po, und ich versuche, ihn tiefer in mich hineinzuziehen, aber er drückt meine Handflächen hoch zu seinem Rücken. Ich widerspreche nicht. Ronan ist anders. Ich weiß nicht, ob ihm etwas Schreckliches passiert ist. Ich weiß nicht, warum er sich nicht ausziehen will oder was seine unausgesprochenen Regeln sind. Ich will ihn aber nicht aus seiner Komfortzone drängen.

Aber es hindert mich nicht daran, sie zu testen. Als

ich meine Hände unter den Stoff seines Hemdes schiebe, um seine Haut zu spüren, seufzt er vor Lust. Seine Bewegungen sind immer noch ruckartig. Harte, brutale Stößc, die er kaum kontrollieren kann. Sein Körper ist kraftvoll und fest in meinen Händen. Aber er ist unsicher.

Als er mein Hemd herunterzieht und meine Brüste freilegt, wird er abgelenkt und hört komplett auf, sich zu bewegen, während er innehält, um sie anzusehen. Seine Augen sind voller Hunger, als er seinen Kopf eintaucht, um mich zu schmecken. Er drückt mich nieder und leckt an meinen Brustwarzen. Und dann saugt er mich in seinen Mund und stöhnt gegen meine Haut.

Er ist eine Mischung aus brutal und sinnlich. Süß und hart. Grob und vorsichtig.

Alles an ihm ist so verdammt männlich. Seine Hände, sein Mund … sie beherrschen jeden Teil von mir. In seinen Armen bin ich klein und zerbrechlich, vollkommen seiner Gnade ausgeliefert. Sein Schwanz in mir dehnt sich bis zu einem Punkt von Lust und Schmerz aus.

Er fängt wieder an, sich in mir zu bewegen, und ich kann nichts anderes tun, als dazuliegen und ihn aufzunehmen. Sein perfektes Haar ist durch meine Hände zerzaust, und seine Hose hängt unter seinen Hüften, als er mich in die Matratze fickt. Ich will, dass es nie endet. Aber der Druck, dem ich so dringend entfliehen muss, wächst in mir, und ich kann mich nicht mehr zurückhalten.

Mein Kopf zuckt zurück gegen das Kissen, und ich grabe meine Finger in seinen Rücken, als ich überwältigend komme und mich um seinen Schwanz zusammenziehe. Kehlige und unbekannte Geräusche vibrieren aus meiner Kehle gegen Ronans Brust, während er sie wie ein Echo widerspiegelt. Warme Entladungen erfüllen mich, während er seinen Kopf zurückkippt und die Augen schließt.

Ich wickele meine Arme um ihn und drücke ihn an mich, weil ich Angst habe, dass er jetzt weggehen wird. Wie er es immer tut. Dass er geht und die nächsten zwei Jahre so tut, als wäre das nie passiert. Ich bin nicht bereit dafür. Ich kann damit nicht umgehen.

Ich will nicht aufhören, ihn anzufassen. Ich will nicht aufhören, mich so zu fühlen. So, wie ich mich fühle, wenn ich bei ihm bin. Vielleicht macht es mich schwach, jemanden so sehr zu wollen. Aber wenn er jetzt wollen würde, wäre ich die seine. Ich würde alles tun, was er in diesem Moment von mir verlangt.

Aber genau wie ich befürchtet habe, zieht er sich zurück, sobald sich seine Atmung beruhigt hat. Er sieht mich nicht einmal an, während er seine Gürtelschnalle schließt und seine Hose hochreißt, bevor er sein Haar wieder ordnet.

»Ronan?«

Ich bekomme keine Antwort. Er ignoriert mich einfach, als wäre ich ein Nichts. Ich kann diese Behandlung von allen anderen in meinem Leben annehmen, aber nicht von ihm. Wenn er also aufsteht, um zu gehen, schlage ich ihn auf die einzige Art und Weise, die ich kann.

»Wann kann ich dich wieder erwarten?«, schreie ich, als er sich zurückzieht. »In zwei Jahren? Wirst du einfach hierherkommen und mich ficken, wie es dir gefällt, so wie es jeder andere Mann in deiner Mafia versucht? Nun, bring das nächste Mal ein Kondom mit, weil ich nicht die verdammte Pille nehme!«

Seine Schultern ziehen sich zusammen, als er nach der Tür greift, und ich weiß, dass ich einen Nerv getroffen habe. Ich hätte es nicht sagen sollen, aber es ist die Wahrheit. Er muss sich um diese Dinge keine Sorgen machen, weil er einfach fröhlich weiterleben kann, aber ich schon.

Genau wie beim letzten Mal.

Ich sah, wie er mich beobachtete, nachdem es passiert war. Monatelang blickte er immer wieder auf meinen Bauch. Fragend, ängstlich, besorgt. Ich konnte es in seinen Augen sehen. Er hatte Angst, dass er mich geschwängert hatte.

Das macht es nur noch schlimmer.

Und wenn ich eine Bestätigung gebraucht hätte, dass das Verlassen dieses Ortes das Beste für mich ist, dann ist es die. Aber als er die Tür hinter sich zuschlägt, ist das nicht einfacher zu akzeptieren.

# 11

## *Ronan*

*In diesem schwarzen Raum existiert keine Zeit.*

*Ich habe keine Ahnung, wie lange es her ist, dass ich einen anderen Menschen gesehen habe. Selbst Farrell oder Coyne. Der menschlichste Kontakt für mich im Moment ist, wenn sich die Tür öffnet und einen Moment lang ein kleines bisschen Licht eindringt, wenn sie mir einen Netzbeutel mit meinen Rationen für den Tag hineinwerfen.*

*Das Brot ist immer schimmelig und schal, aber ich esse es trotzdem. Ich vermisse die Dame im Raum. Diejenige, die sich um uns gekümmert hat. Aber sie sagten mir, dass ich sie nie wiedersehen werde. Ich bin jetzt ein Mann, sagen sie. Es ist Zeit, alles andere zu vergessen, außer meiner Ausbildung und meiner Bestimmung.*

*Der Lärm hört nie auf. Jeden Tag ist es laute Musik. Und dann weinende Babys. Gequälte Schreie. Ein endloses Geräusch. Ich bin immun geworden. Ich habe gelernt, damit zu schlafen. Aber gegen die Käfer und die Ratten werde ich nicht immun. Sie kriechen immer auf mir herum, aber ich kann sie nicht sehen.*

*Ich habe das Gefühl, dass ich verrückt werde. Ich denke, das ist es, was sie wollen. Dann frage ich mich, ob die Käfer überhaupt echt sind. Vielleicht stelle ich sie mir nur in meinem Kopf vor.*

*Ich weiß nicht, an welchem Tag oder sogar in welchem Jahr sie wieder zu mir kommen. Coyne und Farrell. Sie sehen anders aus. Sie haben jetzt Bärte, und als die kühle Luft auf meine Haut trifft, merke ich, dass sich auch die Jahreszeit verändert hat. Sie sprechen zu mir, während wir gehen, aber ich nehme die Worte nicht auf.*

*Mein Verstand hat alles ausgeblendet. Sogar sie. Sie führen mich zu einem großen Gebäude, in dem ich noch nie zuvor war. Und dann in eine Küche, mit einer Metalltür. Farrell öffnet sie und schiebt mich hinein. Er zeigt auf die Ecke, wo es einen Eimer und eine Decke gibt. Seine Lippen bewegen sich, aber da ist nur das Schreien. Weinen. Laute Musik.*

*Und dann gehen sie.*

*Es ist kalt. Noch kälter als in dem Keller, in dem sie mich vorher gefangen gehalten haben. Es ist ein Kühlhaus, bemerke ich. Bald kommen Coyne und Farrell mit einem weiteren Jungen zurück. Ich habe ihn während eines Teils meiner Ausbildung gesehen. Alex. Sie schieben ihn hinein und zeigen auf den anderen Eimer und die Decke.*

*Er versucht, mit mir zu sprechen. Ich setze mich hin, wickele die Decke um meine Schultern und frage mich, wie alt ich jetzt bin. Zwölf, glaube ich. Vielleicht sogar noch älter.*

*Ich habe keine Ahnung. Nur die Dunkelheit existiert, auch hier draußen im Licht.*

*Die Luft wird mit jeder Minute kälter, und bald werden meine Augenlider schwer. Ich schlafe ein, und es fühlt sich gut an. Mir ist warm, und ich fühle mich wohl. Aber dann tritt mich jemand mit seinem Stiefel. Ich schaue auf, sehe Alex, und das Klingeln in meinen Ohren hat endlich aufgehört. Ich kann ihn jetzt hören, obwohl er immer noch verzerrt ist.*

*»Du musst in Bewegung bleiben«, sagt er.*

*Ich trete ihn mit dem Fuß weg und versuche, wieder einzuschlafen. Aber er besteht darauf.*

*»Wenn du wieder einschläfst, wirst du sterben. Du musst dich bewegen, um warm zu bleiben. Es ist ein Test. Wenn dir wirklich kalt wird, fühlst du dich, als ob du schlafen gehen willst. Aber wenn du es tust, wirst du nie wieder aufwachen.«*

*Ich blinzele ihn an und verarbeite seine Worte. Ich weiß nicht, ob er recht hat oder nicht, aber vielleicht hat er recht. Vielleicht fühle ich mich deshalb so warm, habe deshalb das Gefühl, dass ich mich nicht bewegen will.*

*Als ich es schließlich tue, ist mein Körper steif, und ich kann meine Finger nicht spüren, als ich sie an meine Lippen drücke.*

*»Wir müssen weitermachen«, sagt Alex. »Es ist der einzige Weg, um am Leben zu bleiben. Wir müssen es gemeinsam tun. Wir müssen uns gegenseitig wachhalten.«*

*Ich stehe auf und warte auf Alex' Führung. Ich weiß nicht, woher er so viel weiß, nur, dass er viel später hierhergebracht wurde als ich. Er spricht von den Orten außerhalb des Geländes. Von der Schule und den Dingen, die er dort gelernt hat. Ich weiß nichts davon, aber wenn er spricht, glaube ich ihm.*

*Er geht die ganze Länge des Kühlhauses entlang, und ich folge ihm. Und dann erzählt er mir mehr über die Orte. Er spricht von einer Kirche. Einer großen, weißen Kirche, in die er und seine Mutter jeden Sonntag gingen. Er erzählt mir nie, was mit ihr passiert ist, aber seine Stimme ist immer traurig, wenn er ihren Namen sagt. Er erzählt mir eine Menge Dinge über sie, aber nie, was passiert ist.*

*Ich habe keine Mutter. Oder einen Vater. Nur Coyne und Farrell.*

*Und jetzt auch noch Alex.*

*Wir sollen eigentlich nicht miteinander reden. Aber er spricht immer zu mir. Und wir scheinen uns auch immer in den gleichen Phasen des gemeinsamen Trainings zu befinden.*

*Während der nächsten Stunde erzählt er mir alles Mögliche. Aber wir beide werden langsamer. Meine Augen bleiben kaum offen, und Alex' Worte kommen lallend heraus.*

*Als Coyne endlich zu uns zurückkommt, bin ich erleichtert. Aber diese Erleichterung hält nicht lange an. Er bringt mich nicht zurück in die Grube. Stattdessen bringt er uns zum Teich, wo Farrell bereits wartet.*

*Wir stehen in einer Reihe mit einigen der anderen Jungs, und sie fesseln unsere Hände und Füße. Und dann schieben sie uns einen nach dem anderen ins Wasser.*

*Zehn von uns gehen hinein. Nur sieben kommen jemals wieder heraus.*

Als ich Sasha verlasse, ruft mich Crow an. Wie immer ist sein Timing einwandfrei.

»Ja«, antworte ich. »Was ist?«

»Niall hat von den Russen erfahren, dass Andrei wieder in der Stadt ist«, sagt er. »Sie wollen, dass du dich um ihn kümmerst.«

»Wo?«

»Es ist ein Haus«, antwortet er. »Ich schicke dir die Adresse.«

»Gut.«

»Überprüfe es erst einmal nur«, sagt Crow mir. »Sie wissen nicht, ob er allein dort ist.«

Es wird still, und ich denke an Sasha. Wie ich mich bei ihr wieder wie ein Idiot benommen habe. Wie ich keine Ahnung habe, was ich mit ihr machen soll oder wie ich eine Frau verwöhnen kann. Wenn sie mich berührt, habe ich keine Kontrolle über meine Reaktionen. Es fühlt sich zu gut an, und ich weiß, dass ich mich blamieren werde. Genau wie ich es heute Abend getan habe.

Ich könnte Crow fragen. Aber diese Vorstellung ist noch schlimmer. Zu diesem Zeitpunkt in meinem Leben hätte ich diese Dinge schon längst herausfinden sollen. Aber das habe ich nicht.

Ich war immer nur in einer Sache gut. Und das ist nicht diese.

»Fitz?«, bricht Crow die Stille. »Alles in Ordnung?«

»Alles in Ordnung«, antworte ich. »Ich kümmere mich um Andrei.«

»Sie wollen, dass es sauber gemacht wird«, sagt Crow. »Überdosis oder Selbstmord wäre am besten. Jeder, mit dem er zusammengearbeitet hat, muss wissen, dass er tot ist.«

»Ich kümmere mich darum«, beruhige ich ihn.

»Ich bin mir sicher, dass ich dich nicht daran erinnern muss, dass du erwähnt hast, dass du mehr Verantwortung willst«, sagt Crow. »Dieser Job ist wichtig, Fitz.«

Ich antworte nicht. Er muss es mir nicht erklären. Er will, dass ich mich beweise. Dem Syndikat gegenüber. Ihm gegenüber.

Sasha gegenüber.

Ich hatte mir gedacht, dass ich, wenn ich mehr Verantwortung übernehme, ihrer würdig sein könnte. Aber so wie es aussieht, bin ich es eindeutig nicht, und ich bezweifele, dass ich jemals die Art von Mann sein werde, die sie braucht. Meine Schwäche heute Abend hat das nur noch einmal bewiesen. Es würde nicht gut sein, es jedes Mal zu versauen, wenn ich in ihrer Nähe bin. Das ist der Grund, warum ich immer Abstand gehalten habe.

»Bist du sicher, dass alles in Ordnung ist?«, fragt Crow erneut.

»Aye. Alles ist einfach großartig.«

Als ich die Adresse erreiche, die mir Crow geschickt hat, hat sich der vertraute Druck und die Wut so eng in mir gewunden, dass ich sie kaum eindämmen kann.

Deshalb bin ich der Reaper, der Sensenmann.

Keiner der anderen Jungs im Syndikat ist an diesem Job interessiert. Sie haben nicht meine Wut oder meine Blutlust. Sie spüren diesen Druck in sich nicht. Sie töten, wenn es nötig ist. Aber es ist ein Schalter, den sie ein- und ausschalten können. Meiner schaltet sich nie aus. Es gibt immer diese Wut, die unter der Oberfläche brodelt. Ich muss nur eine Erinnerung, einen Gedanken wählen … und schon ist sie da.

Ich mache mich frei davon. Diese Leben, die ich nehme, berühren mich nicht. Sie bedeuten nichts. Diese Männer haben Unrecht getan. Das Unwiederbringliche. Mein einziger Job ist es, sie zu ihrem Schöpfer zu schicken. Das hat mich noch nie sehr gestört. Aber jetzt sehe ich Sashas Gesicht vor mir. Die Art, wie sie mich im Keller im Slainte angesehen hat. Ich frage mich, was sie in diesem Moment von mir gedacht hat. Ich frage mich, was sie jetzt von mir denkt.

Es macht keinen Unterschied, nehme ich an.

Ich ziehe den Seesack aus dem Auto und sammele ein, was ich brauche. Im Haus sind zu viele Lichter eingeschaltet, was mir sagt, dass Andrei nicht allein ist. Die meisten Menschen lassen nicht so viele Lichter an, wenn sie allein sind. Es sei denn, sie haben Angst. Und Andrei hat keine Angst.

Er ist ein Schlächter, wie ich. Aber im Gegensatz zu mir macht er es aus Spaß. Hauptsächlich Frauen. Prostituierte. Er zerstückelt sie und hat in jeder Stadt, die er besucht hat, eine Blutspur hinterlassen. Er war ein Mitarbeiter der Russen, aber er hat sie verraten. Das überrascht mich nicht. Ich bezweifele, dass dieser Mann jemals auf eine Moral getroffen ist, die er nicht verspottet hat.

Crow wollte, dass das sauber erledigt wird. Wenn ich jetzt da hineingehe, wird das nicht passieren. Seine Erwartungen an mich wirbeln in meinem Kopf herum und verbinden sich mit der Bitterkeit des heutigen Abends. Mit Sasha.

Ich schäme mich vor ihr.

Die Wut taucht wieder auf und spült alles andere weg. Ich schraube den Schalldämpfer auf meine Waffe und gehe zur Rückseite des Hauses. Es gibt ein Fenster im Erdgeschoss. Ich trete es ein und gehe dann zur Hintertür, um leise darauf zu warten, dass Stimmen im Haus auftauchen.

Auf der Treppe in den Keller ertönen Schritte, und jemand schreit auf Russisch, dass der Hinterhof überprüft werden soll.

Der erste Mann hat kaum die Tür aufgemacht, als ich ihm bereits eine Kugel in den Kopf jage. Er fällt auf den Boden, und ich steige über seinen Körper und gehe direkt auf den Kugelhagel zu, der jetzt auf mich gerichtet ist.

Von der angrenzenden Wand aus gelingt es mir, einen weiteren Schützen auszuschalten.

Die restlichen beiden Stimmen sprechen in gedämpftem Russisch, bevor sie sich einigen. Da ist immer noch ein Mann im Keller. Und zwei in der Küche. Ich habe nicht herausgefunden, welcher von ihnen Andrei ist. Das werde ich nicht, bis ich ihn sehe.

Die Haustür schließt sich, und ich habe keine Wahl. Ich gehe blind hinein. Eine Kugel rauscht an meinem Ohr vorbei, und dann schlägt mir eine andere in die Schulter.

Der Mann, der sie abgefeuert hat, erhält dafür eine Kugel zwischen die Augen. Sein Freund kämpft sich zur Tür. Es ist nicht Andrei. Ich vermute, dass er, wie ein Feigling, derjenige ist, der aus der Haustür geschlüpft und weggerannt ist. Das hier ist nur ein junger Mann. Er hält eine Waffe in der Hand, aber ich habe durch den hoffnungslosen Blick auf seinem Gesicht eine Ahnung, dass sie nicht geladen ist.

Seine Augen sind groß und voller Angst. Es ist kein Ausdruck, an den ich nicht gewöhnt bin. Die meisten Menschen fürchten den Tod. Das ist ganz natürlich. Aber dieser Junge, er sieht aus wie jemand anderes, den ich einmal kannte. Der Junge vom Lager. Derjenige, der durch Farrells Hände starb. Derjenige, der alle Ereignisse in Gang gesetzt hat, die mich zu dem Mann gemacht haben, der ich bin.

Und wenn ich diesen Jungen jetzt ansehe, bemitleide und verabscheue ich ihn gleichermaßen.

Aber ich kann es nicht über mich bringen, meine Waffe zu erheben.

Er hat bereits einen klaren Blick auf mein Gesicht

gehabt. Es wäre unklug, ihn gehen zu lassen. Aber das ist genau das, was ich tue. Und zu allem Überfluss unterschreibe ich mein eigenes Todesurteil, als er aus der Tür schlüpft.

»Sag Andrei, dass der Reaper ihm Grüße schickt. Wir werden uns an einem anderen Tag treffen.«

# 12

### *Sasha*

Ein dumpfes Klopfen ertönt von der Wohnungstür.

Zuerst bin ich mir sicher, dass ich es träume, aber es geht weiter, bis es zu einem ganz leichten Schaben wird.

Ich schlüpfe aus dem Bett und ziehe ein T-Shirt und eine Yogahose an. Ich habe mir nicht einmal die Mühe gemacht, mich anzuziehen oder zu duschen, nachdem Ronan gegangen war. Weil ich immer noch nach ihm riechen wollte. Sehr erbärmlich, oder etwa nicht?

Als ich zur Wohnungstür komme, hat das Geräusch aufgehört. Und als ich aus dem Guckloch schaue, sehe ich auch nichts.

Es fühlt sich langsam wie ein Horrorfilm an, aber ich öffne die Tür mit vorgelegter Kette. Und dann sehe ich Ronan, der mit blutdurchtränktem Hemd gegen meine Tür gelehnt ist. Ich muss mir den Mund zuhalten, um nicht zu schreien.

Ich öffne die Kette und die Tür, und er schaut mit seinen verdammten traurigen braunen Augen zu mir auf.

»Ronan?«

»Keine Ärzte.«

Das ist das Einzige, was er sagt, bevor sein Kopf zur Seite kippt. Und da flippe ich wirklich aus. Ich knie mich hin, um ihn zu untersuchen. Er blutet aus einer Wunde in seiner Schulter, und es sieht so aus, als hätte er bereits viel Blut verloren.

Ich umfasse sein Gesicht mit meinen Händen und schüttele es leicht.

»Ronan, du musst wach bleiben, okay? Und ich brauche deine Hilfe, um dich in die Wohnung zu bekommen. Kannst du das für mich tun?«

Er antwortet nicht, aber er bewegt sich. Er versucht, aufzustehen, und ich lege meinen Arm um seinen Rücken. Aber er ist zu groß und ich kann ihn nicht stützen.

Wir schaffen es bis direkt vor die Tür, bevor er wieder zusammenbricht. Ich kann nicht aufhören, das Blut anzusehen. Zu viel Blut. Und ich bin kurz davor, in Panik zu geraten. Ich weiß, dass Lachlan mich töten wird, wenn ich einen Krankenwagen rufe, aber ich denke wirklich, dass er diesmal einen braucht.

Ich mache es ihm so bequem wie möglich auf dem Boden und öffne seinen Mantel, um an seine Wunde zu gelangen. Ich ziehe mein T-Shirt aus, drücke es auf das

Einschussloch und greife dann nach seiner Hand. Seine Augen sind kaum geöffnet, und er ist schwach. Ich fühle, wie er mir entgleitet, und das kann ich nicht zulassen.

»Ich muss dir einen Arzt besorgen.«

»Keine Ärzte«, krächzt er.

»Himmel, Ronan. Ich habe keine andere Wahl.«

»Keine Ärzte«, sagt er noch einmal.

Ich drücke seine Hand auf das T-Shirt und halte sie fest. »Du bleibst genau hier. Ich werde Lachlan anrufen, okay?«

Er nickt, und seine Augen schließen sich.

Ich renne in mein Schlafzimmer und suche mein Handy auf meinem Nachttisch. Als ich es finde, fällt mir etwas anderes ein. Es wird eine Weile dauern, bis Lachlan hier ist. Und noch länger, um jemanden zu finden, der ihm helfen kann. Aber ich kenne jemanden, der es kann, und sie ist auf Abruf bereit und wartet darauf, dass ich jederzeit anrufe, wenn ich sie brauche.

Ich weiß, dass es falsch ist, und sie werden mich wahrscheinlich genauso dafür töten, aber ich scrolle durch meine Kontakte und wähle Amys Nummer. Sie antwortet bei dem dritten Klingeln mit schläfriger Stimme.

»Sasha, ist alles in Ordnung?«, fragt sie.

»Nein«, krächze ich. »Du musst bitte rüberkommen. Sofort.«

»Okay«, sagt sie. »Ich komme.«

»Bitte beeil dich.«

Ich lege auf und wähle Lachlans Nummer, während

ich mich zurück zu Ronan begebe. Er ist kaum bei Bewusstsein, aber er atmet noch. Ich übe Druck auf die Wunde aus und gebe Lachlan eine kurze Erklärung, was passiert ist. Er sagt mir, dass er auf dem Weg ist, also lege ich auf und warte.

Minuten vergehen, während ich Ronans Kopf auf meinem Schoß halte, die Linien seines Gesichts nachfahre und mit meinen Fingern durch sein Haar streiche. Gelegentlich findet er die Kraft, zu mir aufzuschauen.

»Ich werde sie abnehmen«, sage ich, als ich ihm seine Brille abnehme. »Okay? Ich möchte, dass du dich wohlfühlst.«

Er antwortet nicht. Er beobachtet mich nur, ruhig wie immer, als wäre es keine große Sache. Ich möchte ihn fragen, was passiert ist. Ich möchte ihn fragen, warum er zu mir kam. Ich habe so viele Fragen an ihn, aber ich weiß, dass er seine Energie sparen muss. Also sitze ich stattdessen einfach neben ihm und streichele sein Gesicht.

»Du hast sanfte Hände«, murmelt er.

Seine Augen schließen sich wieder, und er beginnt, in die Bewusstlosigkeit zu fallen.

»Ronan, du musst bei mir bleiben.«

Ich beobachte seine Brust, und sie bewegt sich immer noch, aber es ist schwer zu erkennen, weil meine Augen vor Tränen verschwommen sind. Die Tür öffnet sich, und Amy stolpert fast über uns beide.

»Oh mein Gott«, sagt sie. »Hast du einen Krankenwagen gerufen?«

»Nein«, sage ich ihr. »Er will keinen Arzt. Bitte, du musst ihm helfen.«

»Ich … Ich kann nicht«, platzt sie heraus. »Ich habe nicht die Utensilien, meine Zulassung …«

»Amy, bitte«, flehe ich sie an. »Er wird sterben, wenn du nichts tust. Hilf ihm einfach, bis Lachlan einen Arzt hierherbringen kann.«

Sie zögert einen Moment lang und scheint dann zu einer Entscheidung zu kommen.

»Ich werde ihm helfen, sich zu stabilisieren«, sagt sie. »Aber er muss ins Krankenhaus, wenn ich fertig bin.«

Sie kniet sich neben mich und beginnt, Dinge aufzulisten, die sie braucht.

Ich laufe wie eine Verrückte durch das Haus und versuche, alles zusammenzusuchen und so schnell wie möglich zu ihr zu bringen. Sie schneidet ihm das Hemd auf, und zum ersten Mal sehe ich seine Brust. Und ich bin schockiert von der Anzahl der Narben, die seinen Körper übersäen.

Amy auch.

»Wer ist dieser Typ?«, fragt sie.

»Er ist mein …« Ich halte inne. »Mein Freund. Ein wirklich guter Freund.«

Die Tür öffnet sich wieder, und diesmal ist es Lachlan. Sein Gesicht ist weiß, und als sein Blick auf Ronan fällt, ist klar, wie viel ihm dieser Mann wirklich bedeutet. Ich habe noch nie das Gleiche wie Lachlan gefühlt. Aber wie sich herausstellt, ist Ronan unsere gemeinsame Basis. Er starrt mich auch an und sucht in meinen Augen nach Antworten, bevor er sie überhaupt erfragen kann.

Und dann fällt sein Blick auf Amy, die Ronans Wunde ansieht.

»Wer ist sie?«, fragt Lachlan.

»Die Hauskrankenschwester meiner Mutter.«

Ich lasse den Teil weg, dass ich sie angerufen habe.

»Kannst du ihm helfen?«, fragt Lachlan sie.

Amy schüttelt ablehnend den Kopf. »Er muss ins Krankenhaus. Die Kugel ist noch drin, und …«

»Sasha«, unterbricht Lachlan sie. »Gibt es ein Bett, auf das wir ihn legen können?«

»In meinem Zimmer«, antworte ich.

»Gut, mach es fertig. Ich brauche einen Moment, um mit Amy zu sprechen.«

Ich zögere eine Millisekunde, als die Schuldgefühle mich überschwemmen. Er wird sie wahrscheinlich bedrohen. Oder ihr vielleicht Geld anbieten. So oder so, es ist mir egal. Das Einzige, was mich im Moment interessiert, ist Ronan – und sicherzustellen, dass es ihm gut geht.

Also tue ich, was Lachlan verlangt, gehe in mein Zimmer, ziehe die Decken zurück und räume alles aus dem Weg.

Einen Moment später steht Lachlan hinter mir in der Tür.

»Du musst mir helfen, ihn hier reinzubringen«, sagt er. »Ich habe einige der anderen Jungs angerufen, aber ich will nicht warten. Amy wird ihm helfen, okay, Sash?«

Ich nicke und eile ihm hinterher. Wir müssen alle drei anfassen, um ihn ins Bett zu bekommen. Und dann holt Amy ihre Medizintasche und beginnt, eine Infusion vorzubereiten.

»Was wirst du tun?«, frage ich sie.

»Sie gibt ihm etwas, um ihn ruhigzustellen«, erklärt Lachlan. »Wenn er aufwacht und jemand, den er nicht kennt, ihn berührt …«

Er lässt den Rest im Raum stehen, und ich nicke.

Aber Ronan wacht auf. Während Amy versucht, die Infusion fertigzumachen. Und er gerät völlig außer Kontrolle. Für einen Moment bin ich zu entsetzt über das, was ich sehe, um es wirklich zu verstehen. Er war schon immer so stark, so ruhig und sicher. Das einzige Mal, als ich gesehen habe, wie er seine Beherrschung verlor, war bei Blaine. Aber im Moment ist er wie ein eingesperrtes Tier, das im Bett um sich schlägt, während Lachlan versucht, ihn festzuhalten. Seine wilden und panischen Augen finden meine, und mein Herz zerspringt. Ich krieche neben ihm auf das Bett und umfasse sein Gesicht.

»Schscht, Ronan«, flüstere ich. »Es ist alles in Ordnung. Sieh mich einfach an. Nur mich.«

Zu aller Überraschung scheinen meine Worte ihn zu beruhigen. Also wiederhole ich sie und streichele sein Gesicht unter meinen Fingern. Er lässt mich nicht aus den Augen.

»Vertraust du mir?«, frage ich ihn.

Er nickt.

»Okay, gut«, flüstere ich. »Weil ich nicht zulassen würde, dass dir jemand wehtut. Das weißt du, oder?«

Er blinzelt, und seine Atmung verlangsamt sich ein wenig, während seine Augen die meinen finden. Diese tiefbraunen Augen sehen in diesem Moment so sehr aus wie die eines kleinen Jungen und nicht wie die des Mannes, den ich kenne. Im Moment ist er kein gewalttätiges Raubtier. Er ist mein süßer, gutaussehender Ronan. Und hinter den dunklen Wimpern und dem Schutzmantel, den er so lange getragen hat, steckt Vertrauen. Für mich. Und ich habe das Gefühl, dass ich später, wenn ich Zeit habe, darüber nachzudenken, endlich verstehen werde, was das bedeutet. Weil ich bezweifele, dass Ronan irgendjemandem vertraut. Selbst sein bester Freund Lachlan, den er sein ganzes Leben lang kannte, gilt derzeit als Feind.

Aber nicht ich. Und ich werde dieses Vertrauen niemals als selbstverständlich ansehen.

Ich fahre mit meinen Finger durch seine und drücke sie.

»Ich vertraue Amy«, sage ich ihm. »Und sie versucht, dir zu helfen, Ronan. Okay? Ich werde nicht zulassen, dass sie dir wehtut.«

Er antwortet nicht, aber das muss er nicht. Jeder kann sehen, dass er sich beruhigt hat, und Amy nutzt die Gelegenheit, um die Infusion zu legen. Ronan beobachtet mich die ganze Zeit. Aber sobald die Infusion läuft, fallen seine Augen zu. Ich beuge mich hinunter und küsse ihn auf die Stirn, und als ich durch tränengefüllte Augen aufschaue, starrt mich Lachlan an.

»Du hast ihn beruhigt.« Seine Stimme ist voller Unglauben. »Ich habe so etwas noch nie zuvor gesehen.«

»Oh«, sage ich erstickt.

Der Raum wird still, und Amy macht sich an die Arbeit. Ich bin dankbar, als sie mich um meine Hilfe bittet, und ich nicht das Gewicht von Lachlans fragendem Blick auf mir spüren muss. Während der gesamten Prozedur fungiere ich als ihre Assistentin. Sie sagt mir, was sie von mir braucht, und kein Wort mehr. Sie schaut mich nicht an, und ich habe das Gefühl, dass sie mich jetzt gerade wirklich dafür hasst, weil ich sie in diese Situation gebracht habe.

Als sie die Kugel entfernt und ihn zusammengenäht hat, wäscht sie sich die Hände und packt ihre Medizintasche wieder zusammen. Ihr Blick geht zu Lachlan, während sie in der Schlafzimmertür verweilt.

»Ist das alles, was du von mir brauchst?«

Ihre Stimme ist flach und kalt. Und das gefällt mir nicht, weil Amy immer gut zu mir war und ich mich schrecklich fühle, weil ich sie in diese Sache hineingezogen habe.

»Ja«, sagt er ihr. »Das ist alles.«

»Amy«, rufe ich aus.

Sie blickt mich an, und ich umarme mich, weil ich unsicher bin, was ich an dieser Stelle überhaupt sagen soll.

»Ähm, danke.«

Sie nickt und geht.

Die Haustür schließt sich, und dann sind nur noch Lachlan und ich der Stille des Raumes überlassen. Es ist seltsam, hier bei ihm zu sein. Ich weiß nicht, was ich sagen oder tun soll. Ich habe nie gewusst, was ich von diesem Kerl halten soll. Manchmal kann er so kalt wirken. Aber da ich ihn mit Mack gesehen habe, weiß ich, dass er auch ein Mensch ist. Meine Art, mit ihm umzugehen, war immer, ihn zu meiden, aber hier und jetzt kann ich es nicht.

Also setze ich mich neben Ronan auf das Bett, und Lachlan nimmt den Stuhl von der anderen Seite des Raumes.

»Du wirst Amy nicht wehtun«, platze ich heraus. »Richtig?«

Er schüttelt den Kopf und stöhnt. »Nein, Sasha. Ich werde Amy nicht wehtun. Sie wurde für ihre Zeit hier heute Abend gut bezahlt, und ich glaube nicht, dass es einen Grund gibt, noch einmal darüber zu sprechen.«

Ich nicke und streiche mit meinen Fingern über Ronans Hand und Arm.

»Sag mir, was mit ihm passiert ist«, flüstere ich.

»Es ist nicht an mir, dir das zu erzählen«, antwortet Lachlan.

Ich schaue zu ihm auf, und meine Augen sind voller Tränen. »Ich will ihn nur … Ich will ihn verstehen. Ich weiß nicht, wie ich verstehen soll, was er braucht oder will.«

Lachlan seufzt und lehnt sich in seinem Stuhl

zurück. Seine Augen bewegen sich noch ein paarmal zwischen Ronan und mir hin und her.

»Dann verstehst du perfekt, wie er sich fühlt.«

»Bitte?« Ich starre ihn verwirrt an.

»Wenn du das Gefühl hast, dass du deine eigenen Gedanken oder Emotionen nicht verstehen kannst, dann weißt du genau, was Ronan durchmacht. Nur, dass er das die ganze Zeit spürt.«

»Oh.«

»Komm mit mir«, sagt Lachlan.

»Aber was ist, wenn er aufwacht …«

»Wird er nicht«, sagt er. »Er muss sich ausruhen.«

Ich streichele Ronans Gesicht noch einmal, bevor ich Lachlan in die Küche folge. Er fühlt sich offensichtlich wie zu Hause, weil er die Schränke durchsucht, bis er eine Flasche Wein findet. Er öffnet sie und schenkt mir ein Glas ein. Und obwohl ich erschöpft bin und jetzt keinen Alkohol trinken sollte, nehme ich es. Weil ich wissen muss, was Lachlan zu sagen hat.

»Ich kann dir Ronans Geschichte nicht erzählen«, sagt er, »weil nicht einmal ich auch nur die Hälfte davon weiß. Ich traf ihn, als ich dreizehn war. Ich werde dir weder das Wo noch das Wie sagen. Ich weiß nicht einmal, woher er kommt. Ich weiß nur, dass er in einem paramilitärischen Trainingslager einer politischen Randgruppe aufgewachsen ist. Sie waren bekannt für Bombenanschläge, Polizistenmorde und dergleichen. Ihre Ideologien waren radikal, und Ronan hatte sie mit einem Löffel gefüttert bekommen, seit er ein kleiner Junge war. Er hatte in dieser Angelegenheit nichts zu sagen. Überhaupt nichts. Er wurde geboren und erzogen, um eine einzige Sache zu machen.«

Ich schließe die Augen, weil ich das, was er sagt, nicht ertragen kann. Dieser Ronan ist nichts anderes als ein Mörder.

»Er ist ein guter Mann«, sage ich ihm.

»Ja, das ist er«, stimmt Lachlan zu. »Aber er erholt sich immer noch von den Dingen, die er durchgemacht hat. Um ehrlich zu sein, weiß ich nicht, ob er sich jemals vollständig erholen wird.«

»Was meinst du damit?«

Lachlan fährt sich mit einer Hand über das Gesicht und setzt sich mir gegenüber hin. »Ich weiß nicht, wie ich das auf eine Weise sagen soll, die du verstehen kannst, Sasha. Aber Ronan weiß nicht, was er mit sich selbst anfangen soll, wenn ihm nichts gesagt wird. Freies Denken ist für ihn nicht selbstverständlich. Seine Tage sind komplett durchstrukturiert. Wenn er nicht arbeitet, ist er zu Hause. Er trainiert. Er isst zu einem bestimmten Zeitpunkt, und nur von einer kleinen Auswahl an Lebensmitteln. Er liest. Er arbeitet. Und er nimmt Befehle entgegen, wie sie kommen. Bei allem anderen weiß er nicht, wie er damit umgehen soll. Er braucht seine eigene Zeit, um sich an Dinge zu gewöhnen, und das zu seinen eigenen Bedingungen.«

»Aber er kam von selbst zu mir«, sage ich. »Warum?«

»Wie lange hat es wohl gedauert, bis er diese Entscheidung getroffen hat?«, fragt Lachlan.

Ich starre auf den Tisch und weiß, dass er recht hat. Es dauerte zwei Jahre, bis Ronan zu mir zurückkehrte.

»Ich will nur, dass du weißt, worauf du dich hier einlässt, Sasha«, sagt Lachlan. »Ronan braucht Stabilität in seinem Leben. Und wenn du planst, zu gehen, wie du gesagt hast, dann ist das Beste, was du für ihn tun kannst, ihn in Ruhe zu lassen. Wenn er sich dir gegenüber öffnet und du dann weggehst, wird ihm das mehr schaden als nützen. Und das lasse ich nicht zu.«

Ich blinzele meine Tränen zurück, während ich seine Worte verarbeite. Er hat recht. Ich hatte nicht geplant, zu bleiben. Das will ich immer noch nicht. Also sollte ich Ronan aus dem Weg gehen und hoffen, dass er diese Probleme allein lösen kann. Aber der Gedanke daran lässt eine tiefe Verzweiflung in mir aufsteigen.

»Ich will mich nur neben ihn legen«, erkläre ich Lachlan. »Nur diese Nacht. Bis es ihm besser geht.«

Er nickt und macht dann mit der Hand eine Geste. »Dann mach das«, sagt er. »Ich werde hier sein, wenn du mich brauchst.«

»Wirst du hierbleiben?«, frage ich.

»Aye.« Er nickt. »Er ist mein Bruder. Ich werde hierbleiben, bis ich weiß, dass es ihm gut geht.«

Ich schenke ihm ein kleines Lächeln und verlasse die Küche. Ronan schläft und ist bis zur Taille mit meiner Decke bedeckt. Ich krabbele neben ihm ins Bett, kuschele mich an seine Brust und atme ihn ein. Und obwohl ich weiß, dass das, was Lachlan gesagt hat, wahr ist, und es in dieser Situation das Richtige wäre, will ich ihn nicht gehen lassen.

Aber als ich am nächsten Morgen aufwache und der Platz neben mir leer ist, weil Ronan spurlos verschwunden ist, bin ich nicht im Geringsten überrascht.

# 13

***Ronan***

»Hast du eine Ahnung, wie schlimm du das versaut hast, Fitz?«, fragt Crow erneut.

Ich konzentriere meine Aufmerksamkeit auf den Hund auf meinem Schoß, der mich mit den großen braunen Augen anstarrt.

»Ich weiß nicht, wo zum Teufel dein Kopf in letzter Zeit ist«, fährt er fort. »Versuchst du, dich umzubringen?«

Ich antworte nicht.

Mack kommt den Flur hinunter und setzt sich neben mich auf das Sofa. Sie hat Crow seit der Nacht, in der er für sie gekämpft hat, nicht mehr aus den Augen gelassen. Ich mag sie immer noch nicht besonders, aber ich denke, dass sie bewiesen hat, dass sie Crow gegenüber loyal ist.

»Du hast es schön hier, Ronan«, sagt sie. »Aber dein

Haus könnte einen weiblichen Touch gebrauchen«. Der Hund auf meinem Schoß bellt zustimmend, und Mack lächelt.

»Ich hatte dich nicht für einen Hundetypen gehalten«, sagt sie.

»Bin ich auch nicht«, sage ich ihr.

Crow starrt uns beide an und schüttelt den Kopf.

»Habt ihr noch andere dringende Anliegen zu besprechen?«, fragt er. »Was ist mit der Farbe deiner Vorhänge? Ich glaube nicht, dass sie zu dem verdammten Sofa passt.«

Mack lacht. »Sei nachsichtig mit ihm, Lach«, sagt sie. »Ronan sieht aus, als hätte er einen schlechten Tag.«

»Deshalb gehen Frauen nicht zu Geschäftstreffen«, sagt Crow.

»Ich wollte sehen, wo er wohnt«, meint sie. »Ich wusste nicht, dass es nur die Straße runter ist.«

»Du tust gut daran, es zu vergessen«, sage ich ihr. »Niemand sonst darf es wissen.«

Crow starrt mich wütend an.

»Komm schon, Mack. Lass uns gehen.«

»Ich glaube, ich bleibe noch eine Weile hier«, sagt sie. »Bei meinem alten Kumpel Ronan. Ich habe noch keine Lust, in den Club zu gehen.«

Crow blickt mich an, und ich zucke mit den Schultern. Ich will sie nicht hierhaben, aber ich habe gelernt, mir genau zu überlegen, wann es sich lohnt, mich mit ihr zu streiten.

»Du bringst sie danach mit?«, fragt er.

»Aye.«

»Nehmt Rory auch mit«, sagt Crow. »Ich will nicht, dass du alleine rausgehst, bis wir Andrei gefunden haben.«

»Ich brauche keine verdammte Eskorte«, antworte ich.

»Das war keine Bitte«, antwortet Crow.

Mack geht mit ihm zur Tür, wo sie sich mit all dem beschäftigen, was ich nicht sehen will. Also erledige ich ein paar Dinge in der Küche und füttere den Hund, bis Crow weg ist. Aber wenn ich auf eine Pause von Mack gehofft hatte, enttäuscht sie mich.

»Was machst du da?«, fragt sie, als sie sich an den Tisch setzt.

»Den Hund füttern.«

»Offensichtlich.« Sie lacht. »Also, was ist mit dir und Sash?«

Ich blinzele sie an und frage mich, was sie weiß. All die Dinge, die Sasha ihr hätte sagen können, schwirren mir durch den Kopf, und das macht mich wütend. Sie lacht mich aus. Weil ich mich lächerlich gemacht habe.

»Entspann dich, Ronan«, sagt Mack. »Es ist nur so, dass ich bemerkt habe, dass ihr beide in letzter Zeit abwesender als sonst wart. Ich meine, ich weiß, dass sie mit ihrer Mutter und so einen guten Grund hat. Aber was ist zwischen euch?«

»Ich weiß es nicht.«

Ich habe keine Ahnung, warum ich diese Fragen von ihr überhaupt beantworte. Aber es gibt einen Teil von mir, einen kleinen Teil, der sie einige Dinge fragen möchte. Ich nehme die Schachtel mit den Donuts aus dem Schrank und stelle sie auf den Tisch. Als Mack sie sieht, grinst sie, und ich fühle mich unwohl.

»Wusstest du, dass ich komme?«, fragt sie.

»Crow hat es mir gesagt.«

»Und du hast mir Donuts gekauft«, seufzt sie. »Ronan, du bist der Beste.«

Sie springt auf die Beine und versucht, mich zu umarmen. Ich schiebe sie weg.

»Ich habe Conor heute Morgen geschickt. Geh und umarme ihn.«

Im nächsten Augenblick sitzt sie am Tisch und schaufelt sich einen Donut in den Mund.

»Schau«, sagt sie zwischen den Bissen. »Du kannst mit mir reden, Ronan, das weißt du, oder? Du musst mich nicht einmal mit Donuts bestechen, obwohl das sicherlich hilft.«

Ich setze mich ihr gegenüber hin und falte meine Hände. Ich weiß nicht einmal, wo ich anfangen oder was ich sagen soll.

»Nur einen Satz«, drängt Mack. »Das erste, was dir in den Sinn kommt. Und los.«

»Ich weiß nicht, was sie will«, sage ich ihr.

»Nun, das ist einfach.« Sie zuckt mit den Schultern. »Sie will dich, du Dummkopf.«

Ich schaue zu ihr auf und fahre mir mit den Händen über das Gesicht.

»Was ich meine, ist«, ich räuspere mich, »ich weiß nicht, was sie mag.«

Mack hört auf zu kauen und starrt mich an. Die

Scham rollt über mich hinweg, und ich schaue zur Seite.

»Ronan«, sagt sie mit einer zu hohen Stimme, »du wirst rot!«

Ich antworte nicht. Ich glaube, sie wird mich auslachen, aber das tut sie nicht.

»Hast du versucht, sie zu fragen?«, fährt Mack fort.

»Nein.«

»Richtig«, schnaubt sie. »Weil du … na ja, du bist.«

»Du bist ein Mädchen …«, sage ich ihr.

»Eine Frau«, korrigiert sie mich. »Aber ja. Ich bin von der weiblichen Sorte.«

»Was wollen Leute wie du?«, frage ich.

»Du meinst Frauen?« Sie lächelt. »Das ist eine zeitlose Frage, Ronan. Und eine, auf die du nie eine Antwort finden wirst. Das ändert sich alle fünf Minuten, und wenn du versuchst, es herauszufinden, wirst du einfach verrückt.«

Ich nicke, weil ich das vermutet hatte.

»Ronan, ich habe nur Spaß gemacht«, lacht sie. »Sheesh, du bist die ganze Zeit so ernst. Entspann dich einfach, ja?«

Stille entsteht zwischen uns, und ich wünsche mir, dass sie mit Crow gegangen wäre. Das hier ist sinnlos.

»Schau«, sagt Mack, »ich kann dir nicht sagen, was Sasha mag, denn jeder ist anders. Und trotzdem denke ich, dass man es irgendwie gemeinsam herausfinden muss. Weißt du, es braucht … Übung.«

Sie zieht eine Grimasse, als sie es sagt, und meine Wangen brennen.

»Weißt du, was ich an Lachlan liebe?«, fragt sie.

»Was?«

»Er übernimmt einfach das Kommando. Er tut, was er will. Und er macht es unumwunden. Er bittet nicht um Erlaubnis, mich zu küssen. Das tut er einfach. Wenn du so sehr damit beschäftigt bist, dich zu fragen, ob jede Kleinigkeit, die du tust, falsch oder richtig ist, dann wird es für keinen von euch beiden angenehm sein.«

»Aber was ist, wenn sie keine Lust dazu hat?«

»Dann wird sie es dir sagen, und du änderst es. Ganz einfach. Es geht nur um Kommunikation, Ronan, was, wie ich weiß, nicht deine Stärke ist. Aber man kann nicht erwarten, diese ganze Scheiße telepathisch herauszufinden. Du musst da ein wenig aus dir herauskommen.«

Der Hund springt mir wieder auf den Schoß, und Mack greift nach einem weiteren Donut.

»Aber ich werde dir eines sagen, Fitz. Wenn du mit Sash anbändeln möchtest, solltest du es besser bald tun. Deine Vielleicht-Freundin macht sich bereit, ihre Taschen zu packen und wegzugehen, und ich kann nicht sagen, dass ich es ihr verübeln kann.«

»Ich habe keine Ahnung, was das alles bedeutet«, sage ich ihr.

Mack stöhnt und wischt die Krümel von ihren Händen. »Wir haben viel zu tun, Ronan.«

# 14

### *Sasha*

Emily ist gestern Abend eingeflogen, und sie hat Mamas Seite nicht verlassen. Es trifft sie hart, und in gewisser Weise fühle ich mich schuldig, dass ich mehr Zeit mit ihr hatte. Aber so wollte Mama es haben.

»Sie sieht so anders aus«, flüstert Em. »Ich wollte mich nicht so an sie erinnern.«

»Dann tu es nicht«, erwidere ich. »Sie würde nicht wollen, dass du das tust, Em.«

»Ich gehe aufs Dach«, sagt sie. »Ich brauche etwas Luft.«

Ich nicke und lasse sie gehen. Emily ist stark. Und klug. Und ich weiß, dass sie große Dinge in ihrem Leben erreichen wird. Aber das hier wird ein klaffendes Loch in ihrem Herzen hinterlassen. Sie ist zu jung, um beide Elternteile zu verlieren. Sie erinnert mich dadurch ein wenig an Mack. Ich sehe Ähnlichkeiten zwischen ihnen. Die harten Schutzpanzer, die sie gegen die Welt errichten. Em war schon immer so.

Da Amy die Dosierung von Mamas Medizin heruntergesetzt hat, hat sie es geschafft, im Laufe des Tages ein paar helle Momente zu haben. Ich bin überrascht, dass sie ihre Augen noch einmal öffnet, als Emily geht.

Ich lege mich neben sie und versuche, nicht zu weinen. Als ich ihr heute Abend in die Augen schaue, weiß ich, dass es das letzte Mal sein wird. Sie hat zu starke Schmerzen, um noch länger durchzuhalten. Und es ist ihr gegenüber nicht fair.

Also muss das ein Abschied sein.

Ich halte ihre Hand und rede mit ihr. Alles, was mir in den Sinn kommt, lasse ich einfach heraus. Ich erzähle ihr von Dingen, die nie passieren werden. Von einem Haus, das ich wahrscheinlich nie haben werde. Ich sage ihr die Namen meiner zukünftigen Kinder. Alles, um mich von dem abzulenken, was kommt.

Mama sieht mir beim Reden zu, antwortet aber nicht. Ich erwarte nicht, dass sie das tut. Sie ist schwach und müde. Aber ich will immer noch ihre Stimme hören. Nur noch ein letztes Mal.

Ich habe mir versprochen, dass ich stark für sie sein würde. Aber ich kann nicht. Ich bin zu emotional. Also breche ich schließlich zusammen und weine einfach. Sie umarmt mich, so wie Mütter es tun.

»Sag mir, dass alles gut wird, Mama«, flüstere ich.

»Weil ich nicht das Gefühl habe, dass es das wird. Ich weiß nicht, was ich ohne dich machen soll.«

Ich erwarte nicht, dass sie etwas sagt. Aber sie tut es.

Ihre Stimme ist schwach und kratzig. Aber sie spricht. Für mich.

»Er sagt«, zwingt sie heraus, »er wird dich beschützen.«

»Was?« Ich blinzele sie an und will verzweifelt mehr wissen.

Aber sie spricht nicht mehr. Sie lächelt und zieht meinen Kopf nach unten, damit sie mich auf die Stirn küssen kann. Dann schließt sie die Augen und fällt zurück in die Bewusstlosigkeit.

---

AMY IST NOCH IN DER KÜCHE, ALS ICH ENDLICH auftauche, und ich bin dankbar für ihre Anwesenheit. Sie hat Abendessen gemacht, was nicht zu ihren Jobanforderungen gehört, genauso wenig wie so lange zu bleiben, wenn sie nicht einmal dafür bezahlt wird. Sie hat kein Wort darüber verloren, was mit Ronan passiert ist, und das weiß ich auch zu schätzen. Ich weiß, dass sie nicht darüber hinweg ist, aber was auch immer Lachlan zu ihr gesagt hat, hat sie davon abgehalten, es zur Sprache zu bringen.

Ich schenke ihr ein zittriges Lächeln, während ich mich hinsetze und sie mir eine Schüssel Spaghetti reicht.

»Danke, Amy.«

»Wie geht es ihr?«, fragt sie, als sie sich selbst auftut.

»Sie wirkte sehr klar«, sage ich ihr. »Aber sie sagte etwas Seltsames. Ich konnte es nicht wirklich verstehen.«

»Das passiert«, sagt Amy leise. »Manchmal machen ihre Gedanken nur für sie Sinn. Das kann das Medikament sein.«

Ich nicke, weil ich entscheide, dass das wahrscheinlich die bestmögliche Erklärung ist. Aber obwohl ich mir das selbst sage, kann ich nicht aufhören zu denken, dass es das nicht ist. Dass Mama genau wusste, von wem sie sprach. Sein Name ist Ronan.

---

AM NÄCHSTEN MORGEN TAUCHT MACK MIT DUNKIES vor meiner Tür auf.

Ich bin überrascht, sie zu sehen, aber es scheint, als hätten sich alle dazu entschieden, mir regelmäßig einen Besuch abzustatten. Amy hatte mir gesagt, dass das wahrscheinlich passieren würde. Die Leute wissen nicht wirklich, was sie in solchen Situationen tun sollen, also versuchen sie, hilfreich zu sein. Sie machen Aufläufe und bringen Karten und Blumen mit. Das macht mir nichts aus. Es verhindert, dass die Wohnung so ruhig ist. Selbst mit Amy und Em, die jetzt rund um die Uhr hier sind, fühlt sie sich immer noch leer an.

Wir laufen alle nur wie Zombies herum und warten darauf, dass das Ende kommt.

»Hey, Mack«, begrüße ich sie. »Komm rein.«

Sie macht es sich auf dem Sofa bequem und zieht eine beeindruckende Menge Donuts heraus. Das Mädchen ist eine zertifizierte Zuckersüchtige. Obwohl im Moment nichts besser klingt als etwas Zucker und Koffein.

»Wie geht es ihr?«, fragt Mack.

»Amy sagt, es wird wahrscheinlich nicht mehr lange dauern«, antworte ich ihr.

Mack lächelt mich sanft an, bevor sie geschäftlich wird. »Nun, ich bin aus zwei Gründen hier. Ich wollte sehen, ob du etwas brauchst, und dir sagen, dass Lach will, dass du dir so viel Auszeit nimmst, wie du brauchst.«

Sie wirft einen Stapel Geld auf den Couchtisch, und ich schlucke den Klumpen, der sich in meinem Hals bildet, hinunter.

»Danke«, flüstere ich. »Bitte richte ihm meinen Dank aus.«

Mack nickt, und wir essen die nächsten Minuten lang schweigend unsere Donuts.

»Da ist noch etwas anderes«, sagt sie. »Es ist vielleicht nicht der richtige Zeitpunkt, um es zur Sprache zu bringen. Aber andererseits könnte es dir helfen, dich von den Dingen abzulenken. Ich bin mir nicht ganz sicher.«

Ich sehe sie an, und ihre Wangen röten sich. Ich habe Mack noch nie erröten gesehen.

»Was ist?«

»Oh … nun, Ronan und ich hatten … neulich ein Blümchen-und-Bienchen-Gespräch.«

Ich verschlucke mich fast an dem Kaffee, den ich gerade trinke.

»Es waren Donuts im Spiel«, sagt sie nervös. »Und eine Menge Unbeholfenheit.«

»Er hat mit dir darüber gesprochen?«, frage ich.

Mack starrt auf ihre Füße, und ich verstehe, warum sie so seltsam ist. Sie denkt, dass ich böse auf sie sein werde.

»Ich bin nicht sauer«, sage ich ihr. »Falls du das denkst.«

Sie lässt ihre Schultern erleichtert hängen und nickt. »Ich weiß nicht, wie ich das alles machen soll. Ich meine, ich bin irgendwie mit Ronan befreundet, aber nicht wirklich. Ich denke, er fühlt sich einfach wohl dabei, mit mir über dich zu reden, weil er sonst niemanden hat, weißt du? Ich kann mir nicht mal vorstellen, dass er mit den Jungs darüber redet.«

Ich konzentriere mich auf meine Kaffeetasse und beiße mir auf die Zunge, um ihr nicht eine Million Fragen zu stellen wie ein Teenager mit einem dummen Schwarm. Aber Mack muss meine Neugierde spüren, denn sie erklärt es von selbst.

»Das ganze Gespräch war ziemlich vage, aber ich habe verstanden, dass er nicht viel Erfahrung hat. Er ist nervös, und er will mit dir reden, aber ich glaube wirklich nicht, dass er weiß, wie, Sash.«

»Wem sagst du das«, seufze ich.

»Ich weiß nicht, was mit ihm los ist. Lach ist wirklich seltsam, wenn es um ihn geht. Seltsam beschützend. Mehr als das. Er lässt niemanden zu nahe an ihn heran. Einmal habe ich gesehen, wie er Michael bedrohte, als er im Club über Ronan lachte. So als wollte er Michaels Kopf abreißen, weil er über ihn gelacht hat.«

Ich bin etwas überrascht von der Tatsache, dass Lachlan mir anscheinend mehr über Ronan erzählt hat, als selbst Mack weiß, und ich denke, dass es einen bestimmten Grund dafür gibt. Aber dann erinnere ich mich an seine Worte und versuche mir zu sagen, dass es das Beste ist. Dass ich Ronan gehen lassen und mich auf meine Zukunft konzentrieren muss.

»Ich verstehe es auch nicht«, antworte ich. »Ich weiß so gut wie nichts über ihn. Und es spielt im Moment sowieso keine Rolle.«

»Tut es nicht?«, fragt Mack leise.

»Nein«, sage ich fest und fühle immer noch das Ziehen in meiner Brust, weil er neulich morgens gegangen ist. »Ich habe gemeint, was ich gesagt habe, Mack. Wenn Mama weg ist, kann ich nicht mehr hierbleiben. Ich kann einfach nicht. Es ist Zeit für mich, aus diesem Vakuum herauszukommen.«

»Okay, Sash«, sagt sie. »Wenn es das ist, was du willst, dann respektiere ich das. Und ich unterstütze dich voll und ganz bei allem, was du tust.«

# 15

### *Sasha*

Ich liege im Bett und starre an die Decke, als ich ihn hereinkommen höre.

Er ist nicht laut. Tatsächlich ist er so still, dass es mich nur daran erinnert, wer er ist und was er tut. Ich weiß nicht einmal, wie er in die Wohnung gekommen ist. Oder wann er begonnen hat, sich das anzugewöhnen. Jeder normale Mensch wäre verärgert, würde wahrscheinlich ausflippen.

Aber als ich fühle, wie das Bett sich bewegt und das Leder seiner Handschuhe spüre, als er nach mir greift, bin ich von einem Gefühl der Ruhe umgeben. Erleichterung. Ich fühle mich bei ihm sicher, bei diesem Mörder, bei diesem Mann mit den dunkelbraunen Augen, den ich nicht verstehe, aber mehr als alles andere will.

»Ronan.«

Meine Nachttischlampe leuchtet auf, und er blinzelt mich an. »Du bist wach.«

»Das bin ich. Wie geht es deiner Schulter?«

»Fast so gut wie neu«, antwortet er. Und aus irgendeinem Grund denke ich, dass er das tatsächlich glaubt.

Er hat eine billige Plastiktüte neben sich stehen. Sie sieht fehl am Platz aus, neben diesem schick gekleideten Mann mit den makellosen Haaren und dem Anzug. Äußerlich ist er so perfekt, dass es schwer zu glauben ist, dass ich mich jemals mit ihm messen könnte.

Ich bin besudelt. Befleckt. Unsauber.

Und doch schaut er mich gerade jetzt an, als hätte er noch nie etwas Engelhafteres in seinem Leben gesehen. Seine Augen sind sorglos und offen. Das kommt nicht oft vor. Und ich bin ehrlich überrascht, dass er überhaupt hier ist, nach dem, was das letzte Mal passiert ist.

Er kommt und geht, wie es ihm gefällt. Wenn es unangenehm wird, läuft er weg. Aber irgendwie weiß er immer, wann ich ihn brauche. Und heute Abend brauche ich ihn.

»Was hast du da?« Ich zeige auf den Beutel.

Seine Wangen erröten, als er den Inhalt auf das Bett entleert. Es gibt ein ganzes Arsenal an Kondomen, Gleitgel, Schäumen und anderen nicht verschreibungspflichtigen Verhütungsmethoden.

»Ich wusste nicht, welche du magst«, sagt er.

Seine Augen weichen meinem Blick aus, weil ich

lächele. Ich bin dankbar dafür, doch er ist überwältigt und fühlt sich unwohl. Ich weiß nicht, warum das so ist. Aber ich bin umso neugieriger, je mehr ich von ihm erfahre. Ich will wissen, mit wie vielen anderen er zusammen war. Ich möchte wissen, warum er so angespannt ist bei etwas, was für die Mehrheit der Männer, mit denen er Zeit verbringt, eine Selbstverständlichkeit ist.

Aber ich weiß auch, dass diese Themen ihn wahrscheinlich abschrecken werden, also frage ich nicht.

Ich schnappe mir eine Schachtel, öffne sie und gebe ihm eines der eingeschweißten Kondome.

»Wir brauchen nur eines für den Anfang«, biete ich an.

Der Raum ist ruhig, während Ronan auf die Hülle in seinen Händen starrt. Nach einer Pause versucht er, sie zu öffnen. Es funktioniert nicht. Er fummelt wirkungslos daran herum, weil er zu grob ist, und Röte kriecht über seinen Hals.

Ich lege eine Hand auf seine Schulter, und er erschrickt sich. »Brauchst du Hilfe?«

»Nein«, sagt er kurz angebunden.

Ich beiße mir auf die Lippe und warte, und schließlich schafft er es, die Verpackung zu öffnen. Als er das Kondom herauszieht, starrt er es wieder an. Ich kann seinen Gesichtsausdruck nicht sehen, aber er zerrt immer wieder an seinem Kragen, und die Vene in seinem Hals pocht jetzt.

Erst als er aufsteht, um zu gehen, verstehe ich, dass

er nicht weiß, was er damit anfangen soll. Ich springe aus dem Bett, folge ihm und ergreife seinen Arm. Er starrt den Flur hinunter, da er mir verzweifelt entkommen will. Seine Haut brennt unter meiner Handfläche, und ich weiß, dass er die Schritte zur Tür zählt.

Er ist frustriert, und ich weiß nicht, was ich in dieser Situation tun soll, weil er mir nicht sagen will, was los ist. Also riskiere ich es, stelle mich auf meine Zehenspitzen und lenke seinen Blick nach unten zu meinem.

»Komm zurück«, flüstere ich. »Ich will nicht, dass du gehst.«

Sein Blick fällt auf mich, und er betrachtet mich, als würde ich ihn verwirren, als wüsste er nicht, was ihn immer wieder hierher zurückbringt. Zu mir. Aber er versucht, nicht zu gehen. Er sagt nicht Nein. Also greife ich nach unten, schiebe unsere Hände ineinander und ziehe ihn hinter mir her. Als wir bei meinem Bett ankommen, drücke ich ihn sanft auf die Matratze. Bis auf das eine Kondom schiebe ich alle Produkte, die er gekauft hat, in die Nachttischschublade, damit er nicht darüber nachdenken muss. Und dann krieche ich zu ihm und knie mich neben ihn hin.

Ich habe seine ungeteilte Aufmerksamkeit, und ich bin mir voll bewusst, dass ein falscher Zug meinerseits zur Folge haben wird, dass er dichtmacht. Er ist hier, aber er ist schon auf halbem Weg zur Tür hinaus. Er muss sich entspannen. Ich will, dass er sich bei mir wohlfühlt.

Also fange ich langsam an. Meine Hand streift seinen Oberschenkel und wartet auf seine Zustimmung oder Ablehnung meiner Berührung. Er zuckt nicht zurück, also nehme ich es als Zeichen, weiterzumachen.

Ich fahre mit meinen Fingern über seinen muskulösen Oberschenkel und über die erhitzte Wölbung in seiner Hose. Ein ersticktes Geräusch entweicht seinem Hals, und er schließt die Augen, als ich mehrmals über sie reibe. Seine Hose ist hier bis an ihre Grenzen ausgedehnt und drückt gegen seine geschwollene Erektion darunter.

Seine Augen verlieren den Kampf, der in ihm tobt, und werden vor Lust schwer. Er fühlt sich gegen meine Handfläche so hart an, dass es für ihn schmerzhaft sein muss, aber er wartet darauf, zu sehen, was ich als Nächstes mache. Ich suche seinen Reißverschluss und ziehe ihn herunter. Sein Gürtel folgt als Nächstes, und danach ziehe ich ihm die Hose aus und ich lege meine Hand auf seinen Baumwollslip. Ich fahre über den weichen Stoff und berühre ihn durch das Material. Ronans Hüften zucken bei jeder Bewegung, und ich weiß, dass ich seine Grenzen ein wenig ausgedehnt habe.

Ich riskiere meine nächste Frage, ohne dass meine Hand seinen Schaft verlässt. Ich will nicht, dass er zu viel darüber nachdenkt.

»Darf ich deine Hose ausziehen?«

Er blinzelt mich an, antwortet aber nicht. Der Konflikt lenkt ihn ab. Er ist unsicher, und ich will ihn nicht drängen.

»Du kannst sie auch anbehalten«, biete ich an. »Das ist nicht schlimm.«

Ich ziehe sie so gut ich kann aus dem Weg, und er beobachtet, wie ich eine neue Kondomverpackung aufreiße. Als ich seinen Slip herunterziehe und sein Schwanz herausspringt, hört er auf zu atmen. Ich auch. Ich starre auf seine dicke und pralle Erektion.

Mein Gott.

Er ist riesig. Ich wusste das, aber sie zu sehen ist etwas ganz anderes. Allerdings befürchte ich, dass er es falsch interpretieren wird, wenn ich zu lange daraufstarre. Also greife ich mit einer zitternden Hand nach vorn und rolle das Kondom darüber. Ronan atmet nicht. Aber er beobachtet den ganzen Prozess genau, so als würde er ihn sich für das nächste Mal merken.

Das ergibt keinen Sinn. Dieser Mann ist verdammt umwerfend. Und 29 Jahre alt. Es ist zwei Jahre her, dass er mich nach dem Mord an Blaine genommen hat, aber vorher hätte es sicher Frauen geben müssen. Oder?

So sehr ich es ihn auch fragen möchte, es ist noch zu früh. Mit Ronan wird es einen Schritt nach dem anderen geben. Und im Moment will ich nur, dass er sich gut fühlt. Ich möchte ihm eine weitere Dosis der Droge geben, nach der er sich sehnt. Ich will, dass er immer wieder zu mir zurückkommt.

Wir sind völlig gegensätzlich. Wir passen nicht

zusammen. Ich bin schlecht für ihn. Und er ist wahrscheinlich auch nicht gut für mich. Aber ich bin trotzdem die seine. Ich will, dass er das weiß.

Also ziehe ich mein Nachthemd aus und setze mich dann mit gespreizten Beinen auf ihn.

»Ist das in Ordnung?«

Er starrt auf meine Brüste. Er hat sie wahrscheinlich schon tausendmal auf der Bühne gesehen, aber man würde es nicht denken, so wie er sie gerade anschaut.

»Ja«, antwortet er mit heiserer Stimme.

Ich lehne mich nach vorne, nehme sein Gesicht in meine Hände und reibe meinen Körper an seinem. Seine Hände finden die Rückseite meines Kopfes, und er küsst mich heftig und rau. Dann fällt sein Kopf gegen das Kissen zurück, und er beobachtet nur noch.

Ich gebe ihm, was er will. Was ich mir jedes Mal mit ihm vorgestellt habe, wenn ich auf der Bühne im Slainte stand. Ich reibe mich an seinem Körper, und seine Hände finden meine Pobacken und spreizen sie ohne Finesse grob auseinander. Seine Hüften stoßen nach oben und suchen nach meiner Wärme.

Ich lasse ihn, aber ich lasse nicht zu, dass er es überstürzt. Seine Hände sind immer noch auf meinem Po und versuchen, mich auf seinen Schwanz zu ziehen, als ich mich zurücklehne und die Kontrolle übernehme. Ich benutze meine Hüften, um ihn Schritt für Schritt in mich zu führen. Seine Augen kleben an dem Ort, wo wir verbunden sind, und ein zufriedener

Seufzer entweicht seinen Lippen, sobald er vollständig in mir verwurzelt ist.

Ich rolle meine Hüften und benutze seine Oberschenkel als Hebel, um meinen Körper auf dem seinem auf und ab zu bewegen. Er sieht mit einem schweren Blick zu, wie er in mir verschwindet, so als sei er völlig high. Ich weiß es, weil ich das Gleiche fühle. Nach außen hin würde das für alle anderen nach nichts anderem aussehen als nach einem schnellen Fick. Seine Kleidung hat er noch an, unsere Haut berührt sich nicht einmal, aber es ist das intimste Gefühl der Welt, ihn in mir zu haben. Seine Augen fallen zu, und ich fürchte, ich werde ihn verlieren, diese Verbindung verlieren.

»Sag mir, was du magst, Ronan«, flüstere ich.

Seine Augen öffnen sich und treffen auf meine, weich und süß und zufrieden.

»Alles«, antwortet er mit rauer Stimme. »Ich mag alles davon.«

Ich will ihn unbedingt kennenlernen, auch wenn ich das nicht sollte. Ich darf diesem Mann nicht näher kommen, als ich es bereits bin. Aber wenn ich ihn hier, jetzt, in meinem Bett und unter mir ansehe, wie er nach meiner Berührung hungert, kann ich nicht anders.

»Denkst du jemals an das hier?«, frage ich. »Denkst du jemals so an mich?«

»Aye«, antwortet er.

»Sag mir, was du dir dann vorstellst. Sag mir, was ich tun soll.«

Er antwortet nicht, aber er versucht es. Seine Augen sind immer noch schwer. Er kämpft darum, sie offen zu halten. Jedes Mal, wenn ich mich gegen ihn wiege, erschaudert er. Er stöhnt und greift nach meinen Hüften, um mich festzuhalten, aber ich mache weiter, bis er es nicht mehr aushält.

Er stöhnt gequält und zuckt in mir, als er kommt.

Seine Hände straffen sich um meine Hüften. Was auch immer wir für einen Fortschritt gemacht haben, er verflüchtigt sich, und Ronan schließt mich wieder aus. Er ist in seinem eigenen Kopf eingesperrt, und er wird jeden Moment dichtmachen, wenn ich ihn nicht aufhalte.

»Ronan, sieh mich an.«

Das tut er. Und ich öffne mich weit unter dem Gewicht dieser weichen braunen Augen.

»Wir haben die ganze Nacht Zeit«, sage ich ihm.

Ich dachte nicht, dass sie das würden, aber meine Worte entspannen ihn ein wenig, also mache ich weiter. Meine Finger fahren über seinen Hals und seine Schultern und massieren ihn leicht, während er mich beobachtet.

»Willst du wissen, woran ich gerade denke?«, frage ich ihn.

Er antwortet nicht. Ich greife nach seiner Hand, die noch auf meiner Hüfte liegt, und schiebe sie zwischen uns hinunter. Ich drücke seine Finger auf meinen Kitzler und zeige ihm, was ich mag.

Er beobachtet mich aufmerksam. Er macht sich geistige Notizen von jedem Atemzug, jedem Reflex, und schon bald erledigt er die ganze Arbeit selbst. Meine Hand fällt herab, und er übernimmt. Er zieht meinen Körper nach vorne und saugt meine Brust in seinen Mund.

Jetzt bin ich es, die außer Kontrolle gerät. Ich fahre hektisch über seinen ganzen Körper und wimmere bei jeder seiner Berührungen.

»Das ist es, woran ich gedacht habe«, sage ich ihm. »Ich habe daran gedacht, wie du mich berührst. Mich einfach so berührst. So, wie du es willst. Hart oder weich. Ich will nur, dass du mich berührst.«

Seine Augen sind dunkel und warm, als sie mich betrachten. Er mag es, was er mit mir macht. Das ist es, was er wollte.

»Überall, Ronan«, wiederhole ich. »Behalte einfach deine Hände auf meinem Körper. Ich will dich spüren.«

Meine Stimme ist verzweifelt, außer sich. Ich verrate all die Emotionen, die ich in den letzten zwei Jahren in mir aufgestaut habe. Ich platze einfach mit allem heraus, was ich will. Es gibt keinen Filter.

»Immer dich. Nur dich, Ronan.«

Er ist wieder hart in mir. Seine Atmung ist hart, und er bewegt sich nicht einmal in mir. Alles, was er tun muss, ist, mich so anzusehen, und das lässt ihn die Kontrolle verlieren. Dieser Gedanke ist es, der mich explodieren lässt. Mein Orgasmus ist kaum abgeebbt, als er mich auf den Rücken dreht. Er zieht sich lange genug heraus, um das Kondom abzureißen, und dann stößt er wieder in mich hinein.

Ich klammere mich an seinen Rücken und sauge an seinem Hals, während er mich hart und schnell fickt. Es ist nicht wie vorher. Jetzt gibt es keinen Teil von ihm, der unsicher oder zögerlich ist. Er wird nur von seinem Verlangen getrieben. Von seinen Instinkten.

»Ich will, dass du die Dinge tust, an die du denkst«, sage ich ihm. »Ich will, dass du mich so fickst, wie du es willst.«

Ronan stöhnt und fickt mich härter. Ich beobachte ihn fasziniert. Die Art und Weise, wie er sich in mir bewegt. Die Art und Weise, wie sich seine Arme anspannen und er die Kontrolle verliert.

»Sasha«, grunzt er zwischen den Stößen. »Ich kann nicht aufhören.«

»Dann tue es nicht«, ist meine Antwort. »Mach mit mir, was immer du willst.«

Das Nächste, was ich weiß, ist, dass er mich in seine Arme hebt und mich durch den Raum trägt. Ich habe keine Zeit, ihn zu fragen, was er vorhat, weil er mich bereits an die Wand drückt und anfängt, mich dort zu ficken.

Seine Hose fällt von der Kraft seiner Stöße zu Boden. Ich lege meine Beine um seine Taille, und er nimmt meinen Po in seine Hand. Seine andere Hand ist in meinem Haar und zerwühlt es, als er mich wieder küsst.

»Ist es das, woran du denkst?«, frage ich, als er seine Lippen wieder an meinen Hals bewegt. »Mich an der Wand zu ficken?«

»Ja«, grunzt er. »Im Club. Ich will, dass sie es alle sehen.«

»Was sehen?«

Ich suche verzweifelt nach Informationen, will alles wissen, was er mir gibt.

»Ich will, dass sie sehen, dass du mir gehörst«, brüllt er, als er wieder in mir explodiert und meinen Schoß mit seiner Wärme erfüllt.

Er begräbt sein Gesicht in meinem Hals, und die nächsten Worte kommen ungewollt aus seinem Mund.

»Ich denke die ganze Zeit an dich.«

Ich greife nach oben, streichele sein Haar, und für ein paar glückliche Momente bleiben wir einfach ruhig liegen. Unsere Körper sind verbunden und halten sich gegenseitig fest. Als er sich schließlich aus mir zurückzieht, läuft sein Sperma über meinen Oberschenkel.

Ich schaue nach unten, und er auch.

Er hat beim zweiten Mal kein Kondom benutzt.

Wieder.

Derselbe panische Ausdruck huscht über sein Gesicht. Ich möchte ihn beruhigen, auch wenn es nicht richtig ist.

»Es ist okay, Ronan.«

Aber er zieht sich bereits die Hose an und bereitet sich darauf vor, wieder zu fliehen. Und ich kann das nicht ertragen. Diese Begegnungen mit Ronan zu genießen ist wie russisches Roulette mit meinem Herzen zu spielen. Er drückt immer wieder ab. Irgendwann wird es tödlich sein.

»Geh nicht«, versuche ich es noch einmal.

Er richtet seine Haare. Sein Gesicht ist ausdruckslos. Da ist jetzt nichts mehr. Der Panzer ist wieder da und blockiert mich.

Er geht zur Eingangstür, und ich folge ihm. Seine Handfläche bleibt auf dem Griff liegen, und ich sage es ihm noch einmal.

»Geh nicht weg.«

Aber er bewegt den Griff.

Und diesmal, als er durch die Tür geht, lasse ich meinem Zorn freien Lauf.

Ich halte die Tür auf und rufe nach ihm. Er dreht sich um, um mich anzusehen, und ich sage ihm das, von dem ich weiß, dass es das Beste für mich ist.

»Was ich meinte, war: Komm nicht zurück.«

# 16

***Ronan***

»Ich habe eine Spur von Andrei«, sagt Crow.

Ich nicke und kippe den Whiskey zurück, bevor ich aufstehe und meinen Mantel anziehe.

»Rory hat sie bereits ausgecheckt.« Crow unterbricht mich. »Also gibt es keinen Grund, schnell irgendwo hinzugehen.«

»Warum?«, frage ich.

»Du warst in letzter Zeit nicht du selbst, Ronan. Ich weiß nicht, was mit dir los ist, aber wir müssen hier vorsichtig vorgehen. Du musst hier vorsichtig sein. Ich will, dass das auf die richtige Weise erledigt wird. Verstehst du mich?«

»Also habe ich es einmal versaut, und jetzt hast du kein Vertrauen mehr in mich, ist es das?«

»Ah, Fitzy, hör auf, so verdammt empfindlich zu

sein«, schnaubt Crow. »Der Job gehört immer noch dir. Ich will nur sicher sein, dass diesmal alles in Ordnung geht.«

Ich bewege mich, um wegzugehen, aber Crow packt mich am Arm. Ich schüttele ihn ab.

»Fitz, du musst vorsichtig sein. Er hat Männer, die die Stadt nach dir durchkämmen.«

»Ich bin nicht sehr beunruhigt deswegen«, erwidere ich. »Lass sie kommen. Ich würde mich freuen, wenn sie es versuchen würden.«

»Verdammt, Ronan.« Crow schlägt seine Faust auf die Bar. »Du bist ein Idiot.«

»In Ordnung«, antworte ich ihm. »Darin bin ich wenigstens gut. Nicht wahr?«

Ich versuche erneut zu gehen, als er mich wieder aufhält. Er starrt mich so an, wie er es immer tut. Als ob er versucht, mich zu verstehen, in meinen Kopf zu blicken. Das gefällt mir nicht. Ich mag es nicht, wenn mich die Leute so ansehen. Er weiß das auch.

»Ich habe einen im Keller für dich«, sagt er. »Einen seiner Jungs. Ich bezweifele, dass du noch etwas anderes aus ihm herausbekommen wirst, aber du kannst es gerne versuchen.«

---

DIE MUSIK AUS DEM OBERGESCHOSS VIBRIERT DURCH den Boden, während ich meine Werkzeuge zusammenpacke. Von dem Jungen ist jetzt nicht mehr viel übrig.

Meine Foltermethoden sind effektiv. Ich weiß es, weil ich sie aus eigener Erfahrung gelernt habe. Also weiß ich auch, dass dieser Mann mir inzwischen nichts mehr zu sagen hat. Er hätte nicht aufgegeben, wenn er es könnte.

Die meisten Männer glauben gerne, dass sie alles durch bloßen Willen aushalten könnten. Aber das ist nicht wahr. Letztendlich geben sie alle etwas preis. Ich mag das, was ich ihnen antun muss, nicht mehr als sie, die es ertragen müssen.

Aber es ist ein Teil des Lebens. Der Job. Der endlose Strom von Tagen, die zusammen verschwimmen. Normalerweise stört es mich nicht so sehr. Ich mag die lauten Geräusche nicht, die Schreie. Also knebele ich sie immer bei diesem Teil.

Ich kann die Schreie nicht ertragen. Das ist von allem die einzige Sache, die ich nicht aushalten kann. Laute Geräusche. Sie zehren an mir, machen mich nervös. Dennoch dauert es in der Regel nicht allzu lange.

Aber heute Abend ist es anders. Lange nachdem ich den Körper und meinen Arbeitsbereich aufgeräumt habe, klingen sie immer noch in meinem Kopf. Es sind nicht nur seine Schreie, die des namenlosen, gesichtslosen Mannes, der heute Abend meinen Tisch geschmückt hat. Ich erinnere mich nicht an ihre Gesichter oder ihre Namen. Nur daran, wie ihr Blut aussieht, wenn es den Boden färbt.

Es entsteht immer ein anderes Muster. Jedes einzelne ist einzigartig.

Aber heute Abend sah ich in diesem Fall etwas Vertrautes. Es sah aus wie Farrells Blut. Und jetzt kann ich nicht mehr aufhören, die Schreie zu hören. All die Schreie. Sie wirbeln um mich herum und ersticken mich mit ihrer Intensität.

Ich taumele zurück und breche gegen die Wand zusammen, wobei ich meine Ohren bedecke. Aber selbst als ich meine Augen schließe, sehe ich immer noch ihre Gesichter. Alex. Farrell. Die anderen Jungs, die es nicht durch das Training geschafft haben. Aber das Schlimmste von allem ist der Lärm. Sie waren noch jung, aber als sie so schrien, wollte ich sie töten.

»Ronan?«

Ich blinzele und sehe Crow in der Tür stehen, nur, dass er verzerrt ist, und ich weiß nicht, warum. Ich fühle Wasser auf meinem Gesicht. Er kommt, um neben mir niederzuknien, und streckt die Hand aus, um mich zu berühren, bevor er seine Meinung ändert und seine Hand zurückzieht.

»Du bist schon seit Stunden hier unten, Kumpel«, sagt er.

»Ich mag keine Kinder«, versuche ich zu erklären. »Weil sie schreien werden. Und dann … ich kann nicht mit dem Lärm umgehen. Und ich kann nicht gut mit Kindern umgehen. Ich kann nicht gut mit Menschen umgehen.«

Crow starrt mich an und versucht erneut, mich da herauszuholen. »Ich bin mir nicht sicher, ob ich dir folgen kann«, sagt er.

»Ich kann nicht in der Nähe von Kindern sein«, sage ich. »Weil sie schreien.«

Es wird still um uns herum, und Crow sitzt einfach nur schweigend eine Weile neben mir. Darin ist er gut. Er verurteilt mich nicht. Oder lacht über die Gedankenbruchstücke, die ich ausspucke. Er ist normalerweise sogar ziemlich gut darin, sie zu verstehen. Genau wie heute Abend.

»Weißt du was, Fitz?« Er kratzt an seinen Bartstoppeln. »Ich glaube nicht, dass das wirklich stimmt.«

»Ich werde es nie herausfinden.«

»Dieser Hund, den du bei dir zu Hause hast«, sagt er, »dieser Hund macht Geräusche, nicht wahr?«

Ich denke einen Moment lang über seine Worte nach, bevor ich nicke. »Ja, ich nehme an, das tut er.«

»Und diese Geräusche stören dich nicht.«

»Das ist nicht dasselbe.«

Crow ist wieder eine Weile still.

»Nun, was ist mit Michaels Kind? Katie. Erinnerst du dich, als er sie damals mit dir im Club zurücklassen musste?«

Ich erinnere mich. Aber ich habe noch nie darüber nachgedacht.

»Sie war ein Baby.«

»Ja«, antwortet Crow. »Und Babys weinen. Und manchmal schreien sie. Aber du hast sie trotzdem gehalten. Ich glaube, du hast sie sogar beruhigt, wenn ich mich recht erinnere.«

Ich starre auf die Wand vor mir. Ich weiß, dass er

versucht, dass ich mich besser fühle. Das ist es, was Crow tut. Aber ich denke immer wieder daran, wie ich es mit Sasha versaut habe. Dass sie schwanger werden könnte und ich nicht der Mann sein kann, den sie braucht.

Ich kann für sie töten. Für sie kämpfen. Ich würde alles für sie tun. Alles, nur nicht das. Ich kann kein Vater sein. Ich weiß nicht, wie. So wie ich nicht weiß, wie ich ein Freund oder ein Ehemann sein soll oder wie man ein richtiges Gespräch führt.

»Weißt du was, Fitz?«, sagt Crow. »Ich habe dir das noch nie gesagt, aber ich habe dieses Bild in meinem Kopf, wie ich mein Leben haben will.«

»Wie?«, frage ich ihn.

»Ich werde Mack heiraten«, sagt er stolz. »Sie wird meine Frau werden.«

Ich starre ihn an, und er grinst.

»Ich weiß, dass du sie magst, tief in dir drin. Ich weiß, dass du das tust. Du kannst aufhören, so zu tun, als ob du es nicht tust. Jedenfalls, zurück zu dem Bild, das ich in meinem Kopf habe. Ich will eine Familie mit ihr haben. Kinder. Und ein Teil dieses Bildes betrifft dich, Fitz.«

»Ich glaube nicht, dass ich dir folgen kann«, sage ich ihm.

Er sieht mich an, und er hat diesen ernsten Ausdruck im Gesicht. Er bekommt ihn nicht sehr oft, aber ich weiß, dass wenn er es tut, er gleich etwas sagen wird, was wichtig ist.

»Du bist ein Bruder für mich«, sagt er. »Und ich

will, dass meine Kinder dich so kennen und lieben wie ich. So wie Mack es auch tut. Ich möchte, dass meine Kinder ihren Onkel Ronan kennenlernen. Und ich habe keinen Zweifel daran, dass du sie so beschützen wirst, wie du es mit mir machst, so wie du es bei deiner ganzen Familie hier im Syndikat machst. Habe ich recht?«

»Aye.« Ich nicke. »Das werde ich.«

»Du hast nicht einmal darüber nachdenken müssen, Fitz«, sagt er, »und deshalb weiß ich, dass es dir in der Nähe von Kindern gut gehen wird. Also, was auch immer dich verfolgt, du musst es loswerden.«

Er steht auf, und ich folge ihm zur Tür. Aber bevor er geht, bleibt er stehen und schaut wieder zu mir zurück.

»Weißt du, Fitz, manchmal denken die Leute, dass sie sich nicht ändern können. Aber ich erinnere mich an den Tag, als ich dich vor so vielen Jahren traf. Und wenn mir jemals jemand sagen würde, dass du dich nicht verändert hast, wüsstest du genau, was ich darauf erwidern würde.«

# 17

### *Sasha*

Es ist heute Morgen passiert.

Sie verließ uns irgendwann mitten in der Nacht im Schlaf, als das Haus dunkel und ruhig war. Amy war hier und ist jetzt wieder weg, genauso wie das medizinische Personal. Ich sah zu, wie sie sie wegtrugen, und jetzt sitzen nur noch Emily und ich auf dem Sofa, während sich die Stille zwischen uns ausbreitet.

Ich habe es noch nicht wirklich begriffen. Ich denke, ich habe mich so lange darauf vorbereitet, dass ich mir nicht einmal sicher bin, wie ich mich fühlen soll. Im Moment fühle ich nichts. Einfach … nichts.

»Und, was jetzt?«, durchbricht Ems Stimme irgendwann in den späten Abendstunden endlich die Stille.

Wir haben den ganzen Tag nichts gegessen, uns

nicht bewegt, nicht gesprochen. Aber jetzt will sie reden. Ich wusste, dass das kommen würde. Sie will in ihr Leben nach Kalifornien zurückkehren und so tun, als sei das nicht passiert. Das ist Ems Art, mit Dingen umzugehen. Meine ist es, sie gehen zu lassen und so zu tun, als würde ich sie nicht brauchen. Weil es das ist, was große Schwestern tun. Ich habe immer auf sie aufgepasst. Ich habe sie beschützt. Für sie Opfer gebracht.

Manchmal frage ich mich, ob sie weiß, wie viel ich für sie geopfert habe. Damit sie ihr Leben so gestalten kann, wie sie es sich wünscht. So kann sie jung sein und zur Schule gehen und all die Erfahrungen sammeln, die ich nie gemacht habe. Als ich sehe, wie sie mich gerade anschaut, so als wolle sie nicht hier sein, frage ich mich, ob sie es überhaupt weiß. Ob es sie überhaupt interessiert.

»Was meinst du damit?«, frage ich sie, obwohl ich weiß, worauf sie hinauswill.

Sie will einen Kampf, seit sie hierhergekommen ist. Denn Kämpfe machen es einfacher, zu gehen. Wenn man verletzt ist, fühlt man sich besser, wenn man es an jemandem auslässt. Sie lässt es an mir aus, seit Blaine in mein Leben kam. Jeder blaue Fleck und jeder Streit hat uns immer weiter auseinandergebracht.

Sie hat mit mir gesprochen, als wäre ich unglaublich dumm. Als wäre ich nur eine dieser Frauen, die es nicht besser wissen. Die Wahrheit ist, dass sie diejenige ist, die es nicht besser weiß. Sie weiß nicht, wie es ist, sich entscheiden zu müssen.

Manchmal nehme ich ihr das übel. Wie jetzt, wo sie so tut, als sei sie zu gut, um hier zu sein, in dieser Wohnung und in meiner Gegenwart.

»Was wirst du jetzt tun, Sash?«, fragt sie. »Arbeitest du weiter im Stripclub, bis du alt und grau bist? Ich dachte, du sagtest, du hättest einen Plan.«

»Ich habe einen Plan«, erwidere ich.

»Wirklich?«, spottet sie mit vorwurfsvollen Augen. »Weil ich den Kerl gesehen habe, der sich neulich morgens rausgeschlichen hat. Dieser Mafia-Typ.«

Ich blinzele sie an, und sie lacht. »Du kannst einfach nicht anders, oder?«, fragt sie. »Du wirst einfach nicht aufhören, bis du dich selbst zerstört hast.«

»Jetzt hör aber mal auf«, schreie ich sie an, während ich vom Sofa springe und sie ungläubig anstarre. »Du weißt nichts darüber, wie die echte Welt funktioniert. Und das aus gutem Grund. Mama und ich haben dich immer beschützt, für dich gesorgt. Damit du dich nie mit solchen Realitäten auseinandersetzen musst. Du hast keine Ahnung, welche Opfer ich gebracht habe, um dich zu beschützen. Damit du aufs College gehen und ein normalen Leben führen kannst.«

»Oh, ich weiß«, sagt sie herablassend. »Ich weiß alles über deine Opfer, Sash. Beine spreizen und sich auf der Bühne ausziehen. Hast du mich so beschützt?«

Es gab Momente in meinem Leben, in denen ich mich wie ein Nichts gefühlt habe, in denen ich dachte, ich sei ein Nichts. Aber dass meine eigene Schwester das sagt, mein eigenes Fleisch und Blut … es fühlt sich an, als wäre ich gerade in den Bauch gestochen worden.

Ich weiß, dass sie die Worte in dem Moment bereut, in dem sie aus ihrem Mund kommen. Sie trauert, und sie ist wütend, und sie braucht jemanden, an dem sie es auslassen kann. Aber ich bin es so verdammt leid, der Sandsack für alle zu sein.

»Geh«, sage ich ihr, während ich in die Küche laufe, um meine Schlüssel zu holen. »Nimm deinen Scheiß und fliege heute Abend zurück nach Kalifornien. Ich will, dass du gehst.«

»Sasha …« Ihre Stimme bricht, aber ich kann sie nicht ansehen. Weil mir Tränen über das Gesicht laufen und es mir peinlich ist.

»Geh zurück in dein Leben, Em«, sage ich ihr. »Geh einfach zurück und sei … glücklich.«

---

IM SLAINTE IST HEUTE ABEND NICHT SO VIEL LOS, ABER das liegt wahrscheinlich an der späten Uhrzeit.

Es ist fast ein Uhr morgens, als ich dort ankomme. Ich weiß nicht, was ich hier tue, ich weiß nur, dass hier alles vertraut ist. Diese Gesichter. Diese Umgebung. Aber in Wirklichkeit suche ich nur nach einem Gesicht.

Ich finde ihn hinten in der VIP-Lounge, neben Conor und Rory. Und ich weiß nicht warum, aber es kotzt mich verdammt nochmal an. Kaya kommt an mir vorbei und ich nehme zwei der Getränke von ihrem Tablett.

»Hey, pass auf«, knurrt sie. »Die sind für die Jungs.«

Ich schiebe ihr einen Hundert-Dollar-Schein zu, und sie schweigt. »Besorg neue.«

Und das tut sie auch. In den nächsten zwanzig Minuten sitze ich ganz hinten und beobachte ihn. Er hat nicht einmal auf die Bühne geschaut. Er ist wieder in seinem Kopf eingesperrt. Ich will wissen, woran er denkt. Ich möchte diesen Mann verstehen, der mich so wütend macht.

Und jetzt, in meinem betrunkenen Zustand, will ich ihn auch spüren.

Ich bewege mich auf ihn zu, und ich kann kaum geradeaus gehen. Ich stelle fest, dass viel Alkohol und kein Essen keine gute Kombination sind. Alle drei Jungs schauen überrascht zu mir auf, als ich in ihre Richtung stolpere, aber ich habe nur Augen für Ronan.

Diese traurigen braunen Augen landen auf mir, und meine ganze Welt dreht sich um ihn. Das ist normal, wenn ich in seiner Nähe bin.

Ich gehe näher heran und setze mich direkt auf seinen Schoß. Sein ganzer Körper wird steif, und er hat wieder diesen wilden Blick in seinen Augen. Als wäre ich eine potenzielle Bedrohung. Das provoziert mich nur noch mehr. Ich lächele, nehme sein Gesicht in meine Hände und lehne mich dann nach vorn, um ihm ins Ohr zu flüstern.

»Magst du es, den anderen Mädchen beim Tanzen zuzusehen?«, frage ich ihn.

»Das tue ich nicht«, antwortet er.

Ich küsse den äußeren Rand seines Ohres und fahre dann mit meinen Lippen über seinen Hals, um ihn zu schmecken. »Ich weiß.«

Seine Atmung wird heftiger, und seine Hände bewegen sich zu meinen Oberschenkeln. Er hält sie so, als ob er sich nicht sicher ist, ob er mich wegstoßen oder mich näher an sich heranziehen will. Ich treffe die Entscheidung für ihn, indem ich seinen Hinterkopf packe und meine Lippen auf die seinen drücke.

Eine Sekunde lang verliert er sich im Kuss und stöhnt in meinen Mund. Er ist höllisch hart unter mir, und ich reibe mich gegen ihn. Und dann blickt er zurück in den Raum. Alle beobachten uns. Mir ist das egal. Aber Ronan nicht. Seine Wangen sind gerötet, und er ist verlegen von meiner sehr öffentlichen Darstellung von betrunkener Zuneigung.

Ich wusste, dass es ein Rezept für eine Katastrophe war, aber ich wollte ihn bedrängen. Ich wollte, dass er sich unwohl fühlt und eine Reaktion hervorrufen. Vielleicht hatte Emily recht. Vielleicht werde ich nicht aufhören, bis ich mich selbst zerstört habe. Er packt grob meine Handgelenke und zieht meine Hände von sich weg.

»Ich mag dich so nicht«, sagt er.

»Wie so?«, fordere ich ihn heraus.

»Wie eine Hure«, sagt er.

Ich ziehe meine Hand zurück und verpasse ihm eine Ohrfeige. Es ist eine instinktive Reaktion. Eine, die nur meinen Zorn beflügelt und ihn dazu bringt, mich mit diesem verlorenen Welpenblick anzustarren.

»Sieh mich nicht so an!«, schreie ich. »Schau mich nicht so an, als hätte ich dich verletzt, obwohl du mich verletzt hast.«

Ich will ihn noch einmal schlagen, aber Conor zieht mich weg. Ronan starrt mich nur schockiert an und bewegt sich nicht, abgesehen davon, dass er seine Hand gegen seine Wange drückt.

»Ihr seid alle verdammte Schweine!«, schreie ich in den Raum. »Bis auf den Letzten von euch! Ich hasse euch alle!«

Lachlan taucht in der Türöffnung auf, und ich weiß, dass ich es versaut habe. Er starrt in meine Richtung und macht eine Geste. Rory und Conor schleppen mich den Flur hinunter zu seinem Büro und lassen mich in einen der Ledersessel gegenüber von seinem Schreibtisch fallen.

Ich ziehe meine Knie an den Körper, lasse einem Schluchzer freien Lauf, und alle drei schauen sich verwirrt an. Lachlan sagt ihnen, sie sollen verschwinden, und das tun sie auch. Und dann sind wir nur noch zu zweit.

»Sasha, was zum Teufel machst du da?«, fragt er. »Du hast Ronan geschlagen?«

Ich drücke meine Stirn gegen meine Knie und weine. Lachlan drängt mich nicht zum Reden, er wartet einfach darauf, dass ich mich wieder in den Griff bekomme.

»Es ist keine Entschuldigung«, sage ich ihm

zwischen den Schluchzern. »Aber meine Mutter ist heute Morgen gestorben. Ich wollte nur …«

Ich schaue zu ihm auf, und sein Gesicht ist freundlich. Und erfüllt von Verständnis. Und aus irgendeinem Grund lässt es mich nur noch mehr weinen.

»Ich wollte nur …«

»Ich weiß, Sasha«, sagt er leise. »Ich weiß, was du wolltest. Aber du darfst Ronan nicht schlagen, verstehst du das?«

Ich nicke, weil ich den Kodex kenne, nach dem diese Typen leben, und ich bin mir sicher, dass er davon spricht. Ich könnte für viel weniger getötet werden als das, was ich heute Abend getan habe.

Lachlan hilft mir auf das Sofa, schnappt sich eine Jacke von der Tür und bedeckt mich damit. Er hält inne, um auf mich herabzusehen, und ein verzweifelter Ausdruck überzieht sein Gesicht.

»Er kommt damit klar, wenn es jeder andere macht, Sasha. Aber nicht bei dir.«

Mehr Tränen steigen beim Klang der Enttäuschung in seiner Stimme in meinen Augen auf, und ich fühle mich nur noch schlimmer. Aber dann nimmt er sein Handy und flüstert in die Sprechmuschel, während ich meine Augen schließe. Es dauert nicht lange, bis ich einschlafe.

Als ich wieder aufwache, ist Mack neben mir, streichelt meine Haare und lächelt mich an.

»Warum lächelst du?«, krächze ich heraus.

»Weil«, sagt sie, »du mich heute Abend stolz

gemacht hast, Sash. Ich meine, ich bin nicht mehr die Einzige, die hier verrückt ist.«

Ich lache, und es fühlt sich gut an. Aber dann kommen kurz darauf die Tränen zurück.

»Tut mir leid«, murmele ich, während ich das heiße Chaos auf meinem Gesicht wegwische.

»Es sollte dir nicht leidtun, Süße«, erwidert sie. »Es gibt nichts, was ein guter Heulkrampf nicht besser machen könnte.«

»Ich werde dich beim Wort nehmen«, antworte ich.

»Komm schon«, sagt sie. »Rory und ich werden dich nach Hause bringen.«

»Okay.«

# 18

### *Sasha*

Ich sitze auf dem Dach und zittere in der Kälte, während ich in den Himmel starre. Als ein Schatten über mich hinweghuscht, muss ich nicht hinschauen, um zu wissen, dass er es ist. Ich schäme mich zu sehr, um ihn anzuschauen, weshalb ich weiterhin auf die Sterne starre und darauf warte, dass er etwas sagt. Irgendetwas.

Das tut er nicht.

»Woher wusstest du, dass ich hier oben bin?«, frage ich mit einer kratzigen Stimme.

Er antwortet immer noch nicht, und als ich endlich den Mut habe, ihn anzusehen, erkenne ich, dass er sich wegen meiner Frage unwohl fühlt. Ich habe mich oft gefragt, ob Ronan mich beobachtet. So oft hätte ich schwören können, dass ich Augen auf mir gefühlt habe, wenn niemand da war. Aber wenn er mich beobachtet, will er offensichtlich nicht, dass ich es weiß.

Er überrascht mich, indem er sich nach unten beugt und meinen schlaffen Körper in seine Arme hebt. Mein Kopf lehnt an seiner starken Brust, und ich schließe die Augen und lasse mich von seiner Wärme umhüllen, während er mich die Treppe hinunter in meine Wohnung trägt. Als ich die Augen wieder öffne, zieht er gerade die Decke zurück und legt mich ins Bett. Ich habe solche Angst, dass er mich wieder verlassen und meine Trauer mich ganz verschlingen wird.

Als sich mein Bett bewegt und er hinter mir hineinsteigt, schluchze ich fast vor Erleichterung. Ich halte den Atem an und frage mich, was er tun wird. Nach heute Abend denkt er sicher, dass ich noch verwirrter bin als er. Aber das ist eines der Dinge bei Ronan. Er wird es mir nie vorwerfen. Er wird nie ein Wort darüber verlieren. Und er ist jetzt hier, weil er weiß, was ich brauche. Er drückt mich an seinen Körper und hält mich fest.

»Es tut mir leid, dass ich dich verletzt habe«, flüstere ich.

Er hält mich fester und kuschelt sich in meinen Hals, als wäre ich seine Quelle des Trostes – und nicht umgekehrt.

»Es tut mir leid, wie ich dich genannt habe«, antwortet er. »Ich habe es nicht so gemeint.«

»Ronan?«

»Aye?«

»Bitte lass mich nicht allein«, sage ich ihm. »Oder bleib wenigstens, bis ich eingeschlafen bin.«

Und das tut er auch.

---

Am nächsten Morgen wache ich auf und schaue in ein Paar brauner Augen, die auf mich herabblicken. Sie sind warm wie geschmolzene Schokolade. Offen und weich. Ronan lehnt sich gegen das Kopfteil und ist noch komplett bekleidet, bis hin zu seiner Anzugjacke. Man würde nie denken, dass er gerade aufgewacht ist.

»Du bist immer noch hier«, sage ich.

»Möchtest du, dass ich gehe?«, fragt er.

Ich strecke mich aus, um seine Hand mit meiner zu berühren, und er lässt mich. »Nein.«

»Ich bin nicht allein«, sagt er mir. »Mack und Crow sind auf dem Sofa im Wohnzimmer.«

»Oh.«

»Es tut mir leid wegen deiner Mutter«, sagt er.

»Danke.«

»Ich weiß nicht, was ich in solchen Situationen sagen soll.«

»Du musst nichts sagen«, erwidere ich. »Danke, dass du gestern Abend bei mir geblieben bist.«

Er nickt, und mir kommt etwas anderes in den Sinn. Etwas, was ich ihn nicht fragen sollte, weil es das, was ich tun muss, nur schwieriger macht.

»Hast du mit meiner Mutter gesprochen?«, frage ich ihn.

Er antwortet nicht, aber ich weiß, dass meine Vermutung stimmt. Er räuspert sich, und es dauert eine Minute, bis er die Worte gefunden hat.

»Ich wollte, dass sie weiß, dass es dir gut geht«, sagt er.

Seine Augen finden meine, und sie sahen noch nie so ernst aus. »Und ich werde dich beschützen.«

»Oh«, murmele ich. »Nun … danke, dass du ihr das gesagt hast.«

»Ich habe es ernst gemeint«, sagt er. »Ich habe es in der Vergangenheit nicht gut genug gemacht. Aber ich werde dich beschützen.«

»Du hast mich beschützt, Ronan«, antworte ich. »Wahrscheinlich öfter, als ich wirklich weiß. Aber du kannst mich nicht ewig beschützen. Ich werde sowieso bald gehen.«

Er schaut weg, und ich kann nicht sagen, was er denkt. Ich möchte ihn fragen, ob es ihn interessiert. Ob es ihn überhaupt stört. Aber das wäre dumm. Weil nichts davon von Bedeutung ist. Ich muss gehen und diesem Leben entkommen, bevor ich den Rest meines Verstandes verliere.

Er steht, ohne mir zu antworten, auf.

»Gehst du?«

»Aye.« Er will mich immer noch nicht ansehen. »Ich muss den Hund füttern.«

»Hund?«

»Sag mir Bescheid, wenn du etwas brauchst, Sasha.«

Und damit verschwindet er am Ende des Flurs.

Ich warte, bis sich die Haustür schließt, und gehe dann ins Badezimmer, um mich frischzumachen. Die Frau, die mich aus dem Spiegel anstarrt, sieht beschissen aus. Und genauso fühle ich mich auch. Egal, wie sehr ich mir auch einrede, dass es das Richtige ist, freue ich mich nicht darauf, zu gehen.

Aber es ist das Richtige. Das ist es, was ich glauben muss. Und es wird kein besserer Zeitpunkt kommen, um mit Lachlan darüber zu sprechen. Aber als ich in den Salon gehe, ist die Einzige, die noch hier ist, Mack.

»Guten Morgen«, ruft sie aus der Küche. »Ich habe Conor Donuts kaufen lassen. Ich sage dir, Mädchen, ich gewöhne mich langsam daran. Wusstest du, dass ich sie jederzeit für mich Besorgungen machen lassen kann? Ich habe ernsthaft in Erwägung gezogen, meinen Namen in Frau Königin zu ändern.«

Ich lache, setze mich an den Küchentisch und bin dankbar für den Kaffee, den sie in meine Richtung schiebt. Ich nehme ihn in beide Hände und lasse die Wärme in meine Haut eindringen.

»Bleibst du heute bei mir?«, frage ich Mack.

Sie nickt. »So leicht wirst du mich nicht los.«

»Dann hoffe ich, dass es Euch nichts ausmacht, einige Dinge mit mir zu erledigen, Eure Hoheit«, sage ich ihr. »Ich muss zum Bestattungsunternehmen, einen Sarg aussuchen. Ich habe eine Menge Anrufe zu erledigen …«

»Sasha.« Mack streckt sich über den Tisch und greift nach meinem Arm, um mich zu stoppen. »Es wurde sich bereits um alles gekümmert.«

»Was?«

Sie lächelt mich sanft an. »Es ist alles bezahlt und erledigt, und du musst nichts tun, außer zur Beerdigung aufzutauchen.«

»Von wem?«, frage ich.

»Ich vermute ganz stark, dass du das bereits weißt.«

Es baut sich erneut Druck hinter meinen Augen auf, und ich blinzele ihn weg. »Gott, ich bin so ein schrecklicher Mensch.«

»Warum, weil du ihn gestern Abend geschlagen hast?«, fragt Mack. »Keine Sorge, sie müssen ab und zu auf ihren Platz verwiesen werden.«

»Es war wirklich nett, das für mich zu tun«, widerspreche ich.

»Das war es«, stimmt Mack zu. »Gerade wenn du denkst, dass auch er nur ein gewöhnlicher Scheißkerl ist, tut er so etwas Nettes.«

Ich nicke, weil ich weiß, dass Mack sich nur allzu bewusst ist, wie ich mich gerade fühle. Aber ich kann mich nicht davon beeinflussen lassen. Ich kann nicht zulassen, dass mich diese Welt wieder in sich aufnimmt, vor allem, wenn ich nicht einmal weiß, was Ronan wirklich für mich empfindet.

»Es gibt noch etwas anderes, was ich tun muss«, sage ich ihr. »Ich denke, ich sollte mit Lachlan reden. Je früher, desto besser.«

»Okay«, stimmt Mack zu. »Aber ich muss dich um einen großen Gefallen bitten, Sash.«

»Was ist es?«

»Lachlan und ich werden heiraten. Nächste Woche.«

Ich bin verblüfft, und es ist deutlich auf meinem Gesicht zu sehen. Sie sieht glücklich aus, was mich nicht überraschen sollte.

»Bleib bis nach der Hochzeit«, bittet sie mich. »Ich kann nicht ohne dich heiraten. Du bist die Einzige, die ich außer Scarlett habe, und es würde mir viel bedeuten, wenn du dabei wärst.«

»Natürlich.« Ich schenke ihr ein schwaches Lächeln. »Ich würde es nicht verpassen wollen.«

# 19

## *Ronan*

Als ich in Crows Büro gehe, bemerke ich sofort, dass etwas nicht stimmt. Er sitzt an seinem Schreibtisch, starrt auf einen Manila-Umschlag und deutet auf den Stuhl gegenüber von sich.

»Was ist das?«, frage ich.

»Jemand hat das im Diner abgegeben«, sagt er, »hat Nialls Schwester gebeten, es Niall zu geben.«

»Und?«

»Und Jaysus, Ronan.« Er wirft einen Stapel körniger Fotos über den Schreibtisch. »Hast du wirklich Blaine getötet?«

Ich spanne mich an, und alles, woran ich denken kann, als ich die Fotos durchsehe, ist Sasha. Ich frage mich, ob es hier drin etwas gibt, was sie in irgendeiner Weise belastet. Ich muss sicher sein, dass das nicht der Fall ist.

»Ja«, gebe ich zu. »Das habe ich.«

Er starrt mich an und seufzt. Er heiratet nächste Woche, und das ist das Letzte, mit dem er sich gerade beschäftigen will.

»Ich werde jede Strafe annehmen, die du für richtig hältst«, sage ich ihm. »Was auch immer.«

»Willst du mir sagen, warum?«, sagt er. »Oder ist das alles, was ich bekomme?«

»Er hat ihr wehgetan«, sage ich. »Also habe ich ihn davon abgehalten.«

»Für immer, anscheinend«, antwortet Crow trocken. »Niall wusste, dass etwas an dieser Sache nicht stimmte. Er hat es vermutet, Fitz. Er will Antworten. Wer auch immer das geschickt hat, wird wahrscheinlich mehr Kopien haben.«

»Wahrscheinlich«, stimme ich ihm zu.

»Ist dir überhaupt klar, dass er dich dafür töten lassen könnte?«, fragt Crow. »Oder schert dich das wirklich alles einen Dreck?«

»Das weiß ich«, antworte ich. »Ich habe dir gesagt, dass ich auf jede Strafe vorbereitet bin, die du für richtig hältst. Solange nichts davon auf Sasha zurückfällt.«

Crow lehnt sich in seinem Stuhl zurück und betrachtet mich eindringlich. »Darum geht es hier also.«

»Sie hatte nichts damit zu tun. Ich würde es nicht ertragen, wenn sie in irgendeiner Weise verletzt wird.«

Trotz der ernsten Lage grinst Crow. »Wer ist jetzt verrückt geworden?«

»Ich hätte das Gleiche für jede andere Frau in derselben Situation getan.«

»Ja, sicher«, antwortet Crow. »Natürlich.«

Ich mag seinen Ton nicht, aber ich bin im Moment nicht in der Lage, zu diskutieren.

»Du lässt dich von allen Leuten ausgerechnet von Donovan beobachten«, sagt er. »Ich kann nicht einmal begreifen, wie das passieren konnte.«

»Ich war abgelenkt.«

»Wovon?«, hakt Crow nach.

Ich räuspere mich und schaue weg. Ich will ihm nichts davon erzählen. Aber vielleicht wird er es dann verstehen.

»Ich habe Sasha danach gefickt.«

Seine Augenbrauen heben sich, und er hält ein Grinsen zurück. Er bedeckt seinen Mund mit seiner Hand, um nicht zu lachen.

»Du verarschst mich.«

»Ich wünschte es. Ich nahm sie auf dem Boden neben ihrem toten Freund.«

»Das ist ein ziemlich einzigartiger Weg, seine Jungfräulichkeit zu verlieren, Fitz.«

Meine Wangen brennen, und ich balle meine Fäuste. Ich habe das Gefühl, dass er mich auslacht, und das gefällt mir nicht.

»Ich verstehe jetzt«, sagt Crow. »Du musst nichts mehr sagen.«

»Das hatte ich auch nicht vor.«

»Ich kümmere mich um die Sache«, sagt er. »Ich werde den besten Weg finden, es mit Niall zu besprechen. In der Zwischenzeit schlage ich vor, dass du anfängst, einige von Donovans Bäumchen zu schütteln, um zu sehen, welche Art von Ungeziefer herausfällt.«

»Ich kümmere mich darum.«

»Und, Fitz, ich muss auch mit Sasha sprechen.«

Meine Augen finden seine, und er hebt seine Hand, bevor ich protestieren kann. »Ich muss nur wissen, dass ich ihr vertrauen kann«, sagt er. »Sie wird nicht verletzt werden. Aber Ronan, du musst dir bewusst sein, dass dir bei dieser Art von Beweisen, die da draußen herumfliegen, und ihr als potenzieller Zeugin etwas viel Schlimmeres passieren könnte, als durch die Hände des Syndikats getötet zu werden. Du könntest ins Gefängnis gehen.«

»Du kannst Sasha vertrauen«, sage ich ihm.

»Wir werden sehen.«

»Wenn du sie bedrohst …«

Crow verengt seine Augen und schneidet mir das Wort ab.

»Was, Ronan? Was wirst du tun, wenn ich sie bedrohe?«

»Tu das nicht«, warne ich ihn. »Ich meine es verdammt ernst. Wenn du ihr auch nur das kleinste bisschen Angst machst, bekommst du es mit mir zu tun.«

Die Luft zwischen uns wird dünner, während wir uns über den Schreibtisch anstarren. Crow und ich hatten noch nie ein Problem. Aber die Dinge mit Sasha sind anders. Und er muss verstehen, dass sie nicht wie jeder andere ist, zu dem er sagen kann, was er will. In meinem Kopf gehört sie bereits mir, auch wenn ich sie nie wirklich haben kann. Und ich werde sie beschützen, egal um welchen Preis.

»Ich muss zugeben, Fitz«, sagt er, »du hast diese ganze Sache komplett versaut. Aber wenn es jemanden gibt, der das verstehen kann, dann bin ich es. Aus Respekt vor dir werde ich sie also nicht bedrohen. Aber ich hoffe nur, dass sich deine Loyalität nicht als falsch erweist.«

# 20

### *Sasha*

Die Beerdigung ist eine kleine Angelegenheit. Meine Mutter wollte nichts Großes, und ich respektiere ihren Wunsch. Die Blumen und der Sarg und alles, was Ronan ausgesucht hat, ist perfekt. Und ich muss zugeben, ich bin überrascht, als alle Jungs in ihren schönsten Anzügen auftauchen. Sogar Ronan selbst.

»Danke, dass du gekommen bist«, flüstere ich Mack zu, als sie an meiner Seite steht.

»Ich stehe hinter dir, Sash. Du bist nur ein weiteres Mitglied in unserer großen, abgefuckten Familie. Und das ist es, was eine Familie tut.«

Ihre Worte bringen mich zum Lächeln, auch wenn es sich falsch anfühlt. Ich habe mir immer gesagt, dass diese Typen nie auf meiner Seite waren. Aber sie hat recht. Sie sind wie eine große, abgefuckte Familie.

Manchmal muss man an seinem Tiefpunkt ankommen, um zu sehen, wer wirklich für einen da ist. Und sie stehen jetzt alle an meiner Seite.

Die Rede ist kurz und wird an der Grabstätte gehalten. Mack bleibt die ganze Zeit neben mir, und als es vorbei ist, besteht sie darauf, dass ich mit ihnen fahre.

Wir landen in dem Diner, das Nialls Schwester führt. Das gleiche, in dem ich früher gearbeitet habe. Der Ort, an dem alles begann. Als Sally mich sieht, küsst sie mich und umarmt mich viel zu fest. Trotz des Familienunternehmens glaube ich wirklich, dass sie ein Herz aus Gold hat.

Sie bringt uns Essen und erlaubt uns, bis in die späten Abendstunden zusammenzusitzen, zu trinken und zu reden. Und als es Zeit zum Gehen ist, bietet Lachlan an, mich zu fahren.

»Ich gehe nach Hause«, sagt Mack. »Aber ruf mich einfach an, wenn du etwas brauchst, Sash. Egal, was.«

»Okay.« Ich nicke. »Nochmals vielen Dank, für alles.«

Ronan dreht sich um, um sie zu seinem Auto zu begleiten, und ich greife nach seinem Arm. »Und danke nochmal.«

Er nickt und zögert dann. Ich hoffe, dass er etwas sagen wird. Irgendetwas.

Aber das tut er nicht.

Die Fahrt mit Lachlan ist ruhig.

Ich weiß, dass er plant, mit mir zu reden, also protestiere ich nicht, als er mir in meine Wohnung folgt. Ich lege meine Schlüssel hin und stelle meine Tasche ab und gehe dann in die Küche.

»Möchtest du etwas trinken?«

»Nein, Sasha«, sagt er. »Danke. Warum setzt du dich nicht einfach, damit wir uns kurz unterhalten können?«

Ich nicke, setze mich hin und ringe meine Hände. Ich kenne Lachlan ziemlich gut. Ich habe ihn noch nie hitzköpfig oder unvernünftig erlebt, aber ich weiß auch, dass er alles, was er als Bedrohung wahrnimmt, zerquetscht, ohne mit der Wimper zu zucken. Er tut es für seine Brüder. Für das Syndikat. Und wegen der offensichtlichen Anspannung in seinen Schultern und seiner Stimme kann ich nicht anders, als zu denken, dass er mich auch irgendwie als Bedrohung betrachtet. Er räuspert sich, und ich schaue zu ihm auf.

»Ich verstehe, warum du gehen willst«, sagt er. »Aber ich bin sicher, du kannst verstehen, dass es ein paar Dinge gibt, die wir vorher besprechen müssen.«

»Natürlich.« Ich schenke ihm ein zittriges Lächeln.

»Es gelten die gleichen Regeln, als ob du noch für uns arbeiten würdest, Sasha. Keine Gespräche mit den Bullen. Niemals. Und ich meine: Für immer und ewig.«

»Werde ich nicht«, versichere ich ihm. »Du hast mein Wort.«

»Du bekommst einige neue Ausweise, und du musst sie für deine und unsere Sicherheit verwenden. Was den Club betrifft, so hast du dort nie gearbeitet. Hast du mich verstanden?«

»Natürlich.«

»Und die MacKenna-Familie?«, fragt er.

»Ich weiß nicht, wer sie sind.«

»Das ist gut«, sagt er. »Sehr gut, Sasha.«

Er steht auf, und ich glaube, dass er gehen wird. Aber stattdessen geht er zum Fenster, schaut auf die Straße hinunter und dreht mir den Rücken zu.

»Da ist nur noch eine Sache«, sagt er.

»Okay.«

»Du musst mir sagen, was mit Blaine passiert ist.«

Das ganze Blut verlässt mein Gesicht, und ich bete, dass er sich nicht umdreht und es sieht. Weil ich dieses Geheimnis seit zwei Jahren verheimliche, aber nicht vor jemandem wie Lachlan. Nicht, wenn ich so direkt gefragt werde.

Als das letzte Mal alles schiefgelaufen ist, hat Ronan sich darum gekümmert. Ich hatte nichts tun müssen. Ich weiß nicht, wie er es geschafft hat, aber sie waren überzeugt, dass Blaine die Stadt verlassen hatte. Als sie mich dazu befragten, erzählte ich ihnen genau das, was Ronan mir eingetrichtert hatte. Er hat mir gesagt, dass er seine Familie besuchen wollte, und ich nicht wüsste, wann er zurückkommen würde. Und das war es dann auch schon. Sie haben es nicht weiter in Frage gestellt. Blaine war immer ein bisschen unzuverlässig gewesen, und sie dachten, er würde schon irgendwann zurückkommen, aber das tat er nie.

Und ich hatte irgendwie gehofft, dass es bedeutete,

dass er von ihrem Radar verschwunden war. Aber anscheinend war das nicht so.

Lachlan dreht sich um und fixiert mich mit seinem Blick. Er sieht durch mich hindurch. »Ich weiß, dass er die Stadt nicht verlassen hat«, sagt er. »Du musst mir sagen, was wirklich passiert ist, Sasha. Das ist alles, was du tun musst. Und dann bist du frei, kannst gehen, tun, was immer du willst.«

Meine Brust bewegt sich, als ob ein riesiger Zementblock auf ihr läge. Es wird immer schwieriger, zu atmen. Meine Augen huschen durch den Raum und suchen nach Objekten, die mich erden. Ich kann ihn nicht anlügen. Er wird es merken. Aber ich kann Ronan nicht aufgeben. Korrektur: Ich werde Ronan nicht aufgeben. Er hat das, was er getan hat, für mich getan. Und er hat dieses Geheimnis seit zwei Jahren mit dem Wissen gehütet, dass ich eine Bedrohung für ihn sein könnte.

Er hätte mich jederzeit töten können, aber er tat es nicht. Weil er mir vertraut. Und ich vertraue ihm. Und ich werde dieses Vertrauen nicht missbrauchen, egal was passiert. Lachlan ist sein Bruder, aber Lachlan ist auch loyal zum Syndikat und allen damit verbundenen Regeln. Ich weiß nicht, was er in dieser Situation tun würde, und ich bin wirklich nicht bereit, es herauszufinden.

»Es tut mir leid, dich zu enttäuschen.« Meine Stimme zittert. »Aber ich weiß nicht, was mit Blaine passiert ist. Ich habe es dir schon gesagt …«

»Was du mir gesagt hast, war eine Lüge«, sagt er.

»Wir haben die Flugdaten überprüft. Blaine ist nie nach Irland zurückgekehrt.«

»Nun, dann weiß ich es auch nicht«, sage ich schnell. »Vielleicht ist er woanders hingegangen. Vielleicht ist er noch in den Staaten. Ich weiß nicht, was er macht.«

Lachlan verengt seinen Blick und kommt näher, kniet sich nieder, bis er auf meiner Augenhöhe ist. Er ist viel beängstigender, wenn er so nah dran ist. Und ich weiß, dass er spürt, dass ich nervös bin. Ich bin völlig fertig. Ich zittere. Meine Augen tränen. Und ich denke wirklich, dass er mich jetzt töten wird.

Aber ich werde Ronan nicht aufgeben. Ich wäre nicht einmal am Leben, wenn er nicht gewesen wäre.

»Sasha«, sagt Lachlan, und seine Stimme wird weicher. »Wenn ihm jemand etwas angetan hat, und das warst nicht du, brauchst du dir keine Sorgen zu machen. Alles, was du tun musst, ist, es mir zu sagen. Und ich werde mich darum kümmern. Zum Teufel, ich gebe dir sogar etwas Extrageld, mit dem du verschwinden kannst.«

Meine Unterlippe zittert, und ich beiße darauf, um nicht zu sagen, dass er sich ficken soll. Weil das alles ist, was ich wirklich tun will. Er bedrängt mich, und ich weiß nicht, warum. Aber ich kann damit nicht umgehen. Nicht im Moment.

»Schau, ich weiß von nichts!«, schreie ich ihn an. »Du fragst die falsche Person, okay? Ich weiß nicht, was ich sagen soll. Blaine ist weg. Ich habe ihn nicht gesehen. Ich habe nichts von ihm gehört. Das ist alles, was es dazu zu sagen gibt. Nichts, was du tust oder sagst, kann das ändern.«

Lachlan setzt seine Fersen wieder auf dem Boden ab und richtet sich zu seiner vollen Größe auf. Und dann nickt er einfach und geht auf die Tür zu. Ich bin völlig fassungslos, als er mit der Hand auf dem Griff innehält und sich umdreht.

»Ich muss zugeben, Sasha«, sagt er. »Ich dachte wirklich, du würdest zusammenbrechen. Ronan hatte recht, was dich betrifft.«

»Was?«, flüstere ich verwirrt. »Er hat es dir gesagt?«

»Ja«, sagt er. »Weil er keine andere Wahl hatte. Und du tust gut daran, dich an die gleiche Geschichte zu halten, wenn jemand danach fragt.«

Er geht, und ich falle ungläubig in das Sofa zurück. Ronan hat es ihm gesagt … und er hat mich nicht einmal gewarnt. Er ließ ihn einfach herkommen und mich testen, und es wäre wahrscheinlich ganz anders ausgegangen, wenn ich heute Abend die Wahrheit gesagt hätte. Er hätte mich töten können.

Das kotzt mich an. Aber noch schlimmer als das ist, dass es wehtut. Ich kann nicht glauben, dass Ronan mir das angetan hat. Ich ziehe mein Telefon heraus und überlege, ihn anzurufen, als ich merke, dass es keinen Sinn hat. So ist es nun einmal.

Stattdessen öffne ich meinen Kalender und zähle die Tage bis zu Macks Hochzeit. Noch fünf Tage. Und dann bin ich weg. Für immer.

# 21

### *Sasha*

Es ist der Tag vor Macks Hochzeit, und ich habe die ganze Woche damit verbracht, in der Wohnung zu packen und ihr bei den Hochzeitsvorbereitungen zu helfen.

Es wird kein großes Fest werden. Mack sagt, sie sieht keinen Sinn darin, alles zu übertreiben. Das ist nur ein Grund, warum ich dieses Mädchen liebe. Ich habe seit dem Tag der Beerdigung meiner Mutter nicht mehr mit Ronan oder Lachlan gesprochen. Und das ist mir ehrlich gesagt auch am liebsten so.

Als also Lachlans Name bei einem eingehenden Anruf auf meinem Display aufleuchtet, überlege ich, ihn zu ignorieren. Aber dann denke ich, dass sie mich vielleicht brauchen, um bei etwas für die Hochzeit zu helfen, und meine Schuldgefühle gewinnen. Ich gehe ran.

»Sasha«, ertönt Lachlans Stimme durch das Telefon. »Bist du zu Hause?«

»Ja.«

»Schau, Kaya hat sich den Knöchel verstaucht. Sie wird für ein paar Wochen ausfallen. Ich weiß, dass du am Montag abreist, aber wir haben am Sonntag eine spezielle Veranstaltung, und ich kann wirklich nicht ohne eine weitere Tänzerin auskommen.«

»Ich weiß nicht.« Ich beiße mir auf die Lippe, während ich mich in der Wohnung umschaue und nach einer Ausrede suche, damit ich nicht in den Club zurückkehren muss. Ich will Ronan nicht wiedersehen. Ich will nicht wieder eingesaugt werden, und ich fürchte, dass genau das passieren wird, wenn ich gehe.

Nach einer Minute des Zögerns von meiner Seite seufzt Lachlan am anderen Ende der Leitung. »Ich weiß, dass bei dir im Moment viel los ist«, sagt er. »Aber ich werde morgen heiraten, und ich will nur, dass alles glatt läuft.«

»Autsch«, stöhne ich. »Du musstest diese Karte einfach ausspielen, nicht wahr?«

Er lacht, und es nimmt etwas von der Anspannung, die es seit seinem letzten Besuch zwischen uns herrscht.

»Okay, alles in Ordnung«, stimme ich ihm zu. »Eine letzte Schicht. Das war es dann aber, ich meine es ernst. Montagmorgen bin ich da raus, egal was passiert.«

»Auf jeden Fall«, sagt er. »Du bist meine Rettung,

Sasha, ehrlich. Mack und ich werden dir beide ewig dankbar sein.«

Er legt auf, und ich falle auf das Sofa und starre auf die karge Wohnung. Alles ist jetzt in Kartons verstaut. Mamas Zeug ist eingelagert, bis Emily und ich es durchgehen können, um zu entscheiden, wie wir es aufteilen wollen. Ich habe vor, wirklich nur das Notwendigste mitzunehmen, zumal ich nicht einmal weiß, wohin ich gehe. Nach meinem Streit mit Em habe ich entschieden, dass Kalifornien nicht mehr in Frage kommt. Wir beide brauchen diese Zeit der Trennung, um uns mit den Dingen auf unsere eigene Weise auseinanderzusetzen.

Ich sollte mir die Orte online ansehen, mich um einen Job bewerben und Fakten und Zahlen bei Google nachschlagen, um die besten Orte für einsame Ex-Stripperinnen zu finden. Aber ich vermute stark, dass Google keine Antworten auf diese Fragen haben wird. Und etwas anderes hält mich außerdem noch zurück.

Ich bin in dieser Stadt aufgewachsen. Sie ist alles, was ich je gekannt habe. Trotz all ihrer Fehler fühlt sich der Gedanke, sie zu verlassen, einfach nicht richtig an. Da ich so viele Jahre damit verbracht habe, alle meine Entscheidungen durch die Umstände für mich treffen zu lassen, ist der Versuch, sie selbst zu treffen, überwältigend und auch ein wenig erschreckend. Das ist meine einzige Chance, hier herauszukommen. Ich will mein Leben nicht noch mehr versauen. Und ich habe nur einen Versuch, um es richtig zu machen. Das ist eine Menge Druck, der auf mir lastet.

Ich gehe den Flur hinunter, um mein Schlafzimmer fertig zu packen, als ich Ronans alte Anzugjacke bemerke, die noch an der Tür hängt. Er verfolgt mich, so wie er es immer tut. Und ich kann sie nicht mehr ansehen. Ich kann keines dieser Dinge in meinem Leben haben, das mich verwirrt. Von nun an werde ich mich nur noch in eine Richtung bewegen, und die ist nicht rückwärts.

Mit diesem Gedanken im Hinterkopf schnappe ich mir die Jacke von der Tür und stürme über den Hausflur raus aus der Eingangstür des Hauses, in dem ich wohne. Der erste Obdachlose, den ich finde, als ich um die Ecke gehe, ist der glückliche Empfänger der Jacke und allem, was sie repräsentiert.

---

»DU DARFST ES NOCH NIEMANDEM SAGEN«, FLÜSTERT Mack. »Aber ich bin schwanger.«

»Auf keinen Fall.« Ich blicke auf ihren Bauch hinunter, aber man sieht noch nichts. Sie strahlt jedoch in ihrem Hochzeitskleid. Ich bin wieder emotional und weiß nicht, was ich sagen soll. Also umarme ich sie.

»Und auch verheiratet«, sage ich zu Mack mit Tränen in den Augen. »Ich kann nicht glauben, dass du das wirklich getan hast.«

»Ich weiß«, stimmt sie zu. »Bis dass der Tod uns scheidet.«

Ich blicke auf ihre Hand hinunter, auf der sich noch eine winzige Menge Blut von der Zeremonie befindet.

Etwas, was ich einst für seltsam und barbarisch gehalten habe, ist jetzt seltsam süß für mich. Zu sehen, wie sie ihre Liebe und Hingabe füreinander vor all ihren Freunden versprechen. Worte reichten dafür nicht aus. Sie mussten es auch mit Blut sagen. Das ist nicht nur die Art und Weise des Syndikats, sondern auch Ausdruck ihrer starken Gefühle füreinander.

Jedes Mal, wenn sie Lachlan auf der anderen Seite des Raumes ansieht, leuchten ihre Augen vor Hingabe. Ich freue mich für sie, aber ein Teil von mir ist auch traurig. Das Letzte, was ich wollen oder brauchen sollte, ist eine Beziehung. Oder die Art von wilder, dummer Liebe, die die Menschen vorübergehend verrückt werden lässt. Ich hätte nie gedacht, dass jemand, der so abgestumpft ist wie ich, derart von der Liebe berührt werden könnte. Die wenigen kurzen Male, in denen ich in Ronans Armen lag, habe ich mich so gefühlt, wie Mack gerade aussieht. Verträumt und völlig unantastbar für all das Schlechte um mich herum. Das Einzige, was sie jetzt sehen kann, ist er.

Zuerst wollte ich sie vor ihm warnen. Aber jetzt weiß ich, dass ich mich geirrt habe. Lachlan liebt sie auch. Sehr sogar. Und es tut mir wirklich leid für jeden, der jemals versuchen sollte, zwischen die beiden zu kommen. Ich bezweifele, dass es irgendwelche Dinge gibt, die sie nicht füreinander tun würden.

»Du gehst besser zu ihm«, sage ich zu Mack. »Er wird einfach zu dir kommen, wenn du es nicht tust.«

»So sollte es auch sein«, antwortet sie grinsend. »Lass sie ab und zu mal dafür arbeiten.«

Ich lache, und dann bewegen sich meine Augen wie ferngesteuert durch den Raum in Richtung Ronan. Das Lächeln auf meinem Gesicht verfliegt, aber ich versuche, mir nichts anmerken zu lassen.

»Du solltest mit Ronan tanzen gehen«, schlägt Mack vor.

Ich schüttele einfach nur den Kopf, weil ich bezweifele, dass Mack eine Ahnung von den Ereignissen hat, die sich in letzter Zeit abgespielt haben. »Nein. Er ist nicht der Tänzer-Typ.«

»Ja, du hast wahrscheinlich recht«, stimmt sie zu. »Er ist eher der Typ, der in der Ecke sitzt und brütet. Vielleicht könntest du dann mit ihm brüten gehen?«

Lachlan tritt hinter sie, während wir reden, und es dauert nicht lange, bis er sie wegzieht. Ich bin dankbar für die Gnadenfrist von diesem Gespräch. Ich habe nicht die Absicht, heute Abend mit Ronan zu sprechen.

Als ich mich wieder umdrehe, bin ich überrascht, dass einer der Russen zu mir gekommen ist. Er ist Mitglied der Allianz mit den Iren und ein Stammkunde im VIP-Bereich. Ich habe ihn vorhin, als ich getanzt habe, im Zuschauerraum gesehen und habe ihm sogar ein paar Mal Getränke gebracht.

Sein Name ist Niko, und obwohl er auf raue Weise gut aussieht, kommt er nicht an Ronan ran. Andererseits tut das niemand.

»Man darf nie allein trinken«, begrüßt er mich und winkt mit einer Wodkaflasche in meine Richtung.

»War ein Glas nicht genug?«, necke ich ihn.

Er zuckt mit den Achseln und zwinkert. »Wenn die

Drinks auf die Iren gehen, dann schlägt man besser zu, bevor die Bar trocken ist.«

Ich lache, und Niko zieht zwei Schnapsgläser aus der Tasche. Bevor ich eine Chance habe, abzulehnen, füllt er sie beide bis zum Rand.

Ich nehme mein Glas und halte es zu seinem hoch, während er einen russischen Toast ausspricht. Dann kippen wir beide unsere Getränke hinunter, und das Brennen in meinem Magen fühlt sich gut an.

»Was bedeutet er?«, frage ich. »Der Toast?«

Niko zeigt mir ein jungenhaftes Grinsen. »Möge sie sich heute Abend genug betrinken, um mich attraktiv zu finden.«

Ich lächele ihn an und schüttele den Kopf, als sich eine Hand fest um meinen Arm legt. Ich blicke auf und sehe Ronan, dessen Augen mit kaum kontrollierter Wut brennen.

Sein vorwurfsvoller Blick springt von mir zu Niko und zurück. Er zieht mich an seine Seite und lehnt sich hinunter, um mir ins Ohr zu flüstern, ohne seine Augen von Niko abzuwenden.

»Möchtest du, dass der Junge dabei zusieht, wie ich dir den Po versohle?«, fragt er.

»Was zum Teufel ist dein Problem?«, fauche ich zurück.

Seine Antwort ist, mich von Niko fort in eine leere Ecke des Clubs zu ziehen, weit entfernt von allen anderen.

»Die Party ist vorbei«, sagt er. »Du gehst jetzt nach Hause.«

»Einen Teufel werde ich tun«, widerspreche ich. »Das wirst nicht du entscheiden. Genauso wenig wie mit wem ich rede.«

»Du hast ihn angelächelt«, wirft er mir vor.

»Ja und?«, erwidere ich. »Wir haben nur geredet. Wenigstens weiß hier jemand, wie man seinen Wortschatz benutzt.«

Wir starren uns schweigend an und schäumen vor Wut. Er benimmt sich wie ein Kleinkind. Und nach dem, was er Lachlan erzählt hat, hat er kein Recht dazu.

Ich versuche, an ihm vorbeizukommen, aber er folgt mir einfach. Niko ist in der Menge verschwunden, was wahrscheinlich das Beste ist. Also setze ich mich an einen leeren Tisch, und Ronan zieht sich einen Stuhl neben mich.

Wir beide schmoren lange Zeit in unserer eigenen Stille. Ich starre die Menge an, und er mich. Ich kann es spüren, aber ich werde seinen Augen nicht begegnen. Weil meine Wut unter diesem Blick nicht standhalten wird und ich meine Wut jetzt brauche.

Aber dann tut er etwas, was ich nicht ignorieren kann.

Sein Bein streift meines, und es ist kein Unfall. Es mag wie eine so unschuldige Geste erscheinen, aber bei Ronan ist es das definitiv nicht. Er flirtet nicht oder macht andere halbe Sachen. Er kommt nur aus einem einzigen Grund zu mir. Um sich zu nehmen, was er will.

Ich kann mich nicht daran erinnern, dass er mich

jemals berührt hat, es sei denn, es war zu einem bestimmten Zweck. Aber im Moment drückt sich die Hitze seines Beines gegen meines, und ich kann sie nicht ignorieren. Ich schaue zu ihm hinüber, und er betrachtet mich immer noch.

Ich sehe Schuldgefühle und Frustration in seinen Augen, aber er entschuldigt sich nicht. Stattdessen lehnt er sich ein wenig näher heran, und sein Atem streicht über mein Gesicht. Eine Sekunde lang denke ich, dass er mich küssen wird. Mein Herz macht einen merkwürdigen kleinen Satz, und ich starre ihn verwirrt an. Ich weiß nicht, was er vorhat.

Anscheinend weiß er das auch nicht, weil er genauso verwirrt aussieht wie ich. Aber sein Blick ist jetzt nicht mehr auf mich gerichtet, sondern auf etwas hinter meinen Schultern. Er scheint etwas eindringlich zu beobachten.

Als ich mich umdrehe, sehe ich Scarlett und Rory auf der anderen Seite der Bar. Sie sitzen in genau der gleichen Position wie wir. Rory versucht, mit ihr zu flirten, und wartet darauf, dass sie anbeißt. Und da fällt mir auf, dass Ronan versucht, dasselbe zu tun.

»Machst du ihn nach?«, frage ich.

Röte breitet sich über seinen Hals aus, und er lehnt sich in seinem Stuhl zurück. Keine Antwort. Aber was erwarte ich überhaupt?

Ich könnte versuchen, seine Motive dafür zu analysieren, warum er Rory nachahmt, aber das war mein altes Ich.

Meinem neuen Ich sollte das egal sein.

»Ich lasse mich von Conor nach Hause bringen«, sage ich ihm.

Ich warte nicht auf seine Antwort, und ich schaue ihn nicht noch einmal an.

Kindisch? Vielleicht. Aber ein Mädchen muss in der Lage sein, sich mit allen Mitteln zu schützen. Selbst wenn es bedeutet, Schweigen als Schutzschild zu benutzen.

Und bis ich diese Stadt verlasse, habe ich keine Absichten, noch einmal mit Ronan Fitzpatrick zu reden.

## 22

### *Ronan*

*»Du bist viel stärker geworden«, bemerkt Farrell.*

*Ich schweige, so wie es mir beigebracht wurde. Mein Kopf ist gebeugt, und ich knie auf einem Bett aus zerbrochenem Glas. Dasselbe Ritual, das die Auszubildenden jeden Tag durchleben.*

*Der Schmerz stört mich nicht mehr. Nach einer Weile wurde es zur zweiten Natur, genau wie Farrell es gesagt hatte. Mein Training läuft laut ihm gut. Er glaubt, dass ich stärker bin als die anderen Jungs, aber das ist nicht wahr.*

*Ich fühle zu viel Wut. Daher kommt meine Stärke. Die Wut. Sie baut sich in mir auf, bis sie keinen Platz mehr hat. Ich lasse sie in kleinen Mengen heraus, wenn sie mich lassen. Wenn sie mich dazu bringen, die Männer zu töten, die sie in die Grube schicken. Normalerweise funktioniert es. Aber ich kann immer spüren, wie sie sich in mir aufbaut, und ich fürchte, dass die kleine Menge eines Tages nicht mehr ausreichen wird.*

*Sie haben aufgehört, uns die Tabletten zu geben. Um unsere Loyalität zu testen. Sie befragen uns. Schlagen uns. Versuchen alles, um uns zu brechen. Sie sagen uns, dass wir eine Tablette haben können, wenn wir ihnen geben, was sie wollen. Ich kann nicht aufhören zu zittern. Oder zu kotzen. Meine Haut ist mit Schweiß überzogen, und ich verbrenne innerlich.*

*Ich will die Tablette.*

*Aber ich weigere mich, zu zerbrechen. Farrell geht zu dem Jungen neben mir. Alex. Er ist kleiner als ich, dünner. Sein Körper ist nach vorne gefallen, und sein Gesicht ist aschfahl. Er will auch die Tablette. Aber Alex ist klug, klüger als ich. Er weiß mehr über die Außenwelt. Er wirft in mir die Frage auf, was sie uns hier lehren. Er spricht von Dingen, die ich versuche zu ignorieren.*

*Das verwirrt und verärgert mich. Manchmal will ich nur, dass er aufhört. Ich sage ihm, er soll nicht mit mir reden. Aber er tut es. Und jetzt verstehe ich, warum wir nicht reden sollen. Weil ich mir Sorgen mache, was sie heute mit ihm machen werden. Wie viel mehr er noch ertragen kann. Er ist nicht mein Freund, aber ich will nicht, dass er stirbt. Manchmal passiert das im Training. Manchmal sterben die anderen Jungen.*

*Aber nicht ich. Und deshalb sind Verbindungen verboten. Sie sollten keine Rolle spielen. Es sollte uns nicht stören, wenn ein anderer Junge stirbt, weil das bedeutet, dass er zu schwach war, um Soldat zu sein. Wenn ich Alex ansehe, sehe ich keinen Soldaten. Ich sehe nicht, dass er jemals die Ausbildung beenden wird. Aber ich will nicht, dass er stirbt.*

*Er ist die einzige Person, die mit mir gesprochen hat, außer Farrell und Coyne. Manchmal denke ich, dass ich verrückt werde, wenn ich nichts als den Klang meiner eigenen Gedanken habe, hier unten im Dunkeln, hungrig und durstig und die ganze Zeit müde.*

*Alex lässt mich denken, dass ich vielleicht nicht verrückt werde. Aber er sagt, dass es das ist, was sie wollen. Wenn ich verrückt werde, dann wird sich niemand mit mir anlegen. Das ist es, was er sagt. So schützen sie das Gelände.*

*Er erzählt mir Geschichten. Geschichten aus Büchern, an die er sich erinnert. Und sie bringen mich von diesem Ort weg. Ich mag seine Geschichten. Aber er konnte sie mir letzte Woche nicht erzählen, weil es ihm nicht gut geht. Er ist schon seit zwei Tagen ohne Wasser.*

*Aber sie verhören uns einfach weiter. Versuchen, uns zu brechen.*

*Stellen uns immer wieder die gleichen Fragen. Sie sagen, wenn wir jemals gefangen genommen werden, müssen sie wissen, dass wir nicht zerbrechen werden. Also machen sie weiter. Sie hören nur auf, wenn sie das Licht ausmachen und wieder diese Schreie über den Lautsprecher abspielen. Und dann die Ratten. So viele Ratten. Sie kriechen über unsere Haut. Sie kriechen überall auf mir herum.*

*Heute hat uns Coyne gewürgt, bis wir ohnmächtig wurden. Und dann aufwachten. Und dann wieder ohnmächtig wurden. Ich habe keine Ahnung, wie lange es gedauert hat.*

*Sie stellen immer wieder die gleichen Fragen. Versuchen,*

*unsere Loyalität zu testen. Keine Tabletten. Und die gleichen Fragen. Immer und immer wieder. Ich werde ihnen nicht geben, was sie wollen. Ich werde nicht zerbrechen.*

*Ich will meinen Kopf gegen den Beton schlagen. Aber wenn ich das tue, werden sie mich wieder anketten. Also starre ich stattdessen auf die Wand. Aber ich kann Farrell spüren. Er schaut auf mich herab. Und dann auf Alex. Er weiß, dass ich nicht zerbrechen werde, aber Alex ist nah dran. Ich denke, er wird nicht durchhalten. Weil er die Tabletten zu sehr will. Er zittert, schwitzt. Und er ist mit Erbrochenem bedeckt.*

*Farrell schaut mit offensichtlichem Ekel auf ihn herab. Bevor ich mich um die Folgen meiner Handlungen kümmern kann, sage ich etwas, um ihn abzulenken.*

*»Ich bin nur der Sache treu ergeben.«*

*Seine Augen huschen zu mir und sind voller Misstrauen. Er hat mich durchschaut, und jetzt wird er es noch schlimmer machen. Er greift nach seinem Bambusrohr und tritt hinter mich. Ich schließe die Augen, als der Stock auf meinen Fußsohlen knallt, und bewege mich nicht.*

*»Möchtest du auch die Peitschenhiebe für deinen Freund nehmen?«, fragt Farrell herausfordernd.*

*»Es geht ihm nicht gut«, antworte ich. »Also werde ich sie nehmen.«*

*Alex sieht mich entsetzt an, und ich reiße meine Augen von ihm fort. Farrell knallt den Rohrstock auf meinen Rücken und meine Beine, bis ich auf dem zerbrochenen Glas unter mir zusammenbreche. Aber es ist noch nicht vorbei. Es ist schon zu spät, als mir auffällt, dass ich es nur noch schlimmer gemacht habe.*

*Er zieht Alex aus dem Glas und zwingt ihn über die Bank. Alex schluchzt, und ich hasse ihn dafür. Ich hasse diese lauten Geräusche. Diese Schreie. Ich will mir die Ohren zuhalten. Ich will ihm sagen, dass er die Klappe halten soll. Ich will nichts davon sehen oder hören. Farrell zieht sein Hemd hoch und fängt an, ihn zu schlagen. Er beobachtet mich, während er es tut, und fordert mich heraus, außer der Reihe zu sprechen.*

*Als ich es nicht tue, schlägt er ihn härter. Und härter. Der Rohrstock trifft auf seinen Kopf und sein Gesicht, und Alex bricht komplett auf der Bank zusammen. Das ist ein Test. Farrell will sehen, ob ich ihn herausfordern werde. Aber diesmal geht er zu weit. Alex war ohne Wasser. Er ist schwach und unterernährt, sein Körper kann nicht viel mehr aushalten. Ich habe gesehen, wie die anderen Jungs unter Folter standgehalten haben. Und ich habe diejenigen beobachtet, die nicht überlebt haben. Aber dieses Mal ist es anders. Weil Alex mit mir gesprochen hat. Und ich ihn kenne.*

*»Bitte«, sage ich.*

*Farrell knurrt mich an, hebt seinen Arm wieder an und schlägt wütend auf Alex' Kopf. Alex hört auf, sich zu bewegen. Er hört auf, Lärm zu machen, und ich halte den Atem an und bitte schweigend darum, dass Farrell aufhört. Das tut er nicht.*

*Er schlägt ihn weiter. Immer wieder. Bis Blut über sein Hemd und seine Arme spritzt.*

*Etwas an dem Anblick dieses Blutes lässt all diese Wut in mir überkochen, genau wie ich es befürchtet habe. Ich weiß nicht, woher es kommt. Ich habe keine Ahnung, was ich tue.*

*Aber ich bewege mich auf Farrell zu, und er versucht, seinen Stock auf mich zu richten. Er ist nicht darauf vorbereitet, dass ich zurückschlage, weil ich es nie getan habe.*

*Ich nehme den Stock leicht aus seinem Griff und schlage ihn damit. Immer wieder und immer wieder und immer wieder, bis alles, was ich sehe, rot ist. Ein wunderschönes, herrliches Rot.*

---

SOLANGE ICH MICH ERINNERN KANN, SIND DIE FRAUEN immer zu Crow gekommen.

Schon als Junge in der Schule wollten die Mädchen immer mit ihm sprechen. Er erzählte mir, wie es funktioniert, und versuchte, mich dazu zu bringen, auch mit ihnen zu reden. Aber ich wusste, dass sie mich nicht mochten.

Niemand mochte mich. Außer Crow und seiner Mutter.

Ich war nicht sehr gut in der Schule. Als ich endlich eine besuchte, war ich schon vierzehn. Ich wusste, wie man liest und schreibt, aber ich wusste nichts von dem anderen Zeug. Die anderen Kinder flüsterten immer, dass ich ein Freak sei. Also konzentrierte ich mich auf mich. Es hat mich nicht gestört.

Als wir in die Staaten kamen, bot Crow an, mir zu helfen, eine Frau zu finden. Er sagte mir, es sei ein wichtiges Übergangsritual für einen Mann. Er war immer mit anderen Frauen zusammen. Er sagte, er wolle sich nicht anbinden lassen. Also sagte ich ihm, dass ich genauso wäre. Dass ich ihn nicht brauchte, um mir eine Frau zu suchen, und dass ich mich auch nicht binden wollte.

Ich bin Crow mein ganzes Leben lang gefolgt, machte die Dinge, die er tat, und versuchte, mich anzupassen. Ich dachte, dass so alles gut gehen würde und dass ich das mein ganzes Leben lang so machen könnte. Aber dann sah ich Sasha. Es war ihre Stimme, die meine Aufmerksamkeit auf sich gezogen hat, bevor ich ihr Gesicht sah. Normalerweise habe ich Frauen nie ins Gesicht gesehen, es sei denn, ich musste es tun. Aber Sasha hatte eine sanfte Stimme. Ich mochte ihre Art, zu sprechen. Sie war nicht so laut wie die anderen Frauen im Slainte, sondern immer leise.

In jener Nacht war sie Kellnerin im Diner, wo wir frühstückten. Ihr Arm berührte meinen, als sie meine Kaffeetasse füllte, und sie sah mich direkt an und lächelte. Die meisten Frauen hatten Angst vor mir, glaube ich, und sie sahen mich nie so direkt an. Aber sie tat es. Und sie hat nicht gelacht. Sie behandelte mich nicht, als sei ich anders, oder machte, dass ich mich unwohl fühlte. Meine Arme zitterten, und mein Herz schlug schnell. Es erinnerte mich an die Tabletten, die sie uns in dem Lager gegeben haben, und ich hasste dieses Gefühl. Ich hasste sie dafür, dass ich mich ihretwegen wieder so fühlte. Aber für den Rest der Nacht konnte ich nicht aufhören, sie anzustarren.

Ich wollte sie.

Ich hatte noch nie etwas so sehr gewollt wie sie. Sie war das Schönste, was ich je gesehen hatte, und ich wollte sie berühren. Einige Wochen lang konnte ich nicht aufhören, mir einen runterzuholen und darüber nachzudenken, wie sie mich angelächelt hat. Ich fragte mich, wie es sich anfühlen würde, sie unter mir zu haben. In ihr zu sein.

Diese Art von Gedanken taten mir nicht gut. Ich wusste, dass ich sie nicht haben sollte. Ich war ein Mörder. Obwohl es das Einzige war, was ich je gekannt hatte, hatte ich nach dem Verlassen des Lagers gelernt, dass das nicht normal war. Und Crow hat mir erklärt, dass die meisten Frauen das nicht mochten. Wir mussten diesen Teil unseres Lebens aus offensichtlichen Gründen für uns behalten. Aber ich wusste nicht, wie ich einen Teil von mir verstecken sollte. Ich wusste nur, wie man den Boden mit Blut befleckt, und das konnte ich besonders gut.

Aber ich wusste nicht, wie ich mit ihr sprechen sollte, was ich sagen sollte. Als ich mir vorstellte, wie sie mich berührt, und an die Dinge dachte, die ich dann eigentlich mit ihr tun sollte, wusste ich nicht, was genau das war. Es waren einige Frauen in dem Lager. Ich erinnere mich daran, dass Farrell mir sagte, dass es Huren waren und sie nur da waren, um mit den Soldaten zu schlafen, wenn sie es brauchten. Er sagte, dass wenn ich sechzehn Jahre alt wäre, ich auch einmal mit einer schlafen würde, nachdem ich die Ausbildung abgeschlossen haben würde. Aber das habe ich nie getan. Und das wollte ich nie.

Aber als ich Sasha sah, konnte ich die Idee nicht mehr aus meinem Kopf bekommen. Doch bevor ich etwas davon für mich klären konnte, fing Blaine an, sich sie zu nehmen, als hätte er ein Recht darauf. Er berührte sie und bat sie um ein Date. Sie hat ihn abgewiesen, aber ich wusste, dass er immer wieder zurückging. Weil ich ihm gefolgt war. Und ihr auch.

Ich konnte nicht aufhören. Zuerst wollte ich nur sehen, wo sie wohnt. Aber dann war es nicht genug. Ich brach in ihre Wohnung ein. Ich durchsuchte ihre Sachen. Ich beobachtete sie, wann immer sie mit Blaine in den Club kam.

Ich wollte sie, und ich hasste es, dass ich sie nicht haben konnte. Selbst als ich sah, dass Blaine ihr wehtat, und als ich ihn tötete, wusste ich, dass ich sie immer noch nicht haben konnte. Ich war zu abgefuckt. Sie würde mich nie wollen. Einen Mörder. Einen Freak. Einen Gangster. Das Einzige, was ich konnte, war töten.

Aber ich habe sie trotzdem genommen. Und ich habe nie aufgehört, darüber nachzudenken, seit ich es getan habe. Als ich zum ersten Mal in ihr versank, blamierte ich mich. Ich war außer Kontrolle, weil ich sie so sehr brauchte.

Ich mochte diese Gefühle nicht, also hielt ich mich danach von ihr fern. Aber jetzt ändert sich alles. Sasha will gehen. Ich will nicht, dass sie geht, aber ich habe nichts zu bieten, was sie zum Bleiben bewegen würde. Ich bin mir bewusst, dass sie dieses Leben hasst. Ich sehe es jeden Tag auf ihrem Gesicht. Sie will fliehen.

Ich sollte sie lassen.

Aber ich will es nicht.

Als ich heute Abend in ihre Wohnung gehe und die gepackten Kisten sehe, trifft es mich hart. Sie wird wirklich gehen.

Und jetzt weiß ich, dass ich sie nicht gehen lassen kann.

Ich gehe den Flur hinunter zu ihrem Schlafzimmer und finde es leer vor. Sie ist nicht hier. Mein Herz schlägt eigenartig, so wie beim ersten Mal, als ich sie sah. Nur ist es diesmal nicht gut. Es gibt nichts Gutes an diesem Gefühl.

Sie geht weg, und ich kann sie nicht gehen lassen.

Mit diesem Gedanken im Hinterkopf mache ich die eine Sache, die ich mehr als alles andere verachte. Ich setze mich auf ihr Bett und versuche, die perfekte Lüge zu finden. Und als ich die Schublade gegenüber im Raum sehe, in der sie ihre Höschen aufbewahrt, weiß ich genau, was es ist.

Ich weiß, wie ich sie dazu bringe, zu bleiben.

## 23

### *Sasha*

Als ich am nächsten Abend im Club ankomme, bin ich überrascht, dass der VIP-Raum nur wenige Gäste hat. Als Lachlan sagte, dass sie eine Veranstaltung hätten, erwartete ich ein volles Haus.

Ich denke nicht zu viel darüber nach, denn ich bin mir sicher, dass der Ort bald voll sein wird. Im Slainte können die Meetings zu jeder Nachtzeit stattfinden. Es ist nicht ungewöhnlich, dass manchmal Tänzerinnen zu besonderen Anlässen für Zeiten wie vier Uhr morgens gebucht werden.

Als ich in der Garderobe ankomme, rümpft Jasmine bereits ihre Nase in meine Richtung. Keine der anderen Tänzerinnen hat mich jemals wirklich gemocht, seit Lachlan gesagt hat, dass ich keinen Lapdance mehr machen soll. Ich habe sie nur etwa eine Woche lang gemacht, bevor er dem einen Riegel vorgeschoben hat, ohne mir zu sagen, warum. Was auch immer seine Gründe waren, ich war dankbar. Die anderen Tänzerinnen nahmen meine Sonderbehandlung jedoch nicht allzu gut auf.

Es ist nicht so, dass die Gäste hier ekelhaft sind. Es sind nicht einfach die durchschnittlichen Typen mit einem Bierbauch und einer Frau und vier Kindern, die zu Hause warten. Nein, diese Typen sind entweder Mafiosi oder arbeiten für die Mafia. Und in den meisten Fällen sehen sie ganz passabel aus. Abgesehen von Donovan hatte ich noch nie einen Kunden, der die Grenze zu weit überschritten hat.

Als ich hier anfing, sagte mir Lachlan, dass ich immer zu ihm kommen könnte, wenn ich ein Problem mit einem Kerl hätte, und dass er sich darum kümmern würde. Aber ich schätze, nachdem Donny anfing, mich zu belästigen, habe ich diese Option komplett verworfen. Ich hatte Schwierigkeiten, zu erkennen, wo die Grenzen tatsächlich liegen. Und ich habe mir einfach immer wieder gesagt, dass ich diesen Ort so sehr hasse, dass ich froh wäre, weg zu sein.

Als ich jetzt aber die vertraute Umgebung sehe, werde ich ein wenig emotional. Dieser Ort ist wie eine große, abgefuckte Familie. Du hast deine konkurrierenden Schwestern und die Jungs, zu denen du gehst, wenn du Hilfe brauchst, und dann natürlich die gruseligen Onkel. Welche Familie wäre ohne die gruseligen Onkel überhaupt komplett?

Ich weiß es nicht.

Ich weiß nicht einmal, was ich denke. Aber als ich

durch meine Outfits gehe, beschließe ich, dass ich mit einem Knall abgehen werde. Ich bin vielleicht nicht die beliebteste Tänzerin, nicht die hübscheste oder auch nicht diejenige, die sich am besten bewegt. Aber ich habe lange genug auf der Bühne gearbeitet, um zu wissen, wo meine Stärken liegen und wie ich sie einsetzen muss.

Ich ziehe mir einen schwarzen, mit Glitzersteinen besetzten Wickel-Bikini und schwarze Lederstiefel an, die bis zum Oberschenkel reichen. Das ist mutiger als meine üblichen Outfits. Ich tendiere dazu, mich für einfachere Dinge zu entscheiden. Kleidungsstücke, die sich leicht an- und ausziehen lassen. Aber der heutige Abend verdient etwas Besonderes.

Deshalb verbringe ich auch zusätzliche Zeit mit meinen Haaren und meinem Make-up. Ich entscheide mich für Smokey Eyes mit roten Lippen und glätte mein langes Haar, bis es glatt und geschmeidig ist und sanft über meinen Rücken fällt. Die ganze Zeit denke ich über meine Songauswahl nach. Ich weiß nicht, ob Ronan heute Abend hier sein wird, aber die Lieder, die ich wähle, sind ein Spiegelbild von ihm. Der einzige Weg, wie ich mich verabschieden kann.

Flyleafs *Set Me On Fire* und *All Around Me* gefolgt von Starsets *My Demons.*

Ich gebe sie dem Moderator vor meinem Auftritt. Danach trinke ich eine 7 Up, um meine Nerven zu beruhigen, während ich Jasmines Auftritt beobachte. Der Raum sieht auch nach einer weiteren Stunde nicht voller aus, und ich frage mich, was los ist. Natürlich kann ich Lachlan nicht darauf ansprechen, denn obwohl er und Mack noch nicht in die Flitterwochen gefahren sind, bezweifele ich sehr, dass er in der Nacht nach seiner Hochzeit hier ist.

Jasmine kommt hinter die Bühne, und der Moderator macht aus meiner Ankündigung eine große Nummer, weil dies meine letzte Vorstellung ist. Die Musik beginnt, und ich verliere mich in den Bewegungen. Mein Körper und mein Geist sind müde, aber in diesem Moment fühle ich mich stärker als jemals zuvor. Ich zeige all meine besten Bewegungen und konzentriere mich auf den Text, während ein Song in den nächsten übergeht.

Die Männer feuern mich an, und ich fühle mich gut. Ich fühle mich leicht, als wäre ein riesiges Gewicht von meinen Schultern gehoben worden. Heute Abend, in diesem Moment, gibt es keine Scham oder schmutzige Gedanken, die mir durch den Kopf gehen. Ich fühle mich einfach … frei.

Und dann ändert sich auf einmal alles.

Ich habe kaum Zeit, zu begreifen, warum sich Unruhe breitmacht, bevor mich jemand packt und über die Schulter wirft. Als ich meine Augen öffne und mein Kopf aufhört, sich zu drehen, baumelt mein Gesicht nach unten und blickt auf ein Paar starker, muskulöser Beine, die in eine schöne Hose gehüllt sind. Ein Paar Beine, das ich gut kenne.

Erst als die Musik verstummt, merke ich, dass er einen der Jungs im Publikum anschreit, während ich wie ein Kartoffelsack über seiner Schulter hänge.

»Ronan?«, sage ich schrill. »Lass mich runter!«

Sein Griff festigt sich nur. »Ich werde dich verdammt nochmal töten, wenn du sie jemals wieder so ansiehst«, knurrt er.

Seine Muskeln spannen sich vor Wut an und dehnen die Nähte seines Anzugs aus. Er will den Kerl eindeutig am liebsten umbringen.

»Was zum Teufel ist hier los?« Lachlans Stimme durchdringt das Stimmengewirr.

Ich versuche, meinen Hals zu bewegen, um ihn zu sehen, aber ich kann nicht. Ronans Griff um mich ist so fest, dass ich nicht einmal einen Zentimeter Spiel habe.

»Er wichst sich einen im verdammten Zuschauerraum«, schreit Ronan. »Er hat sie angesehen …«

Seine Worte kommen abgehackt zwischen schweren Atemzügen heraus.

»Meine Frau«, sagt er. »Er versuchte, sie zu berühren … und … und …«

»In Ordnung, Höhlenmensch«, sagt Lachlan. »Wir haben es verstanden, sie gehört dir. Und jetzt verschwinde von hier. Ich kümmere mich um den Jungen.«

Ronan zögert noch einen Moment, und obwohl ich sein Gesicht nicht sehen kann, weiß ich, dass seine Augen sich in die Typen hineinbrennen, die mich angestarrt haben. Ich befürchte, dass er sich abspeichert, wen er später töten wird. Aber dann dreht er sich um und trägt mich nach hinten. Und bevor wir durch den Vorhang schlüpfen und meine Demütigung ein Ende findet, sehe ich Lachlan grinsen. Und dann zwinkert mir der Bastard zu. Er zwinkert mir verdammt nochmal zu.

Weil er das arrangiert hat. Mir eine Falle gestellt hat.

Er wusste, dass Ronan heute Abend kommen würde, und er wollte, dass er mich sieht. Aber ich hätte ehrlich gesagt nie die Reaktion erwartet, die ich gerade am eigenen Leib spüre.

Er trägt mich den Flur entlang und nimmt dann die Tür zum Keller. Mein Kopf wackelt bei jedem Schritt, und ich versuche noch einmal erfolglos, mich freizuzappeln. Als er schließlich am Ende der Treppe stehen bleibt, lässt er mich immer noch nicht gehen. Er lässt mich einfach an der Vorderseite seines Körpers hinuntergleiten und ergreift meinen Arsch mit seinen Handflächen, bevor er mich in eine kniende Position vor ihm fallen lässt.

Ich sollte ihn wahrscheinlich anschreien oder etwas anderes in der Art tun. Aber er ist so wütend. Ich habe ihn noch nie so gesehen. Er fummelt an seinem Gürtel herum und zieht seinen Slip herunter, so dass sein Schwanz herausspringt. Es wackelt einmal vor meinem Gesicht, bevor er ihn in Richtung meines Mundes schiebt und ihn gegen meine Lippen stößt.

Ronan und ich hatten immer eine abgefuckte Art, die Dinge zu regeln. Das erste Mal, als er mich fickte, war es neben dem Körper meines toten Freundes. Der erste Blowjob in einem Keller, in dem er Menschen tötet. Er ist überhaupt nicht süß. Aber wenn ich Zucker wollte, würde ich einen verdammten Muffin essen.

Ich greife nach oben zu seinen Oberschenkeln, um mich zu verankern, während ich ihn in meinen Mund sauge. Heute Abend gibt es keine Unsicherheit auf seinem Gesicht. Es gibt nichts anderes als Besitzanspruch und Zorn, die das hier anheizen. Aber jedes Mal, wenn ich ihn in meinen Mund ziehe, stöhnt er.

Seine Hände sind rau in meinem Haar. Er dreht meinen Kopf nach seinen Bedürfnissen und benutzt mich wie ein Spielzeug. Wenn er jemand anderes wäre, wäre ich sauer. Aber stattdessen bin ich gerade einfach verdammt nass für ihn. Ich will, dass er mich benutzt, mich nimmt, so außer Kontrolle gerät, dass er nichts dagegen tun kann. Ich liebe es, wenn er so ist. Hart und schmutzig. Ich will, dass er mich benutzt. Ich will, dass er mich führt und mich nimmt, wie er will. Der Sex mit Ronan ist so viel heißer, weil es Gefühle gibt, Emotionen. Ich sorge mich um diesen Mann. Und ich will ihm dienen, genau hier in diesem schmutzigen Flur.

Ich stöhne, und das reizt ihn nur noch mehr.

»Gefällt es dir so?«, fragt er.

Ich murmele eine Bestätigung, und er schiebt mein Gesicht tiefer, und ich ersticke fast an seinem Schwanz.

»Gefällt es dir so?« Seine Nasenlöcher beben, und seine Finger graben sich in mein Gesicht. »Dreckig, wie Donny es immer tat?«

Ich blinzele vor Entsetzen und Verwirrung zu ihm

hoch, ziehe mich ruckartig weg und wische meinen Mund ab. »Was hast du gerade gesagt?«

»Du hast mich gehört«, knurrt er. »Ist es das, was du magst? Willst du, dass ich dich wie eine dreckige Hure behandle?«

Ich schiebe ihn rückwärts, während ich aufstehe, und er stolpert einen Schritt zurück. Ich schaffe es nicht einmal, zwei Schritte zu machen, bevor er mich zu sich zurückzieht und mich zwischen sich und der Wand festhält. Ronan war nie sanft zu mir gewesen, aber im Moment ist er geradezu ätzend.

»Rede nie wieder so mit mir!«, schreie ich ihn an. »Du verdammtes Arschloch …«

»Ich kann mit dir machen, was ich will, Sasha«, erwidert er. »Du gehörst mir.«

Und mit dieser Aussage versucht er, mich zu küssen. Ich beiße ihn, und er blutet, aber er hört nicht auf. Er stöhnt und verschlingt mich, so als hätte er das Recht dazu. Und dann zieht er sich zurück und starrt mich an, als wäre ich diejenige, die eine verdammte Lobotomie braucht.

»Was zum Teufel ist dein Problem?«, frage ich ihn. »Du benimmst dich wie ein Verrückter.«

Er beugt sich nach vorn und geht auf mich zu, so dass wir auf einer Augenhöhe sind.

»Du hast dich von ihm berühren lassen«, knurrt er. »Du hast dich verdammt nochmal von ihm berühren lassen.«

Das ist es also. Verdammter Donovan. Er hat seine schleimigen Hände an mich gelegt, und Ronan hat die

Nerven, mir die Schuld dafür zu geben. Druck baut sich hinter meinen Augen auf und tritt in Form von großen, salzigen Tränen aus, bevor ich mich fangen kann.

»Ich hatte keine Wahl!«, schreie ich ihm ins Gesicht. »Ich hatte noch nie eine verdammte Wahl! Ihr seid alle ein Haufen verfickter Arschlöcher. Du nimmst dir einfach, was du willst, und es ist dir egal …«

Er küsst mich wieder.

Diesmal ist es sanft. Seine Hände sind auf meinem Gesicht und halten mich fest, als wäre ich für ihn das Wertvollste auf der Welt. Als wäre ich gerade nicht erst auf meinen Knien gewesen, um ihm einen in dem schmutzigen Flur zu blasen, während er mich eine Hure nannte. Und ich weiß, dass es daran liegt, dass ich jetzt weine. Er hat mich zum Weinen gebracht. Ich sagte, ich würde nicht mehr wegen eines Mannes weinen, aber dieser hier brachte mich zum Weinen. Und trotzdem klammere ich mich an ihn, als er mich tröstet und den Schmerz lindert, den er verursacht hat.

Als er sich zurückzieht, bewegen sich seine traurigen und zerrissenen braunen Augen über mein Gesicht und sind dabei so schön, dass es wehtut, sie anzusehen. Meine ganze Wut schmilzt dahin, als er mich so ansieht. Es ist dumm, aber wahr.

»Wie machst du das?«, frage ich.

»Was?«

»Wie kannst du mich so ansehen und mich einfach alles vergessen lassen, Ronan? Du hast mich verraten. Du bist sauer wegen dem, was ich getan habe, um dich zu beschützen, aber du hast mich nicht beschützt. Du hast Lachlan unser Geheimnis verraten. Und ich will wütend auf dich sein. Ich bin so verdammt wütend auf dich.«

Sein Gesicht wird weicher, und seine Hände ziehen mich näher heran, so als könnte ich jeden Moment versuchen zu fliehen. Auch wenn er derjenige ist, der normalerweise wegrennt. Aber er sieht meine Frustration. Meinen Schmerz. Er hat mich den Wölfen zum Fraß vorgeworfen, und er muss wissen, dass ich die Nase voll habe. Dieses ständige Hin und Her mit ihm macht mich verdammt nochmal verrückt. Und doch entwaffnet er mich mit einer einzigen Berührung. Holt mich mit einem leisen Flüstern wieder runter. Dieser Mann ist die pure Qual. Mein Abstieg in die Hölle. Ich bin mir sogar sicher, dass er Luzifer selbst sein muss, denn das Gift, das er mir gibt, ist zu süß, um ihm zu widerstehen.

»Ich habe keine Ahnung, was Crow dir gesagt hat«, sagt er. »Aber so war es nicht, Sasha.«

»Wie war es dann?«, will ich wissen.

»Ich will nicht, dass du dir um diese Dinge Sorgen machst«, sagt er leise. »Es ist alles unter Kontrolle.«

Das ist es.

Deshalb bin ich so verwirrt. Diese Ausweichmanöver. Es hat zwei Jahre gedauert, bis er überhaupt mit mir über den Vorfall geredet hat, und selbst jetzt kann ich mich glücklich schätzen, einen Satz aus ihm herauszuholen. Er ist so vorsichtig, sogar bei mir. Und das lässt mich alles an ihm in Frage stellen, aber als ich ihn ansehe, glaube ich ihm. Er glaubt, dass er mich beschützt, indem er Informationen zurückhält, indem er sich darum kümmert. So funktionieren die Dinge in der Mafia. Die Männer kümmern sich um das Geschäft, und die Frauen sehen weg.

Auf irgendeiner Ebene ist es schön, so abschalten zu können, darauf zu vertrauen, dass das Syndikat dich schützt. So funktioniert es mit den anderen Freundinnen und Ehefrauen. Leider hat es bei mir nie so funktioniert. Es ist also im Moment schwer für mich, Ronan anzusehen und ihm einfach zu sagen, dass es egal ist. Weil es mir nicht egal ist. Es betrifft mich. Und ich weiß, dass es für ihn einen Grund gegeben haben muss, es Lachlan nach all der Zeit zu sagen. Einen verdammt guten Grund, denn es war ein sehr riskanter Zug.

»Sag mir nur eine Sache«, krächze ich. »Sag mir, dass du in Sicherheit bist und sie dich nicht dafür bestrafen werden.«

»Du bist in Sicherheit, Sasha«, antwortet er. »Dafür habe ich gesorgt.«

»Ich habe nicht nach mir selbst gefragt«, antworte ich. »Und es ist lustig, wie du das sagen kannst, weil ich mich nicht gerade sehr sicher gefühlt habe, als Lachlan mich dazu befragt hat, mich getestet hat, als er die ganze Zeit die Antwort wusste. Was wäre passiert, wenn ich ihm die Wahrheit gesagt hätte?«

Dunkle Wolken überrollen seine Augen, und etwas ändert sich in seinem Ausdruck. Es sieht nach Verrat aus. Und ich fühle mich ein wenig schuldig, weil ich es überhaupt erwähnt habe, obwohl ich es nicht sollte.

»Das hat er getan?«, fragt Ronan.

»Es spielt keine Rolle«, seufze ich. »Ich will keine Probleme zwischen euch beiden verursachen. Das war nicht meine Absicht. Ich musste nur wissen, dass du in Sicherheit bist.«

Er schweigt eine längere Zeit, und es ist offensichtlich, dass er immer noch daran denkt. Aber was wirklich in seinem Kopf vor sich geht, ist für mich immer noch ein völliges Rätsel.

»Jetzt ist Schluss für dich mit dem Tanzen«, sagt er schließlich, in einem Ton, als hätte ich in dieser Sache nichts zu sagen.

»Ich bin mir dessen voll bewusst«, erwidere ich schnippisch. »Heute Nacht war meine letzte Nacht.«

Er nimmt meine Haare zu einem behelfsmäßigen Pferdeschwanz zusammen und zieht daran. Sein Mund schwebt über meinem, und bei jedem Ausatmen spüre ich seine Hitze auf meinen Lippen.

»Niemand sonst darf dich so sehen«, erklärt er. »Du bist vergeben.«

Seine Worte übergießen mich mit Benzin. Seine Augen entzünden das Streichholz. Und als er sich an mir reibt, kann ich nur noch für ihn brennen.

Er drückt seine Lippen gegen die meinen und küsst mich so heftig, dass es fast schmerzhaft ist. Seine Hände reißen an den Schnüren meines Bikinis und zerren sie auseinander, bis ich völlig nackt in seinen Armen bin. Sein wütender, harter Schwanz ist immer noch zwischen unseren Körpern eingeklemmt, zumindest, bis er es plötzlich nicht mehr ist. Er hebt mich hoch, und das Nächste, was ich weiß, ist, dass ich 25 Zentimeter Ronan in mir habe. Ich schreie ihn an, und er nährt sich davon, saugt sich seine Droge aus meiner Kehle. Der Geschmack meiner Haut erregt ihn. In mir zu sein. Mich zu besitzen. Er trinkt von mir, und ich bekomme eine weitere tödliche Injektion meines Rauschmittels.

»Warum tust du das immer?«, keuche ich gegen ihn. »Warum tust du das immer?«

Seine einzige Antwort ist, mich an der Wand zu ficken. Da ich offensichtlich eine Psychopathin bin, komme ich so heftig, dass ich fast ohnmächtig werde. Ich will ihn. Aber er ist so schlecht für mich. Der Allerschlimmste. Und doch krampfe ich um ihn herum und ziehe ihn tiefer in mich.

Er stellt mich gerade zur Schau. Jeder könnte hier herunterkommen und uns sehen. Ich kann mir nur vorstellen, wie wir aussehen. Er, voll bekleidet, ich, nackt und gegen die Wand gedrückt. Verschmierter Lippenstift und Wimperntusche, die über mein Gesicht läuft, während er mich benutzt, wie er will.

Ich frage mich, ob Ronan auch daran denkt, als er stöhnt und in mir kommt.

Ohne Kondom. Wieder.

Herrgott. Dieser verdammte Mann.

Seine Stirn fällt gegen meine, und wir beide halten uns einfach aneinander fest, bis sich unsere Atmung beruhigt hat. Und dann lässt er mich los, und ich rutsche über seinen Körper, bis meine Zehen den Boden berühren.

Sein Sperma läuft immer noch aus mir heraus, als ich mich bücke, um die Reste meiner Kleidung aufzuheben. Ich versuche vergeblich, mich halbwegs zu bedecken, während Ronan zusieht. Er hat bereits seinen Reißverschluss hochgezogen, und abgesehen von seiner blutigen Lippe gibt es keine Beweise dafür, dass er mich einfach in die nächste Woche gefickt hat.

»Ich hoffe, es hat dir gefallen«, sage ich ihm. »Weil es das letzte Mal war.«

Er schaut mich an. Und wir wissen beide, dass es eine Lüge ist. Diese Sache zwischen uns ist noch nicht vorbei. Ich werde diesem Mann immer verfallen sein. Ich würde ihn jeden Tag der Woche und zweimal am Sonntag bedienen. Weil es verdammt nochmal so ist.

Er könnte es einfach ausspucken, wenn er das wollte. Mir die hässliche Wahrheit unter die Nase reiben. Stattdessen sagt er einfach: »Komm. Ich bringe dich nach Hause.«

# 24

### *Sasha*

Als Ronan mir gesagt hat, dass er mich nach Hause bringen würde, war meine logische Schlussfolgerung, dass er zu mir nach Hause meinte. Als wir also vor einem unbekannten Haus in Beacon Hill ankommen, starre ich auf sein überschattetes Profil und warte auf eine Erklärung.

Aber Ronan ist Ronan, und er macht sich nicht zur Mühe, mir eine zu geben. Stattdessen steigt er aus dem Auto aus, kommt herum, um die Beifahrertür zu öffnen, und begleitet mich dann die Treppe hinauf. Er schaut sich auf der Straße um, und seine Augen huschen auf jedes Auto und jeden Busch im Schatten. Ich bin es gewohnt, dass er nervös ist, aber nicht so. Er ist in höchster Alarmbereitschaft, und das macht mich nervös.

»Stimmt etwas nicht?«, frage ich ihn.

Er starrt mich an. »Ja, etwas stimmt nicht. Du hast heute Abend deine Titten und deinen Arsch für alle Jungs freigelegt. Nachdem ich dich genommen hatte, zu meiner Frau gemacht hatte.«

Ich starre ihn immer noch ungläubig an, als er mich durch die Tür schleppt. Und dann werde ich von der letzten Sache angesprungen die ich jemals in seinem Haus erwartet hätte.

Einem verdammten Corgi.

Ich beuge mich nach unten, um ihn zu begrüßen, und er leckt meine Hand, bevor er mit seinem Hintern hin und her wackelt und Ronan anheult. Er ruft seine Hündin in die Küche und gibt ihr etwas zu essen, aber es ist offensichtlich, dass sie nur seine Aufmerksamkeit will. Ronan scheint das nicht zu verstehen … das einfachste aller Bedürfnisse, und das ist einfach so typisch für Ronan, dass ich nicht anders kann, als zu lächeln.

»Sie will, dass du sie streichelst«, sage ich ihm, »sie auf den Arm nimmst.«

»Woher weißt du das?«, fragt er.

Ich möchte ihm sagen, dass es offensichtlich ist, aber je mehr Zeit ich mit Ronan verbringe, desto mehr lerne ich, dass man ihm solche Dinge tatsächlich erklären muss.

»Deshalb ist sie so aufgeregt«, sage ich, »wenn du durch die Tür kommst. Sie macht es jedes Mal, oder?«

»Ja«, sagt er. »Ich dachte, es bedeutet, dass sie Hunger hat. Das hat Crow gesagt.«

Ich rolle mit den Augen und stelle meine Tasche ab.

»Nein, Ronan. Es bedeutet, dass sie dich vermisst hat. Während du in der Welt unterwegs bist und jeden Tag dein Ding machst, hat ein Hund nur Interaktionen mit dir, auf die er sich freuen kann.«

»Aber warum sollte sie sich darauf freuen?«, fragt er.

»Weil sie dich liebt.«

Er blickt auf den kleinen Corgi hinunter, der ihn mit einem Ausdruck anstarrt, den ich viel zu gut kenne. Es ist der gleiche verdammte Ausdruck, den auch ich bekomme, wenn ich ihn ansehe. Ronan geht zum Kühlschrank, und der Hund kommt zu mir gerannt. Ich nehme ihn in meine Arme und lächele.

»Du und ich, Schwester«, murmele ich. »Wir sind ein paar Trottel, was?«

»Möchtest du etwas trinken?«, fragt Ronan sehr formell.

»Nein«, antworte ich. »Wie ist ihr Name?«

Er kommt wieder in Sichtweite. »Ihr Name ist Hund. Und woher wusstest du, dass es ein Mädchen ist?«

Ich runzele die Stirn und schüttele den Kopf. »Du musst ihr einen richtigen Namen geben. Und es ist ziemlich einfach, Ronan. Sie hat keine Eier.«

Er schaut unangenehm berührt weg und setzt sich dann auf das Sofa. Er ist wieder steif und unnatürlich, und ich habe keine Ahnung, was ich überhaupt hier mache.

Ich setze mich auf einen freien Platz und spiele

weiter mit dem Hund. »Was ist mit Daisy?«, frage ich ihn. »Ich finde, das passt zu ihr.«

Er beobachtet den Hund einen Moment lang und zuckt dann mit den Achseln. »Das klingt … großartig.«

»Hast du das gehört, Daisy?«, sage ich mit einer beruhigenden Stimme. »Du wurdest von Hund zu Daisy befördert. Du hast jetzt einen richtigen Namen.«

Sie wimmert, wird unruhig und springt von mir fort, um zu ihrem geliebten Herrchen zu gehen.

»Warum bin ich hier, Ronan?«, frage ich schließlich.

Er sieht mich nicht an. Die Anspannung in seinem Körper wächst mit jeder Minute. Er steht auf und macht eine Geste mit der Hand.

»Kommst du mit mir mit?«, fragt er. »Ich möchte dir etwas zeigen.«

»Okay«, stimme ich vorsichtig zu. Er benimmt sich wirklich seltsam. Noch mehr als sonst.

Er geht den Flur entlang, und zum ersten Mal stelle ich fest, dass der Grundriss seines Hauses dem Lachlans sehr ähnelt. Aber es gibt viel weniger Möbel, und ich vermute stark, dass er so ziemlich nie Besuch bekommt. Dies ist ein rein funktionelles Haus. So wie es aussieht, zum Essen, Schlafen und Lesen. Alles ist sauber und ordentlich, aber nicht zu sehr. Es gibt nicht viele persönliche Gegenstände hier. Keine Fotos, keine gestrickten Decken oder andere persönliche Gegenstände, die man normalerweise im Laufe eines Lebens sammelt.

Als ich auf seinen Rücken blicke, während er mich

durch den dunklen und leeren Flur führt, schmerzt mein Herz für ihn. Das Einzige, was dieser Mann in seinem Leben hat, sind buchstäblich seine Brüder im Syndikat. Und ein Hund, dem er nicht einmal einen Namen gegeben hatte, weil er es nicht wusste. Ich möchte mehr über seine Vergangenheit wissen, und eine Frage liegt mir auf der Zunge, aber dann hält er vor einem Zimmer inne.

Seinem Zimmer.

Das ist offensichtlich durch den Duft, der dort in der Luft liegt. Das ist Ronans persönlicher Bereich, wo er nachts schläft. Es gibt ein Bett mit steifen grauen Decken und einen Schrank voller Anzüge und Schuhe, sonst fast nichts. Ein paar Bücher auf dem Nachttisch und eine Lampe zum Lesen. Das ist alles.

Ich schaue zu ihm auf und frage mich, ob das ein misslungener Versuch ist, mit mir zu flirten. Oder mich in sein Bett zu bekommen, was unwahrscheinlich ist. Er mag es sehr, mich an der Wand zu nehmen und dann schnell wegzukommen. Er zieht sich nicht einmal gerne aus.

»Was wolltest du mir zeigen?« Ich betrete den Raum und schaue mich um.

Aber Ronan folgt mir nicht. Stattdessen schließt er die Tür hinter mir, und ein Schloss rastet von der anderen Seite ein.

»Was zum Teufel, Ronan?« Ich gehe zur Tür und schlage meine Hand gegen das Holz. »Was machst du da?«

»Conor bringt den Rest deiner Sachen aus deiner

Wohnung mit«, sagt er von der anderen Seite. Als ob diese Aussage Sinn ergeben und alles erklären sollte.

»Bitte?«

»Und wenn du etwas brauchst, kannst du mich rufen.«

»Ronan.« Ich reibe frustriert meine Schläfen. »Das ergibt keinen Sinn. Sag mir, was los ist.«

Es gibt eine lange Pause, und ich warte und hoffe, dass er nicht verschwunden ist. Aber dann ist seine Stimme leise und leicht nervös, als er es mir erklärt.

»Jemand ist in deine Wohnung eingebrochen«, sagt er.

»Was? Woher ... Ich meine, woher weißt du das überhaupt?«

»Weil sie mir ein Foto auf mein Handy geschickt haben«, antwortet er leise. »Mit einem Bild von deinem Bett und deinen ... ähm ... deinen Höschen und so.«

Ich erschaudere, und plötzlich bin ich froh, mich in den heiligen Hallen von Ronans Haus zu befinden.

»Warum sollten sie das tun?«, frage ich.

Ich verstehe das nicht. Aber je länger er schweigt, desto mehr beginne ich, eine Erklärung dafür zu finden.

»Es ist, weil sie dich kennen«, sage ich durch die Holztür. »Sind sie eine Bedrohung für mich?«

Eine weitere Pause, und ich kann mir fast vorstellen, wie er seine Brille abnimmt und seine müden Augen reibt, so wie er es tut, wenn er gestresst ist.

»Ich habe Mist gebaut«, sagt er. »Sie haben mich beobachtet, als ich in deine Wohnung kam. Sie müssen mich verfolgt haben. Ich habe heute Abend die SMS bekommen und nach dir gesucht. Und dann sah ich dich im Club …«

Seine Worte sterben ab, und ich verstehe jetzt, warum er sich so eigenartig benommen hat. Er dachte wahrscheinlich, ich sei tot. Und dann sah er mich auf der Bühne und hat überreagiert.

»Oh«, antworte ich. »Nun, es spielt keine Rolle. Morgen reise ich ab, und sie werden nicht wissen, wohin ich gehe.«

»Sasha«, Ronan schneidet mich mit gequälter Stimme ab. »Ich kann nicht zulassen, dass du gehst. Sie kennen deinen Namen, dein Gesicht. Das ist nicht nur jemand, den ich verärgert habe. Es ist einer der Kerle, die für die Russen gearbeitet haben. Andrei ist sein Name. Aber er ist besser bekannt als der Metzger. Ich habe den Job vermasselt, den ich erledigen sollte, und jetzt wird er hinter dir her sein, um es mir heimzuzahlen.«

»Ich verstehe nicht«, krächze ich heraus, obwohl ich es tue. Ich verstehe das sehr gut.

»Du gehst nicht weg«, sagt er durch die Tür. »Du wirst genau hier bleiben, bei mir.«

Seine Schritte bewegen sich den Flur entlang, fort von mir, und ich schlage mit meiner Hand gegen das Holz.

»Das nennt man Entführung!«

# 25

### *Sasha*

Als ich beginne, mein Schicksal zu akzeptieren, schlüpfe ich aus meiner Jeans und meinem Sweatshirt und durchwühle Ronans Schubladen nach einem T-Shirt zum Schlafen. Er hat welche, was mich aus irgendeinem Grund überrascht. Jogginghosen auch. Ich öffne aus Neugierde seine anderen Schubladen und finde mehrere Stapel mit den gleichen schwarzen Slips.

Obwohl er mich gerade in seinem Zimmer eingesperrt hat und ich verärgert bin über seine abgefuckten Methoden, mich zu beschützen, kann ich mich nicht davon abhalten, ihn mir im Slip vorzustellen. Ich habe ihn noch nie nackt gesehen. Ich konnte bis jetzt nur einen kurzen Blick auf seinen mächtigen Körper werfen. Seine Brust und seine Arme waren mit Narben und Kampfwunden übersät, die schlimmer aussahen, als ich erwartet hatte.

Ich weiß, was Ronans Job in der Mafia ist. Ich weiß, dass sie ihn Reaper, den Sensenmann, nennen. Und an dem Tag, als ich mich in den Keller schlich, wusste ich, dass er mit Donny da unten war. Aber ich brauchte eine Bestätigung. Ich musste mit Sicherheit wissen, dass er derjenige sein würde, der Donny tötet, weil ein kranker und verdrehter Teil von mir genau das wollte. Ich wollte, dass Ronan derjenige war, der sich an dem Stück Scheiße rächt, das mich wie einen Hund behandelt hatte. Wie eine wertlose Hure, die nur dazu gut war, ihren Mund zu öffnen und ihn abspritzen zu lassen, wann immer er wollte.

Ich wusste, dass Ronan ihn für das, was er getan hatte, leiden lassen würde. Und der Gedanke hat mich erregt. Dass der Mann, der damit gedroht hatte, uns beide auszulöschen, aufhören würde zu existieren. Aber was ist mit den anderen Männern, die Ronan tötet? Ich denke oft an sie. Wer sie sind, und ob sie genauso böse sind.

Ich möchte glauben, dass sie es sind. Um zu rechtfertigen, was er tut. Ich weiß, dass Ronan viel Wut in sich hat. Ich habe sie mit eigenen Augen gesehen, als er Blaine getötet hat. Aber damals war sie gerechtfertigt. Wenn ich ihn ansehe, sehe ich immer nur die Ruhe. Er ist mein Anker in der stürmischen See, derjenige, der mich davon abhält, in das Chaos gezogen zu werden.

Aber Ronan braucht auch einen Anker. Was auch immer diese Narben auf seinem Körper verursacht hat, was auch immer ihn dazu gebracht hat, so zu sein, wie er ist … so vorsichtig, so misstrauisch, so ruhig … es lässt mich meine eigene Menschlichkeit in Frage stellen. Denn wenn ich auf die Männer treffen würde, die ihm das angetan haben, würde ich sie auch töten wollen.

Mit einem Seufzer schließe ich seinen Schrank und krieche in sein Bett. Die Laken sind steif und nicht sehr bequem. Schockierend, ich weiß. Aber sie riechen nach ihm, und das gibt mir ein Gefühl der Sicherheit. Ich frage mich, was er macht, wo er schläft. Aber das sind gefährliche Gedanken. Weil ich nicht wieder hineingezogen werden kann.

Diese Situation ist nur vorübergehend.

Das ist es, was ich mir immer wieder sage, als ich mich zusammenrolle und mein Gesicht in sein Kissen stecke. Ich kann aber nicht wütend auf ihn sein. Mein Entführer und mein Beschützer sind eins. Er versucht, sich um mich zu kümmern, auf die einzige Art und Weise, wie er es kann. Und es ist seltsam abgefuckt.

Am nächsten Morgen werde ich versuchen, ein vernünftiges Gespräch mit ihm zu führen. Aber bis dahin schlafe ich in seinem heiligen Schlafzimmer ein.

---

Ich strecke mich auf Ronans Bett aus und gähne.

Das Bett selbst ist nicht sehr bequem, aber ich habe besser geschlafen als seit langem. Ich kann von irgendwoher Kaffee riechen, und ich vermute, dass er bald zu mir kommen wird.

Ich gehe durch den Raum und beschließe, seine Schränke erneut zu plündern, da ich in diesem Zimmer keine meiner Sachen sehe. Ich ziehe die Schublade mit seinen Trainingshosen auf und schnappe mir diejenige, die obenauf liegt. Aber dann fühle ich etwas unter ihnen, was meine Aufmerksamkeit erregt.

Ich gehe durch den Rest der Hosen, bis ich einen Karton finde, der darunter versteckt ist. Meine Neugierde ist geweckt, und ich ziehe ihn hervor. Ich bringe ihn zum Bett und öffne ihn. Mein Atem stockt bei dem, was ich in ihm finde.

Das Erste, was ich sehe, ist ein Ohrring, von dem ich dachte, dass ich ihn für immer verloren hätte. Er ist alt und nur ein schlichter, aus Sterlingsilber geflochtener Reifen, aber er ist eines meiner Lieblingsstücke. Ich habe ihn immer getragen.

Ich fahre mit meinem Finger über die Rillen und lege ihn dann beiseite, um mich durch den Rest des Inhalts zu graben. In dem Karton befinden sich handgeschriebene Notizen von mir. Notizen, die ich für die anderen Tänzerinnen hinterlassen habe. Sogar ein paar, die ich wegen des Zeitplans in Lachlans Büro gelegt hatte. Sie sind nicht von Bedeutung, aber Ronan hat sie aus irgendeinem Grund behalten.

Als ich tiefer grabe, finde ich eine Serviette mit meinem Lippenstiftabdruck darauf. Ein weiterer Gegenstand, den er wohl aus dem Club mitgenommen hat. Eines meiner Tanktops. Fotos von mir in meiner

Wohnung. Sogar eines meiner Spitzenhöschen. Ich erinnere mich gut an dieses bestimmte Höschen. Es ist dasselbe Höschen, das ich trug, als er Blaine tötete und mich zum ersten Mal nahm.

Ich starre immer noch überrascht auf diese Sammlung, als die Tür aufgeht, und ich höre, wie jemand scharf einatmet. Es folgt eine kurze Pause, bevor Ronan zu mir stürmt und beginnt, alles wieder in den Karton zu schieben, wobei seine Wangen rot leuchten.

Er greift nach dem Ohrring, und ich schnappe ihn mir weg.

»Der gehört mir«, protestiere ich.

Er schaut mich nicht an. Ich habe ihn noch nie so verlegen gesehen. So steif.

»Ronan«, sage ich zu ihm, und endlich schauen seine Augen in meine. »Warum hast du dieses ganze Zeug?«

Er antwortet mir nicht. Ich will es aber von ihm hören. Er greift wieder nach dem Ohrring, und ich schließe meine Finger um ihn.

»Ich mag diesen Ohrring«, protestiere ich. »Ich dachte, ich hätte ihn verloren.«

Er starrt mich an, als hätte ich ihm gerade sein Lieblingsspielzeug weggenommen. Und dann trägt er die Kiste mit einem Schnaufen zu seinem Schrank und schiebt sie in eine dunkle Ecke auf dem höchsten Regal, wo ich nicht hinkommen kann. Ich starre auf seinen Rücken, während ich meine nächsten Worte sorgfältig auswähle.

»Ich bin genau hier«, sage ich ihm. »Warum brauchst du den Ohrring, wenn du mich hast?«

Er dreht sich langsam um und blickt mich von der anderen Seite des Raumes aus an. Und dann bewegen sich seine Augen zur Tür. Er denkt wahrscheinlich darüber nach, hinauszustürmen und mich wieder einzusperren. Aber ich werde das nicht zulassen. Also gehe ich zu ihm.

Einen vorsichtigen Schritt nach dem anderen. Scheiß auf die Logik.

Als ich bei ihm ankomme, greife ich nach den Revers seines Anzugs und streiche mit meinen Händen über seine Brust. Ich schlinge meine Arme um ihn, und er spannt sich an.

»Was machst du da?«, fragt er misstrauisch.

»Ich umarme dich.«

Er steht einfach da und lässt die Arme ungeschickt an seinen Seiten hängen. Sein Haar ist zum ersten Mal, seit ich ihn kenne, zerzaust. Er ist verwirrt. Seine Atmung beschleunigt sich, und seine Augen huschen über mich hinweg und versuchen, meinen nächsten Zug zu erahnen.

»Ist das in Ordnung?«

Er räuspert sich. »Es fühlt sich … okay an?«

Ich fahre mit meinen Händen nach oben, dann weiter über seine breiten Schultern bis zur warmen Haut seines Halses.

»Magst du es, wenn ich dich berühre, Ronan?«, frage ich. »Weil ich es manchmal nicht einschätzen kann.«

»Ja«, antwortet er mit heiserer Stimme. »Es gefällt mir sehr.«

Er ist für einen Moment still, sieht nachdenklich aus.

»Wenn du mich berührst, fühlt es sich anders an«, fügt er hinzu. »Schön.«

Die Schwere dieser einfachen Aussage wirft mich aus dem Gleichgewicht.

»Hat dich noch nie jemand auf eine nette Art und Weise berührt?«

Er antwortet nicht mit Worten. Aber sein Körper und seine Augen sagen mir alles, was ich wissen muss. Ronan Fitzpatrick ist ein Eisberg. Er zeigt der Welt nur die kleinsten und sichersten Teile von sich selbst. Aber im Inneren, darunter, befindet sich eine Fülle von verborgenen Entdeckungen. Ich will sie alle erforschen.

Ich halte ihn fest und lege meinen Kopf an seine Brust. Nach einer Weile scheint er das einfache Konzept einer Umarmung zu verstehen. Seine Hände fahren um meine Taille und legen sich auf meinem Rücken. Und obwohl es die ungeschickteste Umarmung ist, die ich je bekommen habe, ist sie gleichzeitig die beste.

»Du musst mich nicht im Raum einsperren«, sage ich ihm. »Ich werde nicht gehen, bis du sagst, dass es okay ist, Ronan. Weil ich dir vertraue. Ich vertraue darauf, dass du mich beschützen wirst.«

Er gibt einen zustimmenden Laut von sich, aber ich bin mir ehrlich gesagt nicht sicher, ob er mich überhaupt gehört hat. Er starrt nämlich gerade auf die Stelle, an der meine Brüste gegen seine Brust gedrückt werden. Dieser Anblick gefällt ihm. Der Wölbung nach zu urteilen, die sich in meinen Bauch bohrt, gefällt er ihm sogar sehr gut.

Da ich weiß, wie Ronan ist, nehme ich an, dass es nur eine Frage der Zeit ist, bis er mich aufs Bett wirft und mich wieder fickt. Aber bevor es dazu kommen kann, greife ich nach seiner Hand und ziehe ihn zurück ins Bett.

Ich sage ihm, dass er sich hinsetzen soll. Er zögert einen Moment, bevor er es tut. Und als ich vor ihm auf die Knie falle, habe ich seine ungeteilte Aufmerksamkeit. Meine Handflächen liegen auf seinen Oberschenkeln und massieren den festen Muskel darunter, bevor sie sich weiterbewegen. Sein Puls trommelt gegen meine Fingerspitzen und verrät, wie sehr er auch das mag.

»Wir haben kein Kondom«, erinnere ich ihn.

Meine Handflächen fahren langsam an seinen Beinen nach oben, während ich spreche, und seine Aufmerksamkeit liegt eher auf ihnen, anstatt auf meinen Worten. Als ich die Wölbung erreiche, die sich gegen den Reißverschluss seiner Hose drückt, umfasse ich ihn durch das Material und massiere ihn. Er gibt ein weiteres Geräusch von sich, und seine Augen schließen sich.

Ich befreie seinen Schwanz von seinem Slip und spiele mit ihm, während ich meine Nerven für meine nächste Frage beruhige. Er sieht in meinen Händen riesig aus. Reine männliche Perfektion, und er weiß es nicht einmal. Er will mich. Meine Berührung. Meine Hände auf seinem Körper.

Das steigt mir ein wenig zu Kopf. Weil dieser Mann verdammt heiß ist. Das ist eine Tatsache. Aber wenn er mir sagt, dass er in seinem ganzen Leben nur mit mir zusammen war, könnte ich völlig durchdrehen. Ich muss es trotzdem wissen. Ich muss wissen, wie sehr seine dunkle Besessenheit für mich brennt. Weil ich nicht glaube, dass ich es jemals zulassen könnte, dass ihn eine andere bekommt. Er gehört bereits mir. Aber die Worte … die Worte machen es echt, machen es wahr.

Ich streiche mit meinem Daumen über den Kopf seines Schwanzes und drücke ihn, um seine Lusttropfen herauslaufen zu lassen. Seine Augen sind jetzt offen, schwer und dunkel, während sie mir dabei zusehen, wie ich ihn schmecke.

»Hat dich schon einmal jemand so berührt?«, frage ich.

Seine Antwort ist ein raues Gemurmel.

»Nein.«

Ich lege meine Hand um seinen dicken Schwanz und reibe ihn noch einige Male, bis sich seine Eier gegen seinen Körper ziehen.

»Hat dich sonst noch jemand gehabt, Ronan?«, frage ich. »Hast du jemals jemanden so gefickt, wie du mich gefickt hast?«

Die darauf folgende ruckartige Bewegung seiner

Hüften lässt mich denken, dass er insgeheim meinen schmutzigen Mund mag.

»Nein«, stöhnt er. »Nur dich, Sasha.«

Ein heißes Fieber baut sich in mir auf und erfüllt mein Blut mit einem manischem Besitzanspruch. Mein Gott. Ich komme fast allein bei dem Gedanken daran.

Dieser Mann ist die wandelnde Definition von Männlichkeit. Zeugungskraft. Wenn seine Crew ein Wolfsrudel wäre, wäre er das starke und stille Alphatier. Und doch bin ich die Einzige, die diesen Gott unter den Sterblichen jemals berührt hat. *Ich.* Ein Mädchen aus dem Dot, das nichts anderes zu bieten hat als ihr kaputtes Selbst.

»Gut.« Meine Stimme ist heiser, betrunken von dem Wissen, dass ich ihn besitze. »Denn wenn du jemals eine andere berührst, bringe ich sie um.«

Seine Augen schauen dunkel und heiß wie geschmolzene Schokolade in meine. Sie spiegeln meine eigenen wider, die Art und Weise, wie ich fühle. Ronan geht aber noch einen Schritt weiter, als ein kleines jungenhaftes Grinsen sich auf seinem Gesicht ausbreitet. Ich bin mir ziemlich sicher, dass ich Engelsgesang höre, weil, heilige Scheiße … ist das ein schöner Anblick. Er ist aber nicht von Dauer, denn sobald ich ihn wieder in meinen Mund ziehe, kippt sein Kopf zurück, und seine Augen fallen zu.

»Weißt du was, Ronan?«, frage ich.

Er hat Schwierigkeiten, sich mit seinem Schwanz in meiner Hand zu konzentrieren. Aber ich sage es ihm trotzdem.

»Du verdienst es, dich gut zu fühlen. Und die Tatsache, dass du es nie getan hast, ist eine verfickte Tragödie. Ich werde das in Ordnung bringen. Hier und jetzt.«

Sein Schwanz pulsiert in meiner Handfläche und brandmarkt meine Haut mit seiner Hitze, während ich ihn erst hart und tief mit meinem Mund nehme, dann weich und spielerisch.

»Sag mir, wie du es magst«, fordere ich.

Er zögert. Also rede ich weiter.

»Magst du es, dass ich vor dir knie?«

»Ja«, antwortet er mit heiserer Stimme. »Sehr sogar.«

»Zeig mir, was du noch magst, Ronan.«

Er packt meinen Hinterkopf und überrascht mich, als er ihn mir ungefähr so in den Mund schiebt, wie er es gestern Abend getan hat. Ich lasse ihn nicht nur, es erregt mich auch unglaublich stark. Ich greife nach unten, um seine Eier in meine Hand zu nehmen, und ein weiteres Geräusch entweicht seinem Mund. Gott, ich liebe diese Geräusche, die Ronan für mich von sich gibt.

Er fickt mich mit unregelmäßigen Stößen, der Kopf seines Schwanzes reibt gegen meine Zähne und meine Kehle. Diese Art von Rauheit passt zu seiner Persönlichkeit. Die Art und Weise, wie er mich dominiert. Er nimmt mich, wann immer er will, ohne zu fragen. Weil Ronan sich selbst nicht helfen kann. Er sehnt sich nach dem hier. Er hungert seit Jahren danach. Das erkenne ich jetzt.

Er schiebt seinen Schwanz den ganzen Weg hinein und explodiert dann in meinem Mund. Er ist unhöflich und fragt nicht einmal, ob ich schlucken will. Er ist ein Tier. So ungeschliffen und überhaupt nicht sanftmütig. Aber er gehört mir. Mein Höhlenmensch.

Als er sich jedoch zurückzieht, wandert Unsicherheit über sein Gesicht. Die Räder drehen sich wieder in seinem Kopf. Fragen, Überlegungen, Sorgen. Ich werde nicht zulassen, dass er in diese Gedanken eingesperrt wird. Diese Gedanken halten ihn von mir fern.

Also lächele ich ihn an und stecke ihn in seine Hose zurück, bevor ich den Reißverschluss wieder hochziehe. Und dann bewege ich mich nach oben, setze mich neben ihn auf das Bett und streiche mit meinem Bein an seinem entlang.

»So«, sage ich unbekümmert. »Was machen wir heute, Kidnapper?«

# 26

## *Ronan*

*Als ich die Kirche am Hang in der Ferne entdecke, entweicht ein leises Geräusch aus meiner Brust. Es muss ein Zeichen sein. Ein Zeichen dafür, dass ich aufhören soll, zu rennen, und die Strafe für das annehmen soll, was ich getan habe. Alex hat über diesen Ort gesprochen. Er hat mir gesagt, wie sehr er es mochte, in die Kirche zu gehen. Wie sie den Menschen helfen würden. Er sagte mir, es sei egal, was man getan hätte, sie würden einem helfen.*

*Ich hoffe, dass sie mir auch helfen werden.*

*Ich laufe seit Tagen durch diese Gegend. Schwach vor Hunger und krank vom Trinken aus schmutzigen Pfützen. Ich dachte, ich könnte jemanden finden, der mir hilft. Dass ein Leben außerhalb des Geländes existierte, wie Alex gesagt hatte.*

*Aber das Einzige, was ich gefunden habe, ist diese Kirche.*

*Ich starre auf das Backsteingebäude und vergleiche es*

*mit der Kirche, die Alex beschrieben hat. Sie sieht nicht genauso aus, aber ich kann die Worte lesen, und sie sagen eindeutig, dass es eine Kirche ist. Etwas in mir sagt mir, dass ich weiterlaufen soll.*

*Aber ich habe keine Wahl.*

*Mein Körper ist zu schwach, um weiterzukämpfen. Ich bin voller Gefühle, die ich nicht verstehe. Ich krabbele die Stufen hoch und breche in der Nähe der Tür zusammen. Ich versuche, meine Faust zu heben, um zu klopfen oder zu rufen, aber das gelingt mir nicht.*

*Mein Kopf legt sich gegen den kalten Stein unter mir, und Schwärze hüllt mich ein.*

---

*DER PRIESTER IST RUHIG, ALS ER SICH MIR GEGENÜBER hinsetzt und mich untersucht. Er zieht sich nicht wie die Männer auf dem Gelände an. Er sieht nicht aus wie ein Soldat. Ich bin jetzt seit Wochen hier. Er hat mir ein Bett und warme Mahlzeiten gegeben und mich nicht zum Reden gezwungen. Er war nett zu mir.*

*Als er mir zum ersten Mal Fragen gestellt hat, konnte ich mich nicht dazu durchringen, ihm zu antworten. Meine Scham war zu groß. Aber ich habe das Gefühl, dass ich jetzt bereit bin zu sprechen. Und ich denke, dass er mir vielleicht doch noch helfen kann. Ich kratze an einer abgenutzten Linie im Holztisch und öffne meine Lippen zum ersten Mal, seit ich das Lager verlassen habe. Meine Stimme klingt für meine eigenen Ohren seltsam, als sie meine Kehle verlässt.*

*»Ich habe etwas Schlimmes getan«, sage ich dem Priester. »Und ich weiß, dass ich dafür bezahlen muss.«*

*Er ist eine längere Zeit still, und als ich zu ihm aufblicke, scheint er von meinem Geständnis nicht überrascht zu sein. Er betrachtet mich eingehend, so wie Farrell es manchmal getan hat. Es macht, dass ich mich wieder unwohl fühle, aber ich lasse es nicht an mich heran.*

*»Sag mir, was du getan hast«, erwidert er.*

*Ich sage es ihm. Ich erzähle ihm alles. Jeden schrecklichen Gedanken, den ich jemals hatte. Ich spreche von dem Lager und den Soldaten und meiner Ausbildung. Wie ich gelernt habe, den Schmerz zu genießen, der dazu bestimmt war, mich zu bestrafen. Dass ich meine eigenen Gedanken manchmal nicht verstehe und mein Kopf mich oft im Stich lässt.*

*Ich gebe zu, dass ich Farrells Leben genommen habe, obwohl er mein Vorgesetzter war. Wir sollen unsere Vorgesetzten nicht töten. Aber ich habe es genossen. Mir gefiel die Art und Weise, wie sein Blut den Boden gefärbt hat, als ich fertig war. Ich spreche von meiner Verwirrung, weil ich ein Mörder bin und das alles ist, was ich jemals sein sollte. Also war es vielleicht nicht falsch. Aber ich denke, ich sollte für das, was ich Farrell angetan habe, bestraft werden, und der Priester stimmt zu.*

*»Aye, Junge. Für solche Sünden gibt es eine Bestrafung. Eine schwere Bestrafung. Es gibt nur einen Weg, wie du deine Seele jetzt noch retten kannst.«*

*Ich blinzele ihn an und höre ihm aufmerksam zu. Ich weiß nicht, was eine Seele ist, aber es klingt ernst. Ich will, dass er mir hilft, und ich glaube, dass er es kann. Das hat Alex mir gesagt. Diese Orte helfen Menschen.*

*»Alles«, sage ich ihm. »Sag mir, was ich tun muss. Ich bin bereit.«*

*»Es wird unangenehm sein«, sagt er. »Es wird dir nicht gefallen. Ich werde es auch nicht gerne tun. Aber ich muss. Um deine Seele zu retten.«*

*»Ich bin bereit«, sage ich ihm noch einmal. »Ich bin bereit, dass du es mir zeigst.«*

*Der Priester hat einen grimmigen Gesichtsausdruck, als er mich nach hinten führt. Es erinnert mich an das Lager. An Farrell. Er sah mich immer an. Er beobachtete mich. Es beunruhigt mich, wie der Priester mich jetzt ansieht.*

*»Zieh deine Hose runter, Junge«, sagt er.*

*Ich erinnere mich an meine Bestrafungen im Lager. Wie Coyne und Farrell meine Kleidung nahmen und den Viehstock benutzten, bevor sie mich mit kaltem Wasser besprühten. Ich mochte es nicht, nackt zu sein, aber ich habe mich daran gewöhnt. Ich denke, dass der Priester vielleicht das Gleiche tun wird.*

*Ich ziehe meine Hose aus und bedecke meine Leiste.*

*Der Priester runzelt die Stirn und zeigt dann auf das Bett. Ich setze mich hin und schaue mich im Raum um. Ich verstehe nicht, womit er mich verletzen wird, und als er sich neben mich setzt, bin ich noch verwirrter. Er zieht seine Robe hoch und zieht dann ebenfalls seine Hose aus.*

*Ich schlucke und versuche, wegzuschauen.*

*»Ich habe dir gesagt, dass es dir vielleicht nicht gefällt«, sagt er. »Aber so funktioniert Bestrafung, richtig?«*

*So funktioniert die Bestrafung vielleicht, aber als er nach meinem Arm greift, zieht sich mein Magen zusammen. Er greift nach meiner Hand und zieht sie von meiner Leiste weg. Dann berührt er mich. Ich kauere mich zusammen und ziehe mich gegen die Wand zurück.*

*»Ich mag das nicht.«*

*Er packt mein Bein und versucht, mich zurückzuziehen, und als er aufsteht, hat er eine Erektion. Kotze steigt in meinem Hals hoch, gefolgt von Wut. Seine Hand reibt zwischen meinen Beinen, und ich kann die Wut nicht kontrollieren. Ich wehre mich und schleudere meinen Kopf gegen seinen.*

*Er schreit vor Schmerz, aber es ist mir egal. Ich greife nach der Lampe neben dem Bett und schlage sie ihm auf den Kopf. Er weicht vor mir zurück, und sein Kopf blutet und seine Augen sind weit aufgerissen. Er sieht es jetzt. Er sieht das Monster, das ich bin.*

*Er flieht zur Vorderseite der Kirche, aber mein Training wird ihn nicht entkommen lassen. Und meine Wut auch nicht. Alex sagte, dieser Ort würde mir helfen. Ich verstehe das nicht. Er sollte mir helfen.*

*Ich jage ihm nach, durch die Gänge, während ich dieselben Worte ausspreche.*

*»Du hättest mir helfen sollen!«*

*Er versucht zu gehen. Aber ich kann ihn nicht lassen. Wir dürfen nie zulassen, dass ein Feind mit seinem Leben davonkommt. Ich werfe die Lampe auf seinen Hinterkopf. Er fällt auf den Boden, und die Wut verzehrt mich schließlich. Ich kann mich nicht mehr beherrschen. Ich greife die Lampe in meinen Händen und schlage sie ihm auf den Kopf.*

*Und ich schlage ihn noch einmal. Und noch einmal. Und noch einmal. Bis es nichts als Rot gibt.*

*Es fühlt sich gut an.*

*»Du hättest mir helfen sollen.«*

*Ich wiederhole diese Worte, bis nichts mehr von seinem Gesicht übrig und meine Stimme nichts anderes als ein Flüstern ist. Und dann kauere ich mich hin und wünsche mir mehr als alles andere, dass ich wüsste, was ich tun sollte.*

*Ich weiß nicht, wie lange ich da sitze.*

*Ich weiß nur, dass, als ich wieder aufblicke, eine Frau über mir steht, die eine zitternde Hand hat, die sie über ihren Mund gelegt hat. Neben ihr schaut ein Junge in meinem Alter auf das Blut um mich herum. Seine Augen sind aufgerissen, und als sie sich auf mich richten, erröten seine Wangen vor Verlegenheit.*

*Ich blicke auf mich selbst hinunter und bemerke, dass ich noch halbnackt und blutverschmiert bin. Ich weiß nicht, wie ich das erklären soll. Also sage ich das Einzige, was ich kann.*

*»Er hätte mir helfen sollen.«*

---

SASHA IST IN DER KÜCHE, UND ICH SITZE AM TISCH.

Ich halte eine Zeitung in meinen Händen, aber meine Augen sind auf sie gerichtet. Ich beobachte, wie sie sich bewegt, während sie kocht. Ich weiß nicht, was es ist, aber es riecht gut. Und sie füttert dem Hund – Daisy – kleine Reste.

Ich habe noch nicht herausgefunden, was ich mit ihr machen soll. Ich kann nicht die ganze Zeit im

Haus bleiben. Aber ich kann sie nicht gehen lassen. Sie hat mir geglaubt. Sie hat meine Lüge so leicht geglaubt, dass es sich falsch anfühlt. Aber wenn ich sehe, wie sie sich in meinem Haus bewegt, und ihren Duft um mich herum rieche, kann es mir nicht leidtun.

Sie ist so wunderschön.

Sie schaut über ihre Schulter und erwischt mich dabei, wie ich sie anstarre. Ich schaue weg, aber bevor ich es tue, lächelt sie.

»Essen ist fertig«, sagt sie.

Einen Moment später schiebt sie einen Teller vor mich. Ich starre zu lange darauf, und Sasha sieht besorgt aus.

»Es ist ein Omelett«, sagt sie. »Du magst Eier, nicht wahr?«

»Ich habe sie noch nie so gegessen«, gebe ich zu.

»Wirklich?« Sie lächelt wieder. »Nun, dann wirst du nicht enttäuscht sein, dass es nur mit Käse und Gemüse ist. Du hast nicht viel in deinem Kühlschrank.«

Sie setzt sich hin und beginnt zu essen, und ich hebe den Teller an meine Nase und rieche. Ihre Gabel klappert auf ihrem Teller, und als ich aufblicke, beobachtet sie mich mit einem seltsamen Ausdruck. Ich reiße meine Augen fort und nehme einen zaghaften Bissen.

»Ich will dich nicht vergiften, Ronan«, lacht sie, »wenn es das ist, was du denkst.«

Ich runzele die Stirn, und ihr Gesicht wird ernst.

»Hast du wirklich gedacht, dass ich dich vielleicht vergiften will?«

Ich mag es nicht, wenn sie angespannt ist und ich der Grund dafür bin. Also nehme ich einen Bissen. Und er ist gut. Ich sage es ihr, und sie entspannt sich wieder. Ich behalte im Hinterkopf, ihr zu sagen, dass das Essen großartig ist, wenn sie für mich kocht.

»Ich lasse Conor heute einkaufen gehen«, sage ich ihr. »Du kannst eine Liste machen, wenn du willst.«

»Okay«, stimmt sie zu.

Wir essen in Stille, und ich werde vor ihr fertig. Als ich zu ihr aufblicke, scheint sie glücklich zu sein, und ich denke, dass es vielleicht in Ordnung sein wird, sie hier bei mir zu haben. Aber das ändert sich, als sie ihre nächste Frage stellt und mich an die Dinge erinnert, die ich nie haben kann.

»Erzähl mir von deiner Kindheit«, sagt sie leise.

»Ich lebte mit Crow zusammen«, antworte ich.

Sie wartet auf mehr, aber ich weiß nicht, was ich sonst noch sagen soll.

»Nein, davor.«

Ich setze mich auf meinen Platz und richte meine Aufmerksamkeit auf Daisy, die wieder auf meinem Fuß sitzt. »Warum?«

»Weil ich dich kennenlernen will, Ronan. Ist das in Ordnung?«

Ich antworte ihr nicht. Eine Flut von Bildern überschwemmt mich, aber ich weiß nicht, wie ich sie in Worte fassen soll. Ich glaube nicht, dass ich es könnte, selbst wenn ich es versuchen würde. Ich habe es bei Crow versucht. Manchmal war ich in der Lage, Dinge zu erklären. Aber selbst er weiß nicht alles.

Sasha greift über den Tisch nach meiner Hand. Ich starre auf ihre Finger und betrachte, wie klein sie im Vergleich zu meinen eigenen sind. Wie weich ihre Haut im Vergleich zu meiner ist, wie seidig.

»Schon gut, Ronan«, sagt sie. »Du musst es mir jetzt nicht sagen.«

Sie trägt unsere Teller zur Spüle und kommt einen Moment später wieder zurück.

»Hey, du kannst Rezepte für Medikamente bekommen, oder?«

»Ja«, antworte ich, erleichtert, dass ich tatsächlich etwas tun kann, worum sie bittet.

Sie zieht ein Stück Papier aus ihrer Tasche und reicht es mir. Ich kenne den Namen dessen, was sie aufgeschrieben hat, nicht, und ich befürchte, dass etwas mit ihr nicht stimmt.

»Kannst du mir das besorgen?«, fragt sie.

Ich nicke, aber ich habe bereits andere Pläne. Ich will nicht, dass Sasha etwas zustößt. Also werde ich ihr das Rezept besorgen, aber ich werde auch einen Arzt für sie kommen lassen.

# 27

***Sasha***

Nachdem ich geduscht habe, zeigt Ronan mir den Raum, in dem Conor all meine Sachen abgelegt hat. Es ist seltsam, sie in seinem Haus zu haben. Ich konnte mich nicht einmal von meiner Wohnung verabschieden.

Das ist ein alberner Gedanke, aber dieses schmutzige kleine Loch war der Ort, an dem ich aufgewachsen bin. Der Ort, an dem ich einige meiner besten Erinnerungen erlebt habe. Ich frage mich, ob Ronan mich ein letztes Mal dorthin zurückbringen wird. Wahrscheinlich nicht. Er sagt, es ist nicht sicher, und ich bezweifele, dass er die emotionale Verbindung verstehen kann, die ich zu der Wohnung habe.

Als ich mein Handtuch um meine Brust gewickelt habe, beuge ich mich nach vorne, um einen Blick in eine der Kisten zu werfen, in der meine Kleidung aufbewahrt wird. Aber als ich das tue, bemerke ich Ronans Anzugschuhe hinter mir in der Tür. Ich drehe meinen Kopf nach hinten, um ihn anzusehen, und erwische ihn dabei, wie er auf meinen Po starrt.

Ich lächele.

Manchmal scheint er sich so unsicher zu sein, wenn es um ihn und seine Bedürfnisse geht, aber im Moment ist er genauso sehr ein Mann wie jeder andere. Er erwischt mich dabei, wie ich ihn anstarre, und seine Augen bewegen sich zu dem blauen Tanga, der zwischen meinen Fingern baumelt.

»Du solltest die schwarzen tragen«, sagt er. »Mit den roten Schleifen.«

Ich bin mir ziemlich sicher, dass mein Mund offen steht, aber es kommt nichts heraus. Ich weiß nicht, ob ich mich geschmeichelt fühlen soll oder ob er total verrückt ist, weil er meine ganze Unterwäsche kennt.

»Das werde ich tun«, ist das Einzige, was ich sagen kann.

»Der Arzt wird in zehn Minuten hier sein«, fügt er hinzu.

Seine Stimme ist wieder formell, und ich möchte fragen, ob er sich in meiner Nähe jemals wohlfühlen wird. Aber bevor ich eine Chance dazu bekomme, verschwindet er im Flur.

Ich ziehe ein Paar Yogahosen und ein Off-Shoulder-Sweatshirt an und flechte mir die Haare. Als ich in den Spiegel schaue, bemerke ich, dass Ronan sich zwar nicht wohl in meiner Nähe fühlt, ich aber wenigstens bei ihm bin. Er hat mich jetzt schon ein paar Mal in ziemlich schlechter Verfassung gesehen, weshalb ich nicht das Bedürfnis habe, mich zu verstellen, um ihm zu gefallen. Aber ein Teil von mir fragt sich, wie sich seine Hände anfühlen würden, wenn sie über das enge Material meiner Leggings und unter das lose Material des Sweatshirts fahren würden.

Als ich die Haustür höre, gehe ich den Flur hinunter, und frage mich dabei, ob der Arzt mir etwas für meinen offensichtlichen Wahnsinn verschreiben kann. Weil ich zu vergessen scheine, dass diese Situation nur vorübergehend ist, und ich nicht den Luxus habe, so über Ronan zu phantasieren.

Im Salon bleibe ich stehen und bedecke meinen Mund, um ein Lachen zu ersticken, als ich Ronan dabei erwische, wie er den Corgi unter seinem Arm die Treppe hinaufträgt, während dieser versucht, sein Gesicht zu lecken.

»Was machst du da?«, frage ich.

Er setzt Daisy im oberen Stockwerk ab und glättet seinen Anzug.

»Ihre Beine sind zu klein für die Treppe«, erklärt er, während er auf die verstümmelten Gliedmaßen zeigt. »Sie kommt nicht weit genug mit den Beinen hinunter, um nach draußen zu gehen.«

Ich lache, und er blickt mich verwirrt an.

»Sie hat dich um ihre kleinen Pfoten gewickelt«, sage ich ihm.

Ein Klopfen ertönt an der Tür, und Ronan ist dankbar für die Unterbrechung. Auf der anderen Seite steht eine Ärztin, was mich überrascht und erleichtert.

Ich hatte halbwegs erwartet, dass derselbe Typ, der Ronan nach den Kämpfen behandelt, hier auftaucht.

»Sasha, nehme ich an?« Die Ärztin geht die Treppe hoch und streckt ihre Hand aus.

»Ja, das bin ich.«

»Gibt es einen Ort, an dem wir unter vier Augen sprechen können?«, fragt sie.

Ich schaue Ronan an, der bereits auf dem Weg zur Tür ist. »Conor wartet draußen auf mich«, sagt er. »Ich komme danach wieder.«

Wonach, sagt er nicht, aber ich nehme an, es ist wahrscheinlich ein Mafiageschäft.

Die Ärztin setzt sich auf das Sofa und zieht einen Notizblock mit dem Namen der Empfängnisverhütung heraus, die ich wollte. Sie geht eine ganze Reihe von Routinefragen über meine Gesundheit und die Daten der letzten Untersuchungen durch, und ich bin plötzlich dankbar, dass Ronan gegangen ist. Ich glaube nicht, dass er diesen Teil hätte bewältigen können.

»Haben Sie dieses Medikament schon mal genommen?«, fragt sie.

»Ja«, sage ich ihr.

»Okay, und hatten Sie irgendwelche Probleme damit?«

»Nicht, dass ich mich erinnern könnte.«

»Großartig, nun, wenn Sie keine weiteren Fragen an mich haben, würde ich Ihnen das Rezept ausstellen.«

»Perfekt.« Ich lächele und warte darauf, dass sie das

Rezept schreibt. Aber stattdessen greift sie in ihre Tasche und zieht eine Tasse heraus.

»Wir müssen nur zuerst routinemäßig einen Schwangerschaftstest machen«, sagt sie.

»Oh.« Ich schlucke meine Nervosität herunter und nehme den Becher mit zitternden Fingern. »In Ordnung.«

Diesen Teil hatte ich vergessen. Das letzte Mal, als ich die Empfängnisverhütung nahm, war ich mit Blaine zusammen. Ich weiß nicht, wie oft Ronan jetzt in mir gekommen ist, völlig ungeschützt. Aber ich werde die Panik in seinem Gesicht nicht so schnell vergessen, als ich die Möglichkeit erwähnte, schwanger werden zu können.

Während ich den Flur hinunter zum Badezimmer gehe, um die Urinprobe zu nehmen, sage ich mir, dass es nicht einmal möglich ist. Ich meine, es waren nur einige Male. Und er hat einmal ein Kondom benutzt. Aber als ich dann versuche, zu meiner letzten Periode zurückzuzählen, beginne ich, eine Mini-Panikattacke zu haben.

Ich habe in letzter Zeit nicht richtig gegessen und war ein gestresstes Nervenbündel. Ich glaube, ich habe meine Periode letzten Monat nicht gehabt, aber ich bin mir nicht wirklich sicher. Als ich wieder zur Ärztin zurückkomme, bin ich ein nervöses Wrack, und sie sieht es mir sofort an.

»Ich mache es gleich hier«, sagt sie und beginnt mit dem Test.

Ich schaue nicht zu. Ich setze mich auf das Sofa und

starre an die Decke. Eigentlich hatte ich vorgehabt zu gehen. Wenn die Dinge nach Plan verlaufen wären, wäre ich schon weg. Das hier hätte nicht passieren sollen. Weil ich einen Plan hatte, ein Licht am Ende des Tunnels. Aber bevor die Ärztin es mir überhaupt sagt, weiß ich, was kommen wird. Und dann bestätigt sie es mit ihren Worten, und alles um mich herum dreht sich.

*Ich bin schwanger.*

Mit Ronans Kind. Und wenn er das herausfindet, stehen die Chancen hoch, dass er entweder ausflippen oder mich für immer in diesem Leben einsperren wird. Ich mag keine der beiden Optionen.

Die Ärztin streckt die Hand aus und drückt sanft auf meine Schulter.

»Geht es Ihnen gut?«

»Es geht mir gut«, antworte ich mit einem ruckartigen Nicken. »Aber das bleibt unter uns, oder?«

»Natürlich«, sagt sie. »Ich mache gern einen Termin in meiner Praxis, um …«

»Nein danke, noch nicht.« Ich beeile mich, aufzustehen, und falle dabei fast um. »Ich mache später einen. Das ist doch in Ordnung, oder?«

»Natürlich«, sagt sie. »Aber ich würde es nicht zu lange hinausschieben. Sie brauchen einen Bluttest und …«

»Okay«, unterbreche ich sie.

Ich weiß, dass ich unhöflich bin, aber ich will nur, dass der Schwangerschaftstest verschwindet. Sie geht in die Küche und räumt auf, und ich gehe im

Esszimmer hin und her und starre immer wieder aus dem Fenster. Ich weiß nicht, was ich tun soll.

*Oh Gott, was zum Teufel soll ich nur tun?*

Ich warte nicht einmal darauf, dass die Ärztin geht, bevor ich in mein Zimmer gehe und in meiner Handtasche nach meinem Handy suche. Aber ich finde keines. Auch nachdem ich den Rest der Kisten durchsucht habe, kann ich es nirgendwo finden.

Jemand räuspert sich hinter mir, und als ich mich umdrehe, sehe ich Ronan im Türrahmen stehen.

»Alles in Ordnung?«, fragt er.

Sein Blick schweift umher, und seine Stimme ist angespannt. Und das bringt mich fast dazu, es ihm sagen zu wollen. Fast. Aber dann ist da noch diese kindliche Unschuld in seinen Augen. Gott, wie kann ein Mensch so widersprüchlich sein? Er ist ein Mörder, ein kaltblütiger Mörder für die Mafia, und doch kann er manchmal so unschuldig sein.

»Wo ist mein Handy?«, frage ich.

Er blickt bei meiner Frage auf den Boden, was mich misstrauisch macht.

»Ich musste es loswerden«, antwortet er. »Es war nicht mehr sicher.«

Ich habe nicht einmal die Energie, weiter darüber zu reden, also bitte ich ihn stattdessen um seines. Als er wieder zögert, werde ich wütend.

»Ich muss Mack anrufen«, fauche ich. »Ist das in Ordnung? Wenn nicht, kannst du sie herkommen lassen? Ich will sie sehen.«

Er bewegt sich immer noch nicht, reagiert nicht,

und ich habe das Gefühl, dass ich aus irgendeinem Grund weiterreden muss, als ob er durch mich hindurchsehen könnte.

»Ich habe sie nach der Hochzeit nicht mehr gesehen«, erkläre ich ihm. »Sie wird denken, dass ich gerade die Stadt verlassen habe, ohne mich zu verabschieden.«

Schließlich scheinen meine Worte seinen Schutzmantel zu durchdringen. »Ich werde mir etwas überlegen«, sagt er.

# 28

### *Ronan*

»Willst du mich entführen und töten?«, fragt Mack vom Beifahrersitz aus.

Ich umfasse das Lenkrad fester, während ich meine Augen auf die Straße gerichtet halte.

»Wenn das der Fall wäre, denkst du, ich würde diese Frage ehrlich beantworten?«

»Nun, Ronan«, sagt sie. »Ja, ich denke tatsächlich, das würdest du. In der Hinsicht bist du seltsam. Ich glaube nicht, dass du wirklich das Zeug dazu hast zu lügen.«

Ihre Worte fühlen sich wie eine Anschuldigung an, obwohl ich weiß, dass es nur Macks Persönlichkeit ist. Sie weiß aber nicht, wie falsch sie in diesem Fall liegt.

»Also, wofür die ganze Geheimhaltung?«, fragt sie. »Ich mag es nicht, Dinge vor Lach zu verbergen. Wir machen das Zeug nicht mehr. Also, wenn du mir keinen guten Grund gibst …«

Ich schaue zu ihr hinüber und weiß, dass sie recht hat. Sie wird es Crow sagen, und er wird mir den Kopf abreißen, obwohl er vor nicht allzu langer Zeit in der gleichen Situation war.

»Sasha musste noch ein wenig länger bleiben«, sage ich ihr.

Mack starrt mich an, und das Auto ist für eine lange Zeit still, bevor sie anfängt zu lachen. »Oh Gott, Ronan. Was hast du getan?«

»Warum ist das wichtig?«, antworte ich. »Du wolltest, dass sie bleibt.«

»Natürlich wollte ich das«, antwortet Mack. »Aber nicht durch Zwang, oder Entführung, oder was auch immer du getan hast.«

»Es gibt Leute, die sie vielleicht mit mir gesehen haben«, erkläre ich ihr. Dieser Teil ist nicht wirklich eine Lüge. Auch wenn ich es bemerkt hätte. Und dann hätte ich mich bei der ersten Gelegenheit um sie gekümmert. »Sie muss nur noch ein wenig länger bleiben.«

»Alles klar«, sagt Mack. »Und sie denkt in der Zwischenzeit, dass sie in Gefahr ist. Da hast du dir aber einen tollen Plan ausgedacht, Ronan.«

Ich presse meine Lippen zusammen und bereue meine Entscheidung, Mack geholt zu haben.

»Du weißt, dass sie auch meine Freundin ist«, sagt sie.

»Aye. Also solltest du das Beste für sie wollen.«

»Ach bitte«, lacht sie. »Ronan, ich gebe dir eine Woche Zeit, um reinen Tisch zu machen. Das ist alles, was du bekommst.«

»Zwei«, biete ich an.

Mack ist für einen Moment wieder ruhig und seufzt dann. »Du musst ihr sagen, wie du dich fühlst. Wenn du Gefühle für sie hast, dann muss sie das wissen. Sie ist keine Hellseherin. Und der einzige Weg, wie sie sich jemals entscheiden wird, von sich aus zu bleiben, ist, wenn du ihr einen guten Grund dafür gibst.«

Ich denke über ihre Worte nach, während ich das Auto auf der Straße parke und es im Leerlauf lasse. Conor steht vor der Tür und bewacht das Haus.

Bevor Mack aussteigt, dreht sie sich auf ihrem Sitz herum, um mich anzusehen. »Zwei Wochen Ronan. Und ich will, dass jeden Morgen Dunkies geliefert werden.«

»Gut«, murre ich.

»Aber der Kaffee muss koffeinfrei sein«, fügt sie hinzu. »Sonst wird Lach verrückt. Er will nicht, dass ich im Moment viel Koffein trinke.«

Ich nicke zustimmend, aber Mack fährt einfach fort.

»Und ich will eine Auswahl. Ich rede von vielen Donuts, capito? Ich will mich nicht langweilen.«

Ich schaue sie an, und sie lächelt. Und dann pikst sie mich auf die Brust und springt die vordere Treppe zum Haus hinauf.

Ich denke immer noch an ihre Worte, als Crow mir

schreibt und mich fragt, wo zum Teufel ich bin. Er hat eine Spur zu Andrei, und wir werden sie gemeinsam verfolgen.

# 29

### *Sasha*

Als Mack mit einem glücklichen Gesichtsausdruck hereinkommt, vergeht er schnell, als sie den Ausdruck auf meinem Gesicht sieht.

»Was ist los?«, fragt sie.

Ich packe sie am Arm und ziehe sie den Flur hinunter zu Ronans Zimmer.

»Wo ist er?«

»Er musste ins Slainte«, antwortet sie und sieht sich dann neugierig im Raum um. »Hier legt Reaper also nachts seinen Kopf ab, was? Wer hätte das gedacht. Dieser Ort hat absolut keine Persönlichkeit.«

»Ronan hat viel Persönlichkeit«, sage ich schnippisch.

Mack runzelt die Stirn, und ich reibe mir frustriert die Hände übers Gesicht. »Es tut mir leid«, sage ich ihr.

»Ich weiß, es war ein Witz. Ich drehe aber gerade durch.«

Mack setzt sich auf das Bett, und ihre Stimme ist ruhig, und ihre Worte sind vorsichtig. »Und warum?«

»Weil …«, flüstere ich, während ich auf meinen Bauch zeige. »Er hat mir einen Braten in die Röhre geschoben.«

Mack blinzelt. Und dann noch einmal. Ich glaube, sie steht mehr unter Schock als ich.

»Mack?«

»Richtig.« Sie springt auf die Füße und versucht, mich mit einem eigenartigen Klopfen auf die Schulter zu trösten. »Ich habe wirklich keine verdammte Idee, was ich sagen soll, Sash. Ich hatte keine Ahnung, dass Ronan und du Sex habt. Verdammt. Das ist so seltsam. Ich kann mir nicht mal vorstellen …«

»Okay, bitte versuche es auch nicht«, unterbreche ich sie. »Ich weiß nicht, was ich tun soll. Er wird ausflippen, wenn er es herausfindet. Aber er verdient es, es zu wissen. Aber wenn ich es ihm sage, wird er mich für immer hier in diesem Leben gefangen halten.«

Mack seufzt und fällt wieder auf das Bett. »Und lass mich raten, du willst, dass ich auch meinen Mund halte?«

»Offensichtlich.«

»Diese Doppelagenten-Sache ist wirklich nicht mein Ding«, murmelt sie.

»Was?«

»Nichts«, sagt sie schnell. »Hör zu, Sash. Ich weiß nicht wirklich, was sich zwischen dir und Ronan abspielt. Ich glaube, ich stehe immer noch unter Schock, dass er tatsächlich Sex hat. Ich meine, der Mann ist wie ein verdammter Eiswürfel. Taut er jemals auf?«

»Er ist sehr … intensiv«, sage ich ihr.

Mack hält ihre Hände hoch und schüttelt den Kopf. »Okay, egal, das ist zu seltsam. Er ist wie ein Bruder für mich oder so. So kann ich ihn nicht sehen. Also konzentrieren wir uns auf die wichtige Sache, den kleinen Menschen, der in dir wächst, und die Tatsache, dass ich keine Ahnung habe, was für einen Rat ich dir in dieser Situation geben soll.«

»Das ist nicht hilfreich«, stöhne ich.

»Ich weiß«, sagt sie. »Ich bin nicht besonders gut in diesen Sachen. Ist es falsch, dass ich so glücklich bin, mich nahezu schwindelig vor Glück fühle? Wir sind beide zur gleichen Zeit schwanger, und wir sind beide mit Typen zusammen, von denen wir wahrscheinlich nie in einer Million Jahre gedacht hätten, dass wir mit ihnen enden würden. Aber zumindest werden wir es beide gemeinsam durchmachen.«

Ich lächele sie an und schüttele den Kopf.

»Ronan und ich sind nicht wirklich zusammen.«

»Nun, egal«, strahlt sie. »Du bekommst sein Baby.«

Ihr Glücksgefühl ist ansteckend. Ich war so damit beschäftigt, deswegen auszuflippen, dass ich noch gar nicht über diesen einfachen Punkt nachgedacht habe.

Meine Hand bewegt sich über meinen Bauch, und ich blinzele die Tränen zurück, weil ich weiß, dass Ronan und ich das erschaffen haben.

Es ist nicht falsch. Egal, wie abgefuckt diese Situation auch sein mag oder wie sehr ich aus diesem Leben wegwollte, dieses Baby hat keine Schuld daran. Ich liebe es jetzt schon. Tatsächlich trifft mich das Ausmaß meiner plötzlichen Liebe zu etwas, von dem ich gerade erst erfahren habe, dass es existiert, hart und schnell.

»Gott, Mack, ich bekomme sein Baby.«

»Das tust du«, stimmt sie mir zu.

»Ich liebe ihn«, platze ich heraus. »Ich weiß, es klingt verrückt. Aber das tue ich wirklich. Ich bin schon so lange in ihn verliebt. Wir sind so abgefuckt zusammen, aber ich liebe ihn.«

»Willkommen in der Klapsmühle.« Mack lächelt. »Komm rein, nimm Platz und mach's dir bequem.«

Ich lache halb und weine halb. Mack findet immer eine Möglichkeit, dass ich mich besser fühle.

»Aber im Ernst«, sagt sie, »du solltest es ihm sagen.«

»Ich kann nicht«, krächze ich. »Ich glaube nicht … Ich meine, ich weiß nicht, ob er das Gleiche fühlt. Er spricht kaum mit mir. Ich muss jedes kleine Wort aus ihm herausziehen.«

»Sash, lass mich dir etwas sagen. Ich ging ins Slainte und dachte, dass jede einzelne Person dort verdammt zwielichtig war. Und ich habe sie alle beobachtet, Ronan eingeschlossen. Aber weißt du was?«

»Was?«

»Er war so damit beschäftigt, dich zu beobachten, dass er in diesem Club nie etwas anderes bemerkt hat. Wenn du dort warst, warst du das Einzige, das für ihn existierte. Ich weiß, dass du gesagt hast, du willst aus diesem Leben raus, und ich verstehe das, wirklich. Aber fliehst du vor dem Leben oder vor ihm? Weil du ihn irgendwie mit all den anderen Mafia-Typen in einen Topf geworfen hast, obwohl wir beide wissen, dass das nicht wirklich der Fall ist.«

Ich blinzele sie an und spüre einen Druck hinter meinen Augen. Auch wenn Mack die meiste Zeit sarkastisch und defensiv ist, ist sie in Wirklichkeit sehr aufmerksam.

»Ich denke, er würde sich gut um dich kümmern, Sash«, sagt sie leise. »Ich denke, kein Mann würde es je wieder wagen, dir in die Quere zu kommen, wenn du ihm gehörst. Und er würde dir nie und nimmer etwas antun. Denn wenn er es täte, würde ich ihn verdammt nochmal umbringen.«

»Ich weiß nicht …« Meine Gedanken sind im Moment zu durcheinander, um einen Sinn zu ergeben.

»Ihr geht euch gegenseitig aus dem Weg, Sash, leugnet das Offensichtliche. Wie lange geht das schon so?«

»Jahre«, antworte ich ehrlich.

»Richtig«, sagt sie. »Und das ist irgendwie lächerlich, oder?«

»Nun, das könnte man so sagen.«

Mack lächelt und greift herüber, um mich zu

umarmen. Sie wird besser mit den Umarmungen. »Rede mit ihm, Sash«, flüstert sie. »Das ist alles, was du tun kannst.«

# 30

**Sasha**

Als Ronan später zurückkommt, habe ich ein Festessen vorbereitet. Conor hat mir die Lebensmittel gebracht, um die ich gebeten hatte, und ich hatte nicht viel anderes zu tun, als Daisy zu waschen und mit ihr zu spielen.

Ich habe festgestellt, dass Ronan nicht einmal einen Fernsehen oder Internet in seinem Haus hat. Nur Bücher. Und nachdem ich nur einen Tag hier bin, kann ich mir nicht vorstellen, wie er die ganze Zeit mit der Stille zurechtkommt. Das muss einsam sein. Ich frage mich, ob er deshalb Daisy genommen hat. Es ergibt nicht wirklich Sinn, dass er einen Corgi hat. Als wir uns zum Abendessen setzen, beschließe ich, ihn danach zu fragen.

Sie schmiegt sich an sein Bein, und er streichelt ungeschickt ihren Kopf. Die meisten Leute würden es wahrscheinlich nicht bemerken, wie unsicher er mit so einfachen Dingen wie diesem ist. Ronan wirkt immer kalt und beherrscht, aber wenn man genau hinsieht, kann man es an den kleinen Dingen sehen, die er tut.

»Ich nehme an, du hattest noch nie einen Hund?«, frage ich ihn.

Er schaut zu mir auf und schüttelt den Kopf. »Nein.«

»Also, wie bist du zu Daisy gekommen?«

»Sie war in Donovans Haus.«

Und mit dieser einfachen Aussage ist dieses Thema beendet. Dieses Leben ist nicht neu für mich. Diese Typen reden nicht gerne über Männer, die sie getötet haben. Sobald sie tot und begraben sind, war es das. Es ist, als hätten sie nie zuvor existiert. Und wenn man bedenkt, wie Ronan mich ansieht, ist es ihm auch lieber so. Aber ich frage mich, ob es daran liegt, dass er ihn getötet hat, oder wegen dem ist, was Donny mit mir gemacht hat.

Der Raum ist ruhig, und ich versuche, mir etwas anderes zu überlegen, über das wir reden können. Ronan starrt auf den Schmorbraten und schnüffelt erst einmal daran, wie er es auch meistens bei den anderen Gerichten tut, bevor er sie isst.

»Warum tust du das?«, frage ich.

Er blinzelt, und seine Wangen erröten wegen meiner Nachfrage. »Bestimmte Arten von Gerichten mag ich nicht«, sagt er.

»Okay …« Ich ziehe das Wort in die Länge und wähle meine nächsten sorgfältig. »Welche Arten?«

»Ich weiß es nicht.«

Wenn es jemand anderes wäre, würde ich denken, dass er absichtlich vage ist. Aber Ronans Antwort ist ehrlich, und ich habe das Gefühl, dass seine Antworten meistens nur für ihn Sinn ergeben. Er versteht nicht, dass es notwendig ist, etwas näher zu erläutern. Ich habe seine kurzen und knappen Antworten immer als ein Zeichen dafür angesehen, dass er nicht wollte, dass die Leute mit ihm reden. Aber dann denke ich an ihn und Crow, und daran, wie nah sie sich sind. Crow drängt ihn immer zu mehr Antworten, und ich habe noch nie gesehen, dass Ronan deswegen wütend auf ihn wurde.

Also beschließe ich, es selbst zu testen.

»Warum weißt du es nicht, Ronan?«

Er isst eine Kartoffel und denkt über seine Antwort nach, bevor er antwortet.

»Wo ich aufgewachsen bin, gab es manchmal eine Art seltsamen Geruch im Essen. Ich weiß nicht genau, was es war. Aber es machte uns krank. Also überprüfe ich es immer, nur für den Fall.«

»Oh.«

Der Raum ist wieder still, während ich den Mut für meine nächste Frage sammele. »Das war in dem Lager, oder?«

Er legt seine Gabel ab. Ich kann seinen Gesichtsausdruck nicht lesen. Ich weiß nie, was er denkt. Aber ich weiß, dass ich es nie herausfinden werde, wenn ich nicht daran arbeite.

»Lachlan sagte, dass du in einer Art Trainingslager

aufgewachsen bist«, füge ich hinzu und hoffe, dass er es weiter erklären wird.

»Ja«, antwortet er. »Das bin ich.«

»Würdest du mir davon erzählen?«, frage ich leise.

Er runzelt die Stirn und sagt dann: »Was möchtest du wissen?«

»Wohnten deine Eltern dort bei dir?«

»Vielleicht«, sagt er. »Ich habe meinen Vater nur einmal getroffen, meine Mutter nie.«

Seine Stimme ist emotionslos. Es ist, als würde er mir sagen, dass das Wetter draußen kalt ist. Oder dass Montag ist. Für ihn ist es nur eine Tatsache. Nichts anderes. Und das macht mich fertig.

»Also, wer hat dich aufgezogen?«

»Eine Dame«, sagt er. »Ich kannte ihren Namen nicht. Sie zog uns auf, bis wir acht waren, und dann begann unser Training.«

»Training, um zu … töten, richtig?«

»Aye.« Er nickt. »Aber hauptsächlich für den Krieg. Sie glaubten, dass ein Krieg kommen würde, und machten uns zu Soldaten.«

»Also, wie hast du Lachlan kennengelernt?«

»Ich habe ihn in einer Kirche getroffen«, erklärt er, »nachdem ich das Lager verlassen hatte. Seine Mutter nahm mich mit nach Hause und kümmerte sich um mich, bis sie starb.«

Diesmal ist seine Stimme warm. Auch wenn er es nicht sagt, ist es offensichtlich, dass er sie sehr gern gemocht hat. Seine Beziehung zu Lachlan wird mit diesen einfachen Worten so viel klarer, und ich wünsche mir, dass seine Mutter noch am Leben wäre, damit ich sie umarmen und ihr dafür danken könnte, dass sie Ronan geholfen hat. Dass sie ihn zu dem Mann erzogen hat, der er heute ist.

»Wirst du mir sagen, was für Dinge sie dich auf dem Gelände tun ließen?«

Er schweigt, und seine Augen sind wieder dunkel und schließen mich aus. Das ist eine Frage, die er nicht beantworten will. Und ich muss einfach akzeptieren, dass es einige Dinge gibt, die ich vielleicht nie erfahren werde. Er muss entscheiden, ob er sie mir sagen will. Aber ich werde seine Barrieren abbauen, eine nach der anderen.

»Du könntest es mir zeigen«, biete ich stattdessen an.

»Was meinst du damit?«, fragt er.

Ohne aufzuessen, stehe ich auf und nehme seine Hand in meine. Ronan starrt für einen Moment auf unsere verbundenen Finger, bevor er sich in meinem Griff entspannt und mir dorthin folgt, wohin ich ihn führe. Ins Schlafzimmer.

Ich lasse seine Hände los und trete nervös vor ihn.

»Ich will dich spüren«, erkläre ich. »Alles von dir, Ronan. Ich möchte deine Haut auf meiner fühlen. Dich kennenlernen. Darf ich?«

Er runzelt die Stirn. Seine Augen schauen nach unten, und ich kann ihn nicht lesen. Ich befürchte, dass er Nein sagen wird. Also greife ich nach oben, berühre sein Gesicht und feuere die Magie an, die jedes Mal zwischen uns schwebt, wenn wir zusammenkommen.

Ich will, dass er sie auch fühlt, Trost in dem Wissen findet, dass er bei mir sicher ist. Dass ich ihm nie wehtun oder ihn verurteilen würde. Denn an dieser Stelle kann ich nicht mehr leugnen, dass wir auf einer seltsamen Ebene verbunden sind. Und ich weiß, dass ich nicht die Einzige bin, die es fühlt.

»Sag mir, worüber du dir Gedanken machst«, sage ich.

»Ich weiß es nicht«, antwortet er.

»Aber du magst es, wenn ich dich berühre?«

»Ja«, sagt er.

»Vertraust du mir?«

Er nickt, ohne einen Moment zu zögern. Ich stelle mich auf meine Zehen, drücke meine Lippen auf die seinen und küsse ihn sanft. Sein Körper entspannt sich, und er versucht, mich näher an sich heranzuziehen, aber ich halte ihn auf.

»Ich will dich spüren«, wiederhole ich.

Unsere Blicke finden sich, und dann nickt er endlich. Dieser traurige Blick ist wieder in seinen Augen, und ein Teil von mir hasst es, dass er sich meinetwegen unwohl fühlt. Aber der andere Teil von mir, derjenige, der ihm helfen will, zu sehen, dass es nichts gibt, worüber man sich Sorgen machen muss, gewinnt.

Ich öffne seine Anzugjacke und schiebe meine Hände darunter und über seine breite Brust nach oben. Ich lasse die Jacke von seinen Schultern fallen und beschäftige mich dann mit den Knöpfen seines Hemdes. Sobald ich das auch ausgezogen habe, ergreife ich seine Hände und führe ihn rückwärts zum Bett. Er folgt mir und setzt sich hin, und ich knie vor ihm nieder, um ihm Schuhe und Socken auszuziehen.

Meine Handflächen gleiten über seine mit der Hose bedeckten Beine und nehmen die volle Kraft seiner angespannten Muskeln auf, bevor sie seinen Gürtel erreichen. Ich öffne die Schnalle und ziehe den Reißverschluss herunter. Er trägt einen schwarzen Slip, der deutlich die Konturen seines verhärteten Schwanzes zeigt. Instinktiv will ich ihn berühren, ihm Lust verschaffen. Aber zuerst möchte ich ihn überall dort erforschen, wohin er mich noch nie zuvor gelassen hat.

Er hebt seine Hüften und hilft mir dabei, seine Hose auszuziehen. Dann stehe ich vor ihm und lege meine eigene Kleidung ab. Ich habe das schon hunderte Male im Club gemacht. Für ein Publikum aus anderen Männern. Es bedeutete damals nichts. Aber jetzt bedeutet es alles.

Ronan beobachtet mich genau, so als ob er etwas verpassen könnte, sollte er nur blinzeln. Er hat mich in den letzten zwei Jahren oft nackt gesehen, aber er sieht mich immer noch an, als wäre es das erste Mal. Als ob ich nicht schmutzig oder falsch wäre oder so gebrochen, wie ich es oft denke.

Seine Sehnen sind angespannt, weil er mich so sehr will. Weil er so sehr darum kämpft, seine Selbstbeherrschung zu bewahren. Also mache ich keine lange Sache daraus. Heute Abend geht es nicht darum, eine Show für ihn zu veranstalten. Heute Abend geht es darum, seinen Körper kennenzulernen. Sich mit ihm auf eine Weise zu verbinden, die intimer ist als jede andere. Seine Haut kennenzulernen. Die Geschichte, die nur sein Körper mir erzählen kann.

Meine Finger brennen mit dem Bedürfnis, diese Dinge zu haben.

Ich krabbele auf das Bett und begebe mich hinter ihn. Sein Rücken ist steif, und ich muss ein scharfes Einatmen unterdrücken, als ich verstehe, warum. Als ich die große Tätowierung sehe, die in sein Fleisch geschnitzt wurde, dreht sich mir der Magen vor Grauen um. Wegen dem, was Ronan erlebt hat.

Die Worte sind verzerrt, aber ich kann sie immer noch erkennen, die Zeichen seines militanten Kultes. Sie sind in seine Haut eingraviert und erinnern dauerhaft an die Schrecken, die er niemals vergessen soll. Die ausgedehnten Linien machen deutlich, dass sie vor vielen, vielen Jahren gemacht wurden, als er noch ein Kind war und noch nicht einmal annähernd aufgehört hatte zu wachsen.

Meine Augen brennen voller unvergossener Tränen, aber ich lasse sie nicht heraus, und ich mache kein Geräusch. Ich sagte Ronan, er könne mir vertrauen, und jetzt verstehe ich seine Angst. Seine Angst, dass ich es nicht ertragen könnte, diese Dinge zu sehen, ohne auszurasten.

Dieser Gedanke allein treibt mich an, seine Schultern zu berühren. Sie sind warm und muskulös unter meinen Handflächen, ein Beweis für die vielen Stunden, die er mit Lachlan boxt.

Dieser Mann ist eine Festung.

Unbeweglich, unaufhaltsam, furchterregend.

Er ist genau das, was sie aus ihm erschaffen haben. Einen Killer. Eine Maschine. Aber er ist auch ein Beschützer. Ein Mann, der so menschlich sein kann wie jeder andere. Ich habe seine wahre Natur gesehen. Und ich habe mich nie sicherer gefühlt als in seinen Armen. Also haben diese Leute – diejenigen, die ihn verletzt haben – nicht gewonnen. Ronan weiß das vielleicht nicht, aber ich schon.

»Ist das in Ordnung?« Meine Fingerspitzen bewegen sich sanft und massieren ihn leicht. Sein ganzer Körper erschaudert, und seine Stimme ist ein raues Flüstern, als er antwortet.

»Aye.«

»Warst du schon mal bei einer Massage?«, frage ich.

»Nein.«

Meine Augen schweifen über die Haut auf seinem Rücken, der mit Narben überzogen ist, die von einem Leben voller Schmerzen zeugen – mehr Schmerzen, als ein Mensch jemals ertragen sollte. Es sieht so aus, als wäre er ausgepeitscht, mit dem Messer geschnitten, verbrannt und angeschossen worden … neben anderen Foltermethoden, auf die mein Verstand wahrscheinlich nicht einmal kommen würde. Diese Wunden erzählen die Geschichte, die seine Lippen nicht erzählen können. Und selbst wenn ich nicht alle Details kenne, sehe ich ein Stück Ronan, von dem ich bezweifele, dass es sehr viele jemals gesehen haben. Das ist nichts, was ich auf die leichte Schulter nehme.

Meine Finger bewegen sich seinen Nacken nach oben und lösen die Anspannung in seinen Muskeln dort und in seinen Haaransatz. Ronans einzige Antwort ist ein zufriedenes Schnauben, aber für mich ist es die süßeste Melodie, die ich jemals gehört habe. Ich massiere seine Kopfhaut und drücke einen sanften Kuss auf seine Schulter.

»Ich bringe dein perfektes Haar durcheinander«, sage ich.

»Ist mir egal«, ist seine Antwort.

Als ich mich nach unten bewege, bemerke ich eine tiefe Narbe an der Seite seines Kopfes. Mein Magen dreht sich um, als ich über das erhobene Fleisch hinter seinem Ohr fahre.

»Woher kommt die hier?«, flüstere ich.

»Ein anderer Junge hat versucht, es abzuschneiden«, antwortet er. »Und dann habe ich ihn getötet.«

Ich nicke, obwohl er mich nicht sehen kann, denn ich habe Angst, dass meine Stimme mich verraten wird, wenn ich spreche.

Also berühre ich ihn für eine Weile einfach weiter, streichele den Stress aus seinem Körper und beobachte, wie die Magie Ronans in mich eindringt. Er genießt das hier, er vertraut mir, und ich weiß jetzt ohne den geringsten Zweifel, dass ich ihn nie gehen lassen kann.

Ich bitte ihn, sich auf das Bett zu legen. Er tut es, und diesmal knie ich mich neben ihn und beschäftige mich mit seinen Füßen. Wie jeder andere Teil von ihm sind sie gut gepflegt und sauber. Aber auf der

Unterseite seiner Sohlen entdecke ich eine weitere Unzahl von lange verheilten Narben. Mehr Verbrennungen und Schnitte, tief und unvergesslich. Der Schmerz, den er erlitten haben muss, um solche Verstümmelungen aufzuweisen, ist unfassbar.

»Tun sie immer noch weh?«, frage ich heiser.

»Manchmal«, ist seine gemurmelte Antwort.

Seine Stimme ist schläfrig, zufrieden. Die entsetzlichen Dinge, die ich gerade erfahre, beunruhigen ihn nicht mehr. Er steht im Bann meiner Finger, völlig blind für alles andere. Ich fahre fort und unterdrücke meine Gefühle, während die Schrecken von Ronans Kindheit offengelegt werden. Narben auf den Knien, seinen Oberschenkeln, seinem Bauch, seiner Brust und seinen Schultern. Es gibt keinen einzigen Teil von ihm, der von der Gewalt, die er erfahren hat, unberührt geblieben ist.

Ich versuche, mich zu beherrschen, meine Gefühle wegzuschließen, die Kontrolle über mich zu behalten. Aber je mehr ich sehe, desto schwieriger wird es. So oft habe ich diesen Mann in Frage gestellt, wer er ist und welche Gründe er für sein Verhalten hat. Ich konnte es nicht wissen. Mein Verstand hätte mich nie an einen so dunklen Ort gebracht. Aber jetzt verstehe ich es.

Ich verstehe es so sehr, dass stille Tränen der Scham und Wut aus meinen Augen bluten und mich wie Säure verbrennen. Ein Schluchzer entweicht aus meiner Lunge, bevor ich ihn stoppen kann, und Ronan blinzelt verständnislos in meine Richtung. Ich streiche über mein verräterisches Gesicht und schüttele den Kopf.

»Es tut mir leid«, sage ich ihm. »Es tut mir so leid. Ich will nicht weinen. Es ist nur … ich hasse sie. Ich hasse sie dafür, was sie mit dir gemacht haben. Und ich habe dich geschlagen. Ich hätte dich nie schlagen sollen …«

Ronan greift nach meiner Hand und verschlingt unsere Finger miteinander. Er blickt auf diese Verbindung, und sie gefällt ihm. Dinge, die ich immer für selbstverständlich gehalten habe, die kleine Wärme einer menschlichen Berührung, müssen ihm völlig fremd sein.

Er hat sie noch nie erfahren. Nichts davon.

Ich werde es wiedergutmachen. Ich werde seine Welt erschüttern und ihn dazu bringen, alles zu fühlen. Alles Gute.

Ich strecke seine Beine aus, lege meinen Körper über seinen viel größeren und sehe ihn an.

»Würdest du deine Brille abnehmen?«

Das tut er. Seine Augen sind weich und intensiv und saugen jedes Detail auf, das die Frau auf ihm ausmacht. Er kennt mich bereits, aber es ist Zeit für mich, ihn kennenzulernen. Also berührte ich sein Gesicht, fahre jede Erhebung und Linie nach. Das Feuer, das ihn geschmiedet hat, war monströs und grausam, aber ich habe in meinem Leben noch nie etwas Schöneres gesehen. Als ich es ihm sage, runzelt er die Stirn.

»Ich bin ein Mann«, ist seine Antwort.

Ich schiebe meine Hand zwischen uns hinunter und greife nach seinem Schwanz.

»Ich weiß.«

Ich streiche zweimal über seinen Schaft, um ihn zu provozieren. Meine Erkundung ist vorbei, und die Zeit zum Reden auch. Ronan ist mir schon einen Schritt voraus, da er mich an den Hüften packt und mich umdreht. Er legt sich zwischen meine Beine, so dass er in der dominanten Position ist, genau dort, wo er hingehört. Er drückt meinen Bauch ins Bett und wölbt meine Hüften, während er in mich hineinrutscht.

Ich bin voll, zufrieden und gierig zugleich, halte mich an seinen Armen fest und atme ihn ein. Er verbindet sich mit mir auf eine Art und Weise wie niemand zuvor. Mein Körper hat geschlafen, und er hat ihn wieder belebt. Wir sind eine Symphonie des Wahnsinns, dunkler Durst und wilde Besessenheit. Meine Liebe zu ihm brennt heißer als die Sonne. Sie ist albern, sie ist abgefuckt. Aber vor allem ist sie echt.

Ich wickele meine Beine um ihn und ziehe sein Gesicht nach unten zu meinem. Ronan vernichtet mich schon mit einem einzigen Kuss. Und dann sind seine Lippen an meinem Hals und genießen den Geschmack meiner Haut. Er konnte nicht wissen, wie nah ich schon dran bin, zu kommen, als er zwischen uns hinunterfährt und meinen Kitzler berührt.

Ich explodiere augenblicklich, und er folgt mir sofort. Er kommt wieder in mir. Und auf eine gewisse Weise ist es eine Erleichterung, dass ich mir darüber keine Sorgen mehr machen muss. Stattdessen frage ich mich, was er tun wird, wenn er neben mir zusammenbricht. Denn das ist normalerweise der

Moment, in dem er schnell verschwindet. Aber jetzt bin ich in seinem Haus. Seinem Bett.

Er schaut mit schweren Augen zu mir herüber, zieht mich gegen sich und küsst mich auf die Stirn. Ich entspanne mich an ihm, zeichne Kreise auf seine Brust, und meine eigenen Augen werden ebenfalls schwer.

»Geh nirgendwo hin«, murmele ich, als ich in den Schlaf falle. »Bleib einfach bei mir.«

Und das tut er auch.

# 31

**Sasha**

Als ich aufwache, denke ich zuerst, dass Ronan weg ist. Aber dann schaue ich nach oben und sehe, dass er sich mit dem Rücken an das Kopfteil gelehnt hat, während er liest.

Irgendwann muss er sich angezogen haben, von meiner Massage zerzaust, und er sah nie sexyer aus.

Als er bemerkt, dass ich ihn beobachte, suchen seine Augen meine. Sie sind offen und zufrieden, und das entspannt mich. Ich hatte Angst, dass er nach dem, was wir gestern Abend geteilt haben, versuchen könnte, mich wieder auszuschließen. Aber bisher scheint er völlig zufrieden zu sein, mich hier bei sich zu haben.

Dann schenkt er mir eines seiner kleinen Lächeln, und alles in mir schmilzt einfach dahin. Ich ignoriere das Buch in seiner Hand, krieche auf seinen Schoß und küsse ihn überschwänglich.

Aber bevor wir uns zu sehr mitreißen lassen können, ziehe ich mich zurück und grinse ihn idiotisch an.

»Ich bin gleich wieder da«, sage ich zu ihm.

Er beobachtet mich, wie ich zu seiner Kommode gehe und seine Schubladen nach einem T-Shirt durchsuche, bevor ich durch die Schlafzimmertür verschwinde. Ich gehe in die Küche und schnappe mir die große Packung von Ben und Jerry's, die ich Conor zusammen mit zwei Löffeln kaufen lassen habe, und gehe zurück ins Schlafzimmer.

Als ich mich wieder auf das Bett neben Ronan setze und er mich ansieht, als sei ich verrückt, erkläre ich ihm: »Ich habe mein Abendessen nicht aufessen können.« Ich wackele mit der Packung in seine Richtung. »Hast du das schon mal gegessen?«

Er schaut auf das Etikett und schüttelt den Kopf.

»Oh Gott, du musst das unbedingt versuchen«, sage ich.

Ich mache ihm einen Löffel voll und halte ihn ihm hin, aber er zögert.

»Willst du zuerst daran riechen?«, frage ich. »Ich denke, du wirst es mögen. Brownies und Cookie Dough. Das Beste aus beiden Welten.«

»Aber da ist Zucker drin«, sagt er.

»Und?«

»Also, Zucker ist …« seine Worte driften ab, und er runzelt wieder die Stirn.

Ich spüre hier eine weitere Blockade, die etwas mit seiner Kindheit zu tun hat.

»Würdest du es für mich versuchen?«, frage ich.

Seine Augen bewegen sich vom Eis zu mir, und dann nickt er. Und ich lerne etwas Neues über Ronan. Ich vermute, wenn ich ihn immer so frage, wird er wahrscheinlich meistens Ja sagen.

Ich bewege den Löffel zu seinem Mund, und er nimmt ein wenig davon. Nach einem Moment verwandeln sich seine Gesichtszüge von neugierig zu etwas anderem.

»Gut?«

»Aye.« Er nickt. »Sehr gut.«

Er nimmt den Löffel und taucht ihn wieder in den Behälter, um noch mehr zu nehmen. Er sieht aus wie ein Kind, das gerade zum ersten Mal Eis probiert hat.

Ich fühle in diesem Moment einen besonders starken Beschützerinstinkt. Ich will nie wieder zulassen, dass ihm wehgetan wird. Ich weiß, dass Ronan auf sich selbst aufpassen kann. Er kann mit allem umgehen, was dieses Leben für ihn bereithält, weil er bereits durch die Hölle und zurück gegangen ist. Aber ihm dabei zuzusehen, wie er Dinge zum ersten Mal erlebt, so einfache Dinge, in seinem Alter … lässt mich erkennen, dass er auch jemanden braucht, mit dem er sie erleben kann.

Und mir wird klar, dass ich diejenige sein will. Für jetzt und für immer.

Als er mich mit Schokolade auf den Lippen ansieht,

lächele ich ihn an. Er lächelt zurück. Und verdammt, es ist wunderschön.

Ich bin so unglaublich gefickt.

# 32

### *Sasha*

Im Laufe der nächsten Woche fallen Ronan und ich in eine Art Routine. Er steht jeden Morgen auf und geht zur Arbeit, wie jeder andere Mann mit einem normalen Job.

Ich weiß nicht genau, was sein Job in der Mafia alles umfasst, ich weiß nur, dass er tut, was Crow von ihm verlangt. In letzter Zeit hat er allerdings mehr Verantwortung übernommen. Ich habe eine Veränderung in ihm bemerkt, sogar in seinem Umgang mit Conor und Rory. Er gibt ihnen Anweisungen – meist um mich zu bewachen – mit einer Autorität in seinem Ton, die ich noch nie zuvor gehört habe. Ronan war immer die Art von Kerl, mit dem man sich nicht angelegt hätte, vor allem deshalb nicht, weil man schon beim ersten Anblick erkennen konnte, dass das nicht clever wäre. Aber jetzt gibt er sich anders. Er redet mehr. Und wenn er nachts nach Hause kommt, ist er erschöpft.

Er hat mich nicht aus dem Haus gelassen, und wenn ich versuche, nach Andrei zu fragen, wird er sehr angespannt. Also habe ich das Thema vorerst fallenlassen. Ich habe mich damit beschäftigt, zu zeichnen und viel zu kochen. Ronan scheint zu schmecken, was ich ihm koche, und er hat sogar aufgehört, an allem zu riechen, bevor er es isst.

Diese kleinen Zeichen seines Vertrauens in mich bedeuten so viel mehr, als er jemals ahnen könnte. Es lässt mich denken, dass das mit uns vielleicht doch funktionieren könnte, dass er von diesem Baby begeistert sein könnte, wenn ich es ihm sage.

Aber er hält noch einen Teil von sich zurück. Ich habe bemerkt, dass er jede Nacht, nachdem ich eingeschlafen bin, verschwindet, und morgens, wenn ich aufwache, bereits angezogen ist. Das war diese Woche jede Nacht so, und ich habe keine Ahnung, was er macht.

Als wir heute Abend ins Bett gehen, habe ich einen Plan. Ronans hübsches Gesicht weist dunkle Augenringe auf, aber sie hindern ihn nicht daran, mich zu nehmen. Auch in diesem Punkt hat er seine Unsicherheit hinter sich gelassen.

Als wir fertig sind und er sich neben mich auf das Bett rollt, kuschele ich mich in seine Arme und schließe meine Augen. Und dann warte ich, noch ein wenig. Meine Atmung ist ruhig und gleichmäßig, als er endlich unter mir herausrutscht und mich wieder zudeckt.

Er schnappt sich Kleidung aus dem Schrank, bevor sich seine Schritte den Flur entlang entfernen. Ich warte ein paar Minuten, bevor ich der Sache auf den Grund gehe. Ich finde ihn auf dem Sofa liegend, wie er an die Decke starrt, und runzele die Stirn.

»Willst du mich nicht in deinem Bett haben?«, frage ich.

Meine Stimme erschreckt ihn, und er blickt überrascht zu mir auf. »Doch, das will ich«, antwortet er. »Ich will dich immer in meinem Bett haben.«

»Warum bist du dann hier? Warst du schon die ganze Woche hier?«

Er senkt den Blick und atmet hörbar aus. »Es tut mir leid«, sagt er. »Ich dachte, es wäre besser so.«

Meine Hände zittern, als ich mich selbst umarme. Ich erwarte nicht, dass Ronan weiß, dass ich verärgert bin, da er nicht sehr gut darin ist, Gefühle zu verstehen. Aber er steht auf, kommt zu mir, zieht mich in seine Arme und küsst mich auf die Stirn. Diese Geste ist so süß und unerwartet, dass die Ängste in meinem Kopf sofort verschwinden.

»Ich will dich nicht verärgern«, sagt er. »Ich habe Angst, dass ich dir wehtun könnte. Wie beim letzten Mal. Ich könnte nicht mit mir selbst leben, wenn ich dir das noch einmal antäte, Sasha.«

Ich greife nach oben und fahre die dunklen Ränder unter seinen Augen mit meinen Fingern nach. »Du hättest es mir sagen sollen, Ronan. Du hast nicht genug geschlafen. Wir hätten darüber reden können.«

»Wozu?«, fragt er.

»Weil ich weiß, dass du mir nicht wehtun wirst. In jener Nacht hattest du Medikamente genommen, und ich hätte dich nicht anfassen sollen, als du so fertig warst. Es war nicht deine Schuld.«

»Ich habe dich verletzt«, wiederholt er.

»Es wird nicht wieder vorkommen«, versichere ich ihm.

Er schüttelt den Kopf, und ich sehe, dass dies ein weiterer Kampf mit ihm werden wird. Aber es ist einer, den ich bereit bin zu führen. Ich nehme seine Hand, schiebe meine Finger durch seine und führe ihn zurück in sein Schlafzimmer.

»Leg dich hin, bitte.«

Er zögert, also klettere ich auf die Innenseite des Bettes und klopfe auf die freie Fläche neben mir. Irgendwann gibt er nach, aber nur, um mir einen Gefallen zu tun. Er plant, wieder zu gehen, sobald ich einschlafe. Das wird nicht passieren, ich habe nämlich meine eigenen Pläne.

Ich strecke mich aus, fahre mit meinen Fingern durch sein Haar, und er schließt seine Augen. Ich massiere sanft seine Kopfhaut und arbeite mich dann bis zu seinem Nacken und seinen Schultern vor. Die Spannung löst sich aus seinen Muskeln, und innerhalb weniger Minuten schläft er ein.

Ich rutsche nah genug heran, um seine Wärme zu spüren, aber ich achte darauf, ihn nirgendwo zu berühren. Und als ich meine Augen schließe, fühle ich mich sicherer, weil ich weiß, dass er da ist.

---

Ich wache auf, weil Ronan schwer atmet.

Sein Körper ist versteift, ein sicheres Zeichen dafür, dass er einen weiteren Albtraum hat. Er macht kein Geräusch, aber so, wie er neben mir zuckt, ist es offensichtlich, dass er eine seiner schrecklichen Erinnerungen durchlebt.

Es dämmert fast, also kann ich seine Gesichtszüge im frühen Morgenlicht erkennen. Sein Gesicht ist schmerzverzerrt, und ich will, dass es aufhört. Ich will nicht, dass er diese Qualen noch einmal verspürt.

Mein Fehler vom letzten Mal ist noch frisch in meinem Kopf und lässt mich meinen nächsten Schritt sorgfältig überdenken. Ich krabbele aus dem Bett und stelle mich ans Fußende, so dass es genug Abstand zwischen uns gibt, falls er wie das letzte Mal reagiert, wenn ich ihn wecke.

»Ronan«, rufe ich.

Das holt ihn nicht aus seinem Albtraum, also rufe ich ihn noch einmal. Beim dritten Mal reißt er endlich die Augen auf und sitzt schweißgebadet im Bett, während seine Augen durch den Raum huschen und nach Bedrohungen suchen. Als sie auf mir landen, füllen sie sich mit Verwirrung und dann mit Enttäuschung.

»Hey.« Ich gehe zu seiner Seite und krieche auf seinen Schoß. »Es ist alles in Ordnung.«

Er sieht mich nicht an. Seine Augen sind dunkel und verschlossen und weit weg. Er ist wütend auf sich selbst. Ich nehme seinen Kopf zwischen meine Handflächen und kippe ihn nach hinten, damit er meinen Blick erwidern muss.

»Komm zu mir zurück«, sage ich ihm, während ich beruhigend mit meinen Fingern über seine Haut fahre. »Komm immer zu mir zurück. Zusammen können wir diese Dämonen verjagen.«

Seine Arme legen sich um meine Taille, er vergräbt sein Gesicht an meinem Hals und atmet mich ein. Als er spricht, ist seine Stimme mit einer Überzeugung erfüllt, die keinen Raum für Zweifel lässt.

»Ich werde mich immer um dich kümmern, Sasha«, sagt er, »dich immer beschützen. Du musst dir darüber keine Sorgen machen. Niemand wird dir jemals wieder wehtun.«

»Ich weiß«, flüstere ich.

Und dann küsse ich ihn. Weil ich weiß, dass er es ernst meint.

Es gibt nichts auf Gottes grüner Erde, was Ronan Fitzpatrick nicht tun würde, um mich zu beschützen.

# 33

## *Ronan*

Ich habe gerade die Dusche angestellt, als es an der Vordertür klopft.

Bevor ich mir meinen Slip wieder anziehen kann, ruft mir Sasha etwas vom Flur aus zu.

»Ich gehe.«

Ich antworte ihr, dass sie nicht gehen soll, aber sie hört mich nicht. Ich bin genau hinter ihr und nur halb angezogen, als sie die Tür öffnet und Crow davorsteht. Er blinzelt sie eine Sekunde lang an, und die Erleichterung darüber, dass sie hier ist, überzieht sein Gesicht. Dann bewegt sich sein Blick zu mir, und sofort weiß ich, dass dieser Besuch keine guten Nachrichten bringt.

»Sasha.« Crow legt seinen Kopf schief. »Ich wusste nicht, dass du hier bist.«

Sie bemerkt die Anspannung in seinen Augen und Schultern nicht, und ich bin froh darüber. Aber es besteht immer noch die Möglichkeit, dass meine Lüge aufgedeckt wird, und ich habe keine Ahnung, was ich tun soll.

»Was brauchst du?«, fahre ich Crow an.

Sowohl er als auch Sasha sehen mich überrascht an.

»Ich brauche ein Wort mit dir unter vier Augen«, antwortet Crow, und sein Blick schweift über mein ungepflegtes Erscheinungsbild.

Er grinst jetzt.

»Sieht so aus, als hätte ich euch beide beim Zuhausespielen erwischt«, fügt er hinzu.

Sasha schaut ihn komisch an und blickt dann in meine Richtung.

»Wir können draußen reden«, sage ich zu ihm. »Gib mir nur einen Moment, und ich komme raus zu dir.«

»Ich warte hier«, sagt er. »Es ist verdammt kalt da draußen heute Morgen.«

»Mir wäre es lieber, wenn du das nicht tun würdest«, entgegne ich.

»Ronan?«, Sasha geht auf mich zu und fährt mit ihrer Hand über meinen Arm. »Es ist in Ordnung. Ich wollte sowieso duschen gehen.«

Ich bin erleichtert, als ich keine Fragen in ihren Augen sehe. Ich bin nicht bereit dafür, dass sie geht. Und ich bin mir nicht sicher, ob ich das jemals sein werde. Sie stellt sich auf die Zehenspitzen und küsst mich vor Crows Augen auf die Wange. Erst nachdem sie weggegangen ist, bemerke ich, dass es mich nicht gestört hat. Crow räuspert sich und zieht meine Aufmerksamkeit wieder auf sich.

»Was macht sie hier, Fitz?«

»Das ist meine Angelegenheit«, antworte ich.

»Wieso so empfindlich?«, fragt er. »Es war eine ehrliche Frage. Das Letzte, das ich gehört habe, war, dass sie gehen wollte.«

Ich blicke den Flur hinunter und bedeute ihm, sich hinzusetzen. Das tut er. Daisy schnüffelt an ihm, und er tätschelt ihr ein paarmal den Kopf, bevor sie auf meinen Schoß springt.

»Sie bleibt nur für eine Weile bei mir«, sage ich ihm. »Das ist alles.«

»Ronan«, sagt Crow mit ernster Stimme. »Ich bin hierhergekommen, um dir zu sagen, dass Andrei von ihr weiß.«

»Was?« Meine Augen verbinden sich mit seinen. »Das ist unmöglich.«

»Alles ist möglich«, sagt er. »Und er tut es wirklich.«

»Woher weißt du das?«, frage ich.

Er blickt auf den Boden, und sein Blick wird abwesend. »Jemand hat Jasmine überfallen, nachdem sie gestern Abend den Club verlassen hat«, erklärt er mir, »und hat ihre Leiche in die Gasse geworfen, damit wir sie heute Morgen finden können.«

Er gibt mir sein Handy, und ich starre auf das Foto

der verstümmelten Tänzerin. Der Metzger hat seine Visitenkarte an ihrem ganzen Körper hinterlassen, und selbst für jemanden wie mich ist so viel rohe Gewalt schockierend. Ich kann es nicht ertragen, dass Frauen so etwas über sich ergehen lassen müssen. Aber das Beunruhigendste daran sind die Worte, die in ihre Brust geschnitzt sind, und von denen ich nicht wegschauen kann.

*Wo ist Sasha?*

»Sie darf davon nichts wissen.« Ich schiebe das Telefon zurück zu Crow, damit ich den Anblick nicht sehen muss. Aber ich denke immer noch an ihn, und er wird auch nicht so schnell aus meinem Kopf verschwinden.

Crow neigt seinen Kopf zur Seite und betrachtet mich für einen Moment. Er versteht den Ausdruck auf meinem Gesicht. Diese Sache mit Andrei hat gerade eine ganz neue Dringlichkeit bekommen, eine die sie noch nie zuvor hatte. Crow denkt, dass ich etwas Dummes tun werde, und wahrscheinlich hat er recht.

»Ich werde ihn finden«, sage ich.

»Du gehst nirgendwo allein hin«, antwortet Crow. »Er wird dich erwarten.«

»Ich arbeite immer allein.«

»Das steht nicht zur Debatte, Fitz.« Er steht auf. »Und wenn ich du wäre, würde ich darüber nachdenken, es Sasha zu sagen.«

Ich nehme meine Brille ab und reibe mir die müden Augen. »Sie weiß es schon, irgendwie.«

Er schaut auf mich herab und nickt. Crow kennt mich zu gut, um mich fragen zu müssen, warum.

»Sorge dafür, dass Rory hier ist, um sie zu bewachen«, sage ich ihm. »Conor kann mit mir kommen.«

»Conor ist zu grün«, widerspricht Crow.

»Deshalb wird er hier nicht allein mit Sasha bleiben.«

Crow sieht so aus, als sei er nicht bereit, nachzugeben, und das ärgert mich. »Ich erinnere mich an eine Zeit vor nicht allzu langer Zeit, in der du Mack auch nicht in Conors Händen lassen wolltest.«

Er grinst und zuckt mit den Schultern, und ich weiß, dass ich gewonnen habe. Rory und ich haben gegenseitigen Respekt füreinander. Ich vertraue ihm. Und wenn ich Sasha mit jemandem allein lassen muss, der nicht ich oder Crow ist, dann am liebsten mit ihm.

Crows Gesicht verrät deutlich, wie wenig ihm das gefällt, aber er weiß, dass ich recht habe. Wir haben nicht genug Männer, um über alle Tänzerinnen zu wachen, den normalen Betrieb aufrechtzuerhalten und Andrei zu jagen.

»Ich schicke ihn dann rüber«, sagt Crow, als er die Tür erreicht. »Und Ronan?«

»Aye?«

»Hör auf, meiner Frau so viele verdammte Donuts zu schicken«, sagt er. »Sie sind nicht gut für das Baby.«

Nach einer kurzen Dusche mache ich mich auf den Weg, bevor Sasha überhaupt das Frühstück beenden kann. Ich glaube, sie hat herausgefunden, dass etwas nicht stimmt, aber sie hat nicht gefragt.

Das ist es, was ich an ihr mag. Sie drängt mich nie. Sie lässt mich tun, was ich tun muss, und dann wartet sie bis zum richtigen Moment, wenn sie eine Frage hat. Wenn sie es für seltsam hielt, dass Rory auftauchte, um auf sie aufzupassen, hat sie es nicht gesagt.

Jetzt sitzen Conor und ich im Auto und fahren zu allen Orten, die Andrei regelmäßig besucht, um Spuren zu finden. Als es Mittag ist, wurde bereits zweimal auf uns geschossen, und wir wurden auch fast von Messern erwischt. Conor hat sich ziemlich gut geschlagen, und ich habe es ihm gesagt. Er ist jung, aber er lernt schnell.

»Es scheint irgendwie sinnlos zu sein, an die gleichen Orte zu gehen, an denen er normalerweise rumhängt«, bemerkt Conor. »Wenn er mit dir spielt, wie wahrscheinlich ist es dann, dass er sich an Orten aufhält, von denen er weiß, dass er dort erwischt werden kann?«

»Hast du einen besseren Vorschlag?«, frage ich scharf.

Conor zuckt mit den Achseln und starrt dann wieder aus dem Fenster. »Nun, wenn er nach Sasha sucht, würde ich annehmen, dass er wahrscheinlich irgendwo in der Nähe ihrer Wohnung und des Clubs ist. Selbst wenn er es nicht ist, würden es einige seiner Männer sein. Kennst du seine Männer?«

Seine Worte wecken eine Erinnerung. Das vertraute Gesicht, das ich nicht töten konnte, als ich ihn das letzte Mal sah. Der junge Mann, der aussah wie Alex.

Ich bremse, drehe um und fahre in Richtung Sashas alter Wohnung. Conor blickt mich mit einem dummen Grinsen im Gesicht an.

»Ich habe etwas Hilfreiches gesagt, nicht wahr?«

»Aye, Junge«, sage ich ihm. »Du lernst.«

Für die nächsten drei Stunden fahren wir durch Sashas Viertel und an einigen Orten in der Nähe vom Slainte vorbei, wo sie sich verstecken könnten. Das Problem ist, dass diese Gegend eine Fülle von schäbigen Orten zum Verstecken hat. Ich mochte es nie, dass sie in dieser Nachbarschaft lebte, aber es gab wenig, was ich dagegen tun konnte.

Ich glaube nicht, dass wir Andrei heute finden werden, und das nervt mich. Aber dann sehe ich von unserem Parkplatz aus einen Jungen an der Ecke von Sashas Apartmenthaus. Es ist nicht derselbe Junge, den ich in jener Nacht gesehen habe, aber er ist ungefähr gleich alt. Jung, dumm und benimmt sich verdammt auffällig.

Er blickt immer wieder über seine Schulter, während er geht. Ich zähle jedes einzelne Mal, und als er die Eingangstür erreicht, hat er es genau sechsmal getan.

»Er«, sage ich Conor.

Conor kratzt seine Augenbrauen und schüttelt zweifelnd den Kopf. »Meinst du wirklich? Er sieht für mich nur wie ein junger Punk aus.«

»So ähnlich wie du«, bemerke ich, als ich aus dem Auto steige und die Tür hinter mir schließe.

Conor folgt mir in das Gebäude. Wir halten sicheren Abstand und bleiben in jeder Etage stehen, um seine Schritte über uns zu hören. Ich bin überhaupt nicht überrascht, als er auf Sashas Etage stehen bleibt und um die Ecke geht. Seine Schritte entfernen sich kurz, als er zu ihrer Wohnung geht, und dann überwältigen wir ihn.

Gerade als er die Tür öffnet, schlage ich ihn von hinten und halte ihn als lebenden Schild vor mich. Aber als die Tür aufschwingt, wird der einzige andere Mann im Inneren überrascht. Er hebt seine Waffe, aber ich habe meine bereits entsichert und eine Kugel in seinen Kopf gejagt, bevor er überhaupt abdrücken kann.

Der Junge in meinen Armen zittert jetzt und pisst sich vor Angst ein. Ich fühle mich fast schlecht für das, was ich mit dem Jungen machen muss, um Informationen aus ihm herauszuholen, bis mein Blick zum anderen Ende des Raumes schweift, wo ein Mädchen, das mir bekannt vorkommt, an den Heizkörper gefesselt ist.

Sie ist stark zusammengeschlagen worden und hat bereits ein paar Schnitte auf ihrem Körper, die zweifellos von Andrei stammen. Er spielt gerne mit seinen Opfern, bevor er sie schließlich tötet. Es ist ein langer Prozess, und ich frage mich, wie lange er schon mit ihr spielt. Ihr Gesicht ist so geschwollen, dass ich nicht sagen kann, wo ich sie schon einmal gesehen habe. Aber Conor weiß es. Er eilt auf sie zu und kniet sich hinunter, um ihr zu helfen.

»Scarlett?«, flüstert er. »Bist du das?«

Sie macht ein Geräusch irgendwo zwischen einem Stöhnen und einer Zustimmung.

»Sie ist gefesselt«, sagt er und blickt zu mir zurück. »Kannst du das Schloss knacken?«

»Aye«, sage ich ihm. »Ich könnte. Oder du könntest wahrscheinlich einfach die Schlüssel von dem toten Arschloch auf dem Boden nehmen.«

Conor blinzelt und huscht dann zu der Leiche hinüber, während ich den Flur überprüfe und dann den jungen Mann durch den Raum ziehe. Sobald Conor die Handschellen von Scarletts Händen entfernt hat, nehme ich sie und fessele damit den neuen Gefangenen. Ich kann ihn hier nicht foltern, weil ich weder mein Werkzeug noch die Dinge habe, die ich brauche, um ihn ruhig zu halten. Ganz zu schweigen davon, dass, wenn zwei von Andreis Männern hier sind, sicherlich noch mehr auf dem Weg sind. Und da ich nicht an zwei Orten gleichzeitig sein kann, muss das reichen.

»Bring sie runter zum Auto«, sage ich Conor und werfe ihm die Schlüssel zu. »Und dann treffen wir uns hinten am Notausgang.«

»Okay.« Er nickt und hilft Scarlett auf die Beine.

Sie sieht mich an, und ich spüre wegen der offensichtlichen Tortur, die sie durchgemacht hat, ein Stechen in meinem Bauch.

»Hat dir dieser Junge wehgetan?«, frage ich sie, bevor sie geht.

Ihre Augen bewegen sich über ihn, zeigen aber keine Angst. Sie nickt nur, als hätte sie schon tausendmal Männer wie ihn gesehen. Sie weiß, dass sie sein Todesurteil unterschreibt, aber es ist ihr egal.

»Conor wird sich um dich kümmern«, sage ich ihr. »Niemand wird dir jetzt noch wehtun.«

»Ich weiß«, antwortet sie. Und bevor sie geht, fügt sie hinzu: »Lass ihn leiden.«

---

Ich wusste, dass, sobald Conor im Slainte mit meinem Gefangenen im Schlepptau auftauchen würde, es nur eine Frage der Zeit wäre, bis Crow zu mir käme.

Ich frage ihn nicht einmal, woher er wusste, von wo aus ich Sashas Wohnung beobachtete. Er setzt sich neben mich in das leere Gebäude auf der anderen Straßenseite und holt ein Fernglas heraus.

»Irgendwelche Bewegungen?«, fragt er.

»Noch nicht«, lautet meine Antwort. »Aber sie werden früh genug kommen. Andrei lässt eine gute Frau nicht verkommen.«

»Du hättest mich anrufen sollen«, sagt er. »Du solltest das nicht allein machen, Fitz.«

Ich zucke mit den Achseln, und der Raum um uns herum wird für einen Moment still.

»Wie geht es dem Mädchen?«

Crow seufzt. Diese ganze Situation verschlimmert seine Kopfschmerzen, da bin ich mir sicher. Das Mädchen ist eine Freundin von Mack, aber sie ist nicht bei uns angestellt. Und jetzt ist sie auch noch eine Zeugin des Mordes. Das ist eine Komplikation für ihn. Selbst wenn ich ihm sagen würde, dass er sich keine Sorgen um sie machen muss, dass ich mir sicher bin, dass sie ihren Mund hält, würde das nicht funktionieren.

»Rory wird sie noch eine Weile im Auge behalten«, antwortet Crow. »Aber Mack weiß von nichts.«

»Von mir wird sie es nicht erfahren«, sage ich ihm.

Er nickt, setzt das Fernglas ab, nachdem er die Straße abgesucht hat, und lehnt sich in seinem Stuhl zurück.

»Scheint so, als würde Rory sie mögen«, bemerkt Crow. »Aber sie zeigt ihm die kalte Schulter. Er war ganz scharf darauf, ihr Babysitter zu sein, als ich einen gesucht habe.«

»Aye«, stimme ich zu. »Schön, dass ich es nicht tun muss.«

»Du musst dir um deine eigene Frau Sorgen machen, Fitz«, sagt er. »Was ist das zwischen dir und Sasha?«

Ich ignoriere ihn, weil es ihn nichts angeht. Crow ist den Tänzerinnen gegenüber immer misstrauisch, aber wegen dem, was mit Blaine passiert ist, glaube ich, dass er es Sasha gegenüber noch mehr ist. Unabhängig davon, warum sie gelogen hat, wird Crow ihr gegenüber wahrscheinlich immer misstrauisch sein. Aber ich kenne Sasha. Ich beobachte sie seit drei langen Jahren. Ich will sie haben, Dinge über sie erfahren. Ich weiß alles, was es über sie zu wissen gibt, von wie gut sie schläft bis hin zu der Art von Essen, das sie gerne mag.

Ein Mann lernt diese Dinge über einen Menschen nicht, ohne selbst einige Schlussfolgerungen zu ziehen. Sasha ist so loyal, wie man nur sein kann. Ich hatte immer den Verdacht, dass Blaine sie irgendwie bedroht. Sie manipulierte. Aber ohne, dass sie mir etwas gesagt hat, konnte ich nichts dagegen tun. Bis zu jenem Tag. Bis ich es mit eigenen Augen sah.

Ich erwarte nicht, dass Crow das jemals versteht. Also kann er seine Meinung gerne für sich behalten.

»Warum heiratest du sie nicht, Fitz?«

Ich blicke zu ihm hinüber und erwarte Sarkasmus auf seinem Gesicht. Aber es gibt keinen. Er meint es ernst.

»Ich weiß nicht, ob sie mich haben will«, antworte ich ihm ehrlich.

»Nun, es gibt nur einen Weg, es herauszufinden«, sagt er. »Nicht wahr? Glaubst du wirklich, dass du sie einfach gehen lassen kannst? Weil ich nicht glaube, dass du das kannst.«

Er hat recht, und wir beide wissen, dass er recht hat. Also nicke ich einfach.

Und dann sehe ich eine Bewegung auf der Straße. Ich benutze das Zielfernrohr meines Gewehrs, um einen Blick darauf zu werfen, und Crow tut dasselbe mit seinem Fernglas.

»Sieht so aus, als hätten wir noch ein paar weitere Leckerbissen«, sagt er, während wir aufstehen. »Ich hoffe, du bist hellwach, Fitzy. Das wird eine lange Nacht für den berüchtigten Reaper.«

# 34

### *Sasha*

Rory geht seit dem Telefonat vorhin nervös in Ronans Haus hin und her. Er blickt ständig auf die Tür, also weiß ich, dass er jemanden erwartet, aber ich frage ihn nicht, wer es ist.

Rory hat mich immer respektvoll behandelt, aber da er nicht viel in der VIP-Lounge im Slainte herumhing, kenne ich ihn nicht sehr gut. Es ist seltsam, dass er über mich wacht, aber ein Blick auf den Kerl genügt, und es ist klar, warum Ronan ihn ausgewählt hat.

Er ist ein Muskelpaket. Ein großer, stämmiger Mann, von dem ich weiß, dass er bei den Untergrundkämpfen häufig großen Schaden anrichtet. Er ist ein Boxer durch und durch. Rau an den Kanten, aber er hat auch Sinn für Humor. Er macht immer

Witze und albert herum. Ihn so ernst zu sehen macht mich ein wenig nervös.

»Was ist los?« Endlich gebe ich meiner Neugier nach und frage.

Bevor er antworten kann, öffnet Conor die Haustür. Er führt ein Mädchen herein, das jemand offensichtlich als Boxsack benutzt hat, und ein nervöses Zittern läuft mir über die Wirbelsäule, als ich sie mir genau ansehe. Es dauert eine Minute, bis ich erkenne, dass es Macks Freundin ist. Scarlett.

Bevor ich überhaupt die Chance habe, ihr meine Hilfe anzubieten und zu fragen, wen zum Teufel ich ermorden soll, ist Rory an ihrer Seite. Seine Hände zucken, und es ist offensichtlich, dass er sie berühren will, aber er reißt sich zusammen. Gerade so.

»Der Doc ist auf dem Weg«, sagt er ihr. »Sasha kann dir Klamotten bringen. Sag mir, was du brauchst. Eine Dusche? Schmerzmittel? Sag es, Süße.«

Sie winkt ihm ablehnend mit der Hand zu und versucht zu grinsen, aber es ist offensichtlich, dass es für sie schon schmerzhaft ist, es überhaupt zu versuchen.

»Jaysus«, murmelt Rory. »Ich werde die Motherfucker foltern, die dir das angetan haben.«

Scarlett streckt ihr Kinn vor und setzt ein tapferes Gesicht auf. Sie täuscht vielleicht die Jungs, aber ich erkenne die Erschöpfung in ihren Augen. Es ist derselbe Ausdruck, den ich jeden Tag auf meinem Gesicht sah, als ich mit Blaine zusammen war.

»Geh einfach, Rory«, sagt sie zu ihm. »Es wird alles

gut. Oder vielleicht auch nicht. Ich schätze, dass du sowieso das machen wirst, was du willst, egal, was ich sage.«

»Es ist zu deinem Schutz«, antwortet er ihr mit einer sanften Stimme.

Seine Finger streichen über ihren Arm, aber sie schüttelt sie ab, bevor ihre Augen sich auf die meinen richten.

»Würde es dir was ausmachen, mir zu helfen?«, fragt sie. »Ich muss aus diesen Klamotten raus, und eine Dusche klingt gut.«

»Natürlich.«

Ich gehe zu ihr, und Rory runzelt die Stirn, als ich sie von ihm wegführe. Er hat einen hilflosen Gesichtsausdruck, aber nur für einen kurzen Moment. Dann wird dieser von Entschlossenheit ersetzt. Das überrascht mich überhaupt nicht. Diese Kerle leben nach einem Kodex, und derjenige, der heute Abend seinen Zorn zu spüren bekommt, tut mir nicht im Geringsten leid.

Ich helfe Scarlett ins Badezimmer und aus ihrem zerfetzten Kleid. Ihr ganzer Körper ist mit Blutergüssen übersät, und sie hat einige tiefe Schnitte an den Armen und der Brust. Ich weiß, es ist eine dumme Frage, aber es ist trotzdem die erste, die meinem Mund verlässt.

»Mein Gott, Süße, geht es dir gut?«

Sie versucht, mit den Schultern zu zucken, aber sackt gleich wieder zusammen. »Ich habe schon Schlimmeres durchgemacht.«

»Gott«, murmele ich, während ich zur Dusche gehe und sie für sie anmache. »Ich würde sie selbst töten, wenn ich könnte.«

»Sieht so aus, als hätten wir schon ein paar Iren im Einsatz«, witzelt Scarlett. »Obwohl ich vermute, dass sie tiefgründigere Motive haben.«

»Was meinst du damit?«

Sie blinzelt mich an und versucht nicht einmal, es mir zu verheimlichen, was eine nette Abwechslung ist. »Sie sind hinter dir her, Puppengesicht.«

»Was?«

Ich greife nach der Ablage, um mein Gleichgewicht zu halten. »Woher weißt du das?«

»Weil ich in deiner alten Wohnung war«, sagt sie. »Und sie haben mich über dich ausgefragt.«

»Oh mein Gott.« Ich lege eine Hand über meinen Mund und schaffe es kaum bis zur Toilette, bevor ich mich übergeben muss.

Scarlett betrachtet mich ungerührt, als würde sie so etwas jeden Tag sehen. Sie ist so unverblümt, dass ich wirklich nicht weiß, was ich von ihr halten soll.

»Tut mir leid«, stöhne ich.

»Schwanger?«, fragt sie.

Meine Augen weiten sich, und sie schüttelt den Kopf. »Keine Sorge. Ich werde es niemandem sagen. Genau wie ich diesen Schwanzlutschern nichts von dir erzählt habe. Nicht, dass ich überhaupt etwas wüsste.«

»Ich wusste nicht, wie schlimm es ist«, gebe ich zu. »Ich dachte nur, ich müsste mich von der Straße und dem Club fernhalten – und es würde mir gut gehen.

Aber jetzt foltern sie meinetwegen andere Menschen?«

»Es ist nicht deinetwegen«, sagt sie mir. »Aber das weißt du bereits. Püppchen, je schneller du lernst, dass Frauen in dieser von Männern dominierten Welt nichts als Bauern auf einem Schachbrett sind, desto besser bist du dran.«

»Vertrau mir«, sage ich ihr, während ich mir das Gesicht abwische. »Ich bin mir dessen bereits sehr bewusst.«

# 35

### *Sasha*

Als Ronan nach Hause kommt, schläft Scarlett auf dem Sofa. Ich bin zugegebenermaßen auch eingenickt, weil ich nicht länger gegen meine Erschöpfung durch die Ereignisse dieser Nacht ankämpfen konnte. Rory war noch nervöser als sonst, besonders nachdem er hörte, wie Scarlett dem Arzt sagte, dass sie die Pille für danach bräuchte.

Ronan geht direkt auf mich zu und würdigt Rory kaum eines Blickes, als er ihm sagt: »Ich habe einen für dich übriggelassen.«

Rory ist aufgesprungen und aus der Tür gerannt, als wäre der Teufel hinter ihm her, und ich beschließe, dass ich nichts darüber wissen will.

Ronan lässt sich neben mir auf das Sofa fallen und zieht mich auf seinen Schoß. Ich rieche Jameson in seinem Atem, als er mein Gesicht küsst und seine großen Handflächen über mein Haar streichen. Ziemlich schnell hat er mir die Hose und das T-Shirt ausgezogen und trägt mich den Flur hinunter in sein Schlafzimmer.

Er fickt mich wie verrückt und bricht dann neben mir zusammen, nachdem wir beide gekommen sind. Mein Haar fällt über seine Brust, und er spielt damit, wobei sein Blick ruhig und nachdenklich ist.

»Bleib bei mir«, sagt er leise. »Sei mit mir zusammen.«

Mein Puls explodiert und überflutet meinen ganzen Körper mit Wärme. Ich kann nicht aufhören, ihn zu berühren. Ich schaue ihn an. Ich weiß nicht, ob ich sagen soll, wie sehr ich ihn liebe oder ob ich mehr als alles andere mit ihm zusammen sein will. Was stattdessen aus meinem Mund kommt, ist: »Ich bin schwanger.«

Und der Moment ist offiziell vorbei.

Panik durchdringt seine Gesichtszüge und spült alle Fortschritte, die wir in den letzten Monaten gemacht haben, fort. Seine Augen huschen etwa zehnmal von meinem Gesicht zu meinem Bauch und zurück, bevor sein Ausdruck völlig leer wird.

Er sagt gar nichts. Kein Wort. Er steht einfach auf und zieht sich an.

»Ronan?«

Meine Stimme ist leise, und ich kann nicht die Worte finden, um ihn zu bitten, zu bleiben. Also geht er zur Tür hinaus.

# 36

### *Sasha*

Ich blicke zum hundertsten Mal in den letzten zehn Minuten auf die Uhr. Ich weiß nicht, was ich jetzt tun soll. Aber ich werde verrückt, wenn ich in diesem Haus sitze und nur darauf warte, dass er zurückkommt.

Scarlett schläft immer noch verletzt auf dem Sofa, auf das sie bestanden hat. Rory hat versucht, sie umzustimmen, und das Endergebnis war, dass er vor das Haus gegangen ist, wo er seine Frustrationen für sich behalten konnte.

Ich weiß, dass er genau vor dem Haus in seinem dort geparkten Auto sitzt. Ich könnte hinausgehen und verlangen, dass er mich zu Ronan bringt.

Oder ich könnte ganz einfach gehen.

Diese zweite Option gefällt mir nicht mehr. Der Gedanke, ihn zu verlassen, fühlt sich jetzt wie eine eigene Art von Gefängnis an. Ich bin gerne hier, in Ronans Haus, schlafe gern neben ihm, atme ihn gern ein, wenn er mich nachts festhält. Ich weiß nicht, wie ich das aufgeben soll. Ihn aufgeben soll.

Wir sind so weit gekommen. Ich will jetzt nicht umkehren. Aber dann denke ich einfach daran, dass er mich verlassen hat. Wieder. Und vielleicht wird er diesmal wirklich nicht zurückkommen. Vielleicht war alles umsonst.

Mein neues Telefon klingelt und lässt mich aus meinen Gedanken hochschrecken. Als ich Macks Namen sehe, gehe ich ohne zu zögern dran.

»Sash«, schreit sie ins Telefon. Sie klingt total ausgeflippt, und Mack klingt nie ausgeflippt. Das macht mich nervös. »Etwas geht hier vor sich.«

»Was meinst du damit?«

»Einige Bundesbeamten sind gerade gekommen und haben Lachlan verhaftet. Ich habe versucht, einige der anderen Jungs anzurufen, aber ich konnte sie nicht erreichen. Ist Rory noch da?«

»Ich weiß nicht.« Ich gehe auf die Tür zu. »Ich werde nachsehen.«

»Warte!«, sagt Mack. »Nimm deine Handtasche und was zum Anziehen. Sag Rory, er soll dich zum Geheimversteck bringen. Da bin ich auch.«

»Ich kann nicht«, widerspreche ich. »Ich muss warten, bis Ronan zurückkommt.«

»Sasha, das ist das Protokoll«, beharrt Mack auf ihrer Anweisung. »Er wird genau wissen, wo du bist, und er wird zu dir kommen, sobald er kann, okay? Aber im Moment wissen wir nicht, wie viele der Jungs in Haft sind, und es ist nicht sicher, ungeschützt im Haus zu sein.«

Ich denke an mein Baby, und obwohl ich auf Ronan warten will, weiß ich, dass sie recht hat.

»Okay«, sage ich ihr. »Ich hole ein paar Klamotten.«

»Beeil dich«, drängt Mack. »Ich habe ein wirklich seltsames Gefühl dabei. Ich bleibe mit dir am Telefon, bis du mit Rory im Auto sitzt.«

»In Ordnung, aber ich muss mir auch Scarlett schnappen.«

»Scarlett?«, ruft Mack durch das Telefon. »Was macht sie bei dir?«

Ich antworte nicht, weil ich mir ziemlich sicher bin, dass ich ihr nichts sagen sollte, wenn sie es noch nicht weiß. Aber das ist mir jetzt wirklich egal.

»Das kann sie dir selbst erzählen«, antworte ich. »Sobald wir dort ankommen.«

»Sash«, stöhnt Mack. »Schön, was auch immer. Ich drehe durch, Sash. Beeil dich einfach.«

Ich packe schnell, und Mack berichtet mir währenddessen von den Ereignissen des Abends. Sie erzählt mir, wie Lachlan gerade aus dem Club nach Hause gekommen war, als die FBI-Beamten anfingen, gegen die Tür zu schlagen. Es war ein seltsames Timing, so als wollten sie absichtlich, dass er allein war, damit er die anderen nicht warnen konnte.

»Du hast nichts von Ronan gehört?«, frage ich noch

einmal. »Ich habe ihm geschrieben, aber er antwortet nicht.«

»Nein, Sash«, antwortet sie. »Es tut mir leid. Aber wenn jemand weiß, wie man diesen Typen entgeht, dann Ronan. Ich glaube nicht, dass du dir Sorgen um ihn machen musst. Wir werden herausfinden, was los ist.«

Ihre Worte trösten mich nicht, also konzentriere ich mich auf die derzeitige Aufgabe. Ich wecke Scarlett auf und erkläre ihr, dass wir gehen müssen. Zu meinem Erstaunen springt sie ohne zu zögern auf. Ich erkenne, dass die natürlichen Kampf- oder Fluchtinstinkte dieses Mädchens einsetzen, was ein sicheres Zeichen dafür ist, dass dies nicht das erste Mal ist, dass sie um ihr Leben rennen muss. Wir erreichen die Haustür, und ich nehme Daisy hoch und unter meinen Arm, als mir etwas einfällt. Ihre Leine ist noch in der Küche, und wir werden sie brauchen.

»Kannst du sie zum Auto bringen?«, frage ich Scarlett. »Ich komme sofort.«

Sie nickt, und Mack beschwert sich offensichtlich nervös an meinem Ohr.

»Warum dauert das so lange?«

»Ich muss Daisys Leine holen. Ronan lässt sie nicht ohne nach draußen.«

»Wir können eine neue Leine bekommen«, protestiert Mack. »Beweg einfach deinen Arsch ins Auto.«

»In Ordnung, ich gehe ja schon«, sage ich ihr. »Ich rufe dich gleich zurück.«

Sie protestiert immer noch, als ich auflege und mich hektisch nach der Leine umsehe. Ich weiß, wie viel Wert Ronan darauf legt, dass Daisy nur damit nach draußen geht, weil er nicht will, dass sie wegläuft. Aber ich kann das dumme Ding nirgendwo finden.

Gerade als ich aufgeben will, sehe ich sie über einem der Stühle hängen. Ich reiße sie herunter, renne zur Haustür und dann die Treppe zur Straße hinunter.

Aber ich schaffe es nicht einmal drei Meter weit, als ein Auto anhält, sich die Türen öffnen und FBI-Agenten aussteigen. Mein Telefon fällt im Durcheinander auf den Bürgersteig, und mein Blick schweift zu dem Auto, das weiter weg geparkt ist. Das Auto, in dem Rory und Scarlett sind.

Ihre Gesichter sehen panisch aus, und ich weiß bereits, dass es für mich zu spät ist, weil uniformierte Beamte auf mich zukommen. Es gibt nichts, was sie im Moment für mich tun können, ohne dass das FBI mitbekommt, dass sie auch hier sind. Also richte ich meine Augen schnell auf etwas anderes und konzentriere mich auf das, was mich erwartet.

Eine Frau in FBI-Einsatzkleidung ist als Erste bei mir und packt mich am Arm.

»Sasha Varela.« Sie hält ein Stück Papier hoch. »Sie müssen mit uns kommen.«

Ich kann nicht einmal sehen, was auf dem Papier steht, als sie es bereits wieder wegzieht. Ich zögere, als sie versucht, mich zum Auto zu führen, und die anderen Beamten greifen zu ihren Waffen.

»Ich will nicht, dass Sie verletzt werden«, sagt sie.

»Aber ich werde Ihnen Handschellen anlegen, wenn Sie nicht freiwillig mitkommen. Lassen Sie uns das vermeiden, Sasha.«

Ich starre sie an, und sie schiebt mich auf die Rückbank einer Limousine. Dann setzt sie sich neben mich, und wir fahren die Straße hinunter weg.

»Wohin bringen Sie mich?«, will ich wissen. »Weshalb bin ich verhaftet? Ich muss es wissen …«

»Ich werde Ihnen alles sehr bald erklären«, sagt sie. »Aber ich kann Ihnen versprechen, Sasha, dass das wahrscheinlich die Gelegenheit ist, auf die Sie gewartet haben.«

---

Die Beamten bringen mich zu einem weißen Haus in einem Vorort, und immer wieder starrt mich der Typ, der fährt, über den Rückspiegel an. Er macht mir Angst, und alles an dieser Situation fühlt sich falsch an.

Als wir das Auto parken, kann ich langsam wieder klar denken. Sie können nicht einfach solche Dinge tun. Ich habe Rechte, und ich bin mir ziemlich sicher, dass sie bereits die Hälfte davon gebrochen haben.

»Was machen wir hier?«, beschwere ich mich. »Sie können mich nicht einfach verhaften, ohne mir zu sagen, weshalb. Ich will einen Anwalt. Ich muss dringend woanders sein … Ich muss eine Kaution hinterlegen, und ich kenne meine Rechte …«

»Sasha.« Die Agentin grinst selbstgefällig.

»Beruhigen Sie sich einfach. Ich werde Ihnen jetzt alles erklären.«

Sie nehmen mich mit ins Haus und setzen mich an den Küchentisch. Die Frau sitzt mir gegenüber und sieht viel zu selbstgefällig aus, als sie ihre Hände über dem Glas faltet.

»Sasha, mein Name ist Agent Reed, und glauben Sie es mir oder nicht, ich bin hier, um Ihnen zu helfen.«

»Wie, helfen?«, möchte ich wissen. »Indem Sie mich als Geisel halten? Stehe ich unter Arrest, oder was?«

»Sie sind nicht verhaftet«, sagt sie. »Noch nicht. Aber das könnte sich ändern, je nachdem, wie der Rest dieser Befragung abläuft.«

»Was zum Teufel soll das bedeuten?«, frage ich sie irritiert.

»Wir hatten einen barmherzigen Samariter, der uns auf einige kriminelle Aktivitäten innerhalb des Clubs, für den Sie arbeiten, aufmerksam gemacht hat. Fährten zu einigen Vermisstenfällen sowie eine schriftliche Zeugenaussage eines Donovan O' Connor.«

»Oh, Sie müssen Witze machen.« Ich schüttele den Kopf, und ein wahnsinniges Lachen ertönt aus meinem Mund.

Werde ich diesem verdammten Arschloch nie entkommen? Er ist tot, und er spielt immer noch eine Rolle in meinem Leben.

Agent Reed spitzt ihre Lippen und reagiert wirklich überrascht auf meinem Ausbruch. »Das tue ich wirklich nicht. In der Zeugenaussage kommen einige sehr interessante Dinge über Sie, Sasha, zum

Vorschein. Es scheint, dass Sie eine potenzielle Komplizin bei einigen dieser Verbrechen sind.«

Ich lehne mich zurück und verschränke die Arme, während ich sie anstarre.

»Erstens, Donny ist verdammt verwirrt. Wenn Sie also auf das hereinfallen, was er versucht, Ihnen zu verkaufen, tut es mir leid, dass er das Geld der Steuerzahler verschwendet, indem er Sie auf diese Schnitzeljagd schickt. Und zweitens weiß ich nichts über irgendwelche Verbrechen. Ich bin nur eine Tänzerin. Eine freiberufliche Mitarbeiterin. Also bin ich technisch gesehen nicht einmal in diesem Club beschäftigt. Und wenn Sie mich nicht verhaften wollen, bringen Sie mich besser zurück nach Hause.«

Die Beamtin seufzt und macht eine Geste zu dem anderen Mann, der mich immer noch genau beobachtet. Er ist eindeutig auch ein FBI-Beamter, aber etwas an ihm fühlt sich nicht richtig an. Ich mag es nicht, wie er mich ständig ansieht. So als ob er etwas weiß, was ich nicht weiß, als ob all das nur eine Show wäre.

Er öffnet eine Schublade und gibt Agent Reed eine Akte, die sie dann auf den Tisch vor mir wirft.

»Donovan O' Connor wird seit einiger Zeit vermisst«, sagt sie. »Und nach seinen eigenen Angaben hat er erwartet, dass dies passieren könnte. Er war darauf vorbereitet.«

Sie öffnet die Akte und lässt mich allein, damit ich einen Blick darauf werfen kann. Ich schlucke meine Nervosität herunter, während ich die Akte über den

Tisch ziehe und anfange, durch die Bilder zu blättern. Sofort weiß ich genau, wen und was sie zeigen.

Die Fotos selbst sind unscharf, und es gibt keine klare Aufnahme seines Gesichts, aber das ist zweifellos Ronan, der eine große Rolle Teppich in den Kofferraum eines Autos hinter dem Slainte lädt. Ich nehme mir Zeit, jedes einzelne Foto zu betrachten. Ich versuche zu erkennen, ob Donny tatsächlich etwas von Bedeutung aufgenommen hat.

Die Fotos wurden offensichtlich mit einem Handy gemacht, und es gibt kein Licht in diesem Teil des Grundstücks, so dass fast alles im Schatten liegt. Soweit ich sehen kann, gibt es nichts, womit man das Auto identifizieren könnte, weil Ronan das Nummernschild verdeckt. Die Fotos wurden offensichtlich so weit wie möglich bearbeitet, um das Motiv identifizieren zu können, aber das hat nichts gebracht.

Wenn ich es vorher nicht gewusst hätte, würden diese Fotos bestätigen, was für ein Idiot Donny war. Er dachte, das wäre sein einschlägiger Beweis. Aber es ist ganz offensichtlich, dass sie mich brauchen, um seine Geschichte zu bestätigen. Weshalb sollten sie mich sonst hierhergebracht haben? Und da er nicht hier sein kann, um zu reden, bezweifele ich, dass sie weitere Beweise haben.

»Bevor Sie etwas sagen …«, unterbricht Agent Reed meine Gedanken, »Ich denke, es ist wichtig, Sasha, dass Sie wissen, dass auch Sie angeklagt werden können, wenn Sie nicht kooperieren. Alternativ können Sie auch reinen Tisch machen. Steigen Sie in unser Zeugenschutzprogramm ein und beginnen Sie von vorne. Neuer Name, eine neue Stadt. Eine Chance, ein eigenes Leben zu führen. Ich weiß, dass die letzten Jahre für Sie schwierig waren. Ihre Mutter in der Endphase ihrer Krebserkrankung zu unterstützen war nicht einfach. Und dann jede Nacht im Slainte zu arbeiten, mit dem Wissen, dass Sie nie gehen können. Sie können mir nicht erzählen, dass Sie nicht darüber nachgedacht haben. Ich gebe Ihnen jetzt die Möglichkeit dazu.«

Ich atme langsam und kontrolliert durch und schaue zu ihr auf. In den letzten drei Jahren habe ich es geschafft, jeden zu täuschen, der jemals nach Blaine gefragt hat. Er ist der verdammte Albtraum, der einfach nicht verschwinden will. Und diese Beamtin denkt, dass ich nur eine dumme Stripperin bin, die nicht weiß, was sie tut. Sie denkt, sie kann mich mit ihrem süßen Gerede täuschen, ihrem Versprechen auf ein neues Leben. Ich weiß es besser. Ich weiß, dass ihre zuckersüßen Lügen in Wirklichkeit mit Gift überzogen sind.

Selbst wenn ich nichts und niemanden zu verlieren hätte, wäre das Syndikat zu verraten das Letzte, was ich je tun würde. Das ist ein Todesurteil, egal wie man es dreht. Hätte ich Blaine verraten können, hätte mich das vielleicht motiviert. Aber das ist nicht der Fall. Es geht um Ronan, und jeden anderen, der mich gut behandelt hat. Und wenn ich mich gegen Lachlan und seine Befragung behaupten kann, kann ich mit dieser dummen Tussi sicher umgehen.

»Sehen Sie«, sage ich ihr, »es ist offensichtlich, dass Sie denken, dass ich mehr weiß, als ich sage. Aber ich weiß nicht, was ich Ihnen noch erzählen soll. Ich habe keine Ahnung, wer auf diesen Fotos ist. Selbst wenn ich es täte, wäre es schwer zu sagen, was er tut. Ich meine, es sieht so aus, als hätte er Renovierungen durchgeführt, soweit ich es erkennen kann. Also tut es mir leid, aber wie ich schon sagte, ich kann Ihnen nicht helfen.«

»Das ist schade«, seufzt sie. »Wir hatten wirklich gehofft, dass Sie bereit sind, mit uns in dieser Sache zusammenzuarbeiten.«

Sie bleibt ruhig, öffnet die andere Akte vor sich und schiebt sie mir über den Tisch zu. Ich werfe einen flüchtigen Blick auf sie und fühle, wie meine Entschlossenheit ein klein wenig bröckelt.

»So wie ich es sehe«, sagt sie, »gibt es nur zwei offensichtliche Möglichkeiten. Entweder Sie nehmen den Deal an, den ich Ihnen anbiete … oder Sie werden für mehrere Verbrechen zur Verantwortung gezogen werden, die darin bestehen, einer kriminellen Organisation geholfen und sie unterstützt zu haben.«

Sie zeigt auf das zweite Blatt Papier in der Akte, um ihren Standpunkt zu bekräftigen, und zieht dann vielsagend eine Augenbraue in die Höhe. »Das sind übrigens alles Straftaten. Nicht, dass es wichtig wäre. Es spielt keine Rolle, in welchem Gefängnis Sie landen.

Die Iren haben überall ihre Finger drin, wurde mir gesagt.«

Meine Augen suchen ihre, und ich denke ernsthaft darüber nach, wie ich über den Tisch springen und sie genau hier erwürgen kann.

»Sie kommen sich wirklich verdammt wichtig vor«, knurre ich. »Nicht wahr?«

Sie wischt meinen Kommentar mit einer Handbewegung beiseite. »Also, was werden Sie tun, Sasha? Sie denken besser schnell nach. Das ist ein zeitlich begrenztes Angebot.«

Ich lehne mich in meinem Stuhl zurück und gehe meine Optionen durch. Meine Atemwege werden von Sekunde zu Sekunde enger, und ich weiß, dass ich mich selbst erden muss. Aber ich schaue mich im Raum um, und es gibt nichts Bekanntes. Es hilft nicht so, wie es normalerweise der Fall ist. Panik sickert in all meine Knochen ein, und ich weiß nicht, wie ich sie aufhalten soll. Ich bin schwanger. Ich kann nicht ins Gefängnis gehen. Aber ich kann auch nicht Ronan verraten.

Agent Reed und ich starren uns über den Tisch an, und keine von uns spricht ein Wort in dieser angespannten Stille. Aber da ist ein selbstgefälliges Lächeln auf ihrem Gesicht. Weil sie weiß, dass sie mich in ihrem Netz gefangen hat. Verfickte Schlampe. Verfickte Verräterschlampe. Sie schert sich einen Dreck um alles, außer darum, wie gut das in ihrer Akte aussehen wird. Hier geht es um ihre beruflichen Auszeichnungen und was sie davon haben wird.

Ich habe ehrlich gesagt keine Ahnung, was ich tun soll.

Aber wie sich herausstellt, ist das auch egal. Denn einen Moment später dringt jemand durch die Hintertür ein, und im ganzen Haus brechen Schüsse aus. Agent Reed schiebt mich unter den Tisch, und ich schnappe mir einen Stuhl, um mich dahinter zu verstecken, und kneife meine Augen zusammen.

Ich nehme drei tiefe Atemzüge, um mich zu beruhigen, bevor ich hervorschaue, um zu sehen, wie sich Agent Reed hinter einer Trennwand versteckt, während sie Schüsse in Richtung der Eindringlinge abfeuert. Ein Paar Lederschuhe tauchen hinter ihr auf, und alles, was ich sehen kann, sind die Beine eines Mannes.

Ein Schuss ertönt, und sie fällt zu Boden. Tot.

Jetzt habe ich offiziell eine ausgewachsene Panikattacke. Ich höre einige gemurmelte Worte auf Russisch, als mehr Schuhe in die Küche kommen. Ein Paar von ihnen hockt sich einen Moment später hin und lächelt mich an. Es ist derselbe gruselige Beamte, der das Auto gefahren hat.

Ein korrupter FBI-Agent, der gerade zugesehen hat, wie diese Typen einen seiner eigenen Leute ermordet haben und mich wahrscheinlich auch töten werden.

Er packt mich am Arm und zieht mich unter dem Tisch hervor. Zwei weitere Männer kommen zu ihm, und ich weiß, dass sie nicht diejenigen sind, mit denen ich hier weggehen will.

»Wohin bringen Sie mich?« Ich versuche, mich zu

wehren, als sie mich aus der Tür ziehen und mich in ein anderes Auto schieben, aber es ist sinnlos. Der Bundesbeamte sagt den anderen Jungs etwas auf Russisch, und Verwirrung überkommt mich.

Die Iren haben ein Bündnis mit den Russen. Vielleicht helfen sie mir. Ich klammere mich an diese Hoffnung, was auch immer kommen mag. Bis sie meine Handgelenke mit Kabelbinder fesseln und mir Klebeband über den Mund kleben.

Dann sehe ich entsetzt dabei zu, wie die beiden Jungs dem Bundesbeamten ein paarmal ins Gesicht schlagen, bis er so aussieht, als sei er in einen Kampf verwickelt gewesen. Ich bin kein Genie, aber das muss ich nicht sein, um zu erkennen, was hier vor sich geht. Er will, dass das für seine Kollegen glaubhaft aussieht. Was bedeutet, dass er nicht plant, dass ich am Leben bleibe, um dem zu widersprechen.

Der FBI-Beamte geht neben mir in die Hocke und zwinkert mir zu.

»Viel Spaß, Kätzchen.«

# 37

## *Ronan*

»Dieser hier.« Rory zeigt nach vorne. »Der schwarze Denali.«

Meine Augen wandern die Straße hinunter und konzentrieren sich auf die Entfernung zwischen uns und ihnen. Als ich endlich zu Rory kommen konnte, hatte Andreis Crew sie bereits in ihren Besitz genommen.

Ein Teil von mir will Rory verprügeln, weil er nicht eher etwas getan hat. Aber der rationale Teil von mir weiß, dass ich ohne ihn nicht den leisesten Hinweis hätte, wo sie ist.

Ich habe sie enttäuscht, habe meinen Ängsten erlaubt, mich zu lenken, und bin zu einer Zeit weggegangen, in der sie mich am meisten brauchte. Und jetzt sitzt sie in einem Auto mit Andreis Männern, die sie wie Schweine schlachten wollen.

»Ich werde sie beschützen«, sage ich laut.

»Ich weiß, Fitz«, antwortet Rory. »Wir werden sie zurückholen, Kumpel. Mach dir darüber keine Sorgen.«

»Du hättest sie gar nicht erst zurücklassen sollen«, meldet sich Scarlett vom Rücksitz aus.

»Ich habe dich beschützt«, knurrt Rory. »Was du scheinbar immer wieder vergisst.«

»Ich brauche deinen Schutz nicht«, antwortet sie.

»Sie bekommt mein Baby«, sage ich. Ich sage es ihnen, damit sie den Ernst dieser Situation verstehen.

»Herzlichen Glückwunsch, Fitz«, sagt Rory. »Ich habe dich nie für einen väterlichen Typ gehalten.«

Meine Hand zuckt an der Gangschaltung. »Ich werde sie beschützen«, wiederhole ich. »Ich werde mich um sie beide kümmern.«

»Ich weiß«, stimmt er zu. »Ich zweifle nicht an dir, Fitzy. Du wirst einen tollen Job machen.«

Das Auto vor uns wechselt die Spur, und ich bekomme endlich einen klaren Blick auf den Denali. Denjenigen, in dem Sasha ist. Meine Sasha. Und mein Baby. Weil ich ein Vater werde.

Ich hatte nicht viel in meinem Leben. Crow und seine Mutter und das Syndikat. Ich habe mich damit immer begnügt, aber die Dinge sind jetzt anders. Mein ganzes Leben sitzt in dem Auto da vorn. Ich werde die Männer abschlachten, die denken, sie könnten mir das nehmen.

»Bleib auf Abstand«, warnt Rory. »Wir wollen

nicht, dass sie herausfinden, dass sie Gesellschaft haben. Denke an das große Ganze, Fitz.«

»Ich muss Sasha holen.«

»Das musst du«, stimmt er zu. »Aber du musst auch Andrei bekommen, das ein für alle Mal beenden. Und einen Showdown mitten auf der Autobahn zu haben, reicht nicht.«

Er hat recht, da kann ich ihm nicht widersprechen. Aber ich habe einen intensiven Druck in mir, der mit jedem Moment wächst, in dem sie in diesem Auto gefangen ist. Es ist der gleiche Druck, den ich fühlte, als ich Blaine tötete. Als ich sah, wie er ihr wehgetan hat. Ich verstehe dieses Gefühl nicht. Ich weiß nicht, wie ich es verschwinden lassen oder sogar benennen soll. Ich weiß nur, dass ich immer so fühlen werde, wenn jemand Sasha verletzt. Der einzige Balsam für das Feuer im Inneren ist, die Bedrohungen für sie zu beseitigen, um jeden zu zerstören, der denkt, dass er Sasha berühren kann.

Das ist der einzige Gedanke, der mich davon abhält, im Moment verrückt zu werden, Andreis Mord zu planen und den Boden mit seinem Blut zu überschwemmen. Ich werde ihn leiden lassen. Ich werde seinen Tod tausendmal schlimmer machen als den jedes anderen, an dem er sich jemals vergriffen hat. Der Metzger wird echte Schmerzen kennen, wenn ich mit ihm fertig bin.

Das Auto vor uns fährt von der Autobahn ab, und ich folge ihm. Daisy beginnt, auf dem Rücksitz zu jammern, und Scarlett zieht sie auf ihren Schoß.

»Dieser Hund kommt mir bekannt vor«, sagt sie.

Ich ignoriere sie, weil meine Aufmerksamkeit nur auf den Denali gerichtet ist. Er fährt in eine ländliche Gegend. Ein sicheres Zeichen, dass sie uns direkt zu Andrei führen. Als sie auf einen Feldweg abbiegen, klopft Rory auf das Armaturenbrett, um meine Aufmerksamkeit zu erregen.

»Du musst langsamer werden, Junge. Es wird Sasha nur gefährden, wenn sie uns bemerken. Wir werden sie jetzt nicht mehr verlieren.«

Ich nehme meinen Fuß vom Gas und versuche, mich zu beruhigen. Die Wut in mir brennt heißer. Ich werde bald die Kontrolle verlieren. Und alles, woran ich denken kann, sind Sasha und mein Baby. Diese Schweine könnten ihr etwas antun, bevor ich zu ihr komme.

»Nein.« Ich drücke meinen Fuß wieder nach unten und konzentriere meine Aufmerksamkeit auf die Straße vor mir. »Wir müssen uns jetzt darum kümmern.«

»Fitz«, versucht Rory zu argumentieren, aber ich bin über den Punkt hinaus, rational zu sein.

Scarlett scheint keine Meinung zu den aktuellen Ereignissen zu haben, da sie weiterhin über den Hund spricht. Ich höre nicht viel zu, bis einige ihrer Worte meine Aufmerksamkeit erregen.

»Prinzessin«, sagt sie. »Das war ihr Name.«

»Ihr Name ist Daisy«, widerspreche ich. »Sasha hat ihn ausgesucht.«

»Aber woher hast du sie?«, fragt Scarlett.

Rory blickt mich an, als ich nicht antworte, weil er es bereits weiß. Conor hat sich jedes Mal, wenn ich in den Club gehe, vor den Jungs darüber lustig gemacht.

»Da du sowieso nirgendwo hingehen wirst …« Rory sucht Scarletts Augen im Spiegel. »Ich nehme an, es ist nicht schlimm, dir zu sagen, dass das Donnys Hund war.«

Scarlett rümpft ihre Nase und starrt ihn an. »Versuche ruhig weiter, Gründe zu finden, warum ich hierbleiben soll. Ich verspreche dir, dass du mich früh genug satthaben wirst.«

»Das bezweifele ich sehr«, ist Rorys einzige Antwort.

Im Auto zieht Stille ein, und ich bin froh darüber. Ich brauche das nicht, während ich versuche, mich auf Sasha zu konzentrieren. Aber Scarlett gibt keine Ruhe wegen des verdammten Hundes.

»Trug sie ein rosa Halsband?«, besteht sie auf einer Antwort. »Mit einer Krone drauf?«

Diesmal begegne ich ihrem Blick im Spiegel. Mir gefällt nicht, dass sie das weiß.

»Was geht dich das an?«, frage ich.

»Das dachte ich mir«, antwortet sie selbstgefällig. »Es ist Prinzessin. Ich weiß, wem dieser Hund gehört, und es ist nicht Donny.«

»Mir gehört der Hund«, knurre ich. »Sie gehört mir. Und Sasha. Sie gehört uns.«

Scarlett zuckt nur mit den Schultern. »Nun, das mag sein, aber ich weiß, wer sie vorher besaß.«

Ich öffne meinen Mund, um zu protestieren, als

Rory mir auf die Schulter klopft. Er schaut mich an und sagt mir alles, was ich wissen muss. Das könnte wichtig sein. Wer auch immer diesen Hund besaß, könnte die gleiche Person sein, die die Informationen an das FBI weitergegeben hat.

»Ich würde aber gern alles darüber hören«, sagt Rory ihr, als er sich auf seinem Platz umdreht. »Vielleicht könntest du doch nützlich sein.«

# 38

***Sasha***

»Wir haben Gesellschaft«, bemerkt der Mann, der das Auto fährt.

Seine Augen wandern immer wieder zum Rückspiegel, und ein Samen der Hoffnung keimt in mir.

Ronan.

Das muss er sein. Ich muss glauben, dass Ronan hinter uns her ist, dass er mich nicht sterben lässt. Unser Baby nicht sterben lässt.

Der Mann neben mir nimmt sein Telefon, ruft jemanden an und murmelt eine schnelle Folge von unentschlüsselbaren Worten. Er ist aufbrausend, und die Stimme am anderen Ende der Leitung noch mehr. Da vorne ist ein winziges Bauernhaus, von dem ich vermute, dass sie mich dorthin bringen. Es gibt nur einen unbefestigten Weg hier heraus, und wir fahren auf ihm.

Das bedeutet, dass derjenige, der hinter uns ist, uns den Fluchtweg versperrt.

Die Männer auf dem Vordersitz sprechen in schnellem Russisch, während ich versuche, meinen Kopf zu drehen und einen Blick auf das Auto hinter uns zu werfen. Es ist allerdings zu staubig, und in dem Moment, in dem ich mich umdrehe, packt mich außerdem der Mann neben mir an den Haaren und zieht meinen Kopf zurück.

Er schreit mir etwas ins Gesicht, was ich nicht verstehe, aber ich errate die Bedeutung problemlos. Ich kauere mich hin und versuche, mich psychisch auf das vorzubereiten, was passieren wird. Vor uns sind die Fenster des Bauernhauses geöffnet, und die Läufe von zwei Gewehren ragen heraus.

Der Fahrer lässt den Motor ohne Vorwarnung aufheulen und katapultiert uns um die Ecke des Hauses nach hinten. Das Auto ist kaum zum Stehen gekommen, als mich jemand herauszerrt und ins Haus schleift.

Ich widersetze mich nicht, aber das hindert ihn trotzdem nicht daran, mich auf den Boden zu werfen, sobald wir drin sind. Ich krieche unter einen Tisch, und das keinen Moment zu früh.

Weitere Schüsse ertönen um uns herum, und Kugeln fliegen durch das Glas und die Wände des Bauernhauses. Ich kann nicht in das Wohnzimmer sehen, aber ich weiß, dass dort noch mindestens drei andere Männer sind. Mit den dreien, die mich hierhergebracht haben, sind es insgesamt sechs. Wenn Ronan da draußen ist, frage ich mich, welche Unterstützung er hat.

Während ich mir diese Frage stelle, schlägt etwas auf der hinteren Veranda auf, wo wir gerade hereingekommen sind, und die Fenster über dem Waschbecken zerspringen zu Scherben. Etwas schwirrt über den Tisch, unter dem ich mich verstecke, und trifft einen der Männer in den Kopf. Es geht alles so schnell, dass er, während ich blinzele, bereits auf dem Boden liegt und sein Gesicht halb verschwunden ist.

Ich lege mir schnell eine Hand auf den Mund, um einen Würgereiz zu bekämpfen. Herrgott nochmal. Wie oft war ich jetzt in solchen Situationen? Genau deshalb wollte ich dieses Leben nicht. Ich weiß nicht, wie ich das während meiner Zeit mit Ronan vergessen konnte. Jetzt habe ich auch noch ein Baby, an das ich denken muss. Und auf keinen Fall will ich, dass mein Kind mit dieser Scheiße aufwächst.

Eine weitere Kugel fliegt durch das Fenster und tötet einen anderen Kerl. Sein Körper macht ein schreckliches Geräusch, als er auf den Boden fällt, und ich kann mich nicht dazu durchringen, ihn anzuschauen. Ich schließe die Augen, zähle bis zehn, und in diesen zehn Sekunden ertönt ein weiterer Schuss.

Dann packt mich jemand, zieht mich unter dem Tisch hervor und hält meinen Körper vor sich. Er schreit etwas auf Russisch, als die Hintertür auffliegt.

Es ertönen immer noch Schüsse von vorn, aber meine Augen sind auf die beeindruckende Gestalt gerichtet, die in der Tür steht. Schokoladenbraune Augen treffen auf meine, und meine Lungen füllen sich mit der so dringend benötigten Luft. Es spielt keine Rolle, was um mich herum passiert, weil die eine Sache, die ich sicher weiß, ist, dass jetzt alles in Ordnung ist. Er ist hier, und alles wird gut. Weil Ronan mich immer rettet.

Er sagt etwas auf Russisch zu dem Mann, der mich festhält, und mein Entführer antwortet. Ich bin überrascht, wie gut Ronan diese Sprache beherrscht, auch wenn ich es nicht sein sollte. Dieser Mann macht nie etwas halbherzig. Ronans Blick trifft wieder auf meinen, als er seine Waffe hebt, und ich weiß, dass er mir schweigend sagt, dass ich keine Angst haben soll.

Eigentlich sollte ich das. Ich sollte etwas fühlen. Aber ich bin erstarrt, taub. Unter Schock, glaube ich. Der Mann hinter mir hebt sein Messer an meine Kehle.

Ronan bewegt sich instinktiv vorwärts, hält aber inne, als die Klinge in meine Haut eindringt.

»Andrei.«

Allein die Art und Weise, wie Ronan seinen Namen sagt, ist eine Bedrohung. Seine Stimme ist tödlich und ruhig. Sein Körper auch. Dafür wurde er ausgebildet. Aber selbst ich kann die kriegerische Wut und Angst in seinen dunklen Augen nicht übersehen. Wenn sich mir jemals die Frage gestellt hätte, was er für mich empfindet, ist es im Moment unverkennbar.

»Du hast so eine hübsche kleine Hure, mein

Freund.« Andrei zieht mir die Spitze des Messers über den Hals. »So eine Schande, dass ich nicht mehr Zeit mit ihr verbringen konnte. Diese Haut, ich habe das Gefühl, dass sie so schön aussehen würde, wenn sie großflächig aufgeschlitzt wäre.«

Ronan spricht wieder auf Russisch mit ihm. Seine Stimme hat die ruhige Entschlossenheit verloren, die er vor nur wenigen Augenblicken gezeigt hat. Die Wut übernimmt die Oberhand, verwandelt ihn. Und ich weiß, dass es nur eine Frage der Zeit ist, bis er wie bei Blaine ausrastet. Nur diesmal hat der Typ hinter mir mindestens ein Messer, und ich vermute, dass das scharfe Objekt, das in meinen Rücken sticht, möglicherweise ein zweites ist. Er benutzt mich als Schild, und ich habe keine Ahnung, wie Ronan ihn entwaffnen will.

In diesem Moment wünsche ich mir wirklich, dass ich Mack gebeten hätte, mir etwas von dem verrückten Scheiß beizubringen, den sie immer macht, um sich zu verteidigen.

»Soll ich sie auf eine kleine Probefahrt mitnehmen?«, fragt Andrei. »Nur ein paar Schnitte. Du weißt, dass sie sagen, dass Blut immer die gleiche Farbe hat, sobald es mit Sauerstoff in Berührung kommt, aber ich glaube nicht, dass das stimmt. So viele Schattierungen von Purpurrot. Du stimmst mir doch zu, oder?«

Ronan stürzt sich nach vorne, und der Mann zieht mich weiter zurück und unterbricht meine Luftzufuhr, während sich sein Arm um meinen Hals legt. Er dreht das Messer in Ronans Richtung und schwenkt es in einer missbilligenden Geste hin und her.

»Komm schon, mein Freund. Du musst es inzwischen besser wissen. Ich habe so viele Geschichten über dich gehört. Der große Reaper von Boston. Männer zittern in seiner Gegenwart, wurde mir gesagt. Und doch bist du hier, völlig hilflos, da ich deinen Schatz in meinen Armen halte.«

»Sie gehört mir«, knurrt Ronan.

Seine Augen bewegen sich über jeden möglichen Winkel, suchen nach Schwächen und bewerten die Situation. Ich kann buchstäblich sehen, wie zwiegespalten er ist. Der Mann, zu dem er geformt wurde, kämpft gegen den Mann an, den ich langsam kennengelernt habe. Der kaltblütige Mörder in ihm würde den Schuss abgeben, ohne Angst zu haben, mich zu treffen. Aber der Mann, der neben mir im Bett gelegen hat, seine Dämonen in meiner Gegenwart bekämpft hat und jeden Moment, den er konnte, in mir verbracht hat, hält ihn zurück.

Bevor er zu einer Entscheidung kommen kann, schneidet mir das Messer in Andreis Hand mit entsetzlichen Schmerzen die Brust herunter. Mein Mund öffnet sich, und ein kaum merkliches Geräusch kommt von meinen Lippen, als ich nach unten schaue, um Blut zu sehen, das aus der langen Wunde tropft.

Ronan stürzt wieder auf uns zu, aber Andrei hat darauf gewartet. Der scharfe Gegenstand ist von meinem Rücken verschwunden. Und bevor ich Zeit habe, zu schreien und ihn zu warnen, segelt das zweite Messer durch die Luft und in Ronans Bauch.

Ein Schuss löst sich, und ich habe keine Ahnung, woher er kommt. Aber das schwere Gewicht um mich herum fällt weg, und ich drehe mich um, um herauszufinden, was passiert ist. Dann sehe ich Scarlett mit einer Pistole in der einen Hand und einem Messer in der anderen. Sie ist völlig außer sich, da ihre Augen dunkel und voller Blutgier sind. Ich weiß das, weil ich schon oft den gleichen Blick auf Ronans Gesicht gesehen habe.

Andrei liegt auf dem Boden und blutet aus dem Bein. Scarlett kommt näher und starrt ihn mit einem Lächeln auf dem Gesicht an, das mir ein wenig Angst macht. Aber der Grund dafür ist in ihre Augen gestempelt, damit alle ihn sehen können. Das ist der Mann, der auch sie verletzt hat.

Sie kniet sich neben ihn hin, gräbt die Spitze ihres Messers in seine Wange und zieht sie über sein Gesicht.

»Du bist nicht der Einzige, der gerne mit Messern spielt.« Ihre Augen wandern zu seiner Beinverletzung hinunter. »Aber ich schätze, du blutest rot, genau wie alle anderen.«

Es ist offensichtlich, was sie tun wird. Was sie tun will. Und ich kann es nicht mitansehen. Ich drehe mich wieder um und laufe zu Ronan, der sich an die Wand lehnt, um sich abzustützen. Seine Augen sind auf die Szene vor ihm gerichtet, und der Mann, von dem ich dachte, dass er nie schockiert sein könnte, ist es doch.

Sein Gesicht ist voller Verwirrung, als er sieht, wie Scarlett den Mann auf dem Boden hinter mir zerlegt. Er greift nach seiner Wunde, und ich habe Angst, sie mir genau anzusehen. Weil ich es nicht sehen will. Ich will nicht, dass Ronan verletzt ist – oder Schlimmeres. Ich kann damit nicht umgehen.

Ich flüstere seinen Namen, und er wendet seine Aufmerksamkeit mir zu, während etwas von der Trübung seiner Augen verschwindet. Tränen fließen über mein Gesicht, und ich schniefe. Ich wiederhole immer wieder seinen Namen und starre auf sein blutgetränktes Hemd. Finger streichen über meine Wange, und dann höre ich das süßeste Geräusch der Welt. Seine Stimme.

»Schscht«, flüstert er. »Es ist alles in Ordnung. Ich habe dich.«

Und einfach so vergesse ich für eine Sekunde alles andere. Er zieht mich näher heran, küsst meine Stirn und entwirrt das Durcheinander der Haare vor meinem Gesicht.

»Sasha.«

Mein Name klingt von seinen Lippen wie eine Offenbarung. Seine Handfläche bewegt sich zum Schnitt auf meiner Brust und er schmiert etwas von dem Blut auf seine Haut, was dazu dient, seine Entschlossenheit zu stärken. Er küsst mich noch zweimal, bevor er sich zurückzieht. Ich halte mich am Revers seines Anzugs fest, weil ich weiß, was er tut. Ich will nicht, dass er den Mann tötet, mit dem sich

Scarlett gerade beschäftigt. Ich will nicht, dass er irgendwo hingeht.

»Ronan.«

Meine Hand ist nass, und als ich nach unten schaue, ist sie mit seinem Blut bedeckt. Es wird immer schlimmer. Und es ist zu viel.

»Wir müssen gehen.«

Ich kann ihn nicht verlieren. Nicht jetzt. Niemals.

»Ich habe etwas mit Andrei zu erledigen«, widerspricht er.

Seine Worte sind fest, aber sein Körper ist schwach. Die Stärke wird diesmal nicht gewinnen. Er will den Mann töten, der mich verletzt hat. Und vielleicht will ein Teil von mir das auch. Aber im Moment hat seine blutende Wunde Vorrang.

»Ronan, ich brauche dich«, sage ich ihm. »Unser Baby braucht dich. Okay? Das ist alles, was zählt. Und wenn wir dich nicht sofort ins Auto bringen …«

»Sie hat recht«, unterbricht mich eine Stimme hinter mir.

Ich drehe mich zu Rory um, der dort steht und seine Augen auf Ronans blutgetränktes Hemd gerichtet hat.

»Steig ins Auto, Fitz. Ich beende das mit Andrei.«

Ronan schüttelt den Kopf, hartnäckig wie immer. »Er gehört mir. Ich werde derjenige sein, der ihn erledigt.«

Alle unsere Augen richten sich auf den betreffenden Mann, bei dem Scarlett bereits eine ganze Menge geleistet hat. Sein Gesicht, seine Arme und seine Brust sind mit Schnitten übersät, und jetzt hält sie das Messer an seine Kehle.

»Ich werde sein Leben beenden«, kündigt sie an.

Rory schüttelt den Kopf und zieht sie ohne jegliche Finesse auf die Füße. Sie versucht, ihn wegzustoßen, aber er hält sie fest und tritt Andrei ins Gesicht, so dass er aufstöhnt.

»Ich werde nicht zulassen, dass du das auf dem Gewissen hast«, sagt er zu ihr. »Egal, was du denkst, wie hart du bist, Scarlett. Ich werde das nicht zulassen.«

Seine Stimme ist hart. Härter, als ich sie je erlebt habe. Und Scarlett schaut mit glasigen Augen zu ihm auf. Ich weiß nicht, was zwischen den beiden vor sich geht, aber Rorys Worte erreichen sie. Sie hört auf ihn und lässt ihre Schultern geschlagen sinken. Dann blickt sie zurück zu Ronan und nickt ihm zu.

»Er gehört dir.«

»Ich werde ihn in den Kofferraum stecken«, meint Rory, als ob das ganz normal wäre. »Du wirst später so viel Zeit mit ihm haben, wie du willst. Beweg einfach deinen Arsch ins Auto.«

Ronan versucht, einen Schritt in Richtung Treppe zu gehen, aber er kann sich nicht allein auf den Beinen halten und er muss sich an die Wand stützen. Ich lege einen Arm um seine Taille und drehe mich zurück zu Rory.

»Ich brauche Hilfe, um ihn ins Auto zu bringen.«

Rory nickt, und dann kommt er zu mir, um mir zu helfen, aber Ronan starrt Andrei immer noch an.

»Ronan.« Ich greife nach seinem Gesicht und lenke seine Aufmerksamkeit zurück zu mir. »Du kannst dich später darum kümmern, okay? Steigen wir ins Auto.«

»Er hat versucht, dir wehzutun«, sagt er noch einmal. »Du gehörst mir.«

»Das tue ich«, stimme ich zu. »Und ich brauche dich bei mir. Für eine wirklich lange Zeit, okay? Weil ich das nicht ohne dich machen kann.«

Ich versuche, ihn dazu zu bringen, sich vorwärts zu bewegen, aber er widersetzt sich uns. Ich befürchte, er will erneut widersprechen, aber stattdessen küsst er mich. Rau und besitzergreifend. Als seine Lippen sich von den meinen lösen, ist sein Gesicht so ernst, wie ich es noch nie gesehen habe.

»Ich gehe nirgendwohin«, sagt er. »Weil ich dich liebe, Sasha.«

Meine Augen füllen sich mit Tränen, und ich nicke wie verrückt, weil ich zu erstickt bin, um zu sprechen. Schließlich bekomme ich mich so weit unter Kontrolle, dass ich ihm sagen kann, worauf ich in den letzten drei Jahren gewartet habe.

»Ich liebe dich auch, Ronan. Ich glaube, das habe ich schon immer.«

# 39

### *Sasha*

Ronan ist auf dem Rücksitz ohnmächtig geworden, und sein Kopf liegt auf meinem Schoß. Scarlett und ich üben beide Druck auf die Wunde aus, während Daisy sich an sein Bein kuschelt und vor Angst winselt.

Diese Angst breitet sich wie giftiger Schlamm in mir aus und verdunkelt meine Welt, die gerade erst wieder erhellt wurde.

»Du musst dich beeilen«, schreie ich Rory zum zehnten Mal an, obwohl ich weiß, dass er nicht schneller fahren kann.

»Er wird sich wieder erholen, Sash«, antwortet er. »Er hat viel Schlimmeres überlebt.«

»Ist mir egal«, fahre ich ihn an. »Wo zum Teufel bringst du uns hin? Es dauert schon zu lange. Er blutet zu stark …«

»Wir können noch nicht zurück nach Boston«, sagt Rory. »Falls das nicht klar war, wir haben gerade die Polizei auf den Fersen.«

»Das ist mir egal …«, protestiere ich.

»Sasha, wir haben hier draußen einen Freund«, erklärt er. »Er wird sich um Ronan kümmern.«

Ich möchte ihm glauben, aber als ich auf Ronans blasses Gesicht schaue, weiß ich nicht, ob ich das kann. Das ist zu wichtig, um mein Schicksal in die Hände einer anderen Person zu legen. Dieser Mann, der auf meinem Schoß ruht, ist meine Welt. Mein ganzes Leben. Die Sonne geht mit ihm auf und unter. Und ich weiß, dass er stark ist. Er ist stärker als jeder andere, den ich kenne. Aber nur, weil er in seinem Leben so viele schlimme Dinge überlebt hat, bedeutet das nicht, dass er auch dieses überleben wird.

»Das ist zu viel.« Ich schüttele den Kopf. »Er hat zu viel durchgemacht. Irgendwann kann ein Körper nicht mehr damit umgehen.«

»Sasha.« Scarlett greift nach meiner Hand und drückt sie ein wenig. »Atme einfach tief durch. Es wird alles gut werden. Er will dich nicht verlassen. Er wird dich nicht verlassen.«

»Ich bekomme sein Baby«, erkläre ich ihr.

»Ich weiß«, antwortet Rory. »Und es gibt nichts, was ihn davon abhalten könnte, dafür da zu sein, Sash.«

»Er hat es dir gesagt?« Ich blicke ihn durch den Spiegel an.

»Aye.« Rory nickt. »Er wollte nicht aufhören,

darüber zu reden. Wie sehr er dich beschützen muss, auf dich aufpassen muss. Er fühlt sich schuldig, dass er dich heute verlassen hat, nicht für dich da war.«

Ich schüttele den Kopf und fahre erneut die Linien auf seinem Gesicht nach. »Er brauchte nur etwas Zeit«, flüstere ich. »Das ist alles.«

Die Reifen knirschen über Kies, und als ich wieder aus dem Fenster schaue, stehen wir vor einem Haus. Einem Haus mitten im Nirgendwo.

Rory stellt den Motor ab, und einen Moment später geht die Hintertür auf. Ein Mann kommt aus dem Haus, und Rory gestikuliert, damit er herüberkommt.

»Franco«, begrüßt Rory ihn. »Er braucht Hilfe.«

Franco blickt auf Ronan und presst seine Lippen zusammen. Er spricht auf Russisch, und ich kann nicht verstehen, was er sagt, aber sein Ausdruck sagt alles. Er mag Ronan nicht.

Ein anderer Mann kommt heraus, um sich uns anzuschließen, und Franco spuckt ein paar Worte der Erklärung in ihrer Muttersprache heraus. Der dritte Mann blickt zu Ronan und hebt eine Augenbraue. Ich weiß nicht, wer er ist, aber irgendwie weiß ich, dass er derjenige ist, der das Sagen hat. Und was auch immer ihr Streit mit Ronan ist, es ist mir egal. Ich bin bereit, alles zu tun, was nötig ist.

»Bitte«, flehe ich an, »du musst ihm helfen.«

Die Augen des Mannes, die blau wie der Himmel und düsterer als alles sind, was ich je gesehen habe, betrachten mich. Er sieht meinen Gesichtsausdruck und meine Hand, die sich an Ronans Hemd klammert, und etwas in seinem Gesichtsausdruck verändert sich. Er nickt Franco zu, und dann tragen sie ihn mit mir und Scarlett im Schlepptau hinein.

»Du wirst ihm helfen, oder?«, frage ich.

Der Mann mit den blauen Augen nickt. »Ich werde tun, was ich kann.«

# 40

## *Sasha*

Ich weiß nicht, wer dieser Mann ist, der mit den blauen Augen. Aber Rory nennt ihn Alexei, und ich bin mir sicher, dass er einer der großen Fische der russischen Mafia ist. Das muss er sein.

Sein Haus ist so groß wie ein kleines Schloss, und es sieht auch aus wie eines. Aber es ist nicht allzu luxuriös. Tatsächlich ist es ein wenig kalt und erinnert mich deshalb an Ronans Haus. Kahl. Funktionell, aber nicht wie ein Zuhause.

Er führt uns durch ein Labyrinth von Fluren und weist die Männer an, Ronan auf ein Bett zu legen. Sein Mann Franco ist am Telefon, und ich starre ihn ungeduldig an, weil ich mich frage, was er tun wird. Er scheint das zu verstehen, denn als er auflegt, sagt er mir, was ich hören muss.

»Die Ärztin wird in Kürze hier sein. In der

Zwischenzeit werde ich mich um die Wunde kümmern. Du kannst unten warten, wo Magda dich verarzten wird.«

»Ich gehe nirgendwohin«, widerspreche ich. »Er mag es nicht, wenn Leute ihn berühren. Er braucht mich hier. Er wird es nicht verstehen, wenn ich nicht hier bin …«

»Sasha.« Rory drückt meinen Arm, während er seinen Kopf nach unten beugt, um mich anzuschauen. »Ich werde hier bei Ronan bleiben. Er wird jetzt nicht aufwachen, weil er zu viel Blut verloren hat. Alexei und Franco wissen, was sie tun, okay? Aber wir müssen ihre Wünsche respektieren, damit Ronan die beste Behandlung bekommt. Das funktioniert nicht, wenn du hier bist.«

Meine Lippe zittert, und ich will weiter protestieren. Meine Augen bewegen sich zu Ronan, der mit einem weichen, entspannten und viel zu blassen Gesicht auf dem Bett liegt. Je länger ich hier stehe und mich widersetze, desto länger wird es dauern, bis sie ihm helfen. Logisch gesehen weiß ich das. Aber ich will ihn trotzdem nicht verlassen.

Ich blicke auf den Mann mit den blauen Augen, der mich schweigend beobachtet, denjenigen, von dem ich weiß, dass er das Sagen hat.

»Versprich mir, dass du dich um ihn kümmerst«, verlange ich. »Versprich mir, dass du alles tust, was du kannst, um ihm zu helfen.«

Sein Kopf senkt sich, und er nickt mir leicht zu. »Du hast mein Wort.«

Meine Augen huschen noch einmal zu Ronan zurück, und dann schiebt mich Rory aus der Tür und weist mich an, nach unten zu gehen. Er sagt mir, dass die Haushälterin meine Schnitte, die das Letzte sind, woran ich gerade denke, behandeln wird. Ich kann mich kaum zusammenreißen, als ich auf das Labyrinth der Gänge starre und die Tür hinter mir sich schließt, mich aussperrt, mich in eine Leere voller Fragen ohne Antworten sperrt.

So funktioniert die Mafia-Welt. Sie sehen Frauen als schwach an, als unfähig, mit solchen Situationen umzugehen. Wenn es jemand anderes wäre, würde ich es auch nicht sehen wollen. Aber es ist Ronan. Mein Ronan.

Mein besorgter, starker, stolzer Mann. Der Mann, den ich über alle Maßen liebe, über alle Grenzen hinweg. Es wirft mich fast aus dem Gleichgewicht, als ich daran denke, wie sehr ich ihn in diesem Moment liebe. Tränen strömen über mein Gesicht, als ich den Flur hinunterstolpere und nach dem Weg suche, den ich gekommen bin. Vielleicht könnte ich einfach vor der Treppe warten. Auf diese Weise werde ich ihn hören, wenn er aufwacht.

Aber bevor ich es überhaupt so weit schaffe, erwische ich jemanden, der mich durch einen Türspalt ansieht, bevor die Tür zugeschlagen wird. Ich halte inne und stehe verwirrt da. Das kann nicht die Haushälterin sein, weil sie gesagt haben, dass sie unten ist. Ich bin nicht in der Stimmung, mich darum zu kümmern, aber etwas an diesem Gesicht kam mir bekannt vor.

Ich brauche die Ablenkung, also gehe ich zur Tür und klopfe an. Ich bekomme keine Antwort. Aber als ich am Türknopf drehe, öffnet sie sich ohne Protest. Die Person, die auf dem Bett sitzt und mich mit haselnussbraunen Augen anstarrt, ist die letzte, die ich jemals erwartet hätte wiederzusehen.

»Talia?« Ihr Name verlässt meine Lippen als ein schockiertes Flüstern.

Sie starrt mich an, und ihr Gesicht ist völlig ausdruckslos. Zuerst bin ich mir nicht einmal sicher, ob sie mich erkennt. Dieses Mädchen sollte tot sein. Sie sollte irgendwo in Übersee sein, wo sie in die Sklaverei verkauft und dann getötet wurde. Das hat Mack gesagt. Das ist das, was Mack glaubt.

Und doch ist sie hier, im Haus des russischen Gangsters. Es gibt viele verschiedene Schlussfolgerungen, die ich daraus ziehen könnte. Sie hat wahrscheinlich mehr schreckliche Dinge gesehen, als ich mir je vorstellen kann. Ich frage mich, ob sie sich überhaupt an ihr altes Leben erinnert. Ob sie überhaupt weiß, was sie hier macht oder wie sie hierhergekommen ist. Das ist die Frage, die in meinem Kopf bleibt. Was macht Alexei mit ihr?

»Erinnerst du dich an mich?«, frage ich sie.

»Natürlich erinnere ich mich an dich«, antwortet sie. »Ich bin nicht hirntot.«

Ihre bissige Antwort überrascht mich. Meine Augen wandern über ihr Gesicht und ihren Körper. Sie ist gesund und gut versorgt, trägt hübsche Kleidung und ist in einem guten Zustand, wenn auch ein wenig zu dünn. Aber ich erinnere mich nicht daran, dass sie so hart aussah. Ihre Augen sind jetzt anders. Sie sind nicht weich wie die des Mädchens, das ich das erste Mal im Slainte traf. Sie schaut mich an, als würde ich ihr sauer aufstoßen, und ich kann nicht verstehen, warum.

»Jeder denkt, dass du tot bist«, sage ich ihr. »Das weißt du, oder?«

Sie zuckt mit den Schultern.

Das ist es. Da gibt es keine Gefühle. Nichts. Nur ein Achselzucken. Als ob es keine Rolle spielen würde.

»Ist dir klar, was das mit Mack gemacht hat?«, frage ich sie. »Sie ist seit Monaten wegen dieser ganzen Geschichte krank. Hast du eine Ahnung, was sie durchgemacht hat, um zu versuchen, dich zurückzubekommen?«

Diesmal erscheint ein Hauch von Reue in ihren blassen Iris. Aber nur kurz. Sie schaut mir direkt in die Augen und spricht mit unerschütterlicher Überzeugung.

»Ich will nicht dorthin zurückgehen.«

»Okay …« Ich ziehe das Wort lang. »Aber kannst du sie nicht anrufen? Sie wissen lassen, dass es dir gut geht?«

»Sie wird es nicht verstehen«, antwortet Talia. »Mack hat es nie verstanden. Sie wird das Mädchen zurückhaben wollen, das sie verloren hat. Aber ich bin nicht mehr sie. Ich werde nie wieder sie sein.«

»Also wirst du sie einfach glauben lassen, dass du

tot bist?« Ich starre sie ungläubig an. »Sie war deine beste Freundin.«

Talia antwortet nicht. Sie trägt ihren Schutzpanzer fest an Ort und Stelle, und keines meiner Worte dringt hindurch.

»Ich werde es ihr sagen«, sage ich. »Sie ist auch meine Freundin. Und ich kann nicht zulassen, dass sie weiterhin denkt, dass du tot bist, wenn du es nicht bist. Das ist nicht richtig.«

»Tu, was du tun musst«, antwortet Talia.

Ihr Ton ist abweisend, und ich habe nicht die Energie, mich länger mit ihr zu streiten. Sie ist fertig mit diesem Gespräch, und ich auch. Ich gehe zurück zur Tür, aber bevor ich gehe, frage ich sie das Einzige, was wirklich wichtig ist.

»Geht es dir hier gut? Bist du in Sicherheit?«

Ihr Gesicht wird einen Bruchteil weicher, und ihre Stimme ist aufrichtig. »Ja. Alexei ist sehr gut zu mir. Ich will ihn nicht verlassen.«

»Okay«, antworte ich. »Möchtest du trotzdem meine Nummer? Nur für alle Fälle?«

Sie schüttelt den Kopf.

Also gehe ich zur Tür hinaus.

---

Es ist über drei Stunden her, seit die Ärztin mich auf der Treppe überholt hat.

Magda hat wie versprochen meine Wunden verarztet und mir dann erlaubt, mich wieder hierherzuschleppen und zu warten. Ich habe kein Geräusch aus Ronans Zimmer gehört, außer dem leisen Rauschen der Stimmen und dem Klang eines Herzmonitors. Es ist das Einzige, was mich ruhig hält, dieses Geräusch. Gelegentlich verlässt Franco den Raum, um das ein oder andere zu holen. Ich bin ehrlich gesagt erstaunt über die medizinischen Geräte, die sie hier haben. Franco rollte vorhin einen Infusionsständer den Flur hinunter, zusammen mit einigen anderen Maschinen, die ich nicht kenne.

Ich fühle mich dadurch ein wenig besser, aber ich werde mich trotzdem nicht entspannen, bis sie mir sagen, dass es ihm gut geht, bis ich sein Gesicht betrachten kann und diese weichen braunen Augen sehe, die in die meinen blicken. Er ist der Mann, bei dem ich mir sicher war, dass ich seine Barrieren niemals einreißen könnte. Derjenige, der mir heute sagte, dass er mich liebt. Der Vater meines Babys.

Ich lehne meinen Kopf gegen die Wand, als sich die Tür öffnet und Rory endlich herauskommt. Er greift nach unten, um mir aufzuhelfen.

»Er wird wieder gesund werden, Sash«, sagt er. »Du kannst jetzt zu ihm gehen.«

»Bist du sicher?«, frage ich, während ich neben ihm her gehe. »Bist du sicher, dass sie alles getan haben, was sie sollten? Was ist mit Antibiotika? Er könnte eine Infektion bekommen, oder er könnte weitere Tests brauchen …«

»Sasha.« Rory hält an und packt mich an den Armen, um mir in die Augen zu sehen. »Die Ärztin da drin ist eine echte Chirurgin. Sie arbeitet für Alexei, und sie weiß, was sie tut. Ronan wurde sehr gut versorgt. Noch besser als im Krankenhaus.«

»Sie haben hier eine Menge medizinische Ausrüstung«, stelle ich fest.

»Aye«, stimmt er zu. »Wie du dir vorstellen kannst, brauchen sie sie von Zeit zu Zeit.«

Die Tür vor uns öffnet sich, und Alexei, Franco und die Ärztin kommen aus dem Raum. Rory schaut mich an und bedeutet mir, hineinzugehen.

»Ich gebe dir etwas Privatsphäre«, sagt er.

»Danke.«

Ich bewege mich auf den Türrahmen zu und zögere. Ich habe Angst, hineinzuschauen, Angst vor dem, was ich sehen werde. Ich weiß, dass sie gesagt haben, dass es ihm gut gehen wird, aber ich bin so besorgt, dass ich nicht anders kann.

Aber als ich Ronan dort in stabilem Zustand liegen sehe, entspannen sich meine Schultern erleichtert. Ich gehe hinüber und setze mich neben ihn auf das Bett. Er öffnet seine Augen, um nach meinen zu suchen, und dann findet seine Hand die meine neben sich.

»Sasha.«

Die Art und Weise, wie er meinen Namen sagt, ist voller Ehrfurcht. Meine Antwort ist ein ruckartiges Nicken mit großen, fetten Tränen, die über mein Gesicht laufen. Er macht eine Geste, dass ich mich neben ihn legen soll, und ich kuschele mich an seine Seite und umgebe mich mit seiner Wärme.

»Du hast mir Angst eingejagt«, sage ich ihm. »Und das mag ich nicht, Ronan.«

»Es tut mir leid«, antwortet er.

»Wir bekommen ein Baby«, sage ich. »Ich kann das nicht die ganze Zeit durchmachen. Ich muss wissen, dass du jeden Abend zu mir nach Hause kommen wirst. Ich kann mich nicht die ganze Zeit fragen, ob du leben oder sterben wirst, das ist zu viel.«

Ronan schmiegt sich an meine Wange und küsst dann meine Stirn. Für jemanden, der noch nie in seinem Leben Zuneigung gezeigt hat, lernt er ziemlich schnell, wie er mich trösten kann.

»Sasha, ich kann das Syndikat nicht verlassen«, antwortet er. »Aber ich werde dich auch nie verlassen. Du bist alles für mich.«

»Ich liebe dich«, antworte ich. »Ich liebe dich so verdammt sehr, Ronan. Ich weiß einfach nicht, wie ich das machen soll. Ich weiß nicht, ob ich damit umgehen kann.«

Er hält mich fester und drückt mich, wobei sein Atem über mein Gesicht fährt, als er seine einzige Sicherheit flüstert.

»Ich werde immer zu dir zurückkommen. Nichts könnte mich davon abhalten.«

Dann bewegt sich seine Hand über meinen Bauch, und etwas in seinen Gesichtszügen verändert sich. Wo er früher Angst hatte, gibt es jetzt aufflackernden Stolz.

»Und zu unserem Kind auch.«

Ich beuge mich nach vorn und küsse ihn sanft, und seine Hand fährt in mein Haar, als er den Kuss vertieft.

Dieser Kuss vermittelt alle Worte, die er nicht laut sagen kann. Zum Beispiel, wie verängstigt er war, mich zu verlieren, und wie ich jetzt ohne einen Hauch von Zweifel die seine bin. Als er sich löst, sind seine Augen weich und offen.

»Ich habe nicht die leiseste Ahnung, wie man ein Vater ist«, gibt er zu. »Ich fürchte, ich werde in dem Job kläglich versagen.«

»Das wirst du nicht«, widerspreche ich ihm. »Ich weiß, dass du das nicht tun wirst, Ronan. Wir werden gemeinsam lernen.«

»Ich komme mit lauten Geräuschen nicht gut zurecht«, sagt er leise. »Ich fürchte, wenn das Baby weint …«

Seine Worte brechen ab, und sein Gesichtsausdruck wird distanziert.

»Du wirst dich daran gewöhnen«, versichere ich ihm. »Es wird anders sein, wenn es dein eigenes Kind ist, Ronan. Und wir werden eine Lösung finden, okay? Wir werden alles tun, was wir tun müssen.«

Er nickt, aber ich kann sehen, dass er sich immer noch Sorgen macht. Es gibt noch eine Million Dinge zu klären. Ein riesiges Chaos wartet immer noch auf uns in Boston mit dem FBI und dem Slainte und Lachlans Verhaftung. Der Informant, das Baby, die Zukunft. Im Moment steht alles auf dem Spiel. Und ich sollte mich nicht ruhig fühlen.

Aber wenn ich hier in seinen Armen bin und er am Leben ist und mich so ansieht, wie er es gerade tut, ist alles in Ordnung mit der Welt.

# 41

## *Ronan*

Die nächsten drei Tage verstecken wir uns in Alexeis Haus. Der Junge mag mich seit der Sache mit Mack, als ich auf sein Auto geschossen habe, nicht mehr besonders gern. Aber er half mir trotzdem, als ich ihn brauchte. Ich habe keine Ahnung, ob es wegen der Allianz oder wegen Sasha ist.

Ich habe bemerkt, dass er uns oft im Auge hat. Als ob er versucht, uns auseinanderzunehmen, herauszufinden, was zwischen uns los ist. Ich habe keine Ahnung, warum. Crow sagte immer, dass er ein eigenartiger Typ ist, wenn es um Frauen geht, dass er eine Schwäche für sie hat. Und ich habe ihn oft genug gesehen, um zu wissen, dass es stimmt. Ich glaube nicht, dass er ein Auge auf Sasha geworfen hat, aber ich mag es immer noch nicht, wenn er sie so ansieht, wie er es tut. Ich mag es nicht, wenn irgendjemand sie ansieht.

Weil sie mir gehört.

Ich schaue auf ihre schlafende Gestalt neben mir und frage mich, wie zur Hölle ich jemals das Glück hatte, ihre Wege zu kreuzen. Dass sie über meine Probleme hinwegsehen und Gefühle für mich haben kann. Ich habe noch nicht alles verarbeitet, aber die eine Sache, die ich ganz sicher weiß, ist, dass Sasha freundlich ist und ein gutes Herz hat. Aus irgendeinem Grund glaubt sie, dass es etwas in mir gibt, was es wert ist, behalten zu werden.

Ich nehme das nicht auf die leichte Schulter. Aber ich mache mir Sorgen, dass ich diese ganze Situation versauen werde, wenn ich nicht vorsichtig bin. Ich habe immer noch ein bisschen Angst, wenn ich daran denke, ein Baby zu bekommen. Ich habe keine Ahnung, wie man sich um ein Baby kümmert. Aber wenn ich Sasha ansehe und mir bewusst wird, dass sie mein Kind trägt, platze ich vor Stolz. Mir gefällt die Vorstellung, dass ich sie so zu der meinen gemacht habe, dass sie nie wieder einen anderen als mich haben wird und dass wir zusammen eine Familie gründen. So wie Crow das mit dem Bild in seinem Kopf gesagt hat. Ich will das mit Sasha. Aber zuerst muss ich all den anderen Mist klären.

Der Vorteil, bei Alexei zu sein, ist, dass er einen Kerker hat, der mit meinem konkurrieren könnte. Er benutzt ihn von Zeit zu Zeit selbst oder überlässt ihn den Russen, wenn es nötig ist. In genau dem gleichen

Kerker wurde auch Andrei vor sich hin vegetieren gelassen, bis ich in der Lage war, das Ding zu erledigen, das nicht zu Ende gebracht worden war.

Ich hatte nicht so viel Freude an der Nummer, wie ich gehofft hatte. Das Arschloch hatte sich bereits eine Art Infektion zugezogen, als ich endlich bei ihm war, und er war nicht so klar, wie er es hätte sein sollen. Aber er hat gelitten. Daran war nichts auszusetzen.

Sein Tod war langsam und schmerzhaft. Ein Standard, den ich für alle habe, die denken, dass sie das, was mir gehört, berühren könnten. Als ich mit ihm fertig war, habe ich Andrei in Stücken zu seinen Männern zurückgeschickt.

Jetzt gibt es nur noch die andere Sache mit dem FBI zu klären.

Als sei das sein Stichwort, ertönt ein Klopfen an der Tür, und dann steckt Rory seinen Kopf herein.

»Hast du einen Moment Zeit?«, fragt er. »Ich muss mit dir reden.«

Ich bedecke Sasha und beuge mich dann nach unten, um ihr direkt vor Rory einen Kuss auf die Wange zu geben. Das macht mir jetzt nichts mehr aus. Ich fühle mich nicht mehr unwohl dabei, weil ich Angst habe, es vor den Jungs zu versauen. Das Einzige, was mich interessiert, ist, dass sie alle wissen, dass sie vergeben ist.

»Ich komme gleich«, sage ich ihm. »Ich will mir nur etwas anziehen.«

Er nickt, schließt die Tür hinter sich, und ich ziehe

die Kleidung an, die Alexei mir zur Verfügung gestellt hat. Es ist kein Anzug, aber es muss reichen.

Als ich die Tür öffne, wartet Rory draußen und deutet den Flur hinunter. Ich gehe neben ihm in einen Raum, in dem Conor, Michael, Dom und einige der anderen Jungs sich uns ebenfalls angeschlossen haben. Seit dem Einsatz des FBIs sind sie alle in verschiedene geheime Verstecke gegangen. Das hier ist eines davon.

»Irgendwas Neues von Crow?«, frage ich, als ich einen leeren Platz einnehme.

»Der Anwalt hat mir versichert, dass er zum Sonntagsessen zu Hause sein wird«, antwortet Dom. »Sie haben nichts als ein verdammtes Kartenhaus. Ein Husten und ein Pusten – und wir blasen es gleich um.«

Ich setze mich mit einem Nicken in meinem Stuhl zurück. Das habe ich vermutet. Es ist nicht das erste Mal, dass es brenzlig ist, und es wird nicht das letzte Mal sein.

»Und was ist mit dem Rest?«

»Alexei hat seine Hausaufgaben gemacht«, antwortet er. »Sie haben nichts. Kein Körper – kein Beweis. Ein paar körnige Fotos von dir und eine Informantin mit einer Vergangenheit, die so zweifelhaft ist, dass sie vor Gericht nicht standhalten wird.«

Das klingt gut, aber es gefällt mir trotzdem nicht. Ich möchte Sasha sagen, dass es vorbei ist. Aber es wird nicht vorbei sein, bis diese Zeugin verschwindet. Eine Idee, auf die ich nicht allzu scharf bin. Ich mag es nicht, Frauen in unsere Geschäfte hineinzuziehen.

»Wer ist sie?«, frage ich.

»Eine drogenabhängige Hure«, antwortet Rory.

Eine Stimme von der Tür hinter uns antwortet.

»Ja, so wie ich«, fügt Scarlett hinzu. »Nichts mehr als eine Hure.«

Rorys Gesicht erblasst, und er versucht, schnell zurückzurudern, aber es ist sinnlos. Scarlett ignoriert ihn, kommt herein und setzt sich direkt an den Tisch, als hätte sie ein Recht darauf.

»Das geht dich nichts an«, sagt Dom zu ihr. »Du gehst jetzt besser.«

Sie verschränkt die Arme, macht eine Kaugummiblase und schüttelt ablehnend den Kopf. »Nein, ich glaube, ich bleibe. Weil ich etwas zu diesem Thema zu sagen habe.«

Der Raum verstummt, und alle Jungs schauen sich an und fragen sich, wer sich mit ihr befassen soll. Sie alle wissen, dass Rory dieses Mädchen mag, also wollen sie ihm nicht auf die Füße treten. Aber auch er sagt nichts. Also nehme ich es auf mich.

»Sag uns, was du zu sagen hast, und dann geh. Diese Treffen sind nur für Männer.«

»Schau, alles, was ich sage, ist, dass ich dieses Mädchen kenne. Sie arbeitet auf der Straße beim Shorty. Das Mädchen hat ein böses Arschloch als Zuhälter. Er hält ihren Sohn von ihr fern, um sie in Schach zu halten.«

»Worauf willst du hinaus?«, frage ich.

»Als ich sie das letzte Mal sah, sagte sie mir, dass sie ihren Sohn zurückbekommen würde. Dass ein Typ ihr versprochen hätte, ihr zu helfen. Dass er ihren Zuhälter ausbezahlen würde, wenn sie tun würde, was er verlangt. Ihr ein ganz neues Leben geben würde.«

Der Raum verstummt, und die Jungs fügen die Informationen zusammen, die Scarlett uns gerade gegeben hat. Donny muss versprochen haben, ihren Sohn zurückzuholen, wenn sie als angebliche Zeugin aussagt. Und dann würde das FBI sie mit einer neuen Identität ausstatten.

»Dieser Plan klingt so, als müssten eine Menge Puzzleteile richtig zusammenfallen, um aufzugehen«, sagt Michael.

»Aye«, stimme ich zu. »Donny hat nie zu Ende gedacht.«

»Sie hat wahnsinnige Angst«, sagt Scarlett. »Ich dachte nur, dass ihr sie vielleicht nicht töten müsst. Vielleicht könntet ihr ihr helfen, ihren Sohn zurückzubekommen, und sie woandershin schicken. Ich garantiere euch, dass ihr keine Probleme mehr mit ihr haben werdet, wenn ihr das tut.«

»So etwas kann man nicht garantieren«, sagt Rory, und die Irritation in seiner Stimme ist deutlich herauszuhören. Er weiß, dass eine solche Garantie von Scarlett sie wahrscheinlich in Gefahr bringen würde, wenn dieser Plan jemals schiefgehen würde.

»Ich kann und ich werde«, sagt sie. »Ich kenne dieses Mädchen. Sie hatte es schwer, okay? Sie will nur aus diesem Leben raus. Sie greift nach der Rettungsweste, die sie über Wasser halten wird.«

Die Jungs warten alle auf eine Antwort von mir,

etwas, was mir vorher unangenehm gewesen wäre, aber jetzt habe ich kein Problem damit. Weil nicht nur ich, sondern auch Sasha und mein Kind davon profitieren, wenn die Sache gut ausgeht. Und ich muss wissen, dass der Mann, der am Ende des Tages zu ihr nach Hause kommt, einer ist, dem sie immer noch in die Augen schauen kann. Aber ich muss auch für ihre Sicherheit sorgen.

»Wir müssen mit diesem Mädchen reden«, sage ich. »Dann können wir das klären. Dom, du und Scarlett gebt Alexei die Details, und er wird uns alles besorgen, was wir brauchen.«

Er nickt und steht auf, um genau das zu tun. Aber sein Telefon klingelt, und er geht dran, bevor er geht. Die wenigen Worte am anderen Ende sind zu leise, um sie zu hören, aber der Ausdruck auf seinem Gesicht sagt mir, dass er gerade keine gute Nachricht bekommen hat.

»Wir haben ein weiteres Problem«, sagt er, als er auflegt. »Niall hatte gerade einen schweren Herzinfarkt.«

# 42

### *Sasha*

»Ich will nicht, dass du gehst«, sage ich, obwohl ich weiß, dass es völlig unvernünftig ist.

Ronan wirft mir einen frustrierten Blick zu. Ich bin nicht fair, aber ich habe eine unbeschreibliche Angst.

»Ich muss das in Ordnung bringen«, entgegnet er. »Sie werden nur ein kleines Gespräch mit mir führen, Sasha. Es wird alles gut.«

»Aber was ist mit ihrer Zeugin?«, frage ich. »Sie werden dich verhaften.«

»Die Zeugin ist hier«, antwortet Ronan mir.

Ich blinzele ihn an, da ich mir nicht sicher bin, ob ich ihn richtig verstanden habe.

»Bitte?«

»Sie ist unten.«

Mein Magen zieht sich zusammen. Ich will die Details nicht wissen. Aber ich kann mich nicht davon abhalten, zu fragen. Ich muss es wissen. Ich muss wissen, ob er mir sagen wird, was ich denke.

»Du meinst, wie in …«

»Alexei redet mit ihr«, erklärt Ronan. »Das ist alles. Solange sie kooperiert, wird ihr nichts passieren.«

»Gut.« Ich atme einen Atemzug aus und umarme mich selbst.

Gott, diese Welt ist manchmal … sie ist zu viel. Aber ich bin jetzt für immer dabei, ob es mir gefällt oder nicht. Das macht es mir immer noch nicht einfacher, mich mit all diesen gemischten Gefühlen in mir auseinanderzusetzen. Ich will nicht, dass jemand verletzt wird. Aber ich kann auch nicht zulassen, dass Ronan ins Gefängnis kommt.

Er muss den Konflikt auf meinem Gesicht sehen können, weil er zu mir kommt und mich an sich zieht. Seine Handfläche fährt über meinem Bauch, und mein Puls rast, als er mich mit einem sanften Blick betrachtet.

»Ich werde tun, was ich tun muss, um euch beide zu schützen, Sasha. Und das bedeutet mir alles. Aber ich will, dass du weißt, dass ich kein Monster bin. Ich versuche, das Richtige zu tun. Ich versuche zu glauben, dass wir das anders regeln können.«

»Kann ich mit ihr reden?«, frage ich.

Er runzelt die Stirn und schüttelt fast sofort danach den Kopf. »Das ist eine Mafiaangelegenheit.«

»Aber das ist jetzt nicht mehr nur deine Sache«,

protestiere ich. »Das betrifft auch mich. Ich will wissen, ob wir ihr vertrauen können. Ich will dich auch beschützen.«

»Ich brauche dich nicht, um mich zu beschützen«, schnauft er. »Das ist meine Aufgabe, Sasha. Mach dir keine Sorgen darüber, das wird sie immer sein.«

»Ich verstehe das«, erwidere ich. »Das tue ich wirklich. Aber lass mich einfach mit ihr reden. Lass sie mich selbst sehen. Nur, damit ich mich wohlfühlen kann. Sonst werde ich vor unbeantworteten Fragen noch verrückt.«

Ronan denkt einige Augenblicke lang schweigend über meine Worte nach, und seine Augen suchen meine. Er sieht die Sorge in meinem Gesicht, und ich weiß, wie es mit diesen Typen ist. Sie wollen die Last, uns selbst schützen zu müssen, von uns nehmen und uns nie über etwas Sorgen machen lassen. Aber er muss erkennen, dass ich nicht diese Art von Frau bin. Und er gewöhnt sich besser daran. Denn wenn es um Ronan geht, werde ich mir immer Sorgen machen.

Er mag es vielleicht noch nicht begreifen, aber ich denke, wenn es um ihn geht und was wir haben, würde ich auch alles tun, um es zu schützen.

»Ich muss los«, sagt er. »Aber Conor kann dich runterbringen, um mit ihr zu reden, während Alexei dort ist. Ich will nicht, dass du zu einem anderen Zeitpunkt mit ihr redest. Oder Gefühle für sie entwickelst.«

»Ich verstehe.« Ich greife nach oben, um ihm einen

Kuss auf seine Wange zu geben, aber er fängt ihn mit seinen Lippen ab.

Als er sich schließlich von mir löst, zögert er noch mehr, zu gehen. »Du machst es mir schwer, dich zu verlassen«, sagt er.

»Gut«, antworte ich. »Genau so will ich es.«

Ich setze mich in Bewegung, um zu gehen, aber Ronan streckt die Hand aus und greift nach meinem Arm.

»Sasha?«

»Ja?«

»Du kannst ihr auch sagen, dass wir den Hund behalten.«

---

Das Mädchen im Keller ist nicht das, was ich erwartet habe.

Überhaupt nicht.

Sie ist jung, extrem dünn und kann kaum über ein Meter fünfzig groß sein. Der Art und Weise nach zu urteilen, wie ihre Zehen vom Boden hüpfen, hat sie höllische Angst.

Sie sitzt auf einem Stuhl und hat die Hände auf ihrem Schoß gefaltet, während Alexei sie von der anderen Seite des Tisches anstarrt. Er spricht im Moment nicht, sondern beobachtet sie nur. Obwohl ich ihn erst seit kurzem kenne, habe ich seinen Blick noch nie so kalt gesehen wie jetzt. Das hier ist der Gangster. Die andere Seite der Medaille. Diese Jungs haben sie alle, aber seine ist zugegebenermaßen etwas beängstigender als einige der anderen.

Und ich weiß nicht, ob ich ihm danken oder ihn dafür hassen soll. Aber am Ende gewinnt meine Loyalität, denn ich weiß, dass er das tut, um uns zu schützen. Um Ronan zu beschützen. Denn dieses Mädchen ist eine Bedrohung. Bis sie das Gegenteil beweist, muss sie als solche behandelt werden.

Ihre Augen finden die meinen, als sie mich in der Ecke des Raumes stehen sieht. Alexei dreht sich einen Moment später um, als hätte er mich nicht hereinkommen gehört. Conor ist an meiner Seite, bis ich ihm sage, dass Ronan mir die Erlaubnis gegeben hat, bevor er aus der Tür schlüpft. Und dann sind wir nur noch zu dritt.

»Ich wollte sie selbst sehen«, erkläre ich Alexei.

Er nickt und deutet auf einem leeren Platz am Tisch. Ich gehe durch den Raum und setze mich hin, während das Mädchen die Augen die ganze Zeit auf mich gerichtet hat. Sie sieht mich an, als sei ich diejenige, die ihr Schicksal in den Händen hält, obwohl es nicht weiter von der Wahrheit entfernt sein könnte.

»Hi«, begrüße ich sie. »Ich bin Sasha.«

»Hi«, flüstert sie.

Im Raum ist es einen Moment lang ruhig, abgesehen von den harten Atemzügen, die aus ihrer Brust kommen. Ihre Finger sind so eng miteinander verschränkt, dass sie fast weiß sind. Sie ist so dünn, dass man auf den ersten Blick annehmen könnte, dass sie ein Junkie ist. Aber ihre grauen Augen sind klar, und ich erkenne den Ausdruck auf ihrem Gesicht nur allzu gut. Das sind keine Drogen, sondern Stress.

»Schau«, beginne ich, »wir haben ein Problem, du und ich.«

»Haben wir?«, schluckt sie, und ihre Augen huschen zurück zu Alexei.

Ich war noch nie in meinem Leben einschüchternd, aber im Moment übernimmt etwas anderes die Führung in mir. Vielleicht sind es die Schutzinstinkte einer Mutter. Vielleicht ist es eine so heftige Liebe, dass sie mir den Mut gibt, das zu tun, was ich vorher nie konnte. So oder so, ich fühle mich ruhig und sicher mit dem, was ich gleich sagen werde. Und ich weiß jetzt, dass die Wahl bei ihr liegt.

»Das haben wir«, antworte ich. »Weil es mein Freund ist, den du verrätst. Der Vater meines Kindes.«

Ihre Augen sind voller Tränen, und ihr Körper beginnt zu zittern.

»Wir lieben uns«, sage ich ihr. »Und wir würden alles tun, um das zu schützen, was wir haben. Verstehst du das?«

»Das tue ich«, flüstert sie. »Du hast keine Ahnung, wie gut ich das verstehe …«

»Also glaubst du immer noch, dass Donny das alles wert ist?«, frage ich. »Weil ich dir sagen kann …«

»Er sollte mir helfen, meinen Sohn zu holen«, schreit sie. »Das hat er gesagt. Ich tue das für meinen Sohn. Das ist alles. Ich habe nichts gegen einen von euch. Ich wollte nur meinen Sohn zurück.«

Ich schaue Alexei an, und er nickt. Was sie sagt, ist

wahr. Und ein Teil meiner Entschlossenheit bricht zusammen. Aber dann wirft er mir einen Knochen zu.

»Ich habe angeboten, ihren Sohn für sie zurückzuholen. Und Crow wird sie mit dem wegschicken, was sie braucht, um ein neues Leben zu beginnen. Wenn sie es so will.«

»Okay.« Ich atme scharf aus.

Ich schaue auf das Mädchen zurück, aber es ist klar, dass sie uns nicht vertraut. Sie glaubt nicht, dass wir das, was wir ihr versprechen, auch durchziehen werden. Aber sie kann nicht wirklich erwarten, dass wir schlimmer sind als Donny. Ich kann mir nur allzu gut vorstellen, was er getan hat, damit sie dem zustimmt. Er hatte ein Talent, Schwächen auszunutzen. Ich bin nicht überrascht, dass er sich entschieden hat, auch ihre auszunutzen.

»Wir alle müssen in diesem Leben Dinge tun, die wir nicht mögen«, erwidere ich. »Ich musste viele davon machen. Schwierige Entscheidungen treffen. Das musst du auch. Und wenn du dich richtig entscheidest, dann wirst du leben. Einfacher geht es nicht.«

»Aber woher weiß ich, dass ich meinen Sohn zurückbekomme?«, fragt sie. »Ich brauche mehr als dein Wort, um weiterzumachen …«

»Welche Wahl hast du?«, frage ich sie.

Ein kleines Geräusch der Niederlage ertönt von ihren Lippen, als sie den Kopf schüttelt und Tränen über ihre Wangen laufen.

»Schau, ich weiß sicher nicht viel in diesem Leben,

Süße«, sage ich ihr. »Aber das Einzige, was ich so sicher weiß, wie der Himmel blau ist, ist, dass diese Jungs ihr Wort nicht brechen. Wenn sie sagen, dass sie deinen Sohn bekommen, werden sie deinen Sohn bekommen. Und sie werden durch die Hölle gehen, um es zu tun. Aber das gibt es nicht für umsonst. Nichts in diesem Leben gibt es für umsonst.«

Sie ist einen Moment lang ruhig, bevor sie ihr Kinn hervorstreckt und ihren Kopf hebt, um meinem Blick zu begegnen. Es gibt keine Tränen mehr, und sie hat eine Entscheidung getroffen. Ich kann nur beten, dass es die richtige ist.

»Okay«, sagt sie. »Ihr habt mein Wort. Wenn ich meinen Sohn zurückbekomme, werde ich verschwinden. Niemand von euch wird jemals wieder von mir hören.«

Die Erleichterung überflutet mich, weil es keinen einzigen Teil von mir gibt, der daran zweifelt, dass sie aufrichtig ist. Im Laufe der Jahre habe ich gelernt, Menschen ziemlich gut zu lesen. Ich habe gelernt, wie man die Monster und Lügner erkennt, die direkt unter der Oberfläche lauern. Dieses Mädchen ist keines dieser Dinge.

Sie ist ein Bauer auf dem Schachbrett, wie ich. Wie ich es bei Blaine und Donny war. Sie tat, was sie tun musste. Aber sie hat keine Pläne, außer, dass sie ihren Sohn zurückbekommen will. Und ich glaube, dass diese Jungs das Richtige tun werden.

»Es gibt nur noch eine Sache«, sage ich ihr.

»Was ist das?«, fragt sie.

»Mein Freund und ich haben deinen Hund sehr lieb gewonnen. Und nun … wir behalten ihn.«

Ich bin darauf vorbereitet, dass sie widerspricht, aber das tut sie nicht. Sie nickt nur, und das war's. Daisy ist jetzt offiziell Teil der Familie.

# 43

## *Ronan*

Der Scheiß mit dem FBI dauerte am Ende viel länger, als ich gehofft hatte. Sie befragten mich, aber unter den gegebenen Umständen hatten sie nicht genug, um mich zu verhaften.

Das Konsortium verfügt über einen Rechtsanwalt, der bei solchen Gelegenheiten genutzt wird. Er unterhält seine eigenen Verbindungen innerhalb des Justizsystems und nutzt sie oft im Austausch für einen kräftigen Bonus von Niall. Aber wenn das FBI involviert ist, kann es Komplikationen geben. Sie sind es gewohnt, mit der Mafia umzugehen. Sie wissen, wie es funktioniert. Zeugen verschwinden, Beweise werden manipuliert, Dinge gehen schief, bevor sie vor Gericht kommen.

Das ist der Grund, warum sie es oft vorziehen würden, dass man sich gegen die eigenen Gefährten wendet, bevor es zu einer Verhandlung kommt. Aber sie verstehen die Wege des Syndikats nicht. Sie verstehen nicht, dass der Bluteid, den wir schwören, echt und ein Leben lang gültig ist.

»Fitz«, begrüßt mich Crow, als ich mit dem Anwalt im Schlepptau ins Slainte komme. Einige der anderen Jungs sind auch hier und bereiten sich darauf vor, die Zukunft des Syndikats zu besprechen.

»Crow.« Ich nicke in seine Richtung.

Er schüttelt dem Anwalt die Hand, und dann gehen wir alle in den Keller, wo wir uns normalerweise bei solchen Gelegenheiten treffen. Der Raum ist bereits mit Getränken bestückt, als wir uns hinsetzen. Crow nimmt seinen Platz am Kopfende des Tisches ein, und ich direkt neben ihm. Er faltet die Hände über dem Holz und blickt mit ernstem Gesichtsausdruck durch den Raum.

Es versteht sich von selbst, wie viel Niall ihm bedeutet. Er ist wie ein Vater für Crow. Er war gut zu uns beiden, und ich habe auch nichts anderes als Respekt vor dem Mann.

»Ich war bei Niall«, sagt er. »Er ist sehr krank, und die Ärzte sagen, dass es wahrscheinlich eine lange Genesung für ihn sein wird.«

»Und was jetzt?«, fragt Conor.

Im Raum ist es für einen Moment lang ruhig, und Crows Augen sind glasig, als er zu mir schaut. Es gab nur wenige Male, an denen ich gesehen habe, wie der Junge solche Emotionen in seinen Augen bekam, also weiß ich, dass die Situation ernster ist, als er uns glauben lassen will.

»Niall war bei klarem Verstand«, fährt er fort. »Und obwohl ich darauf bestand, dass wir warten, bis er sich erholt hat, um irgendwelche wichtigen Entscheidungen zu treffen, stimmte er nicht zu. Er möchte mit seiner Familie zu Hause sein. Er ist bereit, sich zurückzuziehen.«

Wieder verstummt der Raum. Der Ernst der Situation wird deutlich, als die Jungs nach ihren Gläsern greifen und leise auf Niall und seine Familie anstoßen. Das bedeutet, dass sich die Dinge jetzt grundlegend ändern werden. Crow wird Chef des MacKenna-Syndikats. Und er wird seine rechte Hand wählen.

Ich bin nicht im Geringsten überrascht, als seine Augen einen Moment später auf mich fallen.

»Fitz.« Er räuspert sich. »Ich bin sicher, dass ich dich nicht einmal fragen muss. Aber es ist meine Wahl, und wenn ich mich für einen der Jungs entscheiden muss, weiß ich, wen ich an meiner Seite haben will.«

Ich schweige und versuche zu verarbeiten, was das für mich bedeutet. Er will, dass ich die Rolle des Unterbosses übernehme. Das Slainte führen – und alle Jungs, die hier Geschäfte machen. Das ist eine schwere Aufgabe, und ich betrachte sie auch als solche.

Ich muss nicht mehr nur an mich selbst denken, und Sasha mag es vielleicht nicht. Je höher du dich bewegst, desto besser wirst du geschützt. Aber das bedeutet auch, dass ich potenziell ein beliebteres Ziel bin.

Crow erkennt die Unentschlossenheit, die mich schwer belastet, also hilft er mir auf seine gewohnte Weise weiter.

»Ich weiß, dass du Vater werden wirst«, sagt er. »Glückwunsch, übrigens, Fitzy … Ich wusste nicht, dass du es in dir hast.«

Einige der Jungs lachen, aber es stört mich nicht mehr so, wie das früher der Fall war. Ich habe Sasha, und sie können so viel lachen, wie sie wollen.

»Du wirst die Operationen hier im Club leiten«, sagt er. »Kein Arbeiten zu Fuß auf der Straße mehr. Du sagtest, du willst mehr Verantwortung, Fitz, und das ist es. Das bedeutet weniger Zeit im Keller. Mehr Zeit für dich, um sie mit deiner Familie zu verbringen, was Sasha sicher glücklich machen wird.«

Er lehnt sich in seinem Stuhl zurück und gibt mir einen Moment Zeit, darüber nachzudenken. »Also, was sagst du dazu? Ich kann wirklich nicht ohne dich auskommen.«

Crow war schon immer für mich da, hat immer mein Bestes gewollt. Auch wenn sein Fokus darauf liegt, das Syndikat über Wasser und es am Laufen zu halten, bleiben seine Jungs nie auf der Strecke. Ich habe ihm gesagt, dass ich andere Dinge tun will, mehr Verantwortung übernehmen will. Und das ist meine Chance. Auch um Sasha zu beweisen, dass ich der Mann sein kann, den sie braucht. Der Mann, den unser Kind braucht.

»Aye.« Ich gebe ihm meine Antwort mit einem Nicken.

Ein Lächeln breitet sich auf seinem Gesicht aus, und er schlägt mir auf den Rücken.

»Großartig«, sagt er. »Das ist einfach großartig, Fitzy. Wir werden dich heute Abend vereidigen.«

»Was ist mit Sasha?«, frage ich.

Crow macht eine Geste zu Conor, der aus der Tür rennt, um den Anwalt zu holen, der immer noch draußen wartet. Er kommt und nimmt einen Platz am Tisch ein, und wir kommen zum Geschäft.

»Sasha.« Crow sieht ihn an. »Was müssen wir tun, damit sie sicher ist?«

»In dieser Phase«, sagt er, »ist es das Beste, wenn sie bleibt, wo immer sie ist. Sobald das alles vorbei ist, kann sie zurückkommen. Aber im Moment können sie sie nicht gegen dich verwenden, wenn sie nicht wissen, wo sie ist.«

Ich nicke, weil ich das vermutet habe. Aber seine nächsten Worte überraschen mich.

»Ich würde euch beiden auch empfehlen, zu heiraten, eher früher als später«, sagt er. »Für zukünftige Situationen wie diese könntet ihr auf das Aussageverweigerungsrecht für Ehegatten bestehen.«

Crow schaut mich an und grinst. »Ich habe dir doch gesagt, dass du sie heiraten sollst.«

Ich zucke mit den Achseln, aber selbst ich kann das Lächeln auf meinem Gesicht diesmal nicht verstecken. Alle Jungs sehen mich an, als wäre ich verrückt geworden. Ich bezweifele, dass sie mich jemals zuvor lächeln gesehen haben.

Nachdem das Meeting abgeschlossen ist, verschwinden sie aus dem Raum, und ich bleibe mit Crow zurück. Er vermutet wahrscheinlich, dass ich mit ihm unter vier Augen sprechen möchte. Das tue ich, aber es geht nicht um die anstehende Sache, wie er denkt.

Er schenkt uns beiden noch einen Drink ein und widmet mir dann seine volle Aufmerksamkeit.

»Ich brauche ein Baby«, sage ich ihm.

Er schweigt eine lange Zeit, hebt das Glas in der Hand und kippt den Schnaps darin herunter. »Ich bin mir nicht sicher, ob ich dich richtig verstanden habe«, sagt er. »Tatsächlich bin ich mir sicher, dass ich es nicht getan habe.«

»Zum Üben«, erkläre ich.

Jetzt schaut er mich an, als wäre ich verrückt geworden.

»Sag mir jetzt nicht, dass du nicht auch gut eines gebrauchen könntest«, argumentiere ich. »Wann warst du das letzte Mal in der Nähe eines kleinen Babys?«

Er zuckt mit den Schultern. »Ich habe keine Ahnung, Fitz.«

»Aye.« Ich nicke. »Also, such uns ein Baby.«

# 44

## *Sasha*

Ein Monat ist vergangen, seit ich mich bei Alexei verkrochen habe. Ich bin überhaupt nicht glücklich damit, aber ich weiß, dass Ronan mich beschützt, bis alles vorbei ist. Ich konnte ihn nicht so oft sehen, da Alexeis Haus so weit außerhalb der Stadt liegt und Ronan die neue Rolle des Unterbosses übernommen hat.

Er hat mir versichert, dass die Überstunden nicht für immer sein werden, sondern nur für die Zeit des Übergangs. Er hat mir auch versichert, dass diese neue Rolle für uns besser sein wird. Und während ich anfangs meine Zweifel daran hatte, dass er noch tiefer in das Syndikat eingebettet wird, bin ich jetzt geneigt, ihm zuzustimmen.

Diese Veränderung bedeutet, dass er nicht auf der Straße sein wird und sich jeden Tag aufs Neue in

Gefahr bringt. Er wird sich um die Geschäfte im Club und die Männer kümmern, die unter ihm arbeiten. Und er wird nicht so viel Zeit im Keller verbringen, was mir wirklich wichtig ist.

Ich weiß, wer Ronan ist, und ich werde ihn nicht bitten, sich zu ändern. Ich würde nicht wollen, dass er sich ändert. Aber ich will, dass er etwas anderes kennt als Gewalt, als Blut. Ich möchte, dass er weiß, wie es ist, auch eine andere Art von Familie zu haben, eine neben der Mafia.

Schon jetzt sehe ich seine Veränderungen. Seine Prioritäten haben sich geändert. Und wenn er hier mitten in der Nacht auftaucht, und sein Gesicht müde und gezeichnet ist, tut er es für mich. Er könnte nach Hause gehen. Aber er hat mir einmal in einem schläfrigen Gemurmel gesagt, dass sein Zuhause bei mir ist. Wo immer ich bin, da wird auch er sein.

Die Einfachheit seiner Aussage war so ehrlich, dass er nicht verstand, wie viel mir diese Worte jemals bedeuten könnten.

Als ich heute Morgen aufwache und er sein Bein über mich gelegt hat und mich an sich gedrückt hält, lächele ich. Er schläft eigentlich nie lange, aber es ist schon nach zehn, und er ist immer noch hier und schläft. Ich drehe mich zu ihm und fahre mit meinen Lippen seinen Hals entlang.

Er stöhnt, und dann fliegen seine verschlafenen braunen Augen auf. Er hat noch nicht alle Sinne beisammen, aber schon küsst er mich zurück und reibt seine Hüften an mir. Ronan nimmt mich immer morgens. Und oft noch einmal, wenn er nachts nach Hause kommt, egal wie müde er ist. Manchmal finden wir uns sogar mitten in der Nacht, im Tiefschlaf. Unsere Körper bringen uns zusammen, bevor unser Verstand folgen kann.

Heute Morgen gibt es jedoch eine weitere Veränderung in ihm, als er mich umdreht und sich in mir bewegt. Er ist nicht mehr überstürzt oder außer Kontrolle, sondern langsam und sanft. Seine Augen sind auf die meinen gerichtet, weich und voller Besitzanspruch.

Als ich mich um ihn zusammenziehe, stoppt er alle Bewegungen. Er hält den Atem an, und sein Bizeps und sein Hals sind zusammengeschnürt und angespannt. Er ist aus irgendeinem Grund nervös. Das war er schon eine Weile nicht mehr. Aber eine Sache, die ich bei Ronan gelernt habe, ist, dass er normalerweise eine Weile braucht, um Dinge zu verarbeiten, und dann kommen sie später unerwartet hoch.

»Was ist los?« Ich greife nach oben und berühre sein Gesicht. Er lehnt sich in meine Hand und schließt die Augen.

»Sasha …« Seine Stimme bricht.

Und dann fickt er mich wieder. Es ist jetzt hart und schnell. Sein Gesicht ist in meinem Hals vergraben, und ich lege meine Hände auf seinen Hinterkopf und drücke ihn an mich. Ich weiß nicht, was mit ihm los ist, aber ich weiß auch, dass ich ihn nicht drängen darf. Er wird es mir sagen, wenn er bereit dazu ist.

Und wie sich herausstellt, ist das gleich nachdem er

sich mit einem langen, schmerzhaften Stöhnen in mir entleert hat. Er ist immer noch in mir, und ich küsse seinen Hals, als er ausspuckt, was ihm auf dem Herzen liegt.

»Willst du mich zu deinem Mann nehmen?«

Meine Hände hören auf, sich zu bewegen, mein Atem stockt, und ich schaue ihn überrascht an.

»Bittest du …«, krächze ich. »Bittest du mich, dich zu heiraten?«

»Aye«, antwortet er vorsichtig.

Seine Augenbrauen sind zusammengezogen, und er blinzelt nicht. Überhaupt nicht. Er ist so besorgt, dass ich Nein sagen könnte, dass er nach weiteren Erklärungen sucht. Er braucht sie nicht, weil ich ihn schnell und ohne zu zögern von seinem Elend erlöse.

»Ja, Ronan.«

»Ja?«, fragt er. »Du willst?«

Ich nicke. Aber er sieht immer noch nicht überzeugt aus, also küsse ich ihn, um den Deal zu besiegeln. Er vertieft sich so sehr in den Kuss, dass er seinen Unglauben zu vergessen scheint, wie ich es beabsichtigt hatte. Und damit ist es besiegelt.

Er rollt sich neben mich und zieht mich in die Krümmung seines Armes. Ich kuschele mich an ihn und atme seinen Duft ein, während meine Augen in dem sicheren Hafen, den er mir bietet, zufallen.

»Sasha?«

»Hmm?«, murmele ich ihm schläfrig zu.

»Ich weiß nicht, wie ich jemals das Glück hatte, dich zu finden.«

ALS ICH WIEDER AUFWACHE, IST RONAN WEG. ICH vermute, dass er Geschäfte in der Stadt zu erledigen hat, was häufig der Fall ist. Aber dann höre ich ein Geräusch von unten. Vielleicht werde ich verrückt, aber ich könnte schwören, dass es sich wie ein Baby anhört.

Ich gehe leise den Flur hinunter und folge dem Geräusch, das durch eine angelehnte Tür kommt. Und als ich sie öffne, sehe ich das Letzte, was ich jemals in meinem Leben erwartet hätte.

Ronan und Lachlan sind beide über einen Tisch gebeugt und starren auf das Baby, das darauf liegt, so als würden sie versuchen, ein Rätsel zu lösen. Alexei überwacht das Ganze von der Seite, ebenso wie Daisy von unten.

»Nein, diese Dinger kommen so drum«, sagt Ronan, als er auf die Windel auf dem Tisch zeigt.

»Ich glaube nicht, dass sie das tun, Fitz«, widerspricht Crow. »Sie halten so nicht.«

»Vielleicht könntest du sie mit Tape verschließen«, schlägt Alexei vor.

Ich räuspere mich von der Tür, und alle drei sehen mich an wie Hirsche im Scheinwerferlicht. Ronans Wangen erröten, ebenso wie Lachlans. Etwas, von dem ich in einer Million Jahre nicht gedacht hätte, dass er dazu fähig wäre. Ich habe gerade den Chef und den Unterboss der irischen Mafia dabei erwischt, wie sie wegen eines Babys erröten.

»Ähm, Leute …« Ich zeige auf den halbnackten kleinen Jungen, der in der Mitte des Tisches liegt. »Ihr solltet vielleicht etwas dagegen unternehmen, bevor …«

Ein Strom von Pipi fliegt durch die Luft und trifft Lachlan auf dem Arm. Er starrt mit einem verwirrten Gesichtsausdruck darauf herab, und dann beeilen sich er und Ronan damit, ihm die Windel anzuziehen.

»Gib mir das Klebeband«, schreit Ronan Alexei zu, als wäre es ein Notfall.

»Möchtet ihr Hilfe?«, frage ich sie.

»Nein«, sagen beide gleichzeitig. Und dann fügt Ronan hinzu: »Wir müssen das alleine regeln.«

Ich unterdrücke ein Lächeln und schlüpfe leise aus der Tür. Obwohl ich sehr gerne bleiben und den Rest der weiteren Handgriffe in all ihrer Pracht erleben möchte, habe ich das Gefühl, dass Ronan versucht, dies sehr ernst zu nehmen. Er ist nervös, weil er ein Vater wird. Die Tatsache, dass er mit Lachlan übt, ist der Beweis dafür.

Drei Stunden später finde ich ihn schlafend mit Daisy in den Armen in einem Sessel im Erdgeschoss. Ihr Kopf ist zur Seite gerollt, und ihre Zunge hängt aus dem Mund, während sie gegen seine Brust schnarcht. Ich hole mein Handy aus meiner Tasche und mache ein Foto von dem Moment, bevor er aufwachen kann.

Und als ich mit einem riesigen dummen Grinsen im Gesicht auf das Display starre, weiß ich, dass er ein guter Vater sein wird.

# 45

## *Sasha*

Nach einer gefühlten Ewigkeit hat Ronan uns endlich die Erlaubnis gegeben, nach Hause zu gehen. Ich bin aus so vielen Gründen nervös, dass ich nicht einmal herausfinden kann, aus welchen genau.

Mack weiß immer noch nichts von Talia, und obwohl ich sie während meiner Zeit bei Alexei kaum gesehen habe, weiß ich, dass sie dort ist. Ich will sie auf keinen Fall anlügen müssen. Lachlan hat es ihr auch noch nicht gesagt, aber irgendwann wird es einer von uns tun müssen.

Ich lerne schnell, dass das Syndikat viel mehr Geheimnisse hat, als man glauben möchte. Einige davon sind zu unserem Vorteil. Obwohl ich Niall nie eine Krankheit gewünscht hätte, bin ich auf gewisse

Weise dankbar, dass er sich zurückgezogen hat. Deshalb ist nämlich Ronans Bestrafung für seinen Verrat Lachlan überlassen worden, und man kann sagen, dass die Sache so ziemlich unter den Teppich gekehrt wurde.

Aber da ist auch noch dieses kleine Problem mit dem FBI. Obwohl Ronan mir versichert hat, dass alles erledigt ist, müssen sie mich immer noch dazu befragen, was in diesem Geheimversteck passiert ist. An dem Tag, an dem wir nach Boston zurückkehren, verbringe ich den größten Teil des Nachmittags mit meinem vom Syndikat gestellten Anwalt an meiner Seite.

Sie wollten Ronan nicht mit mir zum Verhör kommen lassen, aber es war nicht so schlimm, wie ich dachte. Der Anwalt kümmerte sich um fast alles, so wie Ronan es gesagt hatte. Da es nicht genügend Beweise gibt, um Ronan oder mich für irgendetwas anzuklagen, sind wir offiziell frei, unser gemeinsames Leben zu beginnen.

Wir haben beschlossen, eine kleine Zeremonie im Slainte abzuhalten, genau wie Mack und Lachlan. Es ist seltsam, dass der Ort, von dem ich dachte, dass ich ihn nie wiedersehen wollen würde, der Ort ist, an dem ich mein Gelübde ablege. Aber jetzt, da Ronan dort das Sagen hat, konnte ich mir nicht vorstellen, es woanders tun zu wollen. Wir werden von unseren Freunden und unserer Familie umgeben sein. Das ist genau das, was das Syndikat ist. Eine Familie.

Die einzige Person, die nicht da sein wird, ist Emily. Als ich ihr sagte, dass ich Ronan heiraten würde, hatte sie nicht viel dazu zu sagen. Das ist für mich ehrlich gesagt okay. Em lebt ihr Leben, und ich lebe meines. Sie versteht vielleicht meine Entscheidungen nicht, aber ich stehe hinter ihnen, und das ist alles, was wirklich zählt.

Ronan ist mein Leben. Mein Atem. Manchmal der einzige Grund, warum ich existiere. Ich weiß, das klingt verrückt, aber genau das fühle ich. Wir wurden auf diese Erde gebracht, um uns zu finden. Und wenn er mich mit diesen dunkelbraunen Augen ansieht, so wie jetzt gerade, weiß ich, dass das, was wir haben, einzigartig ist. Eine Supernova. Eine Liebe, die so selten, so unvergleichlich ist, dass sie heller leuchtet als jede andere.

Er legt seinen Arm schützend um mich, schiebt mich ins Auto und geht sogar so weit, mich anzuschnallen.

Ich lächele ihn an, und als er mich dabei erwischt, fahren seine Finger an meinen Kiefer entlang, und er küsst mich. Ich schnappe mir seinen Kopf, küsse ihn zurück und vertiefe den Kuss, bevor er sich zurückzieht.

»Sasha?«

»Hmm?«

»Wir müssen uns um das Baby kümmern«, sagt er.

»Oh.« Ich schaue auf seine Uhr, um zu wissen, wie spät es ist. »Richtig.«

Ronan schließt die Tür und geht auf die Fahrerseite.

Er war zwei Sekunden erleichtert, dass die Befragung vorbei ist, er das Verhör verließ, und jetzt ist er wieder total nervös. Aber ich bin es auch. Wir machen heute unseren ersten Ultraschall.

Ich habe bereits einen kleinen Bauch. Die Zeit rast mir davon, und es gibt noch so viel zu tun. Ich muss alles für ein Kinderzimmer besorgen und anfangen zu lesen. Mack hat mich etwa zwanzigmal angerufen, weil sie gelesen hat, dass ihre Füße riesig und nie wieder normal werden. Dann fing sie an, mir von der Gebärmutter zu erzählen, die sich bis zur Größe einer Wassermelone ausdehnt. Da sagte ich ihr, sie solle aufhören, mich anzurufen.

Aber jetzt bin ich ganz panisch und versuche, um Ronans willen ruhig zu bleiben. Ich denke immer wieder an all die Dinge, die Mack gesagt hat, und wie sie scherzte, dass wir danach vielleicht in den Zirkus gehen müssten. Alles, was ich mir vorstellen kann, ist, dass ich mich in etwas völlig Unerkenntliches verwandele. Ich fühle mich jetzt schon riesig und ich fürchte, dass Ronan das auch denkt.

Logischerweise weiß ich, dass ich mir um nichts Sorgen mache. Wenn er mich nackt sieht, kommt er sofort zu mir. Noch mehr als sonst. Er hat es nicht gesagt, aber ich glaube, er mag den Anblick, dass ich mit seinem Baby schwanger bin. Er erzählt es allen, die wir treffen. Er könnte genauso gut mit einem Banner herumlaufen, das verkündet, dass er mich geschwängert hat.

Er fährt auf den Parkplatz der Arztpraxis und

schaltet den Motor aus. Aber bevor er aussteigt, greife ich hinüber und nehme seine Hand in meine.

»Ich bin nervös«, sage ich ihm. »Ich weiß, dass du das auch bist.«

Meine Hand zittert, und meine Stimme ist heiser, als ich spreche. »Ich habe versucht, stark zu bleiben, weil ich weiß, dass diese ganze Sache dich wirklich verrückt macht. Aber ich habe auch Panik, Ronan.«

Er runzelt die Stirn, zieht sich dann von mir zurück und steigt aus dem Auto. Ich heule fast los, weil ich denke, dass er mich daran erinnern wird, dass wir einen Termin einhalten müssen. Aber stattdessen kommt er auf meine Seite und hilft mir aus dem Auto.

Er legt seine Arme um mich und küsst mein Gesicht. Ich zittere vor Nervosität, aber er ist jetzt völlig cool und ruhig. Das hatte ich nicht erwartet. Nachdem wir es herausgefunden hatten und ich seine erste Reaktion gesehen hatte, dachte ich, ich müsste die ganze Schwangerschaft vorsichtig angehen, ihm Informationen in kleinen Stücken geben und ihm nie von meinen Ängsten erzählen.

Aber in diesem Moment ist der Mann, der mich hält, nicht derselbe, der mich an jenem Tag verlassen hat. Dieser Mann ist mein Beschützer. Hart wie ein Fels und kühl und genau das, was ich in diesem Moment brauche.

»Sasha«, murmelt er zwischen den Küssen. »Du musst mich nicht mit Samthandschuhen anfassen. Es ist meine Aufgabe, mich um dich zu kümmern und dich zu beschützen. Immer. Wenn du nervös bist, möchte ich, dass du es mir sagst. Ich finde vielleicht nicht immer die richtigen Worte, aber ich werde es versuchen.«

Ich schüttele den Kopf und ein paar Tränen fließen aus meinen Augen.

»Ich weiß«, sage ich ihm. »Ich hätte es dir einfach sagen sollen. Ich habe mir nur Sorgen gemacht, dass du ausflippst, wenn ich etwas sage.«

»Ich flippe manchmal aus«, gibt er zu. »Aber ich gehe nirgendwo hin. Ich würde es nicht einmal ansatzweise wollen. Der einzige Ort, an dem ich sein will, ist hier bei dir. Und ich glaube nicht, dass du einen Grund hast, dir Sorgen zu machen. Du wirst das toll machen, da habe ich keine Zweifel.«

»Aber Mack sagte, dass wir wie Zirkusfreaks aussehen werden«, schluchze ich.

Ronan runzelt wieder die Stirn und schüttelt den Kopf. »Das ist unmöglich, Sasha. Du bist die schönste Frau, die ich je gesehen habe. Das wird sich nicht ändern. Egal, wie viele Babys ich dir mache.«

»Dann werde ich eine schlechte Mutter sein«, jammere ich.

»Sasha«, Ronans Stimme wird streng, »du schindest Zeit.«

»Na und?«, entgegne ich. »Ich will nicht reingehen. Ich glaube, ich bekomme einen Herzinfarkt. Ich kann es fühlen. Ich werde verrückt.«

Ich lüge nicht. Ich bin mitten in einer Panikattacke.

Ich weiß nicht, warum, nur, dass ich so verdammt nervös bin.

Ronan beugt sich hinunter und nimmt mein Gesicht in seine Hände. »Mach dieses Zählding, das du immer tust«, sagt er. »Ich helfe dir, wenn du willst.«

»Du weißt davon?« Ich schaue zu ihm auf, während ich eine Hand auf meine Brust lege.

»Ja«, antwortet er. »Ich weiß alles, was es über dich zu wissen gibt.«

Ich denke immer noch darüber nach, als er meine Hand ergreift und mein Kinn nach oben zieht. »Wie funktioniert es genau? Fünf Dinge, oder?«

»Richtig«, antworte ich.

Ich schließe die Augen, atme tief durch, und der Duft von Ronan beruhigt mich ein wenig.

»Geröstete Pinienkerne und Malzlikör«, flüstere ich. »Das bist du.«

Noch ein Atemzug. Ich öffne die Augen und sehe in seine, die weich, ruhig und sicher sind.

»Zartbitterschokolade.«

Ich atme noch einmal durch, und er küsst mich wieder. Als er sich zurückzieht, kann ich ihn noch immer auf meiner Zunge spüren. »Minze.«

»Noch zwei«, ermutigt er mich.

Meine Atmung hat sich bereits beruhigt, und ich fühle mich besser, aber ich mag es, dass er das mit mir macht. Also mache ich weiter. Die Geräusche von Boston sind überall um uns herum. Die Autos und die Leute und der übliche Lärm. Aber das Einzige, was ich höre, als ich mein Gesicht gegen seine Brust drücke, ist er. »Herzschlag.«

Ronan nimmt unsere verbundenen Hände, bewegt sie über meinen Bauch, und beendet das letzte für mich.

»Unser Baby.«

# 46

***Ronan***

Im Laufe meines Lebens war ich nur einmal in einer Arztpraxis. Als ich noch ein kleiner Junge war und Crows Mutter mich dazu zwang.

Ich mag diese Orte nicht. Sie erinnern mich an den Kerker im Keller vom Slainte. Den, in dem ich meine Kunden betreue.

Dieser Gedanke wird nur noch bestätigt, als ich die Liege sehe, auf der Sasha Platz nehmen soll. Ich strecke mich aus und greife nach ihrem Arm, um sie aufzuhalten, aber dann erinnere ich mich daran, wie nervös sie auf dem Parkplatz war. Sie braucht nicht noch zusätzliche Sorgen.

Als sie fragend auf mich zurückblickt, helfe ich ihr auf die Liege, obwohl alles in mir schreit. Dann stehe ich direkt neben ihr, damit ich eingreifen kann, falls die Ärztin etwas Komisches versucht.

Die Krankenschwester geht einige Fragen mit Sasha durch, die ich alle mit größter Aufmerksamkeit verfolge. Ich habe das Gefühl, dass ich diese Dinge wissen sollte. Oder dass ich sie vielleicht selbst hätte stellen sollen. Ich behalte im Hinterkopf, sie später mehr dazu zu fragen.

Sie überprüfen eine ganze Reihe von Dingen, über die ich noch nie nachgedacht habe. Jetzt frage ich mich, ob sie genug isst oder schwere Dinge trägt, wenn ich nicht da bin. Ich weiß, dass sie gebadet hat. Sie könnte ausrutschen, wenn ich nicht da bin, oder sich verbrennen, wenn sie kocht. Ich bin gerade dabei, mir einen Sicherheitsplan für rund um die Uhr zu überlegen, als die Ärztin kommt.

Sie weist Sasha an, sich zurückzulehnen, und schmiert schleimiges Gel auf ihren Bauch. Er ist bereits rund, und ich habe Schwierigkeiten, wegzuschauen, wann immer ich ihn sehe. Ich mag es, zu wissen, dass mein Baby in ihr ist, dass ich derjenige war, der es in sie gepflanzt hat. Ich kann mir nicht vorstellen, dass es mir jemals mit jemand anderem gefallen hätte.

Aber ich will sehen, was Sasha und ich zusammen gemacht haben. Ich starre ungeduldig auf den Bildschirm, als Sasha nach meiner Hand greift. Ihre Augen sind wieder panisch, und ich habe keine Ahnung, wie ich sie trösten soll. Aber ich versuche es, so wie ich es versprochen habe.

Ich lehne mich hinunter und küsse sie auf die Wange, was ihr zu gefallen scheint. Das mache ich jetzt oft. Die Ärztin lächelt uns an, aber es ist mir egal. Weil

Sasha mir gehört. Und ich werde mit ihr machen, was ich will.

Ein Geräusch ertönt über die Lautsprecher, und wir beide lenken unsere Aufmerksamkeit wieder auf den Bildschirm, während der Stab über ihren Bauch gleitet.

Ich sehe es. Ich sehe mein Baby. Es ist nur ein kleiner unscharfer Fleck auf dem Bildschirm, wie die Ärztin sagt. Aber es ist da. Und dann ist da noch der Herzschlag. Stark, so wie ich ihn erwartet habe.

Die Ärztin beginnt zu sprechen, und Sasha auch.

»Schscht …«, sage ich zu ihnen.

Sasha blinzelt mich an und lacht. »Hast du mich gerade zum Schweigen verdonnert?«

Ich räuspere mich, und meine Wangen brennen, als ich merke, dass ich das wirklich getan habe. »Ich wollte nur noch einen Moment zuhören.«

»Sie können so lange zuhören, wie Sie möchten«, sagt die Ärztin.

Das tue ich auch. Ich höre zu und nehme alles auf. Jedes Detail auf dem Bildschirm wird gespeichert. Als ich endlich wegblicke, lächelt Sasha mich an. Sie wirkt nicht mehr nervös, und ich bin froh.

»Okay«, sage ich zu der Ärztin.

Sie zeigt ein paar Dinge auf dem Foto und überprüft alles. Sie sagt, dass sie noch nicht weiß, ob es ein Junge oder ein Mädchen ist, aber es macht keinen Unterschied. Sasha hat es sich in den Kopf gesetzt, dass sie es nicht wissen will, und für mich ist das in Ordnung.

Ich weiß sowieso, dass es ein Junge werden wird. Es

muss so sein. Weil ich keinen blassen Schimmer habe, was ich mit einem Mädchen machen soll.

Die Ärztin beendet die Untersuchung und schlüpft aus dem Raum, um Sasha einen Moment Zeit zu geben, sich wieder anzuziehen. Aber bevor sie das tun kann, beuge ich mich hinunter und küsse sie. Sie ist die schönste Frau, die ich jemals gesehen habe. Das ist einfach so, besonders hier und jetzt.

Als ich mich zurückziehe, ist sie atemlos und gerötet. Und das gefällt mir auch.

»Können wir jetzt nach Hause gehen?«, fragt sie. »Und dort bleiben … für etwa eine Woche?«

»Aye«, sage ich ihr. »Bringen wir dich nach Hause.«

# 47

### *Sasha*

Als ich sagte, dass ich wollte, dass Ronan bei mir zu Hause bleibt, dachte ich nicht wirklich, dass er das schaffen würde. Aber er ist seit vier Tagen hier und macht mich jetzt definitiv verrückt.

Anscheinend hat er alles, was bei der Arztbesprechung erwähnt wurde, als mögliche Gefahren abgespeichert. Er beobachtet jede meiner Bewegungen. Er hilft mir nach unten. Er weigert sich, mich kochen zu lassen, sagt Daisy, dass sie nicht mehr in der Nähe meines Bauches sitzen darf. Ich habe einen Schlussstrich gezogen, als er versuchte, Sicherheitsgriffe im ganzen Badezimmer zu installieren und dabei auf die möglichen Rutschgefahren verwies.

»Ronan.«

»Ja?« Er blickt von seinem Buch auf, und seine Augen schweifen über mich, als ob etwas nicht stimmt.

»Musst du nicht wieder zur Arbeit gehen?«

Er blinzelt mich an. Dann runzelt er die Stirn. »Willst du nicht, dass ich hier bei dir bin?«

»Natürlich will ich das«, antworte ich ihm. »Aber ich will auch, dass die Dinge normal sind. Ich würde es vorziehen, wenn du jetzt in die Routine einsteigen würdest, den Club zu leiten, damit du später, wenn ich dich wirklich brauche, hier sein kannst.«

»Ich habe alles im Griff«, sagt er. »Ich kann jetzt hier sein.«

»Okay, aber …« Ich atme hörbar einen Atemzug aus. »Du musst dich ein wenig beruhigen, in Ordnung?«

»Ich verstehe nicht«, antwortet er.

Und ich weiß, dass er es wirklich nicht tut.

»Mir geht es gut. Dem Baby geht es gut. Ich weiß, dass ich in der Arztpraxis ein wenig ausgeflippt bin. Aber jetzt geht es mir gut. Ich will nicht, dass du dir um alles solche Sorgen machst, in Ordnung? Es macht mir Angst, wenn du das tust.«

»Aber ich liebe dich«, ist seine Antwort.

Und ich lächele, denn … nun, typisch Ronan.

Ich rutsche über das Sofa, setze mich auf seinen Schoß, lege meine Arme um seinen Hals und küsse ihn.

»Ich liebe dich auch, Ronan«, murmele ich ihm zu. »Du hast Glück, dass du so bezaubernd bist. Weil du mich manchmal verrückt machst.«

»Jetzt verstehst du, wie ich mich fühle«, sagt er und

legt seine Hände auf meinen Po. »Ich sorge mich die ganze Zeit um dich, Sasha. Die ganze Zeit. Ich weiß nicht, wie ich es beenden soll.«

»Das ist Liebe«, antworte ich. »Warte, bis du unser Baby kennenlernst. Es wird nur noch schlimmer.«

Er küsst mich tief und heftig und beginnt, meinen Körper durch meine Kleidung zu berühren. Und dann trägt er mich den Flur hinunter ins Schlafzimmer und zieht mich schon auf dem Weg dorthin aus. Während es mich Monate gekostet hat, ihn das erste Mal nackt zu sehen, will er es jetzt nicht anders. Er mag es, meine Haut an der seinen zu spüren. Und ich auch.

Er liebt mich. Er ist immer noch fiebrig, aber auch sanft. Auch nach all dieser Zeit fühlt es sich immer noch wie das erste Mal an. Er kommt in mir und bleibt dort, küsst sich über mein ganzes Gesicht.

»Nächste Woche um diese Zeit«, sagt er, »wirst du endlich meine Frau sein.«

---

IN DER WOCHE VOR UNSERER HOCHZEIT VERBRINGE ICH viel Zeit damit, Dinge für das Kinderzimmer auszusuchen. Ronan geht überall mit hin und beschwert sich nie. Er stellt sogar alles zusammen.

Es sollte mich nicht überraschen, aber er ist auch bei dieser Art von Sachen sehr geschickt. Er liest die Anweisungen immer dreimal, bevor er anfängt, aber wenn er damit fertig ist, setzt er alle Teile im Handumdrehen zusammen.

Ich sehe ihm gerne bei diesen Dingen zu, so einfachen Dingen. Sie sind Teil davon, ein gemeinsames Leben aufzubauen. Stück für Stück.

Wenn ich daran denke, ihn in nur fünf kurzen Tagen zu heiraten, fühlt es sich immer noch wie ein Traum an. Unser Leben ist bei weitem nicht perfekt. Ich heirate in die Mafia ein. Diese Welt kann dunkel und chaotisch sein, voller Überraschungen. Aber die eine Sache, die ich sicher weiß, ist, dass mit Ronan an meiner Seite wir gemeinsam navigieren können.

Ich will nicht, dass unsere Vergangenheit unsere Zukunft bestimmt. Ich möchte das Schlechte abwaschen und durch Gutes ersetzen. Deshalb habe ich für ihn an etwas gearbeitet, wann immer ich Zeit hatte. Ronans Leben war erfüllt von Bösem, Qualen und Schmerzen. Er hat eine dunkle Seite, aber es gibt auch so viel Gutes in ihm.

Ich möchte ihn daran erinnern. Ich möchte, dass er weiß, dass er nicht nur das ist, wofür seine Kindheit ihn geschaffen hat. Also habe ich etwas für ihn gezeichnet. Einen Mann mit Engelsflügeln. Flügeln, von denen ich hoffe, dass sie die Länge seines Rückens einnehmen und seine alten Tattoos bedecken werden. Der Kodex, der ihm eingraviert wurde, als er keine Wahl hatte.

Die Idee kam mir eines Nachts in einem Traum, als ich an seiner Seite lag. Seitdem konnte ich nicht mehr aufhören, darüber nachzudenken. Aber jetzt, da es fertig ist, und ich bereit bin, es zu enthüllen, ist mir schlecht.

Ich weiß nicht, ob es ihm gefallen wird. Ich weiß nicht, ob er überhaupt offen wäre, sich noch ein weiteres Tattoo stechen zu lassen. Und ich will mit Sicherheit nicht, dass er denkt, dass ich ihn ändern will. Oder dass ich ihn nicht so akzeptiere, wie er ist. Das ist überhaupt nicht der Fall.

All diese Gedanken gehen mir durch den Kopf, als er von seinem Platz auf der Couch zu mir aufblickt. Er liest, und ich sehe fern. Ich habe darauf bestanden, dass wir einen Fernseher kaufen. Ronan hatte nichts dagegen. Und immer häufiger erwische ich ihn dabei, wie er mit mir die True-Crime-Serien anschaut. Ich glaube, sie faszinieren ihn.

Aber im Moment sieht er mich an, als ob er wüsste, dass etwas nicht stimmt, was seltsam ist, weil ich immer dachte, er sei überhaupt nicht scharfsinnig. Aber in Wirklichkeit ist Ronan viel scharfsinniger, als irgendjemand jemals denken würde. Er zeigt es einfach nicht.

»Alles in Ordnung?« Seine Augen gleiten über meinen Bauch. »Geht es dir nicht gut?«

»Mir geht es gut«, antworte ich. »Ich bin nur nervös.«

Er schließt das Buch in seinen Händen und schenkt mir seine volle Aufmerksamkeit.

»Wie kann ich es besser machen?«, fragt er, und mit einer solchen Aufrichtigkeit in seinen Augen kann ich nicht anders, als diesen gutaussehenden Mann anzulächeln. Mein zukünftiger Ehemann, mein Fels in der Brandung und mein Leben.

»Ich liebe dich«, platze ich heraus. »Das weißt du doch, oder?«

»Ja«, antwortet er. »Das weiß ich.«

»Und ich will nicht, dass du das änderst. Niemals. Es sei denn, du willst es, meine ich. Ich habe nur …«

Ich finde keine Worte und bekomme wieder dieses panische Gefühl in der Brust. Ronan streckt die Hand aus, zieht mich näher an sich heran, und seine Augen treffen auf meine.

»Erzähl es mir einfach, Sasha«, sagt er. »Du brauchst dir keine Sorgen zu machen.«

»Ich habe dir etwas gemacht«, gebe ich zu. »Aber ich bin mir nicht sicher, ob es dir gefallen wird.«

Sein Daumen fährt über meinen Handrücken, und diese kleine Geste verankert mich mit ihm und hält die Panik in Schach.

»Zeig es mir«, fordert er mich auf.

Ich stehe auf, gehe zum Schrank und ziehe den Aktenordner heraus, in dem sich die Zeichnung befindet. Ich kaue auf meiner Lippe, als ich sie ihm reiche.

»Es ist nur eine Idee«, sage ich ihm. »Du musst das nicht tun. Aber ich dachte, wenn du deine Tattoos überdecken willst …«

Ronan öffnet den Ordner und starrt auf die Zeichnung, für eine wirklich lange Zeit. Im Raum ist es zu ruhig, und ich bin sicher, dass er sie hasst.

»Das war wirklich dumm.« Ich versuche, den Ordner zurückzunehmen, aber er hält ihn fest, und seine Augen nehmen jedes Detail auf, wie sie es immer tun.

»Es gefällt mir«, sagt er.

Das war es. Einfach und auf den Punkt gebracht. Und einfach so Ronan. Aber ich brauche mehr.

»Das tust du? Wirklich?«

»Ja«, antwortet er kurz. »Du hast es für mich gezeichnet. Also gefällt es mir. Mir gefallen all deine Zeichnungen. Aber die hier ist für mich.«

Röte kriecht über meine Wangen, und ich ringe meine Hände. Manchmal vergesse ich, dass Ronan mich schon immer beobachtet hat, auch wenn ich es nicht wusste. Dass er wahrscheinlich eine Menge Dinge gesehen hat, die ich normalerweise niemandem gezeigt hätte, wie meine Zeichnungen, mein Tagebuch, meine Unterwäsche.

»Ich werde es morgen stechen lassen«, sagt er und unterbricht meine Gedanken.

»Morgen?«, frage ich. »Aber du musst einen Termin vereinbaren, den richtigen Künstler finden …«

»Das Syndikat hat einen Jungen, der sie macht«, sagt er. »Ich lasse ihn morgen kommen.«

»Oh.«

»Dann ist das erledigt.« Er greift nach meiner Hand und zieht mich auf seinen Schoß.

Er küsst mein Gesicht und knabbert an meinen Hals. Seine Worte sind ruhig und leise und verraten ein besonderes Gefühl, als er mir ins Ohr flüstert:

»Danke, Liebling.«

# 48

## *Sasha*

»Ich bin so groß wie ein verdammtes Haus«, jammert Mack, als sie sich im Spiegel anstarrt. »Bist du sicher, dass ich mit dir da rausgehen soll? Niemand wird dich sehen, wenn ich den Gang neben dir herunterdonnere.«

Ich lache über sie, und es stellt sich heraus, dass es genau das ist, was ich im Moment brauche. Ich bin ein Nervenbündel.

»Mack, du siehst wunderschön aus«, versichere ich ihr. »Und ich habe sonst niemanden, der mit mir da rausgeht. Ich brauche dich wirklich.«

»Na gut.« Sie schmollt. »Jetzt spielst du also diese Karte aus, was?«

»Das tue ich.«

Sie dreht sich zu mir um und beginnt, sich um mein Kleid zu kümmern. Ein weißes, bodenlanges Kleid mit

Empiretaille und einem Hauch von Gold. Ich habe mir niemals vorgestellt, in so etwas zu heiraten. Aber als ich mir die Kleider ansah, gab Ronan zu, dass seine Lieblingsfarbe an mir Weiß ist.

Er mag es, mich als rein und gut anzusehen. Das Licht seiner Dunkelheit. Ich bin definitiv kein Engel, aber er ist auch nicht der Teufel, für den er sich hält. Also trage ich Weiß für ihn.

Ich hatte nie geplant, es auf traditionelle Weise zu tun. Ich meine, ich werde in einem Stripclub heiraten. In einem, der von der Mafia geführt wird. Daran ist so ziemlich nichts traditionell. Aber es stellte sich heraus, dass Ronan in einigen Aspekten sehr traditionell ist.

Er wollte sehen, wie mich jemand zum Altar führt. Er wollte der Welt zeigen, dass ich ihm gehöre, und ich konnte es ihm nicht abschlagen.

Auch wenn ich bei der Aussicht, dass jeder mich anschaut, ein wenig in Panik gerate, weiß ich, dass das alles in dem Moment verschwinden wird, in dem ich ihn sehe. Wie er dasteht und auf mich wartet.

Die Musik beginnt, und ich packe Macks Arme in einem Schraubstockgriff.

»Es ist okay, Sash«, sagt sie. »Atme einfach durch.«

Das tue ich. Ich atme tief durch und schließe die Augen.

»Da draußen ist niemand außer Ronan, okay. Konzentrier dich einfach auf ihn.«

»Okay.« Ich nicke, und sie führt mich zur Tür hinaus.

Ich zittere wie Espenlaub, und mein Magen zieht

sich zusammen, als ich den Raum voller Gesichter sehe. Sie alle starren mich an.

Mack drückt meine Hand und gibt mir die dringend benötigte Unterstützung.

»Sieh Ronan an«, flüstert sie.

Das tue ich. Ich finde seine Augen am Ende des Ganges. Weich und braun und nur auf mich konzentriert. Er ist auch aufgeregt. Ungeduldig. Das war alles seine Idee, aber jetzt ist deutlich, dass er mich einfach nur neben sich haben will. Er mag es nicht, wenn ich außer Reichweite bin, besonders nicht bei so vielen Menschen. Das ist seine Art, mich zu beschützen.

Ich stähle mich mit mehreren tieferen Atemzügen und mache einen Schritt. Und dann noch einen. Und meine Augen verlassen nie Ronans. Er ist der attraktivste Mann, den ich je gesehen habe. Und gerade jetzt, in seinem Anzug, noch mehr. Es ist derselbe Anzug, den er immer trägt. Aber heute ist er anders. Heute sieht Ronan darin aus wie mein Mann.

Mack übergibt mich am Ende des Ganges an ihn, und er nimmt meine Hände in seine. Fast sofort hört mein Zittern auf, und meine ganze Anspannung fällt ab. Es gibt nur noch uns und den Klang von Rorys Stimme, der die Zeremonie durchführt.

Ich spreche die Gelübde, die für Mitglieder des Syndikats gemacht wurden. Sie sind keineswegs normal. Sie sprechen von Familie, Ehre und Blut, Loyalität und gegenseitigem Schutz um jeden Preis.

Sie könnten nicht perfekter sein, wenn ich sie selbst geschrieben hätte.

Ich werde Ronan immer beschützen, so wie ich weiß, dass er mich immer beschützen wird.

Als Rory mit dem Blutritus beginnt, reicht er mir zuerst die zeremonielle Klinge. Ronan und ich wussten beide, dass wir uns nicht gegenseitig schneiden können, was Tradition war, also entschieden wir, dass es jeder bei sich selbst tut. Die einzige andere Möglichkeit war, Rory das Ritual durchführen zu lassen, aber ich hatte Angst, dass Ronan ihn ermorden würde, wenn er mich schneiden würde.

Ronans Augen folgen mir, als ich die Klinge zu meinem Finger führe und sie dann an ihn weitergebe, während Rory die Worte rezitiert, die unsere Seelen für die Ewigkeit verbinden. Er tut dasselbe, und dann werden unsere Hände mit einem Stück Band zusammengebunden.

»Meine *Anam Cara*«, wiederholen wir beide zusammen.

Es sind die gleichen Worte, die in Ogham-Schrift in unsere Eheringe eingearbeitet sind. Die Worte, die ganz einfach bedeuten, dass seine Seele mit meiner verbunden ist.

Das Ritual ist ergreifender, als ich es erwartet hatte. Pure Energie pulsiert zwischen uns, unseren Seelen und unserer Liebe, und verbindet uns zu einer Einheit. Ich habe Tränen in meinen Augen, als wir die Ringe austauschen. Ich habe noch nie in meinem Leben so viele Gefühle empfunden. Die Liebe, die ich für diesen

Mann verspüre, überwältigt mich. Diese Liebe spiegelt sich in Ronans Augen wider.

Und schließlich kommen die Worte, die unser Schicksal besiegeln.

*Mein Leben, meine Liebe, mein Atem.*

*Mögen wir uns immer haben, in diesem und im nächsten Leben.*

Rory gibt uns einen Becher, aus dem wir beide trinken, und dann verkündet er die Worte, die es offiziell machen.

Wir sind jetzt Mann und Frau.

Ronan küsst mich, vor allen anderen, und er hält sich nicht zurück. Als er sich schließlich auf Rorys Drängen hin von mir löst, lache ich und fühle mich ein wenig unwirklich.

Wir gehen beide zum Altar und führen den allerletzten Schritt der Zeremonie durch. Das Anzünden der Kerze.

Und dann nimmt er mich prompt in seine Arme, trägt mich ins Büro und behauptet, dass das ebenfalls Brauch ist. Ich bin mir ziemlich sicher, dass er sich das ausdenkt, aber ich mache mit, weil … Ronan.

Immer Ronan.

# EPILOG

## *Sasha*

Ich bin noch im Halbschlaf, als mich das Knarren des Schaukelstuhls am Ende des Flurs aufweckt.

Ich schaue auf die Uhr und merke, dass ich ihre Schreie überhört haben muss. Ich bin nicht im Geringsten überrascht, dass Ronan das nicht getan hat.

Er sagte mir einmal, dass er besorgt sei, dass er mit ihren Schreien nicht gut zurechtkommen würde. Er hatte recht. Denn jedes Mal, wenn er sie hört, ist er der Erste an ihrer Seite. Sie hat ihn um ihre kleinen Finger gewickelt.

Ich streiche mir die Haare aus dem Gesicht und gehe den Flur hinunter, bis ich Ronan im Schaukelstuhl sitzen sehe. Saoirse ist in seine Arme gekuschelt und saugt aus der Flasche in seiner Hand.

Er hat den Namen gewählt. Ich wollte das so. Ich

liebe sie. Ich liebe alles an meinem kleinen Mädchen. Und meinem Mann. Und der Anblick der beiden zusammen, selbst in meinem müden Zustand, stiehlt mir immer noch den Atem.

Er lehnt sich hinunter und küsst ihre Stirn ganz sanft, und dann treffen seine Augen auf die meinen am anderen Ende des Raums. Selbst nach all der Zeit gibt er mir immer noch das Gefühl, dass ich auf einer Achterbahn bin, wenn er mich so ansieht. Meine ganze Welt ist aus dem Gleichgewicht, und doch war sie noch nie so perfekt wie heute. Saoirse beginnt, unruhig zu werden, und er stellt die Flasche beiseite und reibt ihren Rücken, was sie fast sofort beruhigt.

Ich werde nicht lügen und sagen, dass ich die gleiche Wirkung auf sie habe. Das habe ich nicht. Das ist einfach Ronan. Er ist der Balsam für unsere beiden Seelen. Unsere Ruhe im Sturm. Wenn immer sie verärgert ist, muss er sie nur halten, und es geht ihr gut. Ich kenne das Gefühl hervorragend.

Und Ronan hat sicherlich nichts dagegen. Er mag es, dass er sie beruhigen kann. Vater zu sein hat ihn so sehr verändert. Es ließ ihn die Emotionen erkennen, zu denen er fähig ist. Er ist der stolzeste Vater, den ich jemals gesehen habe. Die Tatsache, dass er mein Mann und der Vater meines Kindes ist, ist ein Beweis dafür, dass Blitze wirklich zweimal einschlagen können. Ich kann mein Glück kaum fassen.

Als Saoirse schläft, legt er sie in die Krippe und kommt dann zu mir zurück. Seine Hand streicht über meine Wange, stark und warm.

»Du solltest schlafen«, sagt er. »Ich wollte dich nicht wecken.«

»Hast du nicht«, erwidere ich.

Er küsst mich und führt mich den Flur hinunter zu unserem Schlafzimmer. Wir sind beide erschöpft. Aber ich war noch nie glücklicher als in dem Moment, in dem er neben mich fällt und mich dann mit seiner starken Gestalt umgibt.

Er küsst meinen Hals und tastet sich unter meinem Nachthemd vor, während ich seinen Slip herunterziehe und seinen Schwanz befreie. Wir können kaum die Augen offen halten, aber wir können auch nicht die Hände voneinander lassen. Das ist eine Sache, die sich nicht geändert hat.

Er bewegt sich in mir, während ich mich an seinem Rücken festhalte und er mich überall küsst. Es dauert nicht lange. Das tut es nie. Aber diese wenigen kurzen gestohlenen Minuten, in denen wir uns so verbinden können, sind für mich alles.

Als wir beide fertig sind, bleibt er eine Weile in mir, bis sich seine Atmung beruhigt hat. Ich streichele seinen Rücken, und er schläft fast, als ich ihm etwas ins Ohr flüstere.

»Ich muss wieder die Pille nehmen«, sage ich, »bevor ich wie Mack ende.«

Sie ist schon wieder schwanger mit ihrem Zweiten. Eine Tatsache, die sie Lachlan nie vergessen lässt.

»Was ist falsch daran?«, murmelt Ronan schläfrig. »Wir machen gute Babys.«

»Das tun wir«, stimme ich zu. »Aber ich will dieses noch eine Weile genießen, bevor ein weiteres kommt.«

Ronan fällt auf seine Seite, und seine Finger streichen über mein Gesicht. »Okay, Liebes.«

Und das war es dann auch schon. Die Dinge sind bei Ronan fast immer so einfach. Er streitet nicht mit mir, es sei denn, es geht um meine Sicherheit.

Wir sind einfach. Wir leben in unserer eigenen kleinen Blase, mit Ausnahme von Lachlan und Mack, die wir oft sehen.

Das Syndikat läuft reibungsloser als je zuvor. Ronan leitet den Club so effizient wie er alles macht. Und dann kommt er zu mir nach Hause. Immer.

Welche Ängste ich auch immer hatte, welche Sorgen … sie existieren nicht mehr. Ich weiß nicht, ob es immer so sein wird. Aber was ich weiß, ist, dass Ronan und ich kämpfen werden, um das zu schützen, was wir haben.

Und Gott helfe jedem, der jemals versucht, uns das wegzunehmen.

# LESEPROBEN

Danke, dass Sie *Reaper – Der Sensenmann* gelesen haben! Wenn Ihnen dieses Buch gefallen hat, vergessen Sie bitte nicht, eine ehrliche Rezension zu hinterlassen. Wenn Ihnen Ronans und Sashas Geschichte gefallen hat, würden Sie vielleicht gerne in den folgenden Romanen mehr über sie und ihre Freunde lesen:

- *Crow – Die Krähe* - Lachlans und Mackenzies Geschichte
- *Ghost – Der Geist* - Alexeis und Talias Geschichte
- *Saint – Der Heilige* - Rorys und Scarletts Geschichte
- *Thief – Der Dieb* - Nikolais und Tanakas Geschichte
- *Conor – Der Rächer* - Conors und Ivys Geschichte

Diese Bücher enthalten alle bekannte Charaktere, spielen in Bostons Unterwelt und können alle unabhängig voneinander einzeln gelesen werden. Wenn Sie sie alle lesen möchten, ist das hier die empfohlene Reihenfolge.

Möchten Sie benachrichtigt werden, wenn unser nächstes Buch voller knisternder Leidenschaft erscheint? Besuchen Sie greyeaglepublications.com/de/ und melden Sie sich für unseren Newsletter an.

Wenn Ihnen dieses Buch gefallen hat, werden Sie auch diese beiden dunklen Liebesromane lieben: *Mein Peiniger* von Anna Zaires und *Neun Jahre lang (Der Kredithai, Buch 1)* von Charmaine Pauls. Blättern Sie um, um einen spannenden Auszug aus jedem Buch zu entdecken!

## AUSZUG AUS DER MEIN PEINIGER VON ANNA ZAIRES

Er kam mitten in der Nacht zu mir, ein grausamer, auf dunkle Art und Weise schöner Fremder aus den gefährlichsten Ecken Russlands. Er hat mich gepeinigt und gebrochen, meine Welt für seine Rache zerstört.

Jetzt ist er zurück, aber er will nicht länger meine Geheimnisse.

Der Mann, der meine Albträume beherrscht, will mich.

---

»Werden Sie mich umbringen?«

Sie versucht – erfolglos –, ihre Stimme ruhig zu halten. Trotzdem bewundere ich ihren Versuch, gelassen zu bleiben. Ich habe mich ihr an einem öffentlichen Ort genähert, damit sie sich sicherer fühlt, aber sie ist zu clever, um darauf hereinzufallen. Wenn sie ihr etwas über mich erzählt haben, muss sie wissen, dass ich ihr schneller den Hals umdrehe, als sie nach Hilfe rufen kann.

»Nein«, antworte ich und beuge mich dabei weiter nach vorn, da ein lauterer Song beginnt. »Ich werde dich nicht töten.«

»Was wollen Sie dann von mir?«

Sie zittert in meinen Armen, und etwas an dieser Tatsache fasziniert mich und stört mich gleichzeitig. Ich will nicht, dass sie Angst vor mir hat, aber gleichzeitig mag ich es, dass sie mir ausgeliefert ist. Ihre Angst spricht das Raubtier in mir an, verwandelt mein Verlangen nach ihr in etwas Dunkleres.

Sie ist eine gefangene Beute, weich und süß und meine, die ich verschlingen kann.

Ich beuge meinen Kopf nach unten, vergrabe meine Nase in ihrem gut riechenden Haar und flüstere ihr ins Ohr: »Triff mich morgen um zwölf in dem Starbucks in der Nähe deines Hauses, und dort werden wir reden. Ich werde dir alles erzählen, was du wissen möchtest.«

Ich ziehe mich zurück, und sie starrt mich mit riesigen Augen in ihrem herzförmigen Gesicht an. Ich weiß, was sie denkt, also beuge ich mich erneut nach vorn, bis mein Mund sich neben ihrem Ohr befindet.

»Wenn du das FBI kontaktierst, werden sie versuchen, dich vor mir zu verstecken. Genauso wie sie versucht haben, deinen Ehemann und die anderen auf meiner Liste zu verstecken. Sie werden dich entwurzeln, dich von deinen Eltern und deiner Karriere trennen, und das alles wird nichts bringen. Ich werde dich finden, egal, wohin du gehst, Sara … egal, was sie tun, um dich von mir fernzuhalten.« Meine Lippen fahren auf dem Rand ihres Ohres entlang, und ich spüre, wie ihre Atmung stockt. »Alternativ könnten sie dich als Köder nutzen wollen. Sollte das der Fall sein, sollten sie mir eine Falle stellen, werde ich das herausfinden, und unser nächstes Treffen wird nicht bei einem Kaffee sein.«

Sie erschaudert, und ich atme tief ein, nehme ein letztes Mal ihren zarten Duft in mich auf, bevor ich sie loslasse.

Ich trete zurück, verschwinde in der Menge und schreibe Anton eine Nachricht, dass sich die Mannschaft auf ihre Positionen begeben soll.

Ich muss sicherstellen, dass sie wohlbehalten nach Hause kommt, ohne von jemand anderem außer mir belästigt zu werden.

Möchten Sie mehr erfahren? Besuchen Sie www.annazaires.com/book-series/deutsch/ um Ihr Exemplar noch heute zu bestellen!

## AUSZUG AUS NEUN JAHRE LANG VON CHARMAINE PAULS

Ich bin ein Kredithai. Leuten Knochen zu brechen, liegt mir im Blut. Die Haynes sollten ein einfacher Job sein. Reingehen und zweimal abdrücken. Eine Kugel für Charlie, eine für seine Schwester. Aber als ich Valentina sah, wollte ich sie. Aber in unserer Welt bekommen diejenigen, die uns etwas schulden, keine zweite Chance. Meine Mutter wird sie auf keinen Fall am Leben lassen. Also habe ich mir einen Plan ausgedacht, um sie zu behalten.

Er ist verdorben.
Er ist unmoralisch.
Er ist zweifelhaft.

Er ist perfekt.
Genau wie sie.

## *Gabriel*

Leck mich am Arsch. Ich besitze sie.

Sie gehört mir.

Von dem Gedanken wird mir schwindelig. Sie ist so klein, dass sie aussieht wie die Puppe, mit der ich laut Magda spielen will. Stehend geht mir Valentina kaum bis zur Brust. Ihre Knochen sind zerbrechlich genug, um unter dem leichtesten Druck nachzugeben. Wenn ich sie zu fest umarme, könnten ihre Rippen brechen. Ich kann eine Hand um ihren schlanken Hals legen. Es entscheidet über Leben und Tod, wie fest ich meine Finger schließe. Dennoch hat sie mich angegriffen, als Rhett ihren Hund erschossen hat. Sie gab *mir* einen Befehl, als sie mir sagte, ich solle Charlie Haynes gehen lassen. Sie ist stark und loyal.

Ich bin fasziniert und eifersüchtig auf ihre Liebe zu ihrem Bruder. Niemand hat je so für mich gekämpft, und ich bezweifle, dass es jemals jemand tun wird. Ihr das *alles, was ich für richtig halte* hinzuwerfen war ein Test. Ich wollte sehen, wie weit sie für Charlie zu gehen bereit war – nicht, dass ihre Entscheidung etwas verändert hätte. Ich habe sie in dem Moment in Besitz genommen, als ich sie sah. Gestern Abend wusste ich bereits, dass ich sie mir nehmen würde. Egal, was passiert.

Als der Clubmanager vom Napoli's anrief, um mich wissen zu lassen, dass die Zielperson meiner Mutter, Charlie, da war, war mein Plan gewesen, hinzugehen, Charlie auszuschalten, und danach seine Schwester, die allein zu Hause sein sollte. Exempel an Leuten zu statuieren, die nicht zahlen, ist eine Standardprozedur. Manche Menschen fürchten nicht um sich selbst, aber sie fürchten immer um ihre Familien. Bei Magdas Plan wäre Valentina das Opfer gewesen, um unsere Schuldner daran zu erinnern, dass ihre Familien nicht sicher sind, solange sie uns etwas schulden.

Dann trat ich aus dem Büro, und da stand sie in ihrer vollen Pracht. Keine Frau, außer den Prostituierten, geht freiwillig ins Napoli's. Ein Nerv zuckt zwischen meinen Schulterblättern, als ich daran denke, was hätte passieren können, wenn ich nicht da gewesen wäre. Sie ist entweder extrem naiv oder idiotisch mutig. Nach diesem Morgen vermute ich letzteres.

Wenn ich darüber nachdenke, verstehe ich auch nicht, wie sie hier so lange überlebt hat. Jerry zufolge wohnt sie seit sechs Jahren in Berea. Das Drecksloch, in dem sie lebte, liegt im Drug Valley. Es ist eine Überraschung, dass die Drogen- und Sex-Lords sie nicht entführt und verkauft haben oder eine Straßengang sie noch nicht vergewaltigt und getötet hat. Es gibt unendlich viele dunkle Dinge, die einem ungeschützten schönen Mädchen in dieser Gegend passieren können.

Ich beobachte sie aus dem Augenwinkel. In den zwanzig Minuten, die wir fahren, hat sie kein Wort gesagt. Ihr braunes Haar ist lang und wellig und fällt in Locken über ihre Schultern. An ihr haftet ein sauberer Geruch, wie der von Shampoo oder Bodylotion. Ich mag ihn. Von schweren Parfüms bekomme ich Kopfschmerzen. In den weißen Shorts und dem gelben Tanktop sind ihre getönten Beine und ihre gerundeten Brüste deutlich zu sehen. Genauso wie die Vene, die unter der goldenen Haut an ihrem Hals pulsiert. Ihre Angst erregt mich. Ihr Mut fasziniert mich. Lange, dunkle Wimpern verstecken den Ausdruck in ihren braunen Augen vor mir. Sie tut so, als würde sie aus dem Fenster schauen, aber ich weiß, dass sie sich meiner Person und der Waffe, die auf meinem Schoß liegt, bewusst ist.

Die Waffe liegt kühl in meiner Hand. Ich bin längst über die Phase hinaus, in der meine Handflächen vor einem Job verschwitzt werden. Mir macht das Töten nichts aus. Ich lebe in einer gewalttätigen Stadt. Nur die Härtesten überleben, und ich bin ein Survivor. Ich würde nicht zögern, den Abzug zu betätigen, wenn jemand meine Familie bedroht oder ihr Schaden zufügt. Leg einen Finger auf meinen Besitz, und ich breche ihn ab. Ich war die Art von Kind, das Freude daran hatte, das Spielzeug anderer Jungen zu zertrümmern. Ich zerbreche immer noch Dinge. Heutzutage sind es vor allem Knochen. Wenn es um Herzen geht, breche ich nur das, was bereits gebrochen ist. Auf diese Weise muss ich keine Verantwortung für die Gefühle von jemandem übernehmen. Jetzt habe ich die Verantwortung für eine Person auf einer ganz anderen Ebene übernommen. Wenigstens besteht kein Risiko, Valentinas Herz zu brechen. Sie hasst mich bereits, und durch das, was ich mit ihrem Körper vorhabe, wird sie mich nur noch mehr hassen, aber sie wird mich genauso intensiv brauchen. Dafür werde ich sorgen.

Möchten Sie mehr erfahren? Besuchen Sie greyeaglepublications.com/de/ um Ihr Exemplar noch heute zu bestellen!

## PLAYLIST

*Lonely Day* – System of a Down
*Magnetic* – Flyleaf
*Your Guardian Angel* – Red Jumpsuit Apparatus
*Battlescars* – Guy Sebastian
*Say Something* – A Great Big World
*Boulevard of Broken Dreams* – Green Day
*Perfect* – Pink
*Animals* – Maroon 5
*If I Ever Leave This World Alive* – Flogging Molly
*Broken* – Seether and Amy Lee
*Angel* – Theory of a Deadman
*Love the Way You Lie* – Eminem & Rihanna
*Set me on Fire* – Flyleaf
*Jar of Hearts* – Christina Perri
*My Darkest Days* – Perfect
*Thread* – Flyleaf
*Stand by You* – Marlisa

PLAYLIST

*I Will Follow You into the Dark* – Death Cab for Cutie
*All or Nothing* – Theory of a Deadman
*All Around Me* – Flyleaf
*My Demons* – Starset
*Stand by You* – Rachel Platten

## ÜBER DIE AUTORIN

A. Zavarelli ist eine Bestsellerautorin von *USA Today*.

Sie mag alles, was aus Schokolade ist, Bücher, die mit Warnungen versehen sind, und ihre Charaktere durch die Hölle zu schicken. Ihre Geschichten sind bekannt dafür, mit der Dunkelheit zu flirten und sie manchmal ungeniert zu umwerben. Rache und gequälte Seelen sind die Lieblingsthemen für ihre Bücher, denn das gibt ihr eine Ausrede, um in ihrer Freizeit bizarre und verdrehte Dokumentationen zu sehen.

Sie lebt derzeit im Nordwesten der USA mit ihrem Holzfäller und einer ganzen Brut von pelzigen Babys.

Printed in Poland
by Amazon Fulfillment
Poland Sp. z o.o., Wrocław

62433933R00251